匠者

赵海忠 著

作家出版社

序　言

　　内蒙古居于祖国北疆，广袤无垠的草原、葳蕤茂密的森林、浩瀚辽远的大漠、纵横千里的阴山组成了内蒙古多姿多彩的地理风貌。千百年来，各族人民在此繁衍生息，丰富着"绵力之久，镕凝之广"的中华文化。文学传承，生生不息。源远流长的内蒙古文学，在牧野上传唱，在群山中回响，点亮了祖国北疆一盏盏温暖的生命明灯。

　　进入新时代，在习近平新时代中国特色社会主义思想指引下，内蒙古文学工作者坚持深入生活，扎根人民，把澎湃的现实生活、昂扬的时代精神、丰盛的经验和情感提炼造型。人、生活、岁月在他们笔下是砥砺奋进的历史，是绵厚的家国之爱，是浓烈的人间烟火，一批批贴近时代、贴近人民、贴近大地的现实题材作品带着生活之感、时代之悟和人民之思传向全国。

　　为进一步加强文学的组织化程度，推出更多高品位的优秀作品，培养更多高素质的文学人才，内蒙古自治区党委宣传部牵头，内蒙古文联、内蒙古作协组织推进"内蒙古文学重点作品创作扶持工程"，汇集内蒙古众多优秀作家作品，努力推动内蒙古文学事业繁荣发展。该工程坚持以精品奉献人民，在宽广的世界视野中描绘中华民族精神图谱，部分作品荣获鲁迅文学奖、全国少数民族文学创作"骏马奖"、全国精神文明建设"五个一工程"奖、内蒙古自治区文学创作"索龙嘎"奖、内蒙古自治区精神文明建设"五个一工程"奖等，为满足人民文化需求、增强人民精神力量做出了积极贡献。

伴随习近平总书记代表党和人民的庄严宣告，中国人民踏上了实现第二个百年奋斗目标的新征程。内蒙古大地焕发出前所未有的活力，人民创造历史的伟大实践为文学提供了丰沛的源泉和广阔的天地。讲好内蒙古故事，发出富有影响力和感染力的声音，创作出不负时代、不负人民的优秀作品，是每位作家的光荣与梦想，也是全面推进北疆文化建设、推动内蒙古文艺蓬勃发展的强大动力。

"内蒙古文学重点作品创作扶持工程"入选作品，以无数真切鲜活的声音，书写着属于这个时代的有温度、有厚度的内蒙古故事。这些作品从内蒙古山乡巨变的现实课题中来，从当代内蒙古的发展进步和人们的精彩生活中来，以体现精神高度、文化内涵和艺术价值相统一的书写，为无数创造历史的人们立传。

破浪前行风正劲，奋楫扬帆正当时。衷心希望内蒙古文学工作者以深邃的历史眼光和宏阔的现实视野，倾听内蒙古从历史走向现在、走向未来的脚步声，创作一批见历史之大势、发时代之先声的优秀作品，展现新时代中国共产党和中国人民再创中华文化新辉煌、书写中华民族新史诗的文化自信和历史雄心；衷心希望内蒙古文学工作者真诚观照内蒙古人民的精神品格与伦常智慧，记录生活中细微的热爱、温暖的追寻，用奋斗和成长中的高贵品质点亮新的灵魂、新的梦想，为铿锵内蒙古书写新时代的史诗。

薪火传承，旗帜高扬。在习近平新时代中国特色社会主义思想指引下，期待内蒙古文学工作者担当使命，以浩瀚的文学为打造好北疆文化品牌提供滋养和支撑，展示内蒙古文学弦歌不辍、日新又新的文化活力；期待更多的读者在文学世界中感受辽阔大地上的人文情怀，感受内蒙古文学的独特魅力；期待内蒙古文学在中华文学版图上绽放出绚烂的光辉。

内蒙古文联党组书记、主席　冀晓青

夫匠者，手巧也。

————《韩非子·定法》

匠者果留盼，雕斫为雅琴。
文以楚山玉，错以昆吾金。

————司马逸客《雅琴篇》

目录

第一章　暗斗明争 / 001

第二章　音画退狼 / 023

第三章　糊裱人生 / 037

第四章　水火精灵 / 071

第五章　焙炒岁月 / 087

第六章　八匠之首 / 105

第七章　玉骨沈记 / 130

第八章　绕指钢铁 / 151

第九章　为衣为裳 / 168

第十章　通达之御 / 184

第十一章　小村先生 / 224

第十二章　摘我园蔬 / 243

第十三章　军民一家 / 264

第十四章　愣韩大局 / 276

第十五章　好女巧灵 / 299

第十六章　熟皮别趣 / 321

第十七章　钉补时光 / 340

第十八章　杏花酒盅 / 362

第十九章　读书之路 / 375

第二十章　上海之旅 / 391

第二十一章　江浪草波 / 408

第二十二章　归去来兮 / 427

第一章　暗斗明争

塞外乡间，跑动着各种手艺人。这些手艺人不同于其他农民，一技在手，在村里的身份仅次于干部。普通百姓，四季辛苦劳动，秋天分全年口粮，手中很少有活钱。养猪卖几十块，过年前给孩子们做一两件新衣。夏秋季节卖鸡蛋、兔子，买酱醋油盐、针头线脑。

手艺人不然，他们能靠技术挣现金。

三画匠觉得不可理解，有些粗笨农民，除了种地什么都不会，最简单的脱土坯、抹房顶泥的营生还求人，不会和大穰泥①，也不会使泥叶②。

七鼓匠记得，当时常在农村干活的有铁匠、木匠、皮匠、毛毛匠、泥匠、瓦匠、石匠、笼匠、钉鞋匠、画匠。还有些手艺人是外地的，过很长时间来一次，钉盘碗儿的、弹棉花的、修锁配钥匙的。教书匠，本地人一律按乡规尊称为老师。看风水的，叫作阴阳先生。

七鼓匠最崇拜邻村二鼓匠。不说他吹拉弹唱样样精通，单看那吹唢呐时的形象就迷人。一颗大葫芦脑袋，苦腮一鼓一板，不知有

---

① 大穰泥：和着麦秸的泥。
② 泥叶：用于抹平泥的手持工具。

多少奥妙和乾坤。稍长，他欲拜二鼓匠为师学唢呐，发誓要成为全公社最好的鼓匠，娶外公社最漂亮的姑娘。

七鼓匠身材瓷实，眉黑鼻紫，人中长大，左眼皮趴着一颗瘊子，长相讨人喜欢。他怕村人嫌弃，手提破唢呐，搬开山药窖盖儿，稍微晾晾，小短腿儿叉着直筒两侧的窖窖，下到窖底，铺一张烂狗皮垫子吹唢呐。吹得热煞时，午饭晚饭不上来吃，需兄妹们将饭用绳子下到窖底。

窖里光线暗，七鼓匠闭眼细细体会揣摩，得意时发出"咯咯"的笑声。山药窖像一个构造宏大、功率充足的音响系统，传出的唢呐声格外别致，如从地心而来般有魅力。几只笨狗玩累了，头朝窖口围一圈趴着，听免费唢呐独奏专场。七鼓匠见状心生感慨："好狗啊，我将来要是成了气候，天天请你们啃骨头。"

七鼓匠摆着脑袋说："天底下手艺人，哪个的嘴是一鼓一板的？没有。"多少年后，他知道玻璃匠也是凭一口气工作，但只鼓不板，不如鼓匠鼓而板、板而鼓，好看，带劲。

三画匠对七鼓匠的看法颇不以为然。他心想，世上手艺人，画匠最好，一笔写人画鸟，七彩描山摹水，神奇。画匠干活时风不吹、日不晒，东家女人端茶倒水、递东递西，最有情致。更妙的是遇到年轻媳妇，有意无意甩甩辫子、扭扭腰，或真或假碰碰手、蹭蹭身子，都会让人通体舒展，即使临了少算三毛五毛工钱也在所不惜。

画匠和鼓匠各做各活，一般没啥交道，唯有白事[①]上或许同场卖艺献技。今天，大鼓匠带着一班人，就和三画匠为一桩白事走到

[①] 白事：打发死人的场面。

一起。

乡间小路上，一个瘦瘦的高挑后生，柳叶长眉，乌黑杏眼，骨白脸色，一抿红唇，斜挎帆布包，双股紧拘，道骨仙风，甚是奇清。平日里，三画匠步履快时，是有约好马上要作画的东家；行走缓时，看云赏景，构思新画。现在，他像匹小儿马①，悠悠荡荡，是本村有人请他做营生，明天开工。

初冬季节，乍寒还暖，一只金雕在天际翱翔，眼看飞远了，只见一个黑点，却又慢慢踅了回来。山坡几棵树，枝枝杈杈，三五片枯死的树叶倔强地粘在树枝上，随时有被吹掉的可能。

三画匠自幼聪慧，无师自通，十几岁就琢磨出了画墙围、画棺材的技艺。他在附近几个画匠中年纪最小，位列第三，人们称他为三画匠，与大画匠、二画匠无师从或同门关系。

昨天给公乌素村刘大头家画完墙围，收工晚了，留住一宿。这家墙围子画的是十二联花，杏花、梅花、荷花、菊花、牡丹花等十二种，相对独立，前后联系，画在围墙上，甚是艳丽壮观。这些花三画匠大都没见过，只是按旧书或依照其他人家画的样子画出。为了出效果，他把颜色调得浓重些。画毕，全家亮堂喜气。东家媳妇站在窗外远近左右端详，非常满意，笑盈盈做了晚饭，炒山药丝，烙油饼。三画匠不好意思放开，只吃个半饱。

刘大头媳妇杏丹，身材丰腴饱满，左脸一个极浅的小酒窝，过门儿才一年多。三画匠寻思，等夜间睡觉时，她会发出轻细的呼吸声。想到这里，他浑身燥热，习惯性干咳半声，转移注意力。谁知杏丹安排妥当后，到临院王大娘家借宿。出门时，三画匠觉得她别

---

① 小儿马：小公马。

有深意地盯了他一眼，没有大姑娘的羞涩，多了小媳妇的直率，把他盯得痴固固的。她说："三画匠这几天辛苦了，好好歇歇吧。"

睡下后，刘大头肆无忌惮打呼噜，仰层①里有沙土被震得掉下，发出"欻欻"的声音。杏丹忽地推门进来。三画匠自觉赤身裸体，赶紧揪衣扯被遮拦，却让刘大头压住，抽不出来。杏丹无声无息，轻步款移，越走越近，用手摸三画匠的身子。三画匠睁开眼，原来是刘大头粗肿的脏手搭在他的腹部。三画匠干脆地把刘大头的手移开，遗憾这么美的梦竟然被打断。三画匠急忙闭眼，想把刚才的情景延续下去，但时过境迁，不能如愿。

三画匠看天色已亮，就穿了衣服，喝一瓢凉水，用手摸摸杏丹挂在铁丝上的四方头巾，又凑上去嗅了嗅，轻轻开门关门离开了。

邻院王大娘家关门闭户，没有动静。

往西翻过这个山坡，三画匠就要回到杏村。

杏村位于乌兰察布高原东北角，也叫杏东，西南行三百多公里，即可到达黄河"几"字弯的右上角。往北三百多公里，就是中国和蒙古国的边界。明中期以后，晋陕冀鲁民众背井离乡，到内蒙古中西部谋生，杏村一带是常选的落脚地。再往北，土地更贫瘠，降水更少，农人很难立足。清朝开始垦务与增厅设治，更多内地百姓来到此处。后来当局招垦实边、恩赏拨地，乃至设立公司出卖开垦土地。最初无所谓村，人们只是跑青，春天来此夯墙搭屋，编写地号耕种，秋天收割完运粮返回。渐渐才有人定居下来。

村西二三里，宽阔的东山坡上，有一带野杏林，在本地极其罕

---

① 仰层：房间内用书报等糊成的夹层，可以遮挡沙土直接掉落，也可美化居家环境。

见。杏林南北长一百多米，东西宽四五十米，像一条丝巾，随形就势，软软地委身山坡，春夏秋冬变换色彩。老人们说，这片杏林，非人工栽种，它比村里任何一个人的年纪都大。

人们猜想，许是哪一只多情多义的鸟衔杏核飞来的？

这里气候寒冷，每年六七月份杏树才开花。杏花开时，第一天只有三五朵。第二天早晨，山坡就变成一堵粉墙，惊天动地般张扬热闹。村人钻进林中，仰头观赏，无人折枝摘花。花残落地，村里小女孩怜惜花期短暂易逝，感怀于心。有的捣花成泥，取液汁抹眼皮、两腮、手指甲。有的把花带回家，在热炕头焙干，装在布袋闻其香。

杏长成后，只有指头肚大，青时酸涩，熟时甜绵，是村里孩子们唯一能吃到的当地水果。

今年，杏树竟然无一开花。

1940年，逃难垦地的人想紧靠杏林东畔立村，后怕作害杏林，东移二里。村里传下的说法，杏村是"牛马羊"所建，"牛马羊"即牛、马、杨三姓人，是个巧合。后来，凡有新来户入村，马队长必庄重介绍："这是立村人住过的地窨子。"

新来户听了看了，家里大小懂村史、知轻重、遵村俗。三个地窨子周围，有人撒了草花籽，年年开花，哪怕是三二十朵。

杏村东西长，南北窄，全村三四十户，不到百人，按一个自然村整体编为第五生产队。登小南山、小北山望去，杏林与杏村组成一个遥相呼应的"T"形。

三画匠、七鼓匠先后生于1962年和1963年，从小一起玩耍。七鼓匠不知道十二生肖的来历，只是觉得同样为人，自己属兔，三画匠居然属虎。三画匠每每以虎自居，对他显出些优越感。三画匠没有外村营生时回村上学，三天打鱼、两天晒网，有时家里待着，演习画技。鼓匠们平时散居各地，遇事集合，在杏村周围吹打时，大鼓匠才允许七鼓匠随班。

三画匠准备明天清早打大稿，开画。他步履悠闲，看见百步之外有只野兔。这兔子慢慢前行，后蹄顶着前蹄，一蹦一跳，上到高处，双耳竖立，脑袋一转一转，甚是警觉。他离兔子越来越近，猛然大喊："哈！"兔子立马飞奔起来，身子一弓一放，看不见它四蹄着地，但见身后沙土飞扬。三画匠的视线，随着兔子奔跑的线路曲曲折折。有时看不见兔子，它一会儿却从另一个地方冒出来。兔子绕着不规则的"弓"字，一直跑到小山顶。

高高山上一根棍儿，好活一阵儿是一阵儿。野兔歇了一刻钟，在大平石上心平气和尿了一泡，新陈代谢，宣示领地。谁知这泡尿立即为它招来杀身之祸。远在天际的金雕敏锐捕捉到尿液痕迹的紫外光谱，它眼睛凶光一闪，几百米外射得野兔浑身哆嗦。野兔追加几股尿尿。说时迟，那时快，金雕像一枚激光制导炸弹，划出漂亮悠长的弧线，长距离直击野兔。金雕优雅地"嘤嘤"，兔子吓破胆"吱吱"，三画匠听得真真切切。

可怜野兔，仓促应战，四蹄朝天怒蹬，背石一搏，却被金雕一爪断尾，二爪豁肚，三爪破脑，刹那间离地悬空，冤魂升天，一命呜呼。空中，野兔的肠肚像从天而降的绳子，游来荡去，留下一连串的冤屈。三画匠不由得双股再拘。

后方来了一队人马，鼓匠。这队人马步速较快，全军面容紫黑，衣衫褴褛，跌跌撞撞，三画匠觉得大煞风景。前面恰好有岔路，他急忙绕开，道路尽头留下迎风的背影。身后，传来鼓匠们吵吵闹闹的话语。

路两边都是耕地，布满石块和沙子，土质不多。看茬子，这地种植的不外乎小麦、莜麦和山药①，本地老三样。所有庄稼茬子都很长，很杂，农活做得不精细。秋冬之风吹过，没有收尽的山药露出半个脑袋，黑朽烂蛋。曾经有牛羊吃了冻山药被噎死。地是南北垄向，夹于其中的小路东西延伸。两大片土地面积相当，沿着地势逐渐向南向北抬高，到半山腰停止延续，和未开垦的山坡形成不规则的衔接。三画匠发现，这两片土地和中间的"丫"字形路，组合起来像一个巨大的蝴蝶。他现在处于蝴蝶左触角的顶端。

下了东大梁，眼前是杏村，西望遥见杏林。今年冷得早，刚入冬下了雪。三画匠前几天离开时，杏林被轻雪覆盖，这两天风吹雪移，积雪护拥杏树，变成一个一个小雪塄，像鱼鳞一样。三画匠望去，鼓匠们在他北边的小路上露出半个身子。

村里没有路，走的人多了也没有路。杏村居民由外地先后迁来，宗多姓杂。人们率性而居，房舍横略成排，竖不成列，低矮的土房，小小的院落，宛如雨后蘑菇，想在哪里冒头就在哪里冒头。扎根之后，有些人家条件好起来，翻盖新屋子，看房舍有两极分化的迹象。

原来是村里沈家男人的结拜兄没了。这结拜兄有些家业，孤身一人，无儿女，认沈家三个儿子为义子。沈家男人家道中落迁入杏村，立稳脚请老人随来度日，亲如一家。三个义子有感义父帮衬养育，雇鼓匠吹打，请画匠描棺，按本地乡俗安葬老人。

---

① 山药：即马铃薯。

沈家居住在村东，房舍还算宽展。

鼓匠与画匠，一闹一静。这班鼓匠与三画匠互相认识，行当不同，匠人相轻，时间长了不免言高语低，有些隔阂。村里村外天天有几十号人断断续续来看热闹。喜欢吹拉弹唱的，围着鼓匠，东家散烟卷儿的时候得一半支。喜欢观画的，围着画匠，一笔一画看仔细，爱显摆的老人会讲述画的故事。

几个小孩子在棺材周围钻来钻去，捡地上的烟头，干瘪的屁股挨东家脚踢。有人说："孩子们围着棺材弯腰磕头，是老人的德福。"

沈家三儿子听说，马上拆开一盒一毛六的"梅花"烟，一把从中掰断，撒在棺材周围，小孩子们磕头捣蒜不已。

大鼓匠五十多岁，本是大都市艺界高人，唱得好昆曲，男扮女装，演旦角颇有名气。他本姓葛，戏迷称其为葛旦。不想江湖争斗，被人害瞎眼睛。他从此远离繁华、流落口外，目中无人、玩世不恭，无奈率班带队、以度余年。时光流转，葛旦变成疙蛋、疙瘩，以讹传讹，再经儿化之后成了疙瘩儿。

大鼓匠身材魁伟，相貌端庄，略带傲气。他双眼失明，暗暗觉得三画匠对他不理不睬，很不爽。他欺负三画匠是个孩子，只身一人，安顿手下徒弟把茶壶把紧，放在他身后。这样，三画匠喝水就需和大鼓匠打招呼，喝的多半是乌涂水。一块儿吃饭，大鼓匠把馒头筐子、熬菜盆子、咸菜罐子往自己面前挪，三画匠舀菜拿馒头就费事。有时三画匠干活吃饭晚，大鼓匠指使徒弟把菜盆里的菜舀到碗里。三画匠来时，只见盆内干干净净，几个用过的碗却黏糊沫碴地有菜。三画匠心知肚明，不便发作，吃一个馒头了事，实在吃不饱回家再垫补垫补。

大鼓匠牛不喝水强按头，三画匠自以为是杏村人，年轻气盛，宁断不弯。二人暗暗较着劲儿。

"三画匠，听说画匠总爱把毛笔放到嘴里篦滤，不恶心啊？"

"颜料取自草木沙土，本是干净的，比把不用的唢呐哨哨挟在胳肢窝里干净多了。"

"你说话注意点。我们鼓匠耳朵灵。"

"我注意了，大鼓匠，我不是瞎子。"

"听说老画匠总思谋睡人家的老婆。"

"没有这事！你们鼓匠家亲戚也请我们画匠画画了。"

"我们不惹事，不进东家屋。"

"是吗？我们从来不住牛棚马圈。"

有一句没一句的，大鼓匠和三画匠就这样斗着。

三画匠基本画完，只等最后收尾，东家给钱。

鼓匠班子不紧不慢吹奏。村人游来荡去。

有人高喊："二鼓匠，你相好的没来？"

二鼓匠说："听出气声像来了。"说话间，一个高胖女人"咚咚咚"走过来，抬手就在他后脑勺兜了一掴。

二鼓匠嘿嘿笑道："我说对了哇？"

这女人叫柳叶，三画匠记得她一直一个人过日子。柳叶眼窝微凹，身体丰腴，皮肉细腻，自有风韵。二鼓匠开始挺安分，乘柳叶不备，猛然把手伸进她的腰间，窃窃摸了一把。这瞎子抓得太厚，柳叶疼得像光脚站在烧热的炉盘上，"呀呀"叫着跳开，嘴里大骂："枪崩你个二鼓匠，你不得好死。"二鼓匠嘿嘿一笑："还不知道谁枪崩谁了。"众人哄笑。

鼓镲轻敲小打时节，二鼓匠摸贴身棉衣里多了两颗鸡蛋，隐隐觉得还带着体温。柳叶不知不觉站到外圈，从侧开口女裤的兜子里，掏出硬邦邦的一个卷儿。三张一元的纸币已经很旧，二鼓匠理得平平整整，卷得严严实实，用一截玻璃筋儿捆住。柳叶解开玻璃筋儿活结，把纸币卷展开，有一个香烟金镜纸规规整整包成的圆柱。柳叶知道，那是二十个止痛片。

柳叶看着看着，鼻子一酸，流下眼泪。她怕人们看见，转身朝西南紧走。时间正是上午，柳叶感到杏林的凝雪反射着冷冷的光。她泪眼蒙眬，不能细看，回到自家的小暗屋，习惯性从里顶了门，静静地跨在炕沿边发呆，再没出来。

苔花如米小，也学牡丹开。柳叶的心啊。

这里二鼓匠怅然若失。该他支撑场面了。他苦中寻乐，曲舒调缓，自拉自唱：

哎——
胡胡[①]一拉叫起个音，
听我那瞎眼子唱几声。
问问观众们，
不知道你们想听点儿甚？

有后生起哄："《十八摸》《借笊篱》。"二鼓匠并不理会，继续唱道：

哎——

[①] 胡胡：即二胡、四胡。

> 大姑娘就爱听那《赏花灯》,
> 愣后生爱听那个《戳咕咚》。
> 还有那老板板,
> 就爱听个《扯条儿绒》。

后生们还不安分:"那就快唱《戳咕咚》哇!"二鼓匠就唱《戳咕咚》。没有戏谑,唯有冷静洪亮的述说,曲调放得很慢,充满莫名的惆怅:

> 哎——
> 后山一地叫土城,
> 战天公社斗地村。
> 村村不大大,
> 多见石头少见人。
>
> 村里有个女人叫丁凡荣,
> 贺米良就是她男人。
> 哎呀那丁凡荣,
> 两个牛牛圪顶顶。

围观的人尽管听了多少遍,到这里还是无拘无束,哈哈大笑起来。

> 村里有那一个光棍人,
> 他的名字就叫三河愣……

二鼓匠正襟危坐，满脸扭曲，唱得朴实苍老，本真细腻。他已经四十多岁了，柳叶是那样让他着迷和牵挂。他嘴上夸赞丁凡荣，脑子里想象着柳叶的容貌和身姿。他剔除了《戳咕咚》的低俗成分，铺排陈词，一咏七叹，发自肺腑，让人久久回味。

饱满的二胡声，穿街过巷，入门进户，直抵柳叶心间。

三画匠觉得几天来受大鼓匠欺负，无仇无恨的，心中不平。

地上几只喜鹊，树上几只乌鸦，村人不予理会。喜鹊停停顿顿，鸹沙土中可食之物。三画匠在粪堆①上用脚清理一片地方，蹲下来，细细看那喜鹊，黑白相间，轻盈喜气。他观察喜鹊身体轮廓，暗暗记在心中。他觉得，以往画的喜鹊尾巴太翘了，生硬不自然，和身子不协调。

三画匠正关注喜鹊，不想树上乌鸦"啊啊"叫了几声，排泄的粪尿差点落到他身上。他闷闷不乐，进了院子。

七鼓匠眼下未拜师入编，没什么名分，七鼓匠是人们顺口叫出来的。现在，大鼓匠默许二鼓匠近处领着他，跟班做些提茶倒水零杂活儿，到远村不带他。

七鼓匠自觉练唢呐很勤苦，却不受重用，上不了台，发茶之余和三画匠叙谈。三画匠比七鼓匠大一岁，他看七鼓匠鼻涕不断，痴痴的，一个坏主意在心中产生。三画匠把他叫到跟前。

"七鼓匠，我给你画个手表吧。"

"好。"

七鼓匠费劲地挽起袖头，露出左腕。三画匠先用排笔蘸上雪，

---

① 粪堆：北方农户在自己门前积的农家肥堆。

在他胳膊上洗出干净的圆面，用嘴唇把小狼毫捋得细细尖尖，蘸金粉银粉画了一只表，十分逼真。指针长短和位置，不过有个意思，三画匠不放在心。七鼓匠喜得不行。

"七鼓匠，你唢呐吹得不错，师傅怎么不让你上场？"

"不知道。"

"师傅给你钱不？"

"不给。"

"唢呐吹得好，不让你上场。上不了场，就挣不了钱。挣不了钱，拿啥娶外公社的漂亮媳妇？"

七鼓匠不吱声。三画匠说，你要如此如此，这般这般。临走，三画匠给七鼓匠一颗糖蛋儿。七鼓匠舍不得吃，他要把糖蛋儿带回家。

祭奠大礼在即，鼓匠班子短暂休息。

人头攒动，猫狗聚集。

歪嘴代东出出进进，一块石头将他绊倒。他起身拍拍衣服，揉揉后脑勺，发现裤裆裂开。他顺手拿一把扫帚，双手绕几圈，取下一截细铁游丝，霸叉着腿将裤子裂口缝合，继续做他的营生。

按照行规，三画匠完成点睛之笔。一切就绪，只等鼓乐。

大鼓匠威严地转半圈头，鼓匠们最能展示才能的场面就要开始。

叫板声起，笙笛唢呐手深深吸气，二胡四胡手略略弓腰。

叫板声再起，观众全安静下来。

叫板声三起，鼓匠班子人员全体动作。

"噗噗——"

"吱吱——"

本应鼓乐齐鸣，但这时笙笛唢呐全然塞音，哑然失声。二胡四胡弓滑弦重，了无动静。大家不知道出了什么问题，鼓匠们或努嘴伸舌，或挥臂推拉，声音还是出不来。

观众看那鼓匠犹如演无声电影，只有动作，没有音响，像有怪物突然挠了胳肢窝，齐声笑了出来。

原来是三画匠心有不服，不好直接发作出来。他刚才和七鼓匠说："你不被重用，是上面几个人压着，这样何时是出头之日。你一会儿把笙笛唢呐灌点颜料，他们就吹不成。把那弦儿、弓毛蘸点颜料，他们就拉不成。你想，到时候只有你的唢呐还好，你不就出人头地了？"

这七鼓匠天生脑子水多，日夜在山药窖吹唢呐，真不知道何时是个头，有点急。听他一说，果然是个办法，况且三画匠给画了手表，又送了一块糖。他按三画匠的意思，趁鼓匠们休息，把三画匠剩下的半碗七彩稠颜料，用得干干净净。

大鼓匠不知道发生了什么，继续使劲吹，众徒弟也紧张，仍然不成调子。更可笑的是，那些颜料原本没有冻死，一顿折腾都有些消化。班子里瞎子多，睁眼的少，一个个脸上手上花里胡哨，引得观众高声叫好。

沈家老二听不见正常的声音，出来看。初看惊奇，再看失笑，三看恼怒，就破口大骂："你祖宗的，你爷爷是少给你钱了，还是不管你饭了。大鼓匠，你要是出洋相，把你的脑袋拧下来当夜壶。还有你，你，你，老子把你们一个个都捏死。"

大鼓匠不知出了什么问题，忙用暗语将六鼓匠喊到跟前，问其缘故。听那声音，大鼓匠说的是："冷遛耿圪等登儿，整这省试整折门末引一很回省思儿？"

六鼓匠姓空，名实，是班子里不多的有视力的人之一，他刚才到前排房后墙根撒尿，看见七鼓匠在棚子里转悠鼓捣，就把情况告诉大鼓匠。他还用暗语说："七鼓匠手拿破唢呐站在师傅背后，准备吹呢。"

大鼓匠未等听完，气得浑身发抖，手拿棍子狠狠地杵了过去。七鼓匠睛明眼亮，跑到远处。

所有人没见过这样的场合，局面完全失控。

喜鹊乌鸦早已飞走，村人不离去。

代东急得结巴，磕磕巴巴问："这……这……这是闹……闹……闹……闹甚了？！"

他恼怒反身，不小心把缝裤裆的细铁游丝和架杆儿上的2号铁丝挂到一起，一时纾解不开。忙乱中他用双手拇指食指掐住细铁游丝，上弯下折，上弯下折，上弯下折。细铁游丝缝在裆底偏后位置，他有点不顺手。就这样一直上弯下折，上弯下折，频率越来越快，几经反复，细铁游丝终于从两手间断开。代东松了一口气。待到他放开手时，谁知断掉的那截儿细铁游丝，鬼使神差从2号铁丝上顺溜溜掉下来。代东小声骂道："王八蛋！"

他弯腰捡起这截儿细铁游丝，"呸"了一声将它扔得远远的。有几只母鸡以为扔出去的是吃食，就乐呵呵"咯咯咯"追过去。鸡们扳转头端详再端详，发现并非食品，就转身在粪堆旁丹首高昂，黑爪蹈地，想望翻出些虫子。

大鼓匠站立起来，双手抱拳，高声说道："沈东家，各位父老，自古以来，鼓匠位排下三滥之列，吹在人前，吃在人后，院不站东，屋不上炕，卑贱之人。我大鼓匠命悲运惨，也算知些世面。怨只怨我心高口贱，惹了小人。事已至此，无可挽回，只求逝者饶恕，东家担待。代东大人,我大鼓匠请你依规行礼,我拼老命奉陪!"

大鼓匠将所有鼓匠乐器一一摆在灵前,让六鼓匠浇了煤油点着。他五体投地,叩头谢罪,将自用唢呐哨子拔下,估摸着扔进火里。哨子带着已经消化的颜料进了火,"刺啦"一声,没了响动。

大鼓匠麻利地脱掉衣服。初冬季节,他赤裸上身,只见疤痕累累。他的脸上和手上浓墨重彩,宛如戏曲中画了脸谱的包文正,沉稳庄重威严。他嘴巴顶住唢呐嘴儿,深吸一口气。

众人万分惊讶。

几只麻雀莽莽撞撞飞来,又急忙"忒忒忒"飞走。

代东高声吆喝:"奏乐!"

话音未落,大鼓匠双腮鼓起,二目凸出,两手将一把唢呐由低向高,逐渐抬起。忽然,气息由腹向胸,由胸向喉,由喉向口,一种世人从未听过的声音从喇叭口冲出来。是唢呐,又不是唢呐,不是唢呐,又是唢呐。

开始,人们还不知所以然,等大鼓匠吹出曲调,都静下来。

没有过多的铺垫,没有技巧上的炫耀,唢呐声低沉悠长,情真意切,一眨眼就压制了全场。唢呐声时而像牛羊哀鸣,时而像鸟雀述说,时而像乌云低垂,时而像雪花飘舞。人们一会儿被带上高山,一会儿被引入低谷,感受着前无古人、后无来者的奇妙之声。

大鼓匠全然没有刚才的慌乱与恼怒,他恢复常态,用唢呐演绎红尘繁华、天国静谧,人生悲酸、世道无常。

很快,代东从容,依风按俗行事。东家怒息,孝子贤孙施礼。村人动容,唏嘘慨叹再三。

三画匠已经逃离杏村,路过自家也不停留。

大鼓匠的唢呐声犹如一条无形长带，将三画匠拽住。他缓缓扭转身子，面向杏村回望，弓腰施礼。

再看大鼓匠，开始时力饱劲足，慢慢脸色发紫，气息有所短促。他不断地从腹腔运气上来，但式微之势难阻。伴随着奇妙的唢呐声，他脑海中浮现出曾经的岁月，荣华富贵，爱恨情仇，升降起伏，都随唢呐声远去，一去不复返了。

唢呐声中，他想起三画匠。"他是一个好人，是我无端挤对他了。"他运了一口气，曲调变得柔和委婉，是对三画匠的道歉和安抚。声音低沉，极具穿透力，沿着地面，传到远方。

想起七鼓匠，大鼓匠的曲调立马变得高昂。"王八蛋，你坏了艺人的规矩，留下一千年都难以抹去的笑话。"转念再想，"毕竟是孩子，自己年少时不也这样不懂事？只是这七鼓匠太让我们丢人了。唉，徒不教，师之惰啊。"他艰难地又运了一口气，曲调细腻恳切，像一个慈母教自己的孩子怎样做人、怎样做事。七鼓匠大胆地依偎过来，用身体给师傅遮挡风寒。

代东匆匆忙忙，不停地安排。

大鼓匠重新把曲子拉回来，唢呐声中充满留恋。这是替离世老人表达情怀，还是大鼓匠本人内心的流露？"再见，亲人们！再见，朋友们！再见，我走过的山山水水！再见，我经历的风风雨雨！"

沈家老大被大鼓匠的举动和曲调打动，罕见地加了赏，把一把毛票和钢镚"哗啦啦"倒进他弃在地上的帽子里。

所有鼓匠跪在地上，眼睁睁望着大鼓匠。乐器的木质快燃尽，冒着微小的火苗，金属部分已烧去光泽，变蓝发绿。

大鼓匠又运上一口气，他需要和这个班子做个交代。大鼓匠多年干涸的双眼流出热泪，泪蛋蛋像断了线的珍珠滚下来，砸到地上还冒热气。多少年来,人员有更替,班子没塌,飘飘摇摇维持到今天。

唢呐声快断了,快接不住了。大鼓匠拼命吹,似有若无,如泣如诉。

大鼓匠思绪有些凌乱,曲调显得散漫。"二鼓匠已经成熟,这个班子他会带好的。三鼓匠该着娶媳妇,找个心好性善的,其他方面就不要挑了。四鼓匠母亲多病,别的药不指望,索密痛可得常备。五鼓匠悟性差,再练也不行,只好做点杂务。六鼓匠是班子的眼睛,可别把大家带到沟里啊。唉!七鼓匠嘛,要是知悔改,就让他入班吧。"

大鼓匠觉得力已尽,气将绝。有的段落曲谱记不真切,他临场连缀,塞外的鼓匠调隐约加入江南昆曲的旋律,竟比原曲还委婉凄切,动人心魄。平日里他很少吹这么长时间,眼下一人独奏,不知费多少力气,他怎会有如此绝招?

鼓镲锣手欲敲打敲打,接替垫场,大鼓匠明令不许。

大鼓匠头涨眼瞥,换成慢板,脑袋稍显清晰。

他回想自己的人生,不由得慨叹:"唉!今天老人亡去孝子哭,明日我死何人送?今天老人亡去有我吹,明日我死何人埋?"

大鼓匠出现了幻觉。

上海戏院,人声嘈杂。父亲唱的昆曲逐渐清晰,无数赏钱砸在舞台。小葛旦穿特制戏服,举手投足入道,赢得的赞誉不比父亲差。

他觉得眼睛剧痛,眼前漆黑,耳边传来厉喝:"滚出上海,远离黄浦江!"他恍恍惚惚来到外滩。年轻时的大鼓匠陪恋人散步,人们投来羡慕的眼光。恋人的瓜子脸时而清晰,时而模糊。

唢呐声凌厉尖啸。漫天大雪，刺骨寒风。他颠沛流离，来到只有十来户人家的杏村。

眼睛的疼痛稍有缓解。

唢呐声中，大鼓匠由葛旦转成疙瘩儿。无数次演唱，无数次换场，他带着徒弟，穷困中在乌兰察布高原演绎人间悲喜愁欢，为新生儿贺喜，替仙逝者送终，费无定则，或现结或赊欠，饮食起居，不予要求，给百姓以欢乐、慰藉。

代东看大鼓匠摇摇晃晃，就不动声色地加快节奏。他不能让大鼓匠这样继续吹下去，须救他于死地。

代东终于说："晴天霹雳天地昏，堂上父亲登西程，儿跪灵前珠泪滚，哭去三魂跑二魂。逝者已去，生者节哀！祭毕——"

大鼓匠用尽最后一点气力，丝毫不差吹完最后的曲调。曲终，他手持唢呐，慢慢倒地而卧，头痛苦地窝在胸前。他的胸脯一鼓一扁，呼吸极度困难，嘴唇渗出鲜红的血珠，滴到泥泞的雪地上，慢慢洇开。一瞬间，大鼓匠觉得眼睛一亮，好像恢复了视力，随后又双目漆黑。

七鼓匠急切地爬过去，大叫："师傅！"

大鼓匠机械地挥动右臂，手中的唢呐正中七鼓匠脑门。

侄男外女齐刷刷跪在地上："天哪！！！"

远处山路上，三画匠双手合十，静静伫立。他听懂了大鼓匠的声音。日后，沈家老三给三画匠送来工料钱，三画匠原封不动退回。

众人眼见大鼓匠跌倒在地，纷纷围过来。可巧赤脚医生到公社进药未回，一时没了主意。

马队长素喜大鼓匠清高儒雅，才艺出众。生产队车倌儿古车豁子站在人后，踮着脚，半张个嘴看热闹，神情专注，脑袋左右调整，以期找到最佳观察角度。队长过去兜裆一脚，骂："你个老东西痴甚的了？还不快套马车送大鼓匠到卫生院？"

古车豁子让队长一句骂醒，赶忙套了马车。大家轻手重脚将大鼓匠放到车上，给他身上盖一张旧棉被。众人闪开道路，古车豁子熟练地跨跳上辕，"嘚儿驾"一声，马车启动向北出发。

谁知队长穿一双家做踢死狗鞋，刚才本想踢古车豁子屁股蛋，不想脚底打滑，鞋头直接踢在他尾巴骨挺。十指连心，一尾牵肝儿，古车豁子疼得一股一股的，欠着身子赶车。尾巴骨挺疼一次，他就在心里骂一句队长："你娘心的。"

马车"轰隆隆"碾地而行，鼓匠班子众人紧紧跟随。他们手扶车体，相互牵连，闪深踏浅，一往无前，场景宛然古代战场，庄重肃穆，让人看着胃紧心酸。

公社毕竟是公社，一条歪歪斜斜的大街，煤灰渣铺就，路基坚实。各机关不太集中，红砖碧瓦，颇为壮观，形成一个个各具特色的繁华点。

    公社板蛤蟆[①]，
    供销社骡马拉，
    营业所摩托多，
    粮站老鼠爬，
    邮电局拍电报，
    兽医站咯咯嘎。

---

① 板蛤蟆：指小汽车。

这是大鼓匠曾编过的几句过场快板儿。

七鼓匠被唢呐打中脑门，年轻体弱，昏迷不起。他父母是村中最普通的农民，孤家独户，老实巴交，未经见过这等事，慌慌张张，手足无措，只是求人救他孩子。有上年纪人说："快掐他人中，快解他扣子。"

七鼓匠天生人中又长又宽，需大男人用两个指头才能完全掐住。待解开扣子，七鼓匠脖颈黑得犹如车轴，颈下动脉似跳非跳。忽有人见他衣袋掉出一颗糖蛋儿，忙剥去糖纸，将糖块儿喂进他嘴里。有老太太说："看呛着！"

大家八手七脚把他摆弄成侧卧。说话间，七鼓匠口水消化了糖块儿，一股甜味儿生于舌尖，随着经络，霎时下入脾肺，上侵脑腔，形成持久新鲜的刺激。他嚅动嚅动嘴巴，醒了。

七鼓匠醒过来后，精神劲不减。他神情庄重，几步走到那堆乐器前翻检，所有乐器都不能再用。他想这样丢弃不合适，就找一条破麻袋装好，放在自家闲房。

可喜大鼓匠只是急火攻心，受了些风寒。佟大夫给他输几瓶液，吃几次药，就渐渐恢复了。佟大夫最喜听鼓匠唱，几日下来，和大鼓匠师徒熟识了不少，玩笑嬉闹间，更知鼓匠不易，人生艰难。佟大夫学了几段讨吃调，喝酒多了，胡喊一气。

一日，忽见一辆吉普车开进卫生院，"嘎吱"一声停住。车上下来一女两男，女的看样子上了岁数，只是保养好，显得还年轻。他们见人就打听葛旦——葛源递住在哪里，大家都说不知道。来人挨个看那病房，在大鼓匠床前停住脚。那女的左端详、右端详，忽然扑下身子，大叫"源递"，哭了起来。原来是他早年的恋人。

大鼓匠离开上海后，这女人一直未婚。如今各方面条件改善，她一路打听找过来。他听那走步声就知是老恋人寻他。这是他一直担心惧怕的事，她终于还是来了。多年未联系，自己又这般情形，他开始摇头不予承认。无奈老恋人重情守义，大鼓匠双手捂脸，无话可说。

大鼓匠随恋人走时，留下一千元现金，还有两千元的存折。他交代二鼓匠："你要新买乐器，重整旗鼓。"

转眼过些日子，大鼓匠给二鼓匠来了信，字迹规规整整。七鼓匠念给大家听，知道大鼓匠做了手术，双眼视力达到0.7，不免心中欢喜。信中还说，他当年的恋人现在是医生，很快就要带设备仪器来，给鼓匠们做检查，争取有更多人重见光明。

二鼓匠想："眼睛能看见之后，该怎么和柳叶见面？"

发生这等事故，三画匠心里很不舒服，没机会和大鼓匠当面致歉。后来他听七鼓匠说，大鼓匠回到上海，便在心中打了一个永久的结。他估摸七鼓匠也憋着一口气，几次想疏通疏通，七鼓匠不予理睬。

第二章　音画退狼

转眼到了第二年，气热地暖，杏花还未开放。

七鼓匠对三画匠耿耿于怀，无机报复。一日正在村里无聊闲逛，忽见三画匠从对面走来。冷冷几句话过去，知道三画匠正在李肉蛋家画墙围。李肉蛋媳妇生得歪七扭八，手脚参参的，远离身躯。别的女人喜欢风景，喜欢花鸟，唯独她喜欢历史。三画匠拿了画册，让李肉蛋挑选，她一把夺了过来，直接选中《三国演义》人物。三画匠明白，人物最难画，《三国演义》更是英雄豪侠云集，没点功夫和时间难以完成。只是李肉蛋女人已经选定，工钱也略高，只能依从。

七鼓匠有事没事就来李肉蛋家走串。

一日七鼓匠来李肉蛋家，推门却发现从里面顶着。他移步近窗口，听屋里有男女人说话，一问一答，不甚清晰。又觉得屋内有人哭泣，莫非小哑巴受了委屈？却见小哑巴刚好从大门进来。

"我，我，我……"这次他听得真真切切，是李肉蛋老婆说话。七鼓匠还想听下去，小哑巴却走来，七鼓匠只得离开。反身见李肉蛋媳妇从家里出来。

李肉蛋的哑巴儿子十二三岁。他眼看三画匠在一带灰墙上，慢慢画出场景人物，觉得非常神奇。这孩子每每想用那颜料，使那画笔，三画匠一概不准许。李肉蛋和他媳妇多次安顿："三画匠，千万千万收留好你的作仗，这些东西到了小哑巴手里，那可了不得，到时坏了你的家具、洒了你的颜料可别怨我们。"

三画匠没想到七鼓匠天天来，还随身携带一个空药瓶，趁他不注意就往瓶中挤颜料。三五天过去，七鼓匠大概倒腾了二两，快装满药瓶子了。三画匠暗中奇怪，墙面已经打磨好几遍，怎么这次比别家费颜料。他以为颜料太稠了，就调稀点，画出来的画显得颜轻色淡。李肉蛋媳妇不太满意，中午的饭菜将将就就，不怎么下口。

七鼓匠尽量和小哑巴接近。这小哑巴，除了不会说话，其他方面都很出色，真不是一般的聪明。他对小哑巴满脸堆笑，伸大拇指赞赏，把小哑巴哄得快说出话来了。他暗示："你看三画匠画的三国人物，活灵活现，你要是画比他强多了。"

小哑巴懂了，频频点头，对自己的才华颇有信心。七鼓匠把自己含了一分钟的那块糖转送小哑巴，小哑巴放到嘴里含一会儿就滤出来，再用纸包上。

他非常感激七鼓匠。

一切铺垫准备就绪，七鼓匠把那装颜料的药瓶交给小哑巴，拧开盖子让他看其中的颜料。小哑巴大喜过望。他又把三画匠丢弃不用的一把秃笔绑了半截兔尾，郑重其事递到小哑巴手里。七鼓匠三竖拇指，七眨眼睛，小哑巴心领神会。

七鼓匠反身进家，站在地上和三画匠说话。

"三哥，村北有一片片地，别人不知道，长得好大辣辣①。"

---

① 大辣辣：一种植物，根茎竹签粗细，可吃，有辣味。

只因这几天饭菜少油寡味，一听说大辣辣，三画匠有些食欲。墙围最后一幅是《三国归晋》，画面宏大，人小景细，颇费精神，他画了半上午。再看已经画完的，一概刀斧剑戈、云梯车马，所有人物，脸黑愤愤的，与家庭气氛极为不谐，看着压抑头疼。此时正好出去风凉风凉，清清头脑。

三画匠将一应小稿画笔颜料装入包内，锁进箱子。他洗了手，随七鼓匠向北而去。

七鼓匠在县上看交流会时捡得一条旧劳动布裤子，将一条腿管齐根剪下，洗净。一头缝死。一头把布边折回来，埋一根结实的布条在其中，缝住。裤腿变成一个口袋，开口抽拉开闭自如。他用粗针大线配了一条背带，把唢呐装入其中，学三画匠样子斜挎在肩，像古人背一个褡裢，不伦不类，甚是可笑。

眼下是春季，地面已经松软，绿色还嫌不足，正所谓"草色遥看近却无"。各种树木，并没有返绿的明显迹象。风还是厉害，溜坡沿地，入裤钻裆，吹得人发抖。三画匠又欲不去，无奈七鼓匠再三揪扯。三画匠本来心有愧意，难得他这几天异常热情礼貌，硬拒了不合适。

过一条浅沟，到了地方。低头细看，果见大辣辣露出蓬蓬松松的一个绿头。西面望去，不远处就是杏东开村之人家的地窨子，一片灰暗，像几个老人瘫坐在地，聚满沧桑。二人撅起屁股，拿根树棍抠几下，连根拔出。这大辣辣，根系粗大修长，辣汁饱满，顺着鞋面上的褶皱重重擦几擦，越发显得经络分明，晶莹透亮。三画匠连着吃了五六根，打了饱嗝，一股辣味涌上来，舒坦。

七鼓匠忽然想起李肉蛋老婆，就问三画匠："她那天怎么了？"三画匠听后"扑哧"一声笑出来。待欲再问，一个大母猪带着十几个小猪哼着小曲儿，颠来倒去走过，就止住了。

小哑巴在屋外墙角藏着，看见七鼓匠领三画匠离开，三步分成五步走进屋里。他取出粗瓷大碗，将颜料倒入其中，学三画匠的样子稀释开来。别人学画从写生素描入手，这小哑巴上手就随意泼洒。

他用兔尾毛笔蘸了颜料，在三画匠已经画好的墙围画上走笔，兴之所至，龙飞凤舞，酣畅淋漓。他左右开弓，里涂外抹，画面逐渐延展升高，只要能探着的地方，都留下或浓或淡的痕迹。太高处够不着，他干脆甩动兔尾毛笔，连仰层也甩上七彩斑点。小哑巴惜料如金，一药瓶颜料用得丝毫不剩。完了在瓶中碗中加水，又给全家上了一层淡彩，富有层次。再看他的身上，星星点点布满颜料，色彩斑斓，煞是可爱。

七鼓匠估计小哑巴作害已罢，潇洒地把唢呐袋往后甩了甩，和三画匠信步回村。临到李肉蛋家门口，他长出一口气，觉得大仇已报，借口有事，跨上六鼓匠留下的烂自行车，歪歪扭扭，犹如骑着两个铁筛子，绝尘而去。一路丁零当啷，禽畜避之不及。

三画匠打着吃大辣辣后特有的饱嗝，进院入家。刚刚开门他就觉得有些异样，登时看清状况。他的脑海一片空白，不敢久留，开了箱子，提起帆布书包，走着急行军步伐，匆匆而逃。

慌乱间三画匠看见七鼓匠骑自行车顺路向北，毅然追上去。忽听得喜鹊在路西鸣叫，他转头看，三四个喜鹊站在开村人的地窖子上。三画匠心里说："顾不上你们了。"

院中的小狗弱弱叫几声，一低头，又迷糊着了。

李肉蛋夫妇种地回来，一脸土灰。

"嘿，你说三画匠给咱们画完了没？"

"谁知道，画不完也快了。"

"我看他给咱画的，不如给公乌素刘大头家画得好。"

"刘大头媳妇长啥样？你长啥样？哼。"

"你个枪崩猴，我知道你有空儿就往公乌素她家跑，嘴上说看墙围子，原来你是看妖精。"

说话间推门进家，李肉蛋立马翻身滚站到院里，手拿铁锹四下扫视："操你祖祖的三画匠，你给老子出来，看老子不把你的头劈成两半儿！"

李肉蛋媳妇很快折回院中，扑通坐在当地，大哭起来："你个没良心的三画匠，这几天老娘白伺候你吃喝啦？那天刮黄毛大风你回不了家，叫你睡在我家炕头。黑夜尿尿你也不出院，一尿哩哩啦啦半天。嗯哼哼——可怜我从小没妈呀，可怜我生了个孩子哑巴呀，嗯哼哼——"

村里没啥娱乐活动，邻里矛盾、家庭纠纷甚至猪拱狗刨、树折草断，都是难得的红火事稀罕事。李肉蛋院里，登时就聚来二三十号人。老太太们腿快嘴勤，不大工夫问清缘由，交头接耳，议论纷纷。李肉蛋听老婆哭诉得走题跑调，赶忙过来阻止："别号了，孩子哪儿去了？"

李肉蛋媳妇立马止住号哭，披头散发，先在屋里屋外东一进西一出寻找，最后冲到院外，一惊一乍，四下乱撞。村里人也帮李肉蛋四下找孩子，直到认灯①才从饲养院草垛里发现了小哑巴。李肉

---

① 认灯：天黑下来。

蛋家住杏村最西北，草垛位于村子东南，夫妻二人顶着风将小哑巴带回。小哑巴又饿又怕，身上的颜料半干，一时洗不掉。

李肉蛋媳妇气从中来，把那粗碗撸到地下打碎，小哑巴稍后一片一片收拾起来。那支兔尾毛笔和药瓶子，被李肉蛋扔到粪堆。小狗歇好了觉，含着兔尾毛笔找伙伴们玩去了。李肉蛋媳妇再上前去，追住骨碌碌转的药瓶子，狠狠踩了几脚。

后来三画匠托人给李肉蛋捎来三十块钱，说了好多下气话，他父母也过来道歉。三画匠父母为人耿直，爱憎分明，敢作敢为。他们了解事情过程后放出话，三画匠有错不假，七鼓匠使坏，小哑巴是直接祸手，不能全怨别人。识好赖就了结，不识好赖，就不道歉，也不赔钱，爱去哪儿告去哪儿告。李肉蛋夫妇觉得同村上下，权衡利弊，就顺台阶下来，逐渐消了气。李肉蛋雇人把家里的墙皮彻底铲了，重新抹泥刷墙，裱了仰层。他媳妇没改变自己的喜好，雇二画匠画一套《西游记》。进得家来，只见一圈儿妖魔鬼怪，牛头马面，好不热闹。

小哑巴以此次涂抹为基础，学绘习画，后来考了中央美院，专攻写意油画。李肉蛋夫妇见儿子一天天出息，想三画匠有启蒙之功，就给三画匠送来一口袋山药、一条羊腿，还有小哑巴捎回来的一小桶西湖龙井，双方恢复正常关系。三画匠把这桶茶叶奉为至宝，只有待贵客时，才捏一两根冲一搪瓷缸子淡茶。这些都是后话。

七鼓匠前面走，三画匠后面追。二人原来离三五里路程，最后彼此只差一里地。

开始，自行车还能骑，下坡时"溜溜"地颇为舒服。他回头看远处三画匠，心中颇感牛气。走不远，自行车先是掉链子，后来四撒五曳，骑不走，推不动，他干脆把破车藏在莲针墩子里，改为步行。

三画匠走，七鼓匠就走。三画匠停，七鼓匠也停。这样走走停停，三画匠一直把七鼓匠追出七十里。他俩不知不觉已经走入牧区。

此处是民地、牧区交界，人烟稀少。有石山在西边出现，叫黄花山，传说杨五郎在此升天，农牧民农历五月二十五举行活动，渐成规模。

三画匠帆布包常备输液瓶，装水解渴。赤脚医生看病，输液瓶子不留给患者，而是带回医务室。大姑娘、小媳妇死缠硬磨，连偷带夺，讨要一对儿输液瓶子，洗净灌了淡淡的红红、粉粉或蓝蓝，摆在柜顶作装点，散发一屋子的温馨。

自从和医生要了输液瓶，三画匠喝水就论毫升，以一百为单位，渐成习惯。他会说"现在挺渴，喝二百毫升水"，别人笑话也不理。瓶塞使用久了，浸泡膨大，一拔"嘣"的一声，和起啤酒开香槟一样，他觉得有趣。刚才路过一个牧民点，他肚喝饱，瓶灌足，水装得已经超出刻度，将近六百毫升。

七鼓匠怕三画匠追住，一直不敢停留，沿着又干又硬的小路，几个小时未吃未喝。他口干舌燥，气喘吁吁，实在走不动了。他一屁股坐在路边石头上："要死要活由你三画匠吧。"

三画匠本是仁慈之人，何况自己也做下那有的没的。去年的事，自己未曾动手，但扪心自问，比自己动手还可恨可悲。三画匠继续往前走，七鼓匠不动弹，局势发生了变化，二人心里一下子都有些不安。三画匠多年三节棍不离身，如今抓在手中，暗暗藏在背后。七鼓匠早捡了拳头大的一块顽石，很是伏手，放在腰间。

不远处有电线杆，三五十米竖一根木桩，固定两根电话线，风刮得"嗡嗡嗡"响。南北望去，电话线杆一直栽到视线尽头，看不见。往日，三画匠、七鼓匠一伙孩子轮替抱住电线杆，一只耳朵贴上去，电话线像根长琴弦，一年四季奏着不同的音乐。恰遇打电话，能听见"嗡儿嗡儿嗡儿"声，不知真假，也破译不了。电线杆顶端有白色瓷坛坛，用来缠绕固定电线，一根铁把子曲里拐弯，瓷坛坛孤傲得像个兔儿头。三画匠、七鼓匠曾和村里的孩子用石子击打，几百下击中一次，遇巧把那瓷坛坛打碎，捡起瓦渣看，十分坚硬。有巡线的告诉村里，队长会在放电影前严厉训斥。

三画匠硬着头皮走来，七鼓匠壮着胆子坐着。工夫不大，二人对面相持，战斗似乎一触即发。

"七鼓匠，你个姓那的！我只要你现在给我鞠个躬，对着天高声说'三画匠，我错了'，我就饶你。"

七鼓匠本以为他这么远一路追杀，定有一场恶战。不想他竟是这等柔性要求，一时乱了阵脚。他想："我男子汉，大丈夫，为何向你鞠躬，给你认错？"于是学着三画匠大声说："姓简的！我不愿意！"

三画匠一时也无话可对，他不按套路出牌，设计好的步骤无法推进。

七鼓匠牛性之人，见三画匠并无打人意，自己便强硬起来。原来他谋划，若打架，我七鼓匠专攻你下三路，谅你腿细如麻，经不住几磕打。至于自己，挨几个耳光，不在话下。七鼓匠似乎得了势，斗胆发话："我问你，三画匠，去年你忽悠我，害我师傅，你可曾给我鞠过躬，你可曾给我认过错？"

"七鼓匠，姓'那'的，我再说一遍，你只要……"

正在此时，身后隐约传来狗叫声。再看前面，另一群狗奔腾而来。

很快，身后的狗不再叫，面前的狗群却越来越近。这群狗，有的棕黄，有的灰黄，略略混点黑色。奔跑之际，只见腹部有些许白毛。狗群更近了，看得清尾巴肥大多毛，挺直下垂，夹于两后腿之间。这群狗足有五六只，个个足长体瘦，眼斜嘴大，双耳竖立，颚骨尖长。狗群离他们三十来米左右停住，狗们或坐或站，很是自信。

七鼓匠无知无识，不以为意，还纳闷怎么一下子来了这么多狗？三画匠经常翻书读画，断的这群动物不是狗，而是狼。大画匠曾对他讲："狗狼之别在尾，上竖为狗，下垂是狼。"当时仅是交流作画之法，如今却成了生死之嘱。

三画匠再一次确认，这些狗尾巴全都下垂，不通人性，凶气十足，是狼。

"七鼓匠，你看清了，前面这不是狗，是狼。"

"狼？"七鼓匠仅仅说出半个"狼"字，裤裆就湿漉了。

"三哥，怎么办？我听你的。"七鼓匠带着哭腔。

头狼是一只壮年公狼，在足足五分钟的时间内，它命令所有的狼一动不动，观察判断对方。时间缓缓过去，头狼认定这只是两个孩子，没有武器。它再一次嗅了嗅，撩起尾巴散发了尾腺气体，发出攻击指令。

攻击开始。

在头狼带领下，狼群开始快速奔跑转圈。几圈下来，沙土飞扬，遮天蔽日，三画匠和七鼓匠被转得头晕目眩。慌忙应对之际，七鼓匠看见三画匠比画着三节铁棍，三画匠看见七鼓匠手持顽石，二人不免倒吸一口冷气。好在双方刚才放弃武力对付彼此，否则后果难以设想。

容不得他们多想。

狼有时非常接近他们俩，它们所特有的腥臊味刺鼻而来，好像一阵毒雾，呛得二人晕晕乎乎，上气不接下气，几乎失去知觉。

天上有金雕盘旋，像"二战"时期空降伞兵，越聚越多，越来越近。

头狼回望北方。

狼的进攻变得无序，没有节奏，一只靠前，一只就往后。有的狼把前爪探过来，抓破二人的衣服。五六只狼轮流前进后退，二人只能躲躲闪闪，后来连躲闪的空间和时间也没有了。

七鼓匠感到三画匠拍他肩头，心存感激。待回头看时，哪有三画匠，一只小母狼面孔狰狞，两只前爪清晰可见，带刺舌头伸得直直的。七鼓匠"啊"一声，尿出最后一股尿。小母狼莞尔一笑，鄙弃地闪了出去，扭腰儿折背，犹如摩登女郎。

忽然，狼群停止攻击。有经验的人知道，下一波，狼们就要下狼嘴，出狼爪，取得决定性胜利。

七鼓匠已经无尿可尿。他毕竟比三画匠小一两岁，双手抱着三画匠的腿，希望得些保护。

三画匠经常看古书，他知道好多杀狼打虎的故事。他此时想起《东郭先生误救中山狼》，想起《水浒传》武松打虎。特别是蒲松龄《狼》中的几句话，他倒背如流："狼亦黠矣，而顷刻两毙，禽兽之变诈几何哉？止增笑耳。"

"七鼓匠，你我现在且战且退，先退至后面的大石头前，这样我们就不会四面有狼了。"

上阵父子兵，打架亲弟兄。七鼓匠稍稍恢复点理智，他听从三画匠的意见，二人像武打片武林高手的样子，双手一前一后比画在胸前，眼睛四下滴溜溜看，马步蹲裆，慢慢向巨石退去。七鼓匠满裤裆尿水，冰凉冰凉，退走起来黏皮带肉，颇为不爽。

谁知头狼看出了他们的意图，带领两只年轻母狼快速绕到他们身后，坐立在地，脸上露出胜利的微笑。二人仍然四面临敌，情况万分危急。

"七鼓匠，你我势单力薄，今天恐怕凶多吉少。"三画匠渐渐镇定下来。他觉得目前只他二人，基本赤手空拳，对这群狼应智取而非强攻。

三画匠安排两人如此如此，这般这般，死马且当活马医。二人蒙头捂面，鼓鼓捣捣。

头狼回望北方，隐约看见尘土飞扬。

三画匠、七鼓匠蒙头避面。头狼嗅到一股特殊味道，有些疑惑，不知道这两人葫芦里卖的什么药。狼群已经等不及了，呼呼喘着粗气，催促头狼下达总攻命令。

正在此时，三画匠高喊一声："呔！"两人同时将蒙头衣服打开。

只见三画匠、七鼓匠虎头豹面，双眼怒视，一对獠牙探到脑后，竟然比头狼的还长。他俩四肢着地，向着头狼无所畏惧爬过去。头狼开始没有反应，随着他俩渐渐走近，它的毛乍起来。头狼的爷爷已经死去，父亲在去年冬天被牧民一枪打死。头狼不理解刚才的两个人，一眨眼怎么变成此等模样？

再看三画匠、七鼓匠摇头晃脑，威风凛凛，四支獠牙，冷冷地闪着金属之光。三画匠平日画虎豹之功，今天意外有了实战作用。

七鼓匠有点胆怯："这招灵吗？要是不灵，不是把自己往狼嘴送？"

三画匠心中无底，悄悄和他说："咱们再往前走十步看看。"

一步，两步，三步……

头狼看看这虎豹继续走来，心存疑虑。颜料发出的气味，使它无法辨别对方。头狼从未见过虎豹，这就是虎豹气息？它命令狼们后退。狼群无奈听从，后退几十米。

北面的尘土更近了。

三画匠和七鼓匠不再前行。按照刚才三画匠的主意，七鼓匠拿出唢呐，猛然间吹出了声。三画匠低声说："你使劲儿吹，吹那狮熊之咆、虎豹之啸。你吹得越是刺耳越好，越是不好听越好。"

七鼓匠刚喝了输液瓶里的井水。三画匠说："看你嘴干瘪瘪的，喝上一百毫升的水。"他哪管这么多，肥大的人中直抵瓶口，苦腮一鼓一板，"咕噜咕噜"快把一整瓶喝完，三画匠不加阻拦，任其豪饮。

三画匠突然想起一个笑话，说一个鼓匠想把东家一盆子莜面糊糊喝完，就假装和东家的小孩子打赌："亲根儿，你说大爷能不能把这一盆子糊糊喝完。"小孩儿看看盆子，看看鼓匠，看看鼓匠，看看盆子，奶声奶气地说："不能。"话音未落，鼓匠端起盆子，只见苦腮鼓一次板一次，一盆糊糊就不见了。那孩子大哭起来，一来怕把鼓匠大爷撑坏，二来一盆糊糊都叫鼓匠喝了，自己的晚饭在哪里？

闲言少叙，书归正传。七鼓匠本来初学浅习，惊吓之下气息不匀，此时一把唢呐在手，曲调吹得毫无章法，鬼哭狼嚎，惊天地、泣鬼神。开始狼群还能坚持，不大工夫便难以延续，狼们抱头掩耳，不堪忍受。

饱吹饿唱。七鼓匠闭住眼，想象坐在自家山药窖底，仿佛看见大鼓匠期许的目光，苦腮极度肿大，满腔气息取之不尽、用之不竭。

三画匠、七鼓匠慢慢找到感觉，越发张牙舞爪，手舞足蹈，一股肃杀之气。一得宠小母狼挨近头狼，意欲催促头狼带领大家赶快离开。

远处飞扬的尘土直至眼前，"嗒嗒嗒嗒"马蹄声顺着地面传来。头狼心烦意乱，重重地摇摇尾巴，放出尾腺气。狼群马上前锋变后卫，后卫变前锋，倒腾几个来回，集结后快速离去。

狼群一去，三画匠、七鼓匠软软跌倒在地。天上金雕本来想得点便宜，看狼群远去，它们也一眨眼飞入草原深处，不见了。

一群人骑马而来，棉袍皮帽，荷枪实弹。他们是牧区蒙古男人打狼队。打狼队看见三画匠、七鼓匠黑龙画虎瘫软在地，颇为不解。牧人下马，用手试试他们还有体温气息，就给灌了几口烈酒，二人呛得苏醒过来。听他俩连比画带叙述，牧人知道他们刚才自画虎豹脸谱、高奏唢呐吓跑狼群。几个老者伸出拇指夸赞："年轻人，有一手。"

原来前些年草原狼被打得绝迹，今春不知何故又有几群流窜，咬死羊牛，当地牧民真刀真枪追杀。

稍后，打狼马队一分为二，一队追狼群，一队送他俩回村。三画匠、七鼓匠不习惯骑马，颠得难受。回村后，他俩相拥抱头痛哭，彻底捐弃前嫌，化干戈为玉帛。

杏村是农地，事情发生在牧区。大队得知二人壮举，想申请公社授予他们打狼英雄称号。有人提出不同意见："若说打狼英雄，一未杀公，二未伤母，于情于理不合。"

当时报纸广播不时报道打狼之事，政府奖励打狼英雄。大队领导立功心切，让秘书手写报告递上去，久无回音。后来，大队给他俩各发一个奖状。

一张上面写道:"简亦繁同学遇见狼群,歼灭未果,特发此状,以资鼓励。一九七七年五月。"

另一张上面写道:"那如这同学遇见狼群,歼灭未果,特发此状,以资鼓励。一九七七年五月。"

大家拿奖状传看,觉得二人大名很是奇特。小学黄老师说:"这名字是我起的。咱们杏村,人不多,姓杂。最巧的是他俩。百家姓有'冷訾辛阚,那简饶空',都是偏姓。不想他俩一个姓'简',一个姓'那',又挨着住,这就奇了。凡事讲点辩证法,就起了这名。"后来,县志编撰者在当年大事记写了三个字:"现狼情。"

忽一天,大鼓匠给二鼓匠打来电话,问那些破旧乐器可在。电话断断续续,双方"嗯嗯啊啊喂喂喂",交流不通畅。话后,二鼓匠转问七鼓匠,七鼓匠从闲房翻腾出旧乐器,烦请八木匠随形打个箱子,给大鼓匠寄去。

大鼓匠睹物思人,感念再三,三四年前的情景如在眼前。他把这些过火乐器,陈列在专门的博物馆。一个唢呐哨哨极像气门芯,置于聚光灯下,一般人不看说明不知道是个啥。

当年陪大鼓匠恋人来的两个男孩儿,一个叫沪生,一个叫京生,都是她收养的孤儿。沪生、京生常给乌兰察布高原的师叔买乐器、吃食。七鼓匠也从乌兰察布高原往上海邮干奶豆腐、牛肉干儿,奶香肉味满里弄,穿睡衣的老太太吴侬软语,一夸好几天。

第三章　糊裱人生

贺大头家盖了新房，缓了一两年，决定裱一顶仰层。

村里有个裱仰层匠人，不用他的时候，往往被人忽略。这人官名叫马亮，因为背后明显有个罗锅，人称马背锅。马背锅并不确切知道自己哪一天出生，只是母亲在他很小的时候说过，日本人投降后不久生了他。马背锅成为马裱匠之后，找二没眼切算了半天，推出日本人投降日恰是农历七月初八，他就定这一天为自己的生日。

马背锅平日里参加生产队耕、种、收、藏，样样不缺工，只是在农闲季节，给三里五村的人家裱仰层。开始只是义务帮忙，完工后吃一顿饭，喝二两酒。后来人们给三块五块钱，渐渐成了定例。

裱仰层其实没什么技术含量，马裱匠就是自己琢磨试验，掌握了这门手艺。仰层人人可裱，像马裱匠这样裱得挺括平展，得到人们的夸赞，进而进入匠人行列的，很不容易。

裱仰层匠最好是个头儿大点，利于工作。如果身高两米，在村子里裱仰层就不需要蹬梯子、踩板凳，方便很多。可惜过去孩子们营养跟不上，个头不高。这马背锅体展当有一米七八的样子，现在中段鼓出些，净高就成了一米七出头。

杏村村民外迁而来，房屋匆匆而建，形制低矮，空间纵深小。四面土坯墙围住，架檩排椽，密设麻秆，长麦秸铺匀，大穰泥抹实,配上走风露气的门窗,就是一个安身之所。冬天家里冷,人们会把麦秸麦枳披在房上保暖。

杏村周围农村人盖房有很多艰辛,也有不少笑话和恶作剧。说有一家盖房,一切完备之后,发现没有烟囱,大概是虚构编造。贺大头家盖房烟道出了事故,却是真的。

1974年出了一个大事,农民打井打出兵马俑。贺大头媳妇身材微胖,长相姣美,自带三分风骚七分自信。她听广播,对贺大头嘀咕:"古皇帝死了,还这样风光。我跟上你,活的时候也没个正经圪蹴①的地方。"

贺大头咬咬牙,和父母商量,决定盖房,选址在村小学南边。

贺大头夫妇素来为人小气,对泥瓦匠不怎么热情,茶不浓,水不开,香烟伺候得不勤诚。几个泥瓦匠走南闯北,觉得受了怠慢,决定开个玩笑,报复一下。表面上看一切都正常进行,新屋越来越成形,即将竣工,但是有一个不寻常的事件将要发生。

清早,贺大头媳妇安排丈夫套小毛驴车,把她父母搬来。夏秋季节,风爽日高。贺大头手拿一短鞭,只用鞭杆夯驴的屁股,驴就夹着腿,小频率快走。这一段是粗沙路,驴车稳稳的。贺大头外父帽子扣住头,仰卧在车厢,身子像一捆干草,忽摆忽摆。

一路上,外母娘有些不高兴,贺大头笑嘻嘻地说:"他姥姥……"

"快闭住你那臭嘴,我姑娘现在一未生男、二未养女,哪有你他妈的他姥姥。"贺大头外母娘自以为长得周正,气概上向来不输人,何况女婿。

---

① 圪蹴:蹲。

贺大头眉头紧皱，一时没了主意："你他妈的他姥姥，这是什么辈分、什么门派啊。"无奈，贺大头改了称呼："妈，我看你脸黑愤愤的，怎了？"

"怎了？！说好今天和你外父在村里看红火，你扑过来叫去你们家吃压栈糕。"

一听说有红火事，贺大头就说："那我陪您老回去看完再吃糕？"

贺大头外母娘脸一转，骂："欢欢儿走你妈脚后跟哇。你想看，老娘还不想看了。"

贺大头外父轻轻瘦瘦，最爱看红火。开始听说折回去，拿开帽子，有些激动。后来又说不回去，情绪就低落下来，嘴里嘟囔："好事怎尽往一块儿赶。"又躺下。

快要进村，路过东沟。近日下了些雨，沟内布满石子，有细如筷子的流水。贺大头怕牲械松动，把车驴困在水中，就"吁"的一声叫住驴，说："他姥爷姥姥，你们下车，我闹闹这个驴。"

贺大头外父心中怨怒，全是这个老太婆引逗的，就"喀喀喀"地咳嗽着下了车，走到枳芨墩后撒尿。谁知风向不对，加之年老力弱，贺大头外父尿了自己一身。贺大头外母娘羞愧难当，下车后开始磨磨蹭蹭，听得身后车响驴动，就抓紧迈着七字步，背向沟底站着，口里骂："你个王八蛋。"

贺大头诚心留泥瓦匠吃饭，几个人却执意告辞，临走时指指点点，诡秘而笑，快速向北而去。

贺大头的房子，三间一连串，有些新意。最西边堂屋，后墙底堆放粮食杂物。中间屋子，东南角盘一小炕，西南带锅灶，既做饭，也住人，北墙根摆水缸、菜缸。东边一间，南窗底大炕，配一大灶，平时不用，又置过炕火炉，北墙底预留位置放红柜。贺大头开始没发现媳妇这般设计的奥秘，今天接岳父岳母吃压栈糕，才知中间的屋子定是专为两位老人准备的。

贺大头媳妇点火烧柴，顺手往锅底扔了几小块糕面，算是祭了灶，准备烧油、炸糕。

几个帮厨的老太少妇已经忙活了半天，大部分饭菜都在隔壁李肉蛋家加工，已经端来放好。今天要在贺大头家所做的，只是炝油锅、现炸糕。

开始时，烟火被吸到灶内。尚未拉风箱，烟火就浓郁婉转地流到灶外，登时气势汹汹，满家黑烟。紧接着灶火门"嗵嗵"倒扑，威力不亚于山寨土炮，灰尘激荡，火苗翻腾。小炕上本来摆满菜蔬，瓮板上放五斤烧猪肉。人们顾不上这些，捂嘴掩鼻逃到屋外，泪花忽忽的，大口出气，大口吸气。

眼看得屋内逐渐明亮起来，大事不好，要失火！

墙倒夫妻扛，救火老丈人。

说时迟，那时快。只见贺大头外父手提水斗，进家，摸黑将水斗斜按到水瓮内，连提两斗"哗哗"浇到灶火口。贺大头外父越战越勇，本欲再提一斗，忽觉胸闷气短，浑身烧燎，遍体蒸腾，遂不敢恋战，扔了水斗，关紧里屋的门，弯腰冲出去，一头撞在女儿怀里。女儿"爹、爹"叫着没完。

一只母鸡刚才进屋找食，不想经此大变，"嘎嘎嘎"叫着飞出来。再细看，一半儿鸡毛已经火燎，鸡体变得不甚对称，走路就拿拿捏捏、歪歪斜斜。

柴火本不多，贺大头外父紧要关头关了东屋的门，被褥衣物并未燃着，屋里的火势很快就灭了。村中心住的田老汉立功心切，笨笨地拿一个扫帚要进去，却让老婆前扑抱住腿，二人跌倒在地。谁知地上有未燃尽的柴草，把老汉的稀发淡眉燎了。贺大头媳妇拿一块儿湿毛巾捂住。众人将田老汉夫妇拉回。

三干头走近贺大头，说："救火还得年轻人。"

"就是。不然谁救谁呢？"

贺大头外父还在清理嗓子，"呸！"

遇此突发情况，村中几个智慧老汉紧急商议，决定采取珍珠倒卷帘方式排查。他们撅起屁股，挖泥撬土，一直从烟囱下边的跌灰窖子，排查到火嗓子眼跟前，才找到症结。

原来贺大头夫妇喜凉不喜热，和泥瓦匠交代得清楚，炕洞子是三洞抽两洞。现在有两团湿柴，死死堵在被抽的两洞子里，即使有天大的风，哪来出烟之缝隙？

看着几个笨人几乎把炕板子全部翻了起来，贺大头外父说："早知道这样，从火嗓子起找就对了。"

其中一个老汉见此人面生，说："你懂个屁，哪还叫珍珠倒卷帘了？"话音未落，只见贺大头外母娘像个黑脸包公，上来就是两个耳掴子，骂："别看你长了一把山羊胡子，你也是小辈。这是你姨夫了。"

挨打者捂着脸后撤，说："姨娘手劲儿还是这么大。"

原来这是贺大头的一个表哥，比贺大头外父还大几岁。他前些年给贺大头外母娘讲愣女婿和外母娘的故事，言语不避，挨过人家的耳掴子。

一时消停，再借邻家锅灶炸糕。人们只能端着菜碗菜盘，夹着油糕，或站或蹲，或走或串，吃将起来。有那见过世面的说："柴沟堡的熏肉就是这么个味道。"大家大笑。

猪狗羊猫满院溜达，挑来拣去，有甚吃甚，吃甚有甚。再看吃饭众人，或浓妆，或淡抹，既滑稽，又悲壮。

贺大头表哥端着碗，笑嘻嘻地过来，说："姨娘今天头脸不好看。"

贺大头外母娘说："你们家一窝王八蛋，没有一个好东西。"

一转脸，贺大头外母娘却看到贺大头的奶奶剜了她一眼。这老人正往外撵一头别人家的猪，嘴里骂："哪来的野货！"

有一个人在大家吃饭时节，绕来绕去，观察了一遍又一遍。这人走到马队长面前，贴耳密谈。

忽见这人掏出胸前的口哨"嘟——嘟嘟嘟嘟嘟，嘟——嘟嘟嘟嘟嘟，嘟——嘟嘟嘟嘟嘟"一长五短，吹出了紧急集合哨声。

听到哨声的民兵纷纷放下碗筷，小跑到这人面前。有一两个人开始没反应过来，见大家都紧急集合，也歪七扭八地簇拥到一起。

原来这人是村民兵排长刘浩志，今年虚岁二十八。他刚才和队长交流："怕有人搞破坏。应当立马把那几个泥瓦匠捉拿归案，细加审问。"队长一思考："可不，这贺大头根正苗红，如果真有阶级敌人搞破坏，那还了得？"

"面向我，然后成一行集合。立正。稍息。立正。报数。"

"一！二！三！四！五！六！七！七！八！九！"

"重报。"

"一！二！三！四！五！六！七！八！九！十！"

"同志们！大家然后刚才看见，然后贺大头家盖新房，然后有人搞破坏，然后差点发生火灾，然后差点造成生命财产损失。然后现在我命令，全体民兵然后全副武装，一班然后跟我，然后追捉泥瓦匠，二班然后村内村外警戒巡逻。"

民兵排长"然后"完了，转脸看队长。队长摆摆手，意思是不讲话了。民兵排长下令："然后，行动！"

刚才还十分嘈杂的场面，让民兵排长一连串的"然后"给搞得紧张起来，大家慌慌张张回到各自院中，细细查看房舍物品。大队配发给民兵的长枪就压在自家的盖窝垛底，子弹放在柜中，大家纷纷回去武装，立马集合起来。登时，见民兵排长带着三干头乔灌等五六个人，身背长枪，消失在道路的尽头。

其他民兵也身背长枪，沿街顺巷巡逻。

原来泥瓦匠并未走远，刚过村西的杏树坡。眼看几个人全副武装冲他们而来，觉得事色不好，就加快了脚步。其中一人意欲隐藏在杏树林，大家觉得不妥。当时中苏关系紧张，人们天天学习军事知识。带头的冯师傅在村中也是民兵，说："藏于小林，兵家大忌。一旦被包围，火攻、围困，都是难以应付的。"

大家听从，就从杏树林北的小路翻坡过去。

谁知杏村这些民兵训练有素，先是小跑，等追到有效射击距离内，全体扑通卧倒，枪栓拉得"哗哗"响。

冯师傅等泥瓦匠闻讯四散逃窜，忽听"啪啪啪"几声枪响，泥瓦匠先后倒地。刘浩志大笑："到底是泥瓦匠，不抗硬，老子朝天放枪，你们就跌倒了？"

冯师傅躲在一条浅沟，双手高举，大声说："别开枪，自己人。"

民兵排长刘浩志不辱使命，不长时间，押着三四个泥瓦匠回到村里。民兵们抽去这些人的裤带，几个泥瓦匠一手提裤子，一手与别人勾连，走起路来很是别扭。村民们群情激奋。

队长怕闹出事来，就在贺大头家的院子里审问。

泥瓦匠们开始只说是忘了把搪炕洞的柴草取出来。原来搪炕洞是盘炕的一道工序，就是拿比较坚韧的团状物，把炕洞内抹的泥趁其未干之际搪一次，使炕洞内壁略显粗糙，增加炕洞的表面积，使用起来挂火，散热慢，利于保温。

队长觉得泥瓦匠的话不可信，就手拍自己的大腿，语言上稍微加些压力。泥瓦匠再看然后排长怒目而视，民兵们荷枪实弹，刺刀晃眼，只得承认因嫌东家招待不好，故而报复一下。

此时外调人员也回复，泥瓦匠所在大队支部证明这几个人家庭出身好，也许有些小坏，但不至于是阶级敌人搞破坏。冯师傅与村中人多有熟识，这些人也站出来说情。队长于是命他们赔礼道歉，连夜把活做完做好，一年内不许再入村界，以观后效。

贺大头外父见状，愤愤不平，跳进圈内："太便宜你们了，你们应当飨谢飨谢大家。"

代销点售货员柴红脸侧着身子挤进来，帽子却跌落在地。他顾不上捡帽子，一脸精明，急急从腰间取出一条烟，说："我这儿早给你们准备好了，梅花烟，一条一块六毛五，要不？"

"要要要。"冯师傅明知多收五分钱，如此情急之下，也就不计较了。

人们还议论纷纷。

"哎呀，今天幸亏大头外父猛，不然后果……"

"哎呀，我看幸亏没打仰层，不然……"

"哎呀，幸亏油没下锅，不……"

糕还热，凉菜也多，贺大头媳妇大大方方，招呼几个民兵再吃。黄老师顺手掏个拖油糕，说："三国关公温酒斩华雄，杏村民兵热糕抓泥匠。"

马裱匠见贺大头媳妇中午端糕盆子，身子上下忽颤，衣内像藏着两只兔子。众人吹牛之际，她站在一边，脸蛋白净，甜美可爱。马裱匠思谋："什么时候给她家裱裱仰层。"

提起马裱匠，心酸没法说。

马裱匠天生背锅，全家嫌弃，唯独母亲爱如至宝，呼为亲蛋儿。母亲生怕别人家孩子欺负她的亲蛋儿，走哪儿把儿子领哪儿。

谁知孩子们不欺负他，他却被狗盯上了。

马裱匠母亲个矮，领着五岁的亲蛋儿，两人一般高。转过墙角，那只流浪狗包抄过来。往日，马裱匠母亲厉声一喝，相持一会儿，狗就离开。今天亲蛋儿手中拿着半块玉米面饼，这野狗两只贼眼瞄住饼子，志在必得。

马裱匠母亲只以为野狗只是相持，却不知道这狗主意已定。只见这狗前蹄伏地，后蹄紧蹬，一下子就扑了过来。那时亲蛋儿懂得护食，却无力气，有背锅限制，无法站起逃跑，只能趴在地上，死死将玉米面饼子窝在胸前护住。那狗精瘦，嘴巴尖细，一头拱进来，带刺的舌头一顿乱搅。

这里马裱匠母亲犹如一个刺猬，连爬带滚救子，大声呼救。那狗也是饿到极点，任凭马裱匠母亲拳击掌掴，身子定住不动，摇头摆尾夺食。可怜母子不能胜狗，那野狗最后一搏，竟将亲蛋儿胸前一块皮肉叼了下来，连同带血的玉米面饼子含住，逃跑了。

这时村人围了过来，马裱匠母亲大哭，亲蛋儿也疼得失去知觉。

亲蛋儿母亲看清丈夫在旁，并无表情。她一把抓过去，亲蛋儿父亲立刻满脸血印。亲蛋儿母亲说："你今天要是不把那狗杀了，我就把你杀了！"

亲蛋儿父亲平时不爱说话。只见他反身回家，手提一把菜刀出来。人们一下子紧张起来。

现在，贺大头请马裱匠糊裱仰层。

农村手艺人严守行规，井水不犯河水。八木匠负责第一道工序。

八木匠与马裱匠、贺大头三家上南下北，呈"品"字形挨着住，八木匠在南，后排东马裱匠，西边贺大头，互相距离不过二十多米。马裱匠听贺大头媳妇喊，就提着几件工具出来。初冬季节，天气有些阴冷。村东，沈家三兄弟正打发义父，鼓匠班子吹得悠然。

八木匠又叫八国庆，生于建国十周年国庆节。他身材修长，性情温和，两个小耳紧贴头皮抿过去，似有再长之势。他十四岁学艺，十七岁就能独自揽活挣钱。

贺大头按照八木匠给的尺寸买回铁丝。铁丝顺溜溜地卷成一个直径二尺左右的圆，大约有二三十圈，松中带紧，线条十分优美。这些铁丝刚出厂不久，散发着油乌的光泽。

八木匠先在南北墙顶钉进特制的木楔子。裱仰层大都用报纸，木楔子之间的距离是一张报纸的宽度，再少个二三寸。他在木楔子上钉了七寸大钉，熟练地变化着锤子的角度，钉头规规矩矩地弯回去。依次挂上铁丝，用钳子拧死。

八木匠有一个自制工具，像奇怪的羊角，上面有些机关，非常顺手地把铁丝固定在另一端的钉子上，一转一转绷得平直均匀。半个时辰不到，南北十二根铁丝，齐刷刷地布好了。

八木匠刚干完活准备抽烟，马裱匠手提工具进来。他把一个自制的精致小木盒子递给马裱匠。马裱匠不客气，打开盒子取纸卷烟。

马裱匠很麻利，双手顺向把备好的寸半宽的纸条窝个三七开的槽，然后用右手拇指、食指和中指捏一撮烟丝撒到槽内，取量适中，理得均匀。关键是卷。他左手手心向上，松松地护住，不使烟纸马上变形打折或翻转。右手拇指、食指和中指将另一头抓死捏实，稍一使劲，搓成个像绳子一样的头。然后缓缓拧转这个纸绳头，越来越匀，越来越紧，七分纸慢慢把三分纸卷在怀里，服服帖帖的，一支烟就算基本卷成。

马裱匠喉结滚动，嘴里汇些唾液，伸出舌头，优雅地在纸的夹层舔一遍，顺势快速指压粘合。他掐去尾部多余的细锥管儿，丢掉，烟尾部分就成了一个松塌塌的敞口。反手之际划着火柴，将烟点燃，"吸吸溜溜"的声音尚未结束，烟雾就被"哈"的一声吐出来，又用鼻子倒吸气，烟雾变成两条小青蛇，线条分明逆向钻入鼻孔。足足过了二十多秒，烟雾从嘴里放出来，颜色淡了不少。

贺大头看得入迷："他妈的，老子手笨的，向来就没卷成一根烟，一卷就把烟丝撒一地。"如此只能央求别人代劳，每每遭冷眼，有时别人已经过完烟瘾了，他还干等着。

后来贺大头到县里赶交流，狠狠心买了一个烟锅子，随身携带，是贺大头标志性物件，成为另一种风景。只是这烟锅子预算外购置，贺大头媳妇很是不爽。贺大头为了讨好，连着半个月，天天表现，硬把媳妇哄顺溜。贺大头虽说乐在其中，心中却也暗暗叫苦："可别累死在这小女人名下。"

地上一堆现土，是母兔挖洞刨出来的，看样子是生儿育女。

时间不长，马裱匠父亲一手提刀，一手拖狗，一身血迹。原来那狗真的让他杀了。

野狗跑了几里路，看看周围没人，尾随的几只小狗也不再跟踪，就用劲咽了几口口水，似有不足之感。老人们说"狗狼一家"，狗不能尝人的血肉，否则开荤长了胆子，会危及人的性命。

正在歇歇儿，遥见一个男人稳步走来。野狗急了。及至走近，这男人满脸冷酷，手提菜刀，狗就知道来者不善。几经斗争，这狗主意已定，先硬后软，打得赢就打，打不赢再逃不晚。

谁知一只土野狗，根本不是人的对手。人狗接近后，马裱匠父亲右一横砍、左一回抹，狗命就归西了。

不想狗有九命，马裱匠父亲眼看野狗的身子似有抽搐苏醒之状，一不做二不休，抓住狗的两条后腿，下死力气来了八个麻花摔，这狗彻底没气了。

回家再看亲蛋儿，他奄奄一息，窝在炕头，像个可怜的小病猫。

马裱匠开始工作。

贺大头媳妇熬糨糊。马裱匠悠闲地整理报纸。

报纸是今年的，马裱匠一张一张翻看，顺带把领袖像恭恭敬敬挑出来，放到一边。马裱匠识得不少字，一年的国际国内大事看得清楚。他把一张通栏大标题下配巨幅头像照片的报纸单独取出来，和贺大头媳妇说："这张照片你剪好了装相框里吧。"

贺大头媳妇点头同意。

糨糊熬好之后，马裱匠站在地上，给糨糊盆内加盐、加白矾、加水调试。

这是裱仰层的第一个技术活。糨糊调得太稀，粘不牢，将来容易脱落掉纸。糨糊调得太稠，干了之后就抽巴，甚至崩裂。马裱匠一边用勺子调着糨糊，一边和贺大头、贺大头媳妇调笑。

"大头媳妇,和大头一天亲热几次?"

"你个老没调。"

"老是老了。不过男人家谁还没个调。"马裱匠满脸猥亵的笑纹。

"你这还叫有调?"

大头着急了,说:"媳妇,他说的不是你那个调。"

大头媳妇明白了,用右手在马裱匠胳膊上狠掐了一下,骂:"你个断子绝孙的马背锅!"

马裱匠还不歇心,忍痛再问贺大头。贺大头说:"我听她的。"

村东还是乐声阵阵,鼓镲齐鸣。贺大头家的地势略高,门前稀稀拉拉有人走过去、返回来。

裱仰层最难是头一层。

马裱匠背着锅,倒弯腰仰脖昂首干活,筋抽得紧。为了顺手,他沿西墙开始。他将报纸的一边抹了稠糨糊,把这纸边贴着铁丝外侧向上弯进去,折回来,裹住铁丝,对粘。如此再把报纸对面的另一边抹了稠糨糊,裹住铁丝,再对粘。紧接着下一张也是这样。

此时,两张报纸之间不需要粘接,留个三五分的空隙也不影响。十几张报纸过去,从南到北就形成了一列两边都裹粘在铁丝上的报纸带。然后开始第二列,方法是报纸的一个边平粘在第一列报纸上,相对的另一个边裹粘在第二根铁丝上。以此类推,直到东墙。

这一个底子打好,足足费一个时辰。抬头看,报纸覆盖全屋顶,稀松奁拉,缝缝隙隙的,没啥名堂。

马裱匠按惯例再卷一支烟,用肉背锅得劲地顶住柜板,悠闲地喝一缸子砖茶水,开始裱仰层的第二层。

这一层要把报纸的一面全部刷上稀糨糊,一手捏个角,对好角度，一手拿个半新旧笤帚，"哗哗哗"刷粘在第一层报纸上，横平竖直。这层要将第一层留下的空隙全部覆盖，直至将屋顶裱满为止。

报纸的白边前后左右相连，变成一条条界线，有图文的地方自然被这些界线方方正正分割。裱仰层匠的水平和功力主要体现在裱这一层上。

他再喝一缸茶，再抽一锅烟，然后出一趟院。

收尾工作是把报纸裁成三四寸宽的长条，抹上半稠半稀的糨糊，一边粘在二层报纸上，一边粘在墙壁上，将仰层和墙壁之间的缝隙全部挡住。

每当这个时候，马裱匠搓搓自己沾满糨糊的手，静静地欣赏，俨然成就了一项大工程，心里美滋滋的，感受着劳动带来的慰藉和快乐。

现在，马裱匠不断地腾挪辗转裱仰层，第二层已经裱了一半。贺大头媳妇逐渐掌握了频率，按节奏刷糨糊。不早，早了洇纸。也不晚，晚了误工。刷糨糊间隙，她欣赏马裱匠糊裱的过程，感叹马裱匠身体的协调性，除了背个锅不大顺眼之外，全身颇有劳动的韵律和美感。

马裱匠看贺大头媳妇眉清目秀，手指纤细，两条辫子粗粗的，心中不免痒痒。地上，雄兔追着另一只母兔，"忽嗒忽嗒"地跑。

"大头媳妇，我看你心灵手巧，你来裱几张？"

"我怕裱不好。"

"没关系，有我。"

马裱匠纵身跳到地上，似乎眯了眼，用手背揉揉眼睛，好了。贺大头媳妇一蹲一跳，站在炕上了。

第三章　糊裱人生

亲蛋儿长到十五六岁，全国遭遇严重自然灾害。一天夜间，亲蛋儿借出院小便之际，离开山村。

天亮后，亲蛋儿问路而行，几日来到大同，找得一家煤窑背煤。

背煤工友，全是苦人。

半山底一个口子，并不起眼。进去顺着坡路深入，一直到煤面，其实已经是地下百儿八十米了。每人一个硬筐，背大几十斤煤块，弯着腰缓步出来。工友羡慕亲蛋儿身材巧，好像专为背煤而生，不用弯腰，自然舒恰。

"马背锅，看你背煤很是得劲，我们恨不得都有一个这样的锅。"

马背锅气喘吁吁，说："老兄有所不知，我的脊梁有一个大筋揪着，弯腰背煤，不知比你们多费多少力气。"

"哈哈哈哈，上边这根背带扣在肉锅上，不像我们，一勒一条深痕，几天缓不起来。"

"你们不听说这么一句俗话：背锅子上山，前短的了。我下窑的时候都得打着前戗，挫着坡。"

有一窑友，无名无姓，因为脸黑，大家都喊他为黑老人儿。黑老人儿说："世上生灵，总是奇奇怪怪，神秘得厉害。你们看，人瞌睡时，第一反应就是睁不开眼。睁不开眼，你不睡觉还能干啥？腿脚受伤，挨着就疼，自然不能背煤，只好请假歇工，扣钱倒在其次。你说的这根大筋，不信脱了衣服让大家看看，要么短些，要么弯着，如不背锅，必得断了脊梁。"

众人狂笑，有轻佻者围拢过来，抓衣掀襟。马背锅知道人们也无太大恶意，不过拿自己开玩笑，增加点乐趣。但他毕竟年幼，此时是一人对多人的阵营，还是有些惧怕。他顾影自怜，胸脯起伏，酸甜苦辣，心情复杂。再看黑老人儿满脸皱纹，温中含威，马背锅只好笑笑，后退几步，露出洁白的牙齿，表示友善和服软。矿友本欲再动手，无奈一根铃绳鬼抽筋似蠕动，挂在木架上的铃铛像个醉酒小老翁，一气晃动，"铃铃铃"地催促矿工背煤。一场危机过去了。

亲蛋儿像一只小黑猫，机械地做着动作，使劲背起了煤筐。几个工友大气也不出，像一队漆黑的粪巴牛，缓缓地移动身躯。黑老人儿身上还有更黑的，那就是他的屁股上的一片"胎记"，扑克牌大小，漆黑，粘上汗水和煤灰，晶晶发亮，像脓血一样的浆水流下来，冒着热气。煤友们经常嘲笑黑老人儿是非洲人，他说不是。此时，他们共同的敌人是地球引力和背筐的刺扎，谁也不欺负谁，各自小心翼翼地保存着体力。

煤矿年底给大家发了钱，亲蛋儿几天快走小跑回家，哪还有父母的踪影？

贺大头媳妇个子并不高，手持笤帚学马裱匠的样子裱仰层，很是费劲。报纸浸透了糨糊，软塌塌的，并不好使。这头粘住了，那头掉下来，好不容易几乎全部粘住，却鬼使神差整张掉下来。她双手接住，窝窝囊囊的，无从处置，只能笑咯咯地扔在灶火口。

马裱匠认真重新刷了一张，糨糊刷得不嫩也不老。马裱匠再次把报纸递到贺大头媳妇手里，却发现她上身只穿一件小薄棉袄，仰头伸腰糊裱之际，早有两只肥鹅晃晃悠悠像要挣脱什么束缚似的，白花花地被马裱匠看见。

马裱匠只觉一股气血上行，脑袋一热，鼻血流了出来。待要蹲下，无奈腰软肚硬，很是费劲。马裱匠弯腰，左手扶住炕沿，鼻口滴血不止，背锅随着呼吸蠕动，越发惹眼。

谁知贺大头推门进来，见此情景，马上从院内撮进一簸箕脏雪，帮马裱匠醒脑止血。好在马裱匠江湖之人，定力尚可，不大工夫就止住了。贺大头问他何故，劝他歇歇再裱。马裱匠摆摆手："不用不用，刚看见两个白鹅。"贺大头不解。

马裱匠忙改口："我刚看见李肉蛋从街上走过，那兔子还短我二十块钱，不能让他诓白讹了去，恨得我处不打一气来。"

李肉蛋就住在西侧，贺大头听马裱匠语无伦次，遂向院内张望，并未看见李肉蛋，也就不再理会。

贺大头媳妇对刚才的一切并不知情，她还欲学习糊裱。贺大头向来侃七愣八，说："你好好的庄户人不当，学这伺候人的下三滥营生？"

马裱匠知道贺大头一介草民，只会做粗笨营生，不会说一句巧话，只能隐忍。他转身对贺大头媳妇笑说："你快省点事，少晃悠吧，我愿意白明黑夜伺候你。"话音中有些狠意。

贺大头听了之后颇感愉快，难得这么心甘情愿伺候人的人。

马裱匠终是气不过，趁贺大头不注意，将他的旱烟锅子裱到仰层里，害得贺大头大找三天未果。贺大头的烟锅子是他的心爱之物，就请邻村二没眼算卦。二没眼鼓捣半天，觉得卦象奇诡。二没眼说，卦象暗示："此物未走远，应在天上找。"

贺大头觉得二没眼胡说八道，"呸"一声告辞。

贺大头走出院门，又怕阴阳先生作怪，反身进屋，从书包里取出一卷报纸放在柜顶，说这是自己裱仰层剩下的，过几天让马裱匠来给二没眼修补修补破损的仰层。二没眼端坐在枕头上，低声说："我知道你还会回来，东西也会自个儿回来的。"贺大头觉得阴森森的，不敢久待，夺门而去。

二没眼豁牙露齿地笑了笑，比不笑更加可怕。

谁知1978年年底天安门运动平反，贺大头看见仰层的几张报纸有些字词不妥，就用一把镰刀勾连着切下，仰层出现了五六个大小不一的四方洞。贺大头头裹毛巾，猛然"忽嗒"一声，一个东西砸在他头上，翻转着掉在脚前，定睛一看，正是自己当年丢失的烟锅。

三天后，他突然醒悟，这是马裱匠的鬼招。贺大头哭笑不得，慨叹："好你个马背锅啊。"

却见二没眼傻笑着走来，问贺大头："东西自个儿回来了吧？"贺大头头皮发紧，定睛一看，只见一棵歪脖子树，原来是一个幻觉。

裱仰层讲究干净整洁。

有了仰层，房上的柴草沙土不会直接掉下来，抬头看平展亮堂，整齐有序。人们还不富裕，裱一顶仰层需要花费些钱，也不是家家都有仰层。裱仰层的报纸，一是找关系讨要，二是到废品收购站论斤买。最好的是《参考消息》，这份报纸开本不大，照片少而小，裱完仰层总体显得更加白亮。

七鼓匠念了书，视力出奇地好，坐在班里最后排。他带弟妹们到三画匠家，和他一起仰躺在炕上，玩找字游戏。一个人先暗中选几个字，读出来让另一个人找，能识字，长知识，锻炼眼力，颇有情趣。当时著名的国际人物，如列昂尼德·伊里奇·勃列日涅夫、尼古拉·齐奥塞斯库、约瑟普·布罗兹·铁托、恩维尔·霍查、菲德尔·卡斯特罗等，地名如南斯拉夫、伊拉克、温都尔汗、阿尔巴尼亚等，尽管拗口，三画匠、七鼓匠甚至更小的弟妹，通过这种方法顺读如流。至于铁道部部长万里、交通部部长叶飞，七鼓匠把名字和职位联系起来，有很多想象，暗中给自己改定一个新名字，没敢说出来。

三画匠、七鼓匠创造了多种寻找规则，找一句话、一个词、一个字。或许有附加条件，比如东边还有个什么字，西边还有个什么符号。七鼓匠有时专门盯住要找的字词，有时又目光偏移，造成假象，让人迷惑。如果找到了，和三画匠、弟妹们互换角色。如果找不到，他继续发布新的寻找对象。有时还赌个弹挠弓儿什么的。如果不是有接羊、看猪吃食等家务事，三画匠、七鼓匠玩儿一下午都不觉得枯燥。

一段时间，七鼓匠期盼自家也能裱仰层，来个主场赛。等家里裱了仰层，七鼓匠已经不是少年郎，不免怀念和伤感。

马裱匠注意到这些，他裱仰层，把图像照片大且多的报纸尽量裱在第一层，或者将大的图像照片裱在里面。糊裱之前，把报纸都挑拣着摆顺，保证仰层上报纸的文字正反一致，清爽有序。

仰层裱了二三年，纸质陈旧发暗，层面破损凌乱，逢年过节就会重新糊裱。重新糊裱比新打仰层省事多了，只要修剪整齐裱一层就行。最怕的是把整个仰层彻底拆除后再裱，一般裱匠会要求东家自行拆除，用湿布把铁丝擦净。

糊裱旧仰层也有乐趣。

马裱匠清理旧仰层时，一般很留意仰层上的窟窿。生窟窿则罢，要是个熟窟窿，会有些物品放在附近。马裱匠在三干头乔灌家裱仰层，发现炕头顶有个熟窟窿，伸手进去摸探，拿出一个小纸盒子。马裱匠背过三干头媳妇和孩子，读那说明，心情不平静，再看包装已经开封。马裱匠心里骂："操你祖祖的。"

结婚十几年，三干头媳妇生了皮来。谁知开怀之后，又连孕两次，都堕了胎。前不久，她主动做绝育手术，眼下正窝在炕上休养，一脸憔悴，自带慵懒。皮来已经三四岁，在炕上玩积木。田老太曾对她说："国家说了，一个少，两个好，三个就多了。可惜你这美人坯子了。"她笑笑不答。马队长心中感激，一个三干头媳妇，顶了两个打胎、一个绝育手术指标，就和柴红脸要几斤红糖，奖励她。三干头含泪伺候媳妇，给她喝红糖水、小米粥，直喝得媳妇恶心反胃，看见红糖就作呕，没食欲。皮来性情古怪，自能吃饭起，就不喜欢颜色深的食物。这些红糖，最后好活了三干头。

马裱匠心生恶趣，找个机会做了些手脚，然后将窟窿薄薄地裱住。谁知三年之后，马裱匠重新给三干头裱仰层，忽然记起这事，再探进手摸索，那东西原封不动还在。裱完之后，三干头给了工钱，恭恭敬敬地递上一根送客烟。马裱匠出门时，紧低头慢低头，还是在门框上撞了一下，顿觉天旋地转。估计撞断了小血管，额头登时鼓起一个羊眼大小的血包。马裱匠捂头而撤，见得天上太阳明晃晃，格外耀眼。马裱匠心头一紧，古人说："仁人善人，不坏人喜事好事。这莫非是报应？"

王如河家仰层同样有个熟窟窿。马裱匠弯指进去，周围竟然放着面额不等的钱。他斗争了半天，自己没能斗过自己，偷偷拿了几块。第二天觉得不妥，想放回去，谁知伸手摸，剩下的钱一个也不见了。马裱匠心虚不已，找不到好办法，低头弯腰做营生。结账时，马裱匠主动提出少算几个钱，王如河老婆疑惑不解，只是盯着他，把马裱匠盯得说话不利索："你……你……你这是怎了？"

其实，那是王如河的私房钱，姑且算是见面分一半吧。

王如河是个弃儿。

1960年深秋，饿得精瘦的人们从南边往北边拥，最多的一天过三四班儿，十几个人。逃荒的人各有牵连，各有主意，走着走着，都寻得安身之处，就看命运和沙土路哪个最早走到尽头。或者在一条沟里，或者在一个坡上，只要能落脚，度过冬天，这些人就可以立命，生存、生活。

白天的烦嚣过去，杏村的人们发现，村子里多了个孩子。

民兵排长和队长问这小孩子话，小孩子一句也不说。恰逢下大雨，道路泥泞，电话摇不通，三四天过去，根本找不到孩子的父母亲戚。

队长顾不上其他，将孩子领回家，让老婆搅了莜面拿糕吃。这孩子不吱声，不敢把饭吃完。队长媳妇再三劝吃，也没有效果。临到晚上睡觉时，这孩子也不在队长家，也不去老牛家，默默地走到地窨子口。人们发现，不知道是谁，已经把地窨子打扫得干干净净。

七鼓匠几次想钻进地窨子看看，却因为它很神圣，不敢贸然行动。如今已经将地窨子收拾出来，七鼓匠一出溜就进去了。

地窨子像个大酒篓，口小里阔，足有半间房。地下及窨子壁，已经涂了胶泥，重锤击打，很是坚固。地面撒了白灰，硬硬的，阻止返潮。窨子壁上，布满大小不等的窑窑，可以放置各种日用东西。地窨子深处，应是过火地炕，高出一截。地窨子顶，有个换气筒，只听风响，不见光亮，应是曲折而通。

七鼓匠一下子爱上了这地方，说：“今天黑夜我和你睡。"

好在季节尚早，气温还可以，队长让人当下砌了个泥炉子，抬了几筐牛粪羊粪砖，示范给孩子生火取暖。孩子一一记在心中。

原来这孩子是一个孤儿，跟随逃荒队伍来到杏村。逃荒的人群中并没有他的父母亲戚。这孩子心中留意，一直寻找机会。相跟的一伙人在杏村吃了一顿饭，这孩子决定留下来。不几日，队长招呼几个人，将生产队的一间闲房收拾出来，让他住。

这孩子当时约莫七八岁，听口音或许是河南山东一带，村人们不能确定。一直到十四五岁，这孩子好像变了个人，忽然话多起来，原来的口音也不明显了。他告诉队长，他姓王，叫王如河。王如河头极圆，比一般人的头偏大，像颗气稍微不足的篮球。王如河长大成人，整天笑眯眯的，性情极好，很有人缘，二十五六上倒插门成家生子。关于自家的来历，王如河从不提起，也许头脑里没有任何印象。

王如河老家风俗，在大、二、三、四前面加姓，作为男孩的名号。他父亲兄弟三个，下一代叔伯兄弟排到王七后生了他：王八。可喜王如河家祖传头圆，王如河又极圆，偏爱不住地伸缩摇晃，很是有趣。孩提时期，王如河并不觉得"王八"怎么样不好听，他本人也和杏村人说他叫王八。等到懂事，人们叫熟了口，已经完全无法阻拦。

有人开他玩笑，故意变着调叫："王八。"

王如河也不愣，听清后爽爽快快答应："哎，龟儿。"骂人的一听，反倒自己吃了亏，就不再造次。

辛辛苦苦藏的钱让马裱匠得了去，王如河好像冬眠的王八让猪拱出来，干瞪眼说不出话。谁知王如河多年被人嘲笑，天天和人打嘴仗，竟练得上好说话功夫，本地土语，一串一串，生动对景，呛得人招架不住。马裱匠洗手，王如河递一块手巾，问："马裱匠，你说'婊子立牌坊'是什么意思？"

王如河这损嘴，将"马裱匠"三个字说得极快，听着像骂人。马裱匠自然明白"婊子立牌坊"的意思，王如河是借"婊子"映射"裱匠"，马裱匠唯唯诺诺："我们是裱匠，不是婊子。再说我这鬼相？"

王如河将马裱匠拉入陷阱，盯着他后背："确实，你这条件当婊子也没人要。"马裱匠苦笑。王如河胡乱再来一串："阎王不嫌鬼瘦，狗不嫌家贫，儿不嫌母丑。"

马裱匠"嘿嘿"笑，王如河媳妇摸不着头脑。

马裱匠心里不舒畅，就说："从此后，我积点手德，你积点嘴德。"

王如河又一串："玻璃玻璃镜儿是镜儿，枳芨枳芨棍儿是棍儿，鼻涕鼻涕泡儿是泡儿。"

他女人说："快别嚼蛆了。马裱匠手艺好，别的不说，只当头顶这一个窟窿就补得妙，原以为要怎么地，不想一张报纸盖住，没毛病。"

马裱匠说："王如河媳妇你不知道，这个窟窿可不简单……"

王如河火烧屁股一般，站在媳妇背后，龇牙咧嘴抹脖子阻止，上来拉住马裱匠的手，连推带搡，将他控制到院内，在背锅上暗暗捣了一拳。二人哈哈笑。王如河再来一句："看你老儿这布衫子皱的哇，七长八短的，像个母蚂蚱。"

一句话说得马裱匠"扑哧"笑了出来，说："对上你媳妇我也不怕，不说自己疥蛤蟆，偏说别人母蚂蚱。"

原来王如河身高结实，体型奇特，腿脚长得不均匀，大腿极粗，小腿极细，脚板极小，像个疥蛤蟆，贬称王如蛤。村里冬日农闲，青壮年人踢毛毽儿，热闹异常。最简单的毽子，用布将直径寸余的圆瓷片包着缝住,有搐口一面再和同大小的山羊皮、狗皮缝好,就成了。复杂一点的,要挑选毛长和毛向。用铜钱代替瓷片,更稳更规整,踢时有好听的声音。

先是各种单项比赛,干踢、剪子股、反身、掏、绕花脚、搁手背、搁脚尖儿、顶眉骨儿,十几种踢法。单项比,剪子股最好看,三干头一枝独秀。他身材修长,臀紧体瘦,只起一个头,然后就是连续的剪子股。毽子高高飞起来,人调整身体,毽子从身体侧后落下去,快落地一刹那,身子起跳的同时,辫个麻花腿,右脚猛地踢上来击打,毽子反头再高高飞起,方向笔直,速度悠然,一连几十个,重复不断。三干头眼睛不离毽子,脑袋上下调转,非常协调舒坦,难得的优雅高阔。三画匠也会踢,只是年少体弱,坚持不了多久就停下来。马裱匠开玩笑说:"三干头人不咋地,剪子股全公社第一。"

热了身,人也多了,就拉毛儿踢毛儿。先是猜咚猜[①],胜者踢毛儿,败者拉毛儿。踢毛儿的站在广场西把边,踌躇满志,拉毛儿的站在下风头。拉毛儿的要将毽子喂到踢毛儿的脚上方,踢毛儿的将毽子踢出去,大概是一个伺候人、一个被人伺候的格局和意思。毽子踢出去时,踢毛儿的要智勇双全,可远可近,可高可低,可正可歪,尽量不被别人接住。如果踢出去的毽子被人抢了去,踢毛儿的拉毛儿,抢中的踢毛儿。

还有些其他规则,比如拉毛儿态度要端正,"赖毛儿"可以不踢。踢毛儿的不可将毽子手送他人,否则就变成拉毛儿的。拉毛儿的可以用各种欺骗手法,毽子不离手,踢毛儿的提起一只脚就算

[①] 猜咚猜:即石头、剪子、布。

输。好毛儿不踢或未踢住，双方易位。

王如河拉毛儿有一套，或做鬼脸，或岔话，或说顺口溜和笑话。队长正要踢毛儿，王如河说："队长，你家吃甚有甚，我家有甚吃甚，谁家日子过得好？"队长正当个问题思考，王如河已经拉了好毛儿。

贺大头踢毛儿，王如河问："憨不憨，愣不愣，你姐夫的外父你叫甚？"

这些不新鲜了，王如河还会点儿口技，一声驴叫，两嘴猪哼，总能分散人的注意力。这回田老汉赢了猜咚猜，王如河拉毛儿。田老汉一脸严肃，双手下垂，只等好毛儿送来，不想王如河几次不放手。待老汉不注意，他先是假拉，紧接着真的送了出去。田老汉原本要踢，王如河却不拉，待要不踢，他却真拉、投了来，形成了狠毒的时间差。只见田老汉错过时机，猛然用劲，右脚踢起，毽子却未改变方向，稳稳划个弧线，落在脚下。谁知他年老力衰，左脚支立不住，右腿产生离心力，一个屁蹲坐在地上，钻心疼。田老太过来一巴掌，说："你为何取笑于他，净欺负老实人！今年不给你家压粉！"众人笑着打圆场："就这么个耍法，别往心里去。"

等到田老汉拉毛儿，抓不实毽子，顾此失彼，众人等得不耐烦。

踢毛儿时，王如河的疥蛤蟆体型有了优势。大腿粗，耐久，劲足。小腿细，灵活，力快。刘排长一个个好毛儿拉过来，他不发力，只是轻轻点踢在脚下，把刘排长气得脸色铁青，几乎就要吹哨集合民兵。刘排长满以为他又踢一个近点，就顺势前伐，双手闪空，差点来个嘴啃泥。只见王如河大腿带动小腿，力量聚于脚面，接触毽子的瞬间，又将脚踝绷直，"噗"的一声，毽子犹如高射炮，起速高，中程快，下降急，早落在人群之外，他再坐踢毛儿宝席。

一直玩到夜色降临，大家斗了嘴，活动了筋骨，一个小村，洋溢着欢乐的气氛。

此时王如河听马裱匠损他，就说："天上好像有飞机。"马裱匠抬头受限，低头不语。随后，二人相对一笑，拍肩告别。

王如河在马裱匠这儿占了便宜，得意洋洋。不想送走马裱匠，院门口一转弯，遇见二没眼，让二没眼测字测得晕头转向。

"看你兴冲冲的，给你测个字？"

"什么测字？"

"你随便说个字，我给你测算测算。"

"河。"

"是你王如河的'河'？"

王如河点点头。

二没眼掐算半天："妈呀，你是个男的？"

"是，是，是。你怎知道？"

"你看，'河'字里有个'丁'。男丁男丁，所以你是个男的。"

"呵呵，神奇！神奇！再测一个？"

"一字定乾坤，换字就不灵。你老家应在河边住。"

"是，门口就是河。"

"此河不远就入海。"

"是，雾气腾腾，苍苍茫茫的。"

"你应当有个弟弟。"

"是，1960年河口突然放宽，除了我，全家都冲走了。"

"你弟弟应当叫王可水。"

"我不记得了。"

第三章 糊裱人生

马裱匠最喜听广播,看报纸。有线喇叭每天的全国人民广播电台联播,马裱匠从始至终听完。钻研裱仰层后,看报纸方便了,就逐字逐句读文章。时间一长,马裱匠对国际国内事件有系统的掌握,还有自己的观点。村里的干部和老师,对政治社会的了解,远远不如马裱匠,马裱匠也是杏东高层人士。

被请到外村做营生,一切收拾停当之后吃饭,马裱匠擂大谝小,左一套,右一套,直把东家男女老少听得入了迷:

"你们知道不,平素咱们吃的土豆,什么时候、从哪国传来中国的?"

"大同背煤,产煤层离地面多远?"

"这一带的地主是谁?知道齐大有有几个小老婆?"

……

他逗小孩子:"你能抱得动这羊羔子吧?"

"能。"

"羊羔子每天长几两肉,你天天锻炼,天天抱它,到头来你就是大力士了。"

这孩子想想有道理,每天抱这羊,觉得自己力道大长。谁知夏季过后,突然有一天再也抱不动了,反复多次,头红脸热,不能如愿,心中暗骂:"背锅子的话听不得。"

恢复高考后,不限制考生的年龄,马裱匠报名参加,政治分数高,不逊色于老三届和城市知青。语文差些,尤其作文得分不多。有人问为什么语文差,马裱匠说:"作文拉分。"

"为啥?"

"净说假话,咱不入套。"

至于数学，一般不超过十分。

马裱匠不知道，在他的报名表内，还标注"履历不清"几个字。

等到三画匠、七鼓匠参加高考，马裱匠已经连年剪报，把高考前的时事做一个册子给他们。三画匠、七鼓匠第二次高考前，马裱匠罗列五十个时事题，五讲四美了，四项基本原则了，德奎利亚尔了，试卷发下来，囊括全部十分时事政治填空题，非常厉害。第一世界、第二世界、第三世界理论，村里只有马裱匠最清楚，不仅意思解释得明白，分别包括哪些国家也几乎能一个不差地点出来。

二没眼来到杏村，一般比较狂妄，目中无人。唯独见了马裱匠，心存敬畏，不敢交锋。二没眼口若悬河的时候，马裱匠并不参与。看二没眼说得差不多了，突然问："你给我说说十大元帅。"

二没眼吭吭哧哧，说不出几个人来。

再次相聚，二没眼有意往十大元帅、十大将军上靠，谁知马裱匠断的他已经有所准备，偏不问。忽然又来一句："1960年，非洲独立了十七个国家，你说出一半就算你赢？"

二没眼犹如吃了一个擀面杖，痴痴地不说话。

二没眼也学马裱匠，问马裱匠问题："鸡兔三十六，有脚一百只……"

"别问了，十四个兔子，二十二个鸡。"

"不问你几鸡几兔，问你怎么算？"

谁知马裱匠已经琢磨这个题目多时，胸有成竹，说："这你难不倒我。比如这鸡兔懂人话，就命令它们背抄手，也就是抬起两只脚，一共是七十二只脚。剩下二十八只着地的脚，都是兔子的，每只兔子还剩两只脚。这就明白了吧，兔子十四只，鸡二十二只。对不对？"

二没眼原打算用二元一次方程计算，不想马裱匠形象化解答，就笑："哈哈哈哈，马裱匠啊，马裱匠，你要是背抄手，一定是个嘴啃泥。"

二没眼毕竟是二没眼，不几天再碰到马裱匠，急问："几个动物饮水，只有王八喝的是热的，为什么？"

马裱匠一时回答不上来，二没眼狡黠一笑说："因为它背锅了。"

杏村建立后，耕地逐渐扩大，在开垦完村外第二圈山脊之内的土地后停止。再往外一个山脊出去，就是其他村的地了。杏村所辖地理范围，大致是一个"回"字。学大寨时，村民将一些陡坡地开了出来，耕地利用达到极致。

乌兰察布东北部的山，表面多是土，土下半尺埋着整块儿玄武岩。近看，山丘排布并无规律，远望，山峦和沟壑东西走向，连绵不绝。往西不远，是著名的乌兰哈达火山，千年万年前，地质活动频繁。半尺的土层，是自然多年的积淀。这薄薄的土层，养活一代又一代人。

杏村人劳作，有时集中，有时分散。劳动是辛苦的，收获是幸福的。村民们展腰歇歇的时候，一览风景也是美美的。

杏林下开着一片地，和杏林一样的走势形状，像是亲姊妹一样依偎。这块地由牛马杨三户人家首先开出，最为肥沃，是杏村的圣地，不管种什么，产量多一倍。种小麦莜麦，秆壮穗大，沉甸甸的。若是换茬种土豆，秧肥块硕，顶起满地的土包，引人注目，让人满足。

杏花盛开时，杏林犹如长大的姐姐，花枝招展，喜庆丰满。下坡的地出了绿苗，形容尚小，娇嫩无比。有雨雾弥漫，姊妹俩如浴山泉，一派温婉，像幅极浓极浓的写意画。胡燕"啾啾"叫着，优美地飞翔。有时空中有蜜蜂等飞过，胡燕看见后，一个弧线追过去，鸽住，然后就在空中惬意地享用。秋天，杏树张张扬扬，枝干硬挺。地里的庄稼成熟，泛着金黄。从远望去，杏树是茸角，成熟的庄稼是深黄的身子，犹如成千上万的野生梅花鹿聚在一起。一会儿南边有了吸引，鹿群向南拥去。一会儿北边有了召唤，鹿群向北荡回。小哑巴以此景为主题画的一幅画，画名就叫《杏鹿》。有时蚂蚱成群，此起彼伏，很是吓人。村里的男孩子们逮住蚂蚱，揪了腿儿，咀嚼，味道不错。若是生了火，可以吃烤蚂蚱。

下了雪，满地银色。杏林是幕布，耕地是舞台，一会儿过一只狐狸，一会儿来几个野兔。大大小小的鸟，有蹦跳的，有飞翔的，不停地变换着主角。春暖时，眼看着冰消雪化，土地露出黑面孔，有了水分的滋养，显得松软厚实。多余的冰雪水汩汩而流，在西山底聚成海子，牛羊霸住畅饮，喝醉才离开。

原来亲蛋儿父母发现儿子不在，就早出晚归，四下寻找。后来听人说有个背锅问去大同的路，就知儿子是去背煤。煤黑子背炭，腿断了都是小茬茬。可怜两位老人，一进山西大同地界，沟壑纵横，山峦连绵，大小煤窑密布，去哪儿找他们的亲蛋儿？

亲蛋儿怀揣工钱，对着自家的矮屋连磕三头，走上了寻父找母之路。可怜一家三口，父母转着圈找儿子，儿子转着圈找父母，竟无再见之时。

历经千难万难，亲蛋儿踏入乌兰察布高原，忽见一片杏林。正是初春，大地泛着绿意，杏树先花后叶，枝条上已经顶出新芽。亲蛋儿由杏林往东看，几户人家映入眼帘，就在杏村落了脚。时间是

1965年，亲蛋儿虚岁二十一。

马裱匠终身未娶。有一段时间相了几个女人，最终也没什么结果。他无儿无女，没有三亲六故。村人经常见他静坐，肯定是想他的父母亲。马裱匠在村里多有善举，孤寡老人缺盐少酱，他会不假思索地买上送去，也不需要什么回报。或遇马高镫短，马裱匠乐于帮助别人，借三十就三十，借五十就五十，从不催要。后来，他有些大社员的做派，性情桀骜，言语耿直，不怎么听从干部的安排。他从来也没有彻底脱离农活，真正干起来，是一个壮劳力。

杏树的枝条不再软柔，如枯枝样干硬，似乎完成什么大事似的孤傲。正是一年秋收季，生产队大会战，抢收小麦。

今天要收割的麦地是旱地，麦是本地麦。麦田起起伏伏，从脚下一直延伸到遥远的半山腰。因为地力不足，这些地块春播时一亩地只下十二三斤种子，垄宽苗稀。一夏天艰难生长，这些麦今天就要羞涩地向耕耘者奉献自己的全部。

麦浪起伏，向脚下土地俯首致谢，与远方山峦挥手告别。邻近地块的麦子已经收割尽，麦捆不大，矮矮的麦垛像断断续续的古代土长城，断壁残垣，堆起连串的历史沧桑与悲凉。

马队长骂马裱匠干活投机取巧，只做归拢麦捆子的营生："你看你，一个男人家，就说你是个残废人，也不能只干女人孩子的活。你裱仰层挣的钱一分也不给集体，集体还得分你口粮。"

田老汉抄着手过来，说："是呀，要人残志不残。"

马裱匠知道田老汉双手有些不利索，有些不屑："往年我啥时候拔地不是拉辕子？今年我腰疼，你又不是不知道。再说麦捆子不归拢能自个儿垛成垛？也不像你当个小队长，啥也不做，跟在女人后面假装监工,看人家的辫子。"

正是田间休息时,人们饥躺荒卧,了无精神。忽见马队长和马裱匠打嘴仗,立刻来了兴致。队长被呛到短处,嗓子像被堵住了,一时泛不起话来。马裱匠得寸进尺,说:"是骡子是马拉出来遛遛,咱们俩不行比试比试?"

马队长觉得马裱匠此话,话中有话,欺他年老,颇为懊恼。马裱匠手指麦垄,意思是要和队长打擂台拔麦子。

马队长开始不想应战,无奈马裱匠咄咄逼人。众男人起哄,更有几个中年妇女想见见队长的底,也七嘴八舌地鼓动。

队长无奈,就脱了背心摔在地头,惊起一只蚂蚱。队长像一座塔,蹲在垄首。马裱匠下意识地也要脱掉衣服,又想背锅倾腰不好看,何况胸前一个大疤,就穿外褂和队长蹲齐,霸住麦垄。众人高喊:"一!二!"

比赛开始。

远处几只老鼠不清楚发生了什么,听到声音,受了惊吓,溜溜地钻入洞中,灵巧的尾巴一摇不见了。

只见马裱匠双臂挥动,颇有劲道,两手张握,沙沙作响,一口锅背在肉脖子下面,撑得蓝布衣服左右凸晃。马裱匠移步稳进,身后留下干净的土地和摆放整齐的麦把。再看队长虎背熊腰,步大把粗,一手下去,恨不得将一垄麦子全部拔尽。队长左右开弓,出着粗气,一时占了优势。三干头媳妇、贺大头媳妇抛眉送眼,马队长涌上称雄之意。

谁知队长年龄大马裱匠近二十岁,体肥身虚,终于不能持久。不长时间,马队长拔几把喘几口,整个气势就下去了。三干头媳妇看出点儿猫戏,眼前一幕一幕过电影,心中不免可怜队长,累死累活的，难为队长了。

再看马裱匠，俨然一副表演的样子，腿越稳，臂越健。他有意将拔在手中的小麦往后扬得高高的，麦根上的沙土均匀地甩掉在地。然后，他的手臂自信地向前划一条弧线，如运动员飞驰中挥舞接力棒。很快，他的手再次探出，虎口部位触碰拢住小麦秆，有力地抓一大簇拔起。如此反复，直至手中不能再容纳一根麦秆，他才远远地放下一把麦子。好像有什么程序，马裱匠两手轮流抓握三垄小麦，颇有章法，节奏稳定，丝毫不乱。人们屏住呼吸细听，马裱匠双手发出"嚓嚓"的声音，好多麦子是被他掐断的。遇到伏卧的麦子，马裱匠从根扶起，并到一块儿拔尽，动作比裱仰层还麻利。

贺大头媳妇看那背锅，神情迷离，细喘微微，不免心生赞赏："他妈的，马背锅就应当背个锅。"

"时间到！"

十分钟过去，二人停止比赛。队长往前走了几步，对马背锅说："明年，你当队长吧。"

"叫我马裱匠当队长，除非你把我这个锅安到你的脊背上。你不记得当年让我当副队长的事了？"

队长露出狡黠的笑容："记得记得。他妈的，全大队就我这个队没有副队长。马背锅，你不是说你今年腰疼吗？"马裱匠说："残废人的话你也信？"

所有的人都笑了起来。田老汉斜插过来，欲言又止。队长笑完骂："甚时候你的嘴残废了就好了。"

原来马裱匠来杏村三五年，大队领导觉得他孤身一人，无亲无故，贫寒可怜，有意让他当副队长，马裱匠再三不应。实在推辞不过，马裱匠说了真话："没找到父母，我死不心甘。农忙时我干活，农闲时我得出去找我爹妈。若是村里负责，我就抽不开身了。"

大队领导听这话，知马裱匠身世艰难，不再打他的主意。

空中一群大雁由北往南飞过，不时变换队形，编织亘古不变的轮回故事。

北方的天气，有点凉了。马裱匠收拾东西，拍拍打打。回村的路上，马裱匠手搭队长肩膀，爽朗大笑："明年雁回，定有新鲜事。听说了吧，南方又包产到户了。明年，咱俩也许不能再比试了。"

马队长说："一笔写不出两个马字。"

马裱匠斜眼一瞅，说："你这是哪儿和哪儿啊？"

马裱匠不知道，全县已经开了县、公社、大队、生产队四干会，马队长是听过文件的人。

第四章 水火精灵

三干头今天起炕较晚，身子飘飘的。他家两间房，西堂屋，东住人。三干头年轻时在牧区生活，眼界宽惯了，就开了四面窗户，只是东北西三面小些，全村唯一。不管外面有无动静，三干头每每四个窗户往外看，企图有些发现和经见。东南西北转一圈，古车豁子、霍铁、杨大个、沈家、李大爷、三板爹、队房、柴红脸、广场、请示台、三画匠、七鼓匠乃至炒房、厕所，他全能看得到。

他在土街上转悠，目的是趆摸着吃一碗免费冷盐汤调热粉片子。

一入腊月，村里家家户户就张罗压粉。只要不压粉，这年过得就缺一道重要程序。

杏村习俗，压粉完毕，东家会用冷盐汤调一盆子粉片和零碎不成形的边角，大家聚在一块儿吃。一来品压粉师傅的手艺，二来热不老燥干了半晌，吃一碗解渴果腹，以示东家大方。

杏村像村东炒莜麦房里的铁锅，一个浅窝，西高东低。几排房子好像随意晾晒的抹布，颜色灰暗，歪歪斜斜。有的人家为了防寒，房顶披了柴草，如一顶帽子，盖在房上，衬托得那些未披的房子，像一个谢顶之人。

不是做饭的时候。全村只有几家大烟囱冒烟，不知道家里的女人生火做什么。倒是那些生炉子用的小烟囱，悠悠地散出青烟，人们可以想象家的温暖。烟雾一时散不去,东西南北荡几个来回,说不定哪股风找准角度,轻轻吹淡。

三干头往西远远瞭得,贺大头家今年新盖的房子门窗大开,迷雾升腾翻卷,有一股气流。不用说,这是烧水压粉。他心中暗定:"今天就他家了。"

三干头身高头瘦,反身弯腰回到自己家中。他要切准时间,单等压粉结束前去。去得早了人们正做营生,干等未免尴尬。去得晚了,大家收拾锅碗瓢盆,也没有单独再给你调一碗的好事。

田老太会和山药粉面,不可替代,是村级手艺人。所做乃进口之食,更加受人敬重。

请田老太和面,需要提前预约。

最忙的腊月后半季,需要提早三五天约请。田老太不识字,在一个月份牌子上记着这些主儿家的信息。比如马家请和面,她就在约好的日期那一页画一匹马,杨家请和面,就画棵树。

田老汉看见月份牌子上,画了一个奇怪的东西,就问田老太是什么玩意儿。她说:"小南山下王如河家,这天请我和面。"田老汉听后更加糊涂。再看田老太所画,竟是一顶绿色的帽子,一下子理解了她这个记号的逻辑关系,哭笑不得。他看看没人,手笨指僵,两三把才将这页月份牌纸费劲扯下,揭开炉盖,"呼"的一声烧了。田老太有些着急。田老汉说:"这事儿我给你记着,我跟你得罪不起那人。"

田老太生为女人,极爱喝茶,越酽越好。田老太还未到来,东家就或铝壶,或带盖儿大搪瓷缸子,或两耳生铁锅,早早把"川"字牌儿砖茶熬上。她一进屋,倒替着擦擦鞋底,扳住炕沿爬上炕,转身端坐炕头。东家赶快奉上茶水,她吸吸溜溜开喝。遇到茶梗,她咬住,"噗"一声打出去,很有力道。

最近天天喝浓茶,田老太越发舌重齿黑,气息袅娜难闻。

田老太优雅地拆开烟盒,抽一支烟。她在村里身份较高,"梅花""骆驼"烟圪节多,不抽,最低"凯歌""太阳"。有好人家会上一盒"墨菊"。据说这烟掺和了香料,一般人抽着,会散发一股浓郁的香气。可惜这香气经过田老太的口鼻,发生了化学反应,味道变化,不怎么香了。

田老太向来不给别人敬烟,这盒烟她放在炕头席子的边缝处,有人想抽也够不着。很快,烟就被她暗暗揣到腰间,再也见不到天日了。

田老太为匠的工具只有一个小瓷酒盅。她多年摸索试验,拿这个酒盅来量度白矾的用量。她从怀里拿出酒盅,用手抹抹,再吹几口气,算是做了清洁。

田老太穿一条瘦版大裆棉裤,盘坐时棉裤上沟壑纵横,犹如她苍老的脸。贺大头忽然暗笑,觉得她的脸像西坡的杏树干一样褶皱。

田老太盘坐是有名的。她右腿在下,左腿在上,两腿膝盖部分相叠,小腿部分则左在右、右在左,脚后跟紧紧抠住大腿外侧,像一个端坐的高僧。

喝好茶,左右腿互相释放,田老太把一个大瓦盆夹在双腿之间,不使其移动,两只小脚爹爹的。贺大头夫妇分明能看见她的裹脚布,隐隐地露出来,大部分被一个黑色的马车轱辘橡胶里带圈束在裤腿内。一双鞋虽然旧点,还算利索。

开始和面。

三干头耐心等着。

他背靠在盖窝垛，左腿收紧拱起，侧看像个"人"字。右腿抬起自然内弯，放在左腿膝盖上，正看像个"7"字。两腿交叠之下，就围出一个三角形空隙。

"给我看看炕上的火柴盒有火柴没？"

三干头见媳妇操持家务，心生感激，觉得亏欠。他每天不多干事，却想讨媳妇喜欢，逗媳妇开心，活跃日常生活气氛。他听见媳妇问，拿起火柴盒，放在耳边，夸张地摇头，听火柴盒没有声音说："没有！"

三干头媳妇开始没反应，稍后歪身大笑，差点把风箱拉杆儿崴断。笑了一会儿，三干头媳妇站起来，拿了火柴盒放在耳边，摇头，也没有声音，再摇火柴盒，"哗啦啦"响，顺手在丈夫的干头上打了一火铲。三干头双手捂头。

三干头从这个三角形内看过去，自己的老婆正在灶火口拉风箱烧火，煮猪食。只见她单手推拉，身子一欠一欠。每当侧脸看望灶膛的时候，火苗映着她的脸，两颊绯红，别有情调。他和老婆对视了一下，干咳了几声。他老婆埋怨，说："一夜不让睡。"

三干头脸上堆满了坏笑，在三角形空隙内调换着角度瞅媳妇。忽听堂屋门响，原来是留在院里的羊羔子顶门而进，噘着一个粉嘴，吸吸溜溜找吃的。他光脚下地，把羊羔子撵出去，回身把堂屋门从里顶了。媳妇听得顶门声响，浑身燥热，心烦意乱，忙用火铲把灶膛里的柴草灰火收拾妥当，挂上灶户门子，柔软的身子款款站起来。锅内的猪食在灶户余热的作用下"咕嘟咕嘟"响，三干头夫妇不管不顾。

　　田老太用碗量出粉面，口里轻轻计数，一碗、两碗……随后摸摸白矾面儿，用自带的小酒盅量，更是一盅两盅数，生怕记错。粉面和白矾配齐，她苍老的右手五指分开，像个钢叉一样在盆内划来划去，以使粉面和白矾均匀混合。

　　此时，贺大头媳妇已经从锅里舀好一大铜瓢滚开的水，递到田老太面前。她一手端瓢，一手端碗，把瓢内的水倒到碗中，然后浇在盆内，嘴里又一次计数。

　　田老太按数完成这道程序，就左手抓住盆沿，右手在盆内和面。此时盆内温度尚高，热水烫得她下一次手，快速离开一次，就像有条小蛇在盆内咬，她又想捉拿，手就不断地躲避。

　　田老太嘴里吸吸溜溜，似乎这样能缓解烫手之感。终于把面和匀，盆内温度降了下来，她两腿呈罗圈状，卡住瓦盆，双手开始大幅度地揉啊揉。不一会儿，非常筋道洁白用来压粉的面就算妥当，饧在盆内，像雨后树丛中新顶出来的一个大马皮泡，饱满，富有弹性。

　　田老太十七岁嫁给田老汉，几多辛酸不如意。日本人实行"三光"政策，夫妻俩东躲西避，十几年搬了无数次家，1955年夫妇三十岁上下，迁入杏村。田老太个头不高，眼睛活泛，是一个不服输的有心人。她看这里的人大都粗笨，生活过得不精致，好好的山药粉，胡乱做些大板片子。

　　战乱中，田老太曾给一大户人家做过用人。她硬是找到厨娘，专门学了压粉的手艺。谁知压粉是一个综合营生，有化学、数学、物理因素，她只能凭实践总结摸索。一着出错，满盘皆输。

田老太学习压粉，既有成功喜悦，也有失败教训。去年她给老牛压粉就几经波折。

老牛，人们在他三十几岁就这样叫。老牛身高头大，性情温和，一脸憨气，不爱说话。老牛、田老太、田老汉三人，岁数依次小一岁，两家住处接近，来往较多。往年，这老牛大都是提前说好，把山药粉提到别人家，等人家做完，他搭顺风车压几坨黑粗粉。除了带一小筐炭，临了时千谢万谢。这次田老汉说，我家女人压粉，与其到别人家捎带，不如就在你家干活。老牛就请了过来。

谁知田老太进老牛家，进门不小心闪空跌倒。老牛扶持之际，田老汉紧跟着也窝在一起。原来老牛家是半地窨子，屋内比院面低二尺多。田老汉对老伴儿笑说："你莫非初次来？我多次出入，今天倒在你的灰棉裤下。"三个人哈哈而乐。

在老牛家干活，田老太慌慌乱乱，不得劲，临时碾的白矾就粗点。一切按工序完成，不想着急之下白矾未全部融化，等到压粉时，面团稀松，所压之粉抽抽巴巴，曲曲弯弯，不甚直溜。入锅稍煮，粉条从中断开，变成一截一截，如一锅幼虫。

老牛半张着口，说不出话来。田老汉一边拍自己大腿，一边问老婆："怎回事？"

再看田老太，神情紧张，不顾水烫，从锅里捞出粉条细看，只见上面带有绿色小点儿，知是白矾粒大板结，未全部吸收所致。

可怜老牛，秋天费力气找几个女人磨几斤黑粉，竟让田老太一锅煮成这样。

年年如此，老牛和几个邻居女人约好，女人们手提磨擦擦，来给老牛磨山药粉。

先将山药大致洗净，然后在一个盆子内，用磨擦擦将山药磨成泥。磨擦擦是一块铁皮，上面钉许多孔眼，然后翻转过来固定到一块儿木板上。一片凸起的孔眼，周边非常锋利，手握山药在其上磨擦，"嚓嚓"脆响，山药就变成泥糊。几个女人坐在院子里磨山药粉，是乌兰察布高原农村非常有特点有韵律的劳动场面。

女人们十分熟练，眼睛不盯山药或磨擦擦，仅凭手感操作。她们或高声谈笑，或低首密语，健康的身体直直弯弯如杨，粗粗的辫子摆摆动动似柳。忽然有哪个女人说了一句笑话，大家停住动作，爽朗地大笑，引得路人驻足观看，给老牛家带来难得的生活气息。天极高，山很近，笑声话声绕几个来回，渐渐远去。

乌兰察布有三宝，"山药、莜面、大皮袄"，化德山药远近闻名。山药蛋，最不起眼，富含淀粉，兼做主食副食，是救命疙瘩。山药泥接触空气，很快氧化发红，犹如一盆牛血。女人们合作，用笼布替老牛过水滤掉山药渣，得到稠稠的粉浆。老牛不平坦的院子，流满红水和白沫，漫出院外。此后几日，老牛自己沉淀，倒水，去泥。稀释，再沉淀，再倒水，再去泥。再稀释……直到得到雪白的山药粉为止。这个过程越是反复多次，山药粉越是精细，斤秤上也就少些。盈实人家每年能磨一二百斤山药粉。老牛怕麻烦别人，况一个人过日子，只磨一二十斤。沉淀、去泥、稀释由他自己做，懒得伺候，遍数少，山药粉就灰暗许多。

山药粉食用时，必须再经大火开水烧煮。不管什么做法，粉条入口前干净透亮，十分讲究，白净筋道，牵头摇尾，激荡起伏，让人心生爱怜，像个精灵一般。

田老太意欲赔几斤山药粉，老牛死活不同意。同村上下，田老太也是义务帮忙。田老太回天无力，只好把这些粉节捞出，分成十几堆儿晾在簸箕里。老牛不忘乡俗，给她胡乱包了一个相谢。田老汉双手艰难对搓，口里说："你看看这，你看看这。"

田老汉提醒老伴儿注意门框磕头，在前边弯腰而出。田老太比画着说："老牛这门框做得妙。你再低一寸，就磕不住了。我再高一寸，就磕住了。"

老牛听二人说话，不吱声儿。

老牛拣个粉坨，双手捧着来到地窖子遗址，掰开粉节撒了一圈，表达对先人的敬重。几日过去，这些粉节并没有被鸟雀鼠兔吃掉。

老牛做饭，菜快出锅时才双手端半个粉坨下到锅里，不敢大火煮，然后艰难地吃下去。

经过此事，田老太总结经验教训，凡压粉之事，一定按规矩来，手艺逐渐纯熟。

谁知天有不测风云，粉有旦夕祸福。

去年和坏了老牛的粉，田老太今年主动上门服务，双方很是融洽有礼。老牛今年增加了过粉遍数，山药粉白细了不少。谁也想不到，正当和面之时，老牛养的老猫叼回一个老鼠，放在田老太腿边。她生性既厌猫，更怕鼠，遂放下瓦盆不管，呀呀叫着躲闪。

这里田老汉听见自己女人大喊，快步进入老牛家。他知道老牛家地比院低，最后竟是一跃。田老汉见状，将手中一根木棍扔到灶火口，笑说："我以为怎了，原来是老猫扑耗子。可巧今天耗子娶媳妇，这猫不该杀鼠开荤，坏人家好事。"

老牛用火铲将死耗子端到屋外，老猫毛开胡奓，喵喵叫着护食，很不配合。一顿折腾之后，盆内早已粉冷水凉，再也揉不到一块儿。有道是祸不单行，福无双至，可怜老牛又一次半张着嘴，说不出话来。

谁知田老太多年历练，沉着应战。只见她将面团零零乱乱塞满床腔，顺势一瓢开水浇灌，大喊："压！"

这边老牛双手抱住饸饹床把，咬牙切齿压将下去，无奈面硬如棍，动弹不得。田老汉一堵身子护饸饹床底，帮不上忙。田老太跳到地上，苍老干巴的双手搭上去，与老牛二人协力推进。

天无绝人之路。经过短暂僵持，粉条终于从饸饹床底挤出。只见水面荡漾，翻滚蒸腾，如千龙游水，似万丝迎风，满锅的热烈和清香。待到捞出，细铮铮、白灵灵，晶莹剔透，其质可及宝玉，其色能比水晶，二人竟压得失传多年之水晶玉粉。多年以后，田老太被评为传统化德"水晶玉粉"技艺传承人，登报纸，上电视。

三人滚战半晌，终于快要压完。谁知最后一压出了事故。老牛使出了全身力气，只听得"叭"的一声，早见饸饹床把子从中折断，塞子脱落，被挑飞起来，翻着跟斗，"忽嗵"一声钻进仰层。二人四手共持一节饸饹床残把，相对而视，哈哈大笑。

田老太和贺大头外母娘是朋友，听说贺大头套驴车接外母娘吃压栈糕，毛病多，不稳当。其他村有请她和面压粉，田老太一概要求牛专车伺候。公乌素没有和面压粉师傅，贺大头姑夫家却有一个祖传饸饹床，从老家带来，大得不得了，像一个小恐龙骨架。这饸饹床不适合小人家，几斤粉面，两三管子完事，意犹未尽，显得家薄财浅。

贺大头借了姑夫的饸饹床，近看确实有点夸张，长约两米，一头立在灶口，一头探到炕头，俨然一门无后坐力炮，威风凛凛。饸饸饹床使用多年，有些地方开裂用铁箍摞死。稍一挪动，饸饹床发出"吱吱吱吱"的声音。灶里的火上已经加入煤面儿，锅内的水开得哗哗响，一家雾气。

田老太把和好的粉面揉成一个软软的圆柱，一把护不过来，沉甸甸的，手感温润。早有一大妈像传宝物一样接过去，眯缝着单皮小眼贴近饸饹床，塞到中间的腔内。这大妈左手按住饸饹床，右手将饸饹床压塞把住。

"咯吱吱"，开始压粉。

一个壮小伙将探到炕头的饸饹床头死死卧压住，犹如按着一头小犍牛，不使其挪动。另一壮小伙压住饸饹床把，使尽全身力气压下。开始放空炮，出粉之眼好像糊住一般。不一会儿吃住了劲，床底就压出了白白的粉条。越往后，越难压，壮小伙双脚离地，把自己吊在把子上，张牙舞爪，靠体重形成压力完成最后冲刺。

难得一见这么大的笊篱。柳条沟的柳条，柳条沟的师傅，编织的笊篱就像半扇骆驼排骨一样。大妈将这笊篱从锅沿推到锅底，锅内煮的粉条就全部收拢归纳。这大妈双手上去，颤颤巍巍捞出来，看样子力不能逮，"呀呀"叫着反倒入一个大号瓦盆，盆内装了凉水。

早有年轻小媳妇挽袖等着，纤纤细手一捞一绕，一捞一绕，一个个粉坨子就成了。

三干头掐算着时间。他办完了家里的事，穿好衣服，一边扣扣子，一边开门径向贺大头家扑来。

三干头房前，三画匠、七鼓匠房后，坐东朝西一小广场，东边砌着请示台。这里原是一个小土包，修建时取高垫低，正好比周边高了三二寸。早些年，这里早请示，晚汇报，严肃而热烈。后来成为杏村中心地段，村民不管老幼男女，有事没事，总爱在请示台前站一站，聊天说话。

请示台基座石头砌成，土坯垒了竖墙，形状庄重厚实，比例舒服恰当。竖墙的正面，画着伟人侧面像，光芒四射。墙的背面，不时更换主席语录。

村里放电影就在这个小广场。冬夏春秋，放电影必在三画匠、七鼓匠房后立竖杆横杆，挂幕布，发电播映。三画匠和七鼓匠家先后翻新重盖，火墙搭火墙，一模一样，只是堂屋和住家翻了个，两家格局东西对称。偶然一次，三画匠发现从反面看电影，除了字幕是反的外，其他并不影响，就呼唤七鼓匠上房，坐在房顶看。两个人想要什么角度就调什么角度，变化远近距离也十分便捷，省却拥挤和嘈杂。有几次领了其他的孩子在房上看，被孩子父母发现一顿臭骂。唯有黄老师的姑娘黄丫头和愣韩的姑娘巧灵，需两家大人说好话才扭扭捏捏上房观看，终于怕不小心滚到地上，婉拒了邀请。

新影片上映的速度远远跟不上放映队巡回的节奏，全公社巡演一圈后没有新片子来，就重新放旧片子。放映员赶着辆驴车，一只脚有点跛，坐车时看不出，下地走路稍慢些。有和放映员熟悉的，早早打听晚上放什么片子，都有些兴奋。村人一派向往，男女老少早早吃晚饭，搬凳子、石头等在请示台前占座位。紧挨放映机后，有一把破椅，那是队长的宝座，他一般要在放映前讲二十分钟的话，哼哼哈哈的。

听队长讲完，三画匠、七鼓匠先是夹紧双股，快速遛墙，双臂变换姿势保持平衡。上房之后，缓步登临屋脊，地上众人小如蚂蚁，他们自有优越感。地上的孩子心存不服，石头土块儿往房上扔，三画匠、七鼓匠居高临下对战。有打了脑瓜的，有打了身子的，都忍着不吱声。等到灯光一闭，熟悉的片前曲响起，战事就结束了。

最先放的是新闻纪录片，国家领导、著名人士、各种场景在村民眼前真实展现，大家看得新鲜激动，多看不厌。

七鼓匠以为故事片是真人真事实录，心中不解，满是佩服。三画匠说："故事片都是演员演的。"

七鼓匠不信，糊里糊涂说不出理由，只是觉得自己的看法是对的。等到再长大，念了高中，才知三画匠言不误，心中暗自欣慰："幸亏当年没和他仔细理论，不然就丢人了。"

看过的电影，人们熟悉剧情，有些经典台词音乐，人们在观看时会说出来、哼出来，颇有意思。

三干头回想那些年，看电影的人有三类。第一圈是真看电影，儿童、老人坐在中间，不打算出场外，一直认真看到结尾。第二圈是有事的，或村里要害地方负责的，或担心自家安全的，或有相好的想借机会面的，出出进进，心思不完全在电影上。第三圈大都游手好闲，抽烟寡谝，高吆二喝，惹人讨厌。

最可怜带小孩儿来的。孩子开始被电影吸引，一会儿没了兴趣，作烦大哭，父母只好挤出人群，一步一回头，抱着孩子回家。若是天冷，用大人的衣服或皮褥子裹着孩子，很是费劲。只等那孩子哭声远去，广场才恢复安静。

队长曾经有个想法："电影是个好东西，我杏村要有一个放电影的手艺人。"他问了大队干部。大队干部说："马队长，你杏村弹丸之地，不打脸，什么戏也想唱了？"马队长有些羞愧，知道难办，就把这主意放在脑后。

三干头看着请示台和小广场，脑里一幕幕过电影。三干头是最外圈看电影的人。当时他和队长说，要是批准本村演电影，他三干头就学习播放，谁知壮志难酬。

三画匠和七鼓匠父母对毛主席最是忠诚敬爱，雨雪之后，必定提锹拿帚清理干净。现在请示台已经拆掉，两家就打扫小广场。三干头再望一眼，看见扫帚扫过的印迹，知是两家人今天早晨刚刚打扫过。

贺大头今年盖房时配了栅栏门。三干头推了推，不知道有什么机关，干着急进不去。

此时屋内雾气基本散尽，贺大头从窗户看见三干头推门。贺大头平日里对三干头不怎么喜欢。今见他不迟不早来，必是来吃调粉的，就有些不高兴。几个女人清理压粉事宜已毕，洗了手嚷嚷着要回家。贺大头媳妇热情挽留："怎么也得吃碗调粉再走，看看田老太太的手艺如何。"

实际上这只是一个客套的过程，大家也就不再走，做着调粉的准备。

"三干头来了，咱们先别调粉。"贺大头说。

"好。"几个女人或坐或站，叨拉闲话，看不出调粉的意思。

三干头终于解除机关，打着口哨入院，进得家来。

三干头进了西堂屋，没人理。进了中屋，没人理。进了东屋，贺大头不冷不热，说："来了？"

"来了。"三干头显得很嘴勤。

人们就不再和三干头说话，三三两两说些母牛下犊、老马生驹不着边际之事，气氛怪怪的。

三干头本想来蹭吃一碗调粉，他甚至想象吃完一碗，贺大头媳妇热情地又给舀一碗。如今见大家不冷不热，知是众人嫌弃自己。

三干头不是省油灯，心想："你们不给老子吃，老子也不让你们吃好。"

只见他转身告辞之际，忽然脚下一闪，一脚踩进放粉坨的笸箩里。

谁知水滑粉光，三干头肚皮朝天跌坐在笸箩内。偏偏又压在一个边沿上，一笸箩粉坨反扣在地。粉坨还有水分热气，三干头颇觉稀软难受。跌倒翻转之际，他早已抓了几根粉条，下意识送到口中，甜不唧唧的，不好吃。再想这样未免太失态，咽了两三口就爬了出来。

贺大头怎么也没想到会是这样的情景。几个女人"呀呀"大叫："可惜了的，这是二十斤面的粉条呀。"

三干头自觉事情闹得过大，只能干笑赔罪。贺大头张嘴骂："你是扑刀子了？"但也没有任何办法。说他是故意的，没有足够的证据。说他是无意的，事情未免太气人。贺大头和三干头扭打起来。

"都给我住手！"

原来三干头媳妇见三干头鬼鬼祟祟出门，她就多了一个心眼，暗暗跟来。看见三干头进了贺大头家门，再看屋里云雾腾腾，判断他是嘴馋，想吃人家的调粉，于是也进得门来。见众人冷落三干头，自己也没有脸面，因为她也想象着人家敬让她吃一碗。正要反身退走之际，不想发生了三干头脚踏笸箩之事。

这女人立眉竖眼，放低声调："贺大头，你我同村相住，也非一年两年。俗话说，远亲不如近邻。我们夫妇虽然卑微苟且，也是人前人后站立之人。今天你家压粉，就说他嘴馋，想吃你一碗粉，又有何不可？想你家失火，是乔灌亲自带枪，将那泥瓦匠押回，何尝不是枪林弹雨生死置之度外。不想你不知报恩，反而借一碗烂粉羞辱于他。"

贺大头字字听得清楚，觉得自己刚才不免过于小气。三干头听媳妇如此说，心中羞愧，因为他前些日子被收了枪，按理说已经不是民兵了。

三干头媳妇又说："如今可好，笸箩进人，粉条沾土，岂不让人痛心疾首，追悔万分？"

贺大头点点头，说："是了，是了。"

她继续说："事已至此，唯有面对。三干头，你从今后别再使那小坏，好好做事做人。贺大头你也别太绝情，咱们来日方长。田老太，你告诉我这是多少山药粉？"

"二十斤总是有的。"

"好，我一会儿让乔灌给你家背二十斤山药粉。只是有求各位，把这些踩压之粉条重新过水盘坨，由我带走。否则浪费了，天理难容。"

原来这三干头女人，乃天津知青，出身书香门第，从小吟诗读词，熟诵古文，犹专心于合纵连横、三国争雄之书，如今情急之下，四言六句，说来也慷，道来也慨。

大家一听有理，就按三干头媳妇的主张安排，秩序井然。这里，贺大头媳妇快速调好粉片，热情招呼大家。一时吃粉片声四起。

现调粉由边角料、收底货组合而成，每个人的碗中，混放着各式粉。大板片，形似马耳，颤颤巍巍，恰给三干头捞得，他心中窃喜。板片厚如橡胶鞋底，他上下牙咬住，囫囵吞咽，食道发出特有的闷响，仅吃半片就缓解了食欲，暗呼过瘾。几缕粉条，给三干头媳妇，她半是节制半是夸张，吸得秃噜噜响，粉尾入嘴时，无规则跳跃摆动，汤汁飞溅，只得放小气流。

贺大头自己捞了清饸饹床底渣，七棱八瓣，疙疙瘩瘩，毫无规则，犹如胶皮，富有弹性，自有喜好。女人们拣小鱼鱼捞，倒入碗中游来荡去，像有生命。田老太喜疙瘩团儿，小粉面块儿搓挤而成，状如海螺，只享受那一小窝酸汤。贺大头媳妇今年山药粉过的次数多，田老太面和得好，所调之粉，晶莹剔透，玉质银光，温润可爱，所有人都感到筋道细腻，欲罢不能。

三干头一碗下肚，贺大头再给舀一碗，拿出半瓶化德朝阳闷倒驴散酒，二人嘴对嘴喝了起来。三干头脸红头紫，擂大谝小，俨然忘记了刚才的事情。

万物水为净。水中捞出的粉是干净的，土里拿起的粉是肮脏的。一冬半春，三干头吃着充满泥腥味儿的粉条，心中硌硬。终于找了个机会，给外村一亲戚捎去，只说叫耗子咬过，喂了大母猪。

目睹这一切，田老太感觉五味杂陈，人生如粉啊。她想自己一个女人，半生经历，哪可比落地之粉?！田老太渴望自己像一坨粉，在清凉宽阔的冷水中，从头淘洗漂刷得清清爽爽。她向西望去，杏林布满白雪，阳光下泛着银光。如果有来世，她愿转生为一棵没有来历的野杏树，自由自在轰轰烈烈开一季花，即使结一颗酸杏，也心满意足。

贺大头媳妇恭恭敬敬，用干净笼布包了三个粉坨谢田老太，这是村中的规矩。田老太半推半就，提在手中，袅娜而去。好在这三个粉坨刚才放在屋外的水桶底上，这么长时间，外层已经微冻。

田老太把三干头蹭粉事件添油加醋，编成故事，压粉时说给人们听，绘声绘色。讲着讲着，忽然品味到人之卑微，田老太戛然而止。她想，山药是人种的，粉面是人磨的，粉条是人压的，三干头他生而为人，吃一碗现调粉，却经历了这样的屈辱。

第五章　焙炒岁月

这几天三干头媳妇觉得浑身痒痒，隐忍难耐。除个别地方，痒处未起红肿大疙瘩，况家里只养猫不养狗，不可能是跳蚤咬的。她隔三岔五，用开水兑敌百虫烫冲消杀衣被，也不是虱子虮子。

她不歇心，夜间猛然翻起炕席，随即打开三节筒手电照看，也没有发现壁虱之类的东西。

这痒痒很是持久，越翻身折腾越厉害，剧烈活动出汗之后尤其难受。三干头媳妇苦不堪言。再品三干头，身子别别扭扭的，不似以前灵动，有时手在腰间裤裆塞塞窣窣抓挠，莫非也被痒痒所困？

一日上午，她趁男人不在，翻褥展被，寻找元凶。却见被褥上多有绒毛，极细极柔。她从柜内另取一套被褥，对比观察没有这些东西。她疑惑："这绒毛莫不是炒莜麦的毛子。"

那么，这莜麦毛子又是哪儿来的？

杏村有个炒莜麦房，为避莜麦毛痒痒人，建在村东南。

炒莜麦房不是天天使用，破破烂烂，污脏不堪。有人家炒莜麦，才会派人捏着鼻子进去打扫。先是洒一两担水，然后用铁锹铲，再用笤帚扫净。墙角有一口专制的铁锅，极浅极浅，比世界上任何一个锅都浅。这极浅的锅，呈十几度角里高外低安装在灶膛口。

这口锅开得极好,漆黑乌亮,光滑顺溜。没人炒莜麦,小孩子们有时跳上跳下在锅里打滑,"咿咿呀呀"乱叫。这种情况让大人们遇见,一概格杀勿论,定斩不饶,两个耳掴外加兜裆一脚赶走。

靠西墙一排泥台,分成两个工作面。靠锅近的工作面,可置大笸箩,放置淘好待炒的生莜麦,往炒锅里撮方便。靠门近的工作面,可再置大笸箩,晾炒熟的莜麦,冷却后在此装袋拉运。

世上没有两片相同的树叶,也没有两个相同的笸箩。两个笸箩并排放在一起,大小、高低、新旧、软硬,总会形成一些有趣的对比,有时人们不免会心一笑。

房顶穗穗搭连,说不定什么时候会掉下什么东西。

三干头媳妇想了很多,脑子里过了好几遍电影。

"这几天谁家女人说炒莜麦来着?"

"不保三干头又去人家家,蹭这蹭那丢人?"

"或者竟是有什么人来过我家?"

她向来没有仔细看过真实的莜麦毛,是与不是,现在一脑糨糊,于是决定纸包一撮绒毛,前去炒莜麦房比对比对。她想,还是南方的水稻好,摔打脱粒之后不用火炒,自然省事不少。前几天听喇叭,说杂交水稻在全国推广,她不免悄啧双唇,回忆大米饭的香味。

莜麦是乌兰察布高原特有的粮食作物,据说只有几千平方公里的区域可以种植,很是珍稀,化德地区出产的最好。莜麦金贵,做法号称三生三熟。三熟是小火炒熟,开水泼熟,高温蒸熟。三生就是未炒熟,未泼熟,未蒸熟。不知道古人是什么样的吃手,怎么实践摸索出来的。

最麻烦的当然是炒熟。这个营生工作环境差,一般人不愿意干，大多是无家无室的男人操持。村内的炒莜麦房就是老牛当家，他从三十四五岁一直炒到老。

只要是劳动，就有独特的美感。

炒莜麦作为一个必需的劳动环节，其外表引人处在于悠闲。锅浅，炒一锅莜麦，并不能放许多。一律胡麻柴烧火，慢慢续添，不需要帮手，一个人就能料理过来。老牛站在锅前，一个炒莜麦棍拿在手中，如闲云野鹤，贴着锅轻轻一推，莜麦上去了，懒懒一退，莜麦又自然流下来。推退之间，莜麦均匀地受热焙炒，自有其节奏和韵律。

炒莜麦的人，必须用什么东西把脖子夸张地围住，或者一大块布子，或者多半条旧裤，不使莜麦毛落入脖中衣内，其形象看着颇有气度，大家很是艳羡。

炒莜麦杆多用杨木做就，取其轻便省劲，木料普通易得。杏林南边即有一大片杨树，人工栽种，找个这样的杆不是难事。一个炒头，像一条小小的鲢鱼，也像一个放大的伊拉克蜜枣籽，中间鼓鼓，两头尖尖，形制极为优美。把子长短适中，粗细伏手，通体光溜，与炒头固定连接成"T"字形。使用年久的炒莜麦杆，头部肯定有烤黄的痕迹，而手握部分，久盘包浆，温润可爱。

多少年后，老牛从上海乘坐飞机回来，在飞机内部窗户上方看到一个小小的连接部件。他琢磨，这可能是一个具有类似把钉功能的东西，极像炒头，更具有工业化精准生产的美感，不免引起他对自己焙炒生涯的回想，眼望浮云，思绪万千。

炒莜麦的烦人处就是这莜麦毛。莜麦毛原本附着在莜麦上，炒制过程中受热脱落。莜麦毛极细极轻，炒莜麦锅加热之后，上方空气受热变得稀薄升腾，周围的空气过来补充。如此轮回，莜麦毛四处飘散。出了锅口区域，莜麦毛随着空气下沉而降落，粘得到处都是。

莜麦毛不知有什么特殊物质，人的身体一旦落上它，就会奇痒无比。越是怕见水增加痒度，越是闷热难耐汗流浃背。人们没有方便的洗刷条件，只能忍耐，过一段时间，渐渐自然减弱消失。不亲身经历的人，理解不了浑身裹满莜麦毛的那个难受。

老牛非常喜欢村里的小孩，小孩们也极度笼络亲近牛爷爷。只要是炒莜麦，就有小孩站在炒房门口，一口一个牛爷爷，叫得老牛心痒血旺，通体舒坦。趁东家不在，他用炒莜麦棍儿将斤把莜麦切分出来，顺着炒锅的坡度，顶在火嗓子眼儿处。这里温度高。

只见老牛双手开工。大锅用一把笤帚慢慢打理。火嗓子眼儿处用炒莜麦棍儿辖着，稍稍蠕动进退，以求莜麦粒有所翻转。不一会儿，就听得"啪啪"响。几颗极饱满的莜麦粒，像一个个跳板跳水的男女运动员，"叭"的一声高高跳起，划着优美的弧线，配合着前空翻、后空翻、侧翻等动作，优雅舒展，景象万千，先后跌落锅中，不激起任何动静。

炒锅顶部的莜麦渐渐变得金黄，在各种味道混合的炒房，竟然能闻到这些黄莜麦散发出的一股独特诱人的香味。老牛定睛瞅了几瞅，非常果断利索地用炒棍使劲儿一顶，再用小簸箕就势一接，这些黄莜麦就卷个弧面，一粒不剩飞入簸箕。

老牛弯腰暂时按住火，像中药房负责抓药的老伙计，飞快地把这些黄莜麦分装到小孩子们早早支开的衣兜里。俊俏伶俐的，多装点，满脸鼻涕口水的，少装点。轮到七鼓匠，老牛哀其不幸，怒其不争，干脆磕打磕打簸箕，兜底全给他。

小孩子们"轰"地散开,个个犹如得了金豆,高兴地跳着小垫步,跳几下捏吃几粒,牛烘烘的,比皇子皇孙还气派。东家即使看见也不会怪罪,谁见着孩子们不开心不高兴呢?

后来这一带孩子们唱童谣:"牛头大,羊头小,黄莜麦,猪吃了。"牛头大就是说的老牛。

接近炒莜麦房之际,三干头媳妇听见房内有异动,随即又静悄悄,毫无声息。她知道,这炒房乃是非之地,敢情她今日正好遇着?她高抬脚,轻放下,却猛然从房内跑出两口猪,气喘吁吁。两口猪在她面前表演性地撒一个欢儿,然后像冰球运动员一样,来了个急刹带转弯儿,一转眼不见了。

她吓了一跳,嘴里嘟囔:"你祖宗的,我还以为有人了。"

她眼见两猪跑远,心安神定进入炒房,却万万没想到当真有一个人,如木桩般戳在眼前,把她吓了一大跳。只见这人撅着屁股,"吭哧吭哧"的,正在打扫锅灶,看来是他家要炒莜麦。这人正是不打不相识的贺大头。

贺大头正在专心致志打扫炒房,忽听背后"妈呀"一声,他也跟着声带失控,机械地大喊出来,差点儿吓出尿来。再看是三干头媳妇,不免惊诧,很少有女人来炒莜麦房干活。贺大头也听说这里常有男女出入,这三干头媳妇……

容不得贺大头多想,三干头媳妇已经仰面直挺挺地大躺在炒房门口。原来她本大家闺秀,身心敏感,自打小起就胆小,最是怕惊恐吓。刚才她毫无防备,本以为炒房空无一人,却猛然看见贺大头,况他又喊得揪心裂肺,丧声失调,三干头媳妇立马就昏死过去。

活该贺大头有此一劫。贺大头放下工具,向村内大喊。登时来了十几人众，竟是偏向三干头的居多。这些人弯腰捡石操棍，气氛一时紧张起来。更有三干头，不问青红皂白，上来抓住贺大头脖领，说："你妈的，去年蹭你一碗粉，今天你这怎么说，啊?!"

工夫不大，马队长带着民兵刘排长过来，依章布阵，一时控制了局面。几个女人忙活半天，她才好不容易醒过来。赤脚医生钟大夫刚洗了鞋，果然赤脚过来。他打开医药箱，给她喂了几颗仁丹，找人中、虎口等穴位认真扎了几针，见没啥症状，就离开了。

队长坐在炒房门口，问："你们说说，怎么回事？"

贺大头说："我准备炒莜麦，过来打扫炒房。"

"那我问你，炒莜麦的事你媳妇知道吗？"

"不知道。"

"老牛知道吗？"

"不知道。"

队长很不屑地笑笑："一个证明人也没有，这怎么说得通？"

再看贺大头媳妇，披头散发，张牙舞爪，伸头弯腰直取三干头媳妇。民兵排长调兵遣卒予以阻拦。

队长转身问三干头媳妇："你呢？"

天色好黑啊。

三干头生性好吃懒做，一时难以更改。

冬天黑得早，人们睡得也早。已经后半夜了，三干头媳妇刚才还无比活跃，此时已经再次进入梦乡。

三干头一时还睡不着。早听一个远房叔叔说了个吃饱饭的好办法，一直没有尝试。今天他看几个干部悄悄密密，或有举动。他决定今夜出兵，当一回孤胆英雄。

第五章 焙炒岁月

他穿着轻巧贴身衣服，先是在村中贴墙根儿转了一圈，然后蹲在生产队藏粮圪垯附近。足足等了一个时辰，不见有任何动静，但直觉告诉他，今夜要有收获，他告诉自己还要忍耐。

这是世界上最安静的村落，一点点声音也没有。几十户人家窝在这山坳中，连最轻的呼吸都听不见。月牙只有一点点，像个磨久脱蹄的马掌挂在西天，发着冷冷的清辉。星星数量不多，每一个都闪闪发亮，清丽得像要滴下水来。西边，杏树林枝干摇来摇去，可惜声音传不到村里，俨然另一个被遗忘的世界，不知道演绎着什么神话般的故事。

三干头忽然想起，国家去年发射了第一颗人造卫星，就仰望星空，企图找到光亮踪迹。果然感觉一道微光在遥远处移动。他眨一次眼，就再也看不见了。三干头对此并不专注，他要等人出现。

终于，一条小街走出一个人，猫着腰，轻步急行。说话间，又一个人出现，很快就会合了。等第三个人走出时，他们已经聚集到藏粮圪垯跟前了。

三干头浑身打战，牙齿碰牙齿，"嘚嘚嘚"响。他尽力控制住自己。

很快，三个人动作急促，熟练地用钥匙打开圪垯上的两把将军不下马锁。一个人像个公猪一样爬上去，进入圪垯，就听得"欻欻欻"的撮粮声。三干头兴奋异常，很是害怕。几分钟，三个人忙乎完了，圪蛋里的人似乎一边平粮补打印板，一边退着出来，锁门准备走人。临走，一个人用脚拭拉地面，消除痕迹。其他二人头极低，借着星月之光寻觅，只怕落下随身东西。

眼看三人就要分开，三干头不知哪来的勇气，手电一闪，随后关闭，不作声。那三个人像定格一般，痴痴地站在原地，不敢动弹。三干头捏住鼻子，说："东西放下，人走。"三人依命而行。

一会儿，三干头上前试试，一次最多只能带两个半袋的粮食，就分两次把三个半袋子粮食倒腾回家。

三干头媳妇见状，断定这东西不是正道而来，不免素素朴朴东比西比规劝开导几句。他上炕钻入被窝，媳妇还欲训教训教，谁知三干头冰手过来捂住，她挣扎了一下，就不说话了。

第二天，三干头找老牛炒莜麦，磨面之后给老牛大大掖了三碗。

得了这利，他又干成了一两次。媳妇多次劝导，他还是一句不听。

这天三干头改变战略，转移潜伏地点，蹲在保管员家门口。

工夫不大，他看见保管员从家里离开，却迟迟不回来。那天天冷，三干头冻得瑟瑟发抖，鼻涕不断地流，又不敢出声，把个袖头子擦得能扭出浆来。偏巧肚疼难忍，他屈身解开裤带褪下裤子，却又觉得疼痛点一抽一抽地上去了，只得蹲着再把裤子系好，收得满裆冷气，直觉皮紧血凉，臀酸股麻，一时暖不过来。

正在苦等之际，忽觉一根老硬的棍子卮在后脖，三干头觉得奇凉无比。稍一转身，看见原来是刘浩志排长带着几个贴近骨干，用长枪逼住他，把他带到饲养院审问。

民兵排长表面颇感惊讶，但问的话不实，他回答得也较虚，本乡当土，不予太深计较。三干头于是信口胡嘈，排长胡乱地采信他的说法，实际上彼此都心照不宣。

刘浩志带着几个骨干，一直把他送回家，说美国总统尼克松下台，形势紧张，收了他的枪支弹药。刘浩志家也是一堂两屋，只是堂屋极窄，算是一个走廊。北墙根，恰好卡放一铁油桶。这铁桶，霍铁开盖加锁，排长置放武器弹药，很是坚实。刘浩志把没收三干头的枪弹放在桶内,锁了盖子,贴上自制的封条。

从此,三干头有所收敛。

这天夜里,天色尚早,三干头在街上转悠。忽见对面来了一支队伍,行色匆匆。他暗想,没收了我的枪,你们越来越无法无天了,这么早就行动?

谁知对方也发现了他,一声呼哨,全部隐蔽在墙根儿,双方成对峙局面。三干头隐约看见对方有枪,想起前些天的经历,不免害怕,就低声喊:"我什么也没看见。"

忽然走出一个人,近看是七鼓匠。只因这几天农忙,鼓匠班子无事。七鼓匠认出是三干头,按村宗还得叫他舅舅。就问:"舅舅干啥?"

三干头说:"闲转。"

三干头问他干啥,七鼓匠说:"听房。已经听了两家。"

再看这些人手中,拿着长长的圆纸筒,一头阔大开放如喇叭口,一头尖小收窄像唢呐哨,原来是根据声音传播原理特制的听房工具,暗影中他却看成长枪。三干头不免回忆自己的往事,单枪匹马的,有一次半夜大仰八叉,摔倒在贺大头院内,差点把漏斗骨蹾塌。

三干头就骂:"损着了。跟上鼓匠,你不学好!你人还没黄鼠大,就听房?能听懂个啥?"

七鼓匠知舅舅是全村灰人,却不吱声,见他骂得厉害,就说:"舅舅,他们说,你家窗帘上边绷得不直,猫道堵得不死。"

与七鼓匠一行分开后,三干头继续转悠。谁知又碰得一个人,背着一个口袋,极像做那勾当。这人看见他,放下口袋快步走了。

三干头四下看看,别无他人,过去摸摸,果然是半袋粮食。

三干头环视一周,确认没有明枪暗箭,就把这口袋背回来。背到半路,他只觉浑身痒痒,不由得加快脚步。回到家来,打开口袋正欲看时,不想媳妇回来了,怕她数落,只好藏在盖窝垛底。待到晚间,夫妻俩铺了被褥,脱剥了衣服睡觉。

家中小猫虽然迷糊,毛头一悠一悠地打盹,却被干扰得无法入眠。忽见一个陌生东西立于炕上,就在口袋周围弓着腰腾挪跳跃,运动不止。口袋乃牛毛所制,颇有些腥味,小猫开始百无聊赖,后来玩得不亦乐乎,却不知自己打开了潘多拉魔盒。

第二天打早,三干头将此口袋移放出去,媳妇并不知情。

原来是老牛仔细节俭,凡是炒房所遗落莜麦,老汉最后一概连土扫到一处,经过簸、罗、淘洗、拣拾,粒粒入袋,收拾得利利索索。这些东西日积月累,渐成规模,攒够半口袋他就悄悄给田老太家背去喂猪喂鸡。谁知那天去田老太家没人,往西北背回自家的路上遇见三干头。老牛知他专做坑人之事,如今怕他栽赃嫁祸,便丢弃不管,溜之大吉,图得平安无事。

这口袋乃本地牛毛经纬交织,僵硬无比,粗糙挂物。口袋长时间在炒莜麦房置放,莜麦毛附着其上,何止亿万之数。三干头本来已经洗手不干,无奈这袋粮食自来,阴差阳错,引出如此大案。

三干头媳妇好像还很难受,刚才的事情她记不完整,一个村宗婶婶告诉她基本经过。

"队长,我是第一次进炒房。"

"这个说明不了啥,你女人司家的,来炒房要做啥事?"

"队长,说来话长。前些时日,我忽觉身痒难耐。"众人知她又要咬文嚼字，一齐大笑，队长压压手止住了。

"前些时日，我忽觉身痒难耐。然苦思几天，未明其故。后细加审视，发现家中似有莜麦之毛。我妇道人家，从未亲见焙炒莜麦之事，也难断真假。今天我带一撮细毛，意欲来此比对。不想先是两猪突奔，后见贺大头撅腚而扫……"

"哈哈哈哈哈……"众人再笑。

谁知说到此处，只见三干头急急走了过来，拉着媳妇的手对队长说："没事了，没事了，麻烦队长、排长和大家了。"又向贺大头示意，匆忙而退。

众人疑惑不解，见此情景只好散去，未免有些失望。爱管闲事的老太太们脚小步快，一边抓挠身体止痒，一边东打听西询问，试图尽快掌握事件的全过程和前因后果。体瘦个矮的且抓挠且跳跶，颇像六小龄童扮演的孙悟空。

回村路上，队长也痒得全身抓抓握握，不能安分。他一脸坏笑，问贺大头："为什么你炒莜麦，你老婆和老牛都不知道？你炒得好莜麦啊。"他故意在"莜麦"两个字上加重了语气。

"公乌素我姑姑捎话说，今天想来炒莜麦，我姑夫也是祖传炒匠，自己会务弄。"

队长骂："你妈的，那也得说一声啊。"

贺大头扭头一笑，说："我妈是你姨姨了，你也要骂？"

队长本欲再答几句对景狠话，却看见贺大头媳妇就在跟前，终究说不出来，最后憋不住说："我那是骂人说惯了，又不是……"

贺大头媳妇时而矜持，时而放浪。现在，为了止痒她把身体扭来扭去，衣服就变化着褶皱，显得腰肢颇有力道和韧劲。她估摸着队长要放凉腔，就加快步伐，迈着猫步一扭一扭地走远了。队长把目光从她身上离开,附耳和贺大头说:"那我就……"

未等队长说完,贺大头笑着骂:"你个活牲口,那也得问我媳妇愿意不。"

马队长干脆把话说尽:"当年你奶奶要是后起身嫁给我爹,你两口子还得叫我二叔。"

贺大头也不示弱:"你爹不是叫土匪打死了吗?"

刘浩志过来,脖子落了莜麦毛,他就转了转头,加大脖颈和领子的摩擦面积、力度,头就像个老乌龟一样伸伸缩缩的,脖子扭出斜纹竖道,富有立体感。民兵排长然后问:"然后那就解散吧?"

马队长说:"解散。"

一抬头,果见村东的东大梁坡路上,一辆牛车挂着一铛,车上放几捆胡麻柴,摇摇晃晃前进。男人步行赶车,女人面朝前端坐车厢,双手霸住车牙板,像大人物把胳膊放在豪华沙发扶手上一样。女人的头上,斜围一方翠绿头巾,远看像一只公鸡蹲在肩顶,雄赳赳气昂昂自信地向这里移来。

贺大头说:"这不是我姑姑?"

三干头拽着媳妇,一路回到家中。他关住门,满脸堆笑,说:"媳妇,那莜麦毛子是我带回家的。"

她一头雾水,思谋着抽三干头嘴巴的角度和力量。只待三干头一五一十给她讲完,她才明白。多天浑身发痒,她连日不爽。今天,她要惩罚三干头,让他好好烧一锅水,洗个澡,然后换洗被褥,睡一个舒坦觉。

三干头看媳妇兴致勃勃,进家出院好多次,做着准备。终于一切停当,三干头"噗"一声吹灭了灯。

老牛住在村后，这几天受了惊吓，可怜他一直观察动静，睡得不实。

老牛身体向来很好，一年间雨去风来不识闲。他认为，懒惰是做人大忌。他为人们炒莜麦，积月累日，渐成一个专门手艺人。最初，他炒莜麦，是主家一个随便的呼喊。他也没什么专门训练，完全凭感觉，听从主人安排。炒莜麦没什么报酬，多不过让他在院子里拍打干净，洗了脸，请到炕上吃一顿饭。有那轻佻女人，言语上逗一逗，身体上挨一挨，老牛也不拒绝，干活更有劲头。

不知什么时候起，村民请老牛炒莜麦，多少给几个钱，或送几斤莜面。老牛为此更加钻研莜麦知识、莜麦品性、焙炒技术，总结出炒莜麦"十炒十不炒"，另带盘锅手艺，炒莜麦杆制造，名声渐高。后来化德评选民间手艺人，老牛以七票之差屈居提名奖，这是后话。

有那好心人拉纤提媒，老牛一概婉谢。媒婆追问原因，老牛说："咱一身莜麦毛，不能疙躁人家。"

老牛也有自己的美好回忆。

原来这老牛从小跟随父母逃生，半路母亲死去。父子二人最早在杏村定居，相依为命，日子过得艰难，他转眼过了合适的成家年龄。父亲去世后，老牛和八木匠父亲去过几次赛罕塔拉，有个叔叔在铁路上干零活，也没有钱帮他娶媳妇。

老牛常想，自己命薄运邪，活着就是福气，别无所求。

邻村一女孩，长相一般，行动奇快，却不爱吱声。一次老牛给小孩子们炒黄莜麦，这女孩正巧碰着，稍稍迟疑后大胆走过来。她穿一个小碎花瘦棉袄，没有兜子。眼看老牛手端簸箕分发黄莜麦，就快到自己这儿了，她却没有容器。

只见小姑娘麻利地把头上扎辫子的手绢儿解下，平展开铺在地上。老牛见她面生，又看她聪明，就给她倒了尖尖一堆。她飞快灵巧地把手绢对角两两扎住，竟打成一个精致的小包袱，右手一提，徽徽地跑了，比其他小孩子都快。老牛问她叫什么名字，女孩说："杏叶。"

从此，这小女孩喜欢上老牛，不为黄莜麦，只喜欢他头大大的，行动迟缓却稳健，目光满含慈爱之意。老牛自知已经四十多岁，炒了整整十年莜麦，且当儿戏，默不作声，任其追求。

杏叶有事没事往莜麦房附近跑，或者拔猪菜，或者剜兔草，三五次总有一次能看到老牛。杏叶父母并不知道女儿的心，只是眼看着女孩逐渐长大，慢慢管教较严。

杏叶再大，说媒的给她介绍人家，看一家不成再看第二家，看第二家不成再看第三家，一直帮着把她嫁出去。没有谁问过杏叶，如果当时有人问她想嫁给谁，她会毫不迟疑地说，要嫁给炒莜麦的老牛。当然人们会哈哈笑，认为小姑娘不懂事开玩笑。

老牛和杏叶就这样，没说过几句话，更不用说彼此表达过什么，只是互相觉得对方有一种对自己的关注和倚靠。杏叶出嫁那年，恰是老牛五十周岁。他打听准日子，下大力把炒莜麦房打扫得干干净净，像换朝代一样光鲜。他蹲在炒莜麦房门口，看那喜车经过。

人生如风，白驹过隙。不知不觉，老牛两眼流出泪来，泪珠滴落在衣服上。衣服落满浮土，泪水不能渗透。泪珠轻轻摇晃，微微滚动，反射着无数太阳的光泽。

老牛的心思没人能懂。现在，只有田老太是他的寄托。田老太常给老牛洗衣服。她让老牛把要洗的衣服放在院内的大盆，然后提一桶热水浇下去，冲洗几遍去掉浮土，再放碱面。

莜麦毛最怕碱杀，只需一小勺，莜麦毛就坏了性子，像被阉掉的小公羊，从此只思谋吃香的喝辣的，不再有作害之举。看着一层莜麦毛漂在水面上，田老太不免动了恻隐之心。

同是天涯受苦人，只是一人更比一人苦啊。

田老太鼻子一酸，却不敢流出泪来。她看见田老汉就在左近。老牛觉得有些冷场，手提铁锹，整理门口的粪堆。田老汉见状也拿把镐头过来，费劲儿地刨着。时间不长，原来平塌塌的粪堆被他俩整理成梯形，新翻的粪土颜色深重，赏心悦目。翻粪改变了局部空气。田老汉觉得味道醇厚，富有乡土气息，爱闻，不免多吸几口。老牛却不大喜欢，站到了上风口。

萝卜白菜，各有所爱。

田老太常年和面，练得钢手铁胳膊，给老牛洗几件衣服对她来说，简直小菜一碟，再硬的粗布都经不住她双手的揉搓。田老太也有自己苦难的人生，眼下只可怜老牛孤身一人，不如自己和老头子磕磕碰碰的，有生活味儿。她挥手擦汗之际，不小心洗衣水进了眼睛，终于内感于心，外缘于碱，两行老泪流下来。

老牛看田老太弓腰搓洗，"噌噌噌"地像个机器，心中无限感慨。他只佩服田老太勤快，小小的身躯蕴含无穷的能量，即使有一座山药粉山，也会把它们压成粉条。老牛暗暗发誓，一直炒莜麦，直到老死，哪怕一火车皮的莜麦，他也要一锅一锅把它炒熟。他没有见过什么大世面，远方叔叔住在赛罕塔拉，那里早通了火车。和这叔叔见过几次面，听叔叔天南海北吹牛，他印象当中，一火车皮就是最大的容积计量了。

一次和田老太说闲话，田老太反问他："十火车皮不比一火车皮大？"

老牛没想到田老太竟是这样的逻辑和思维，只能半张着嘴，说不出话来。坐在一旁的田老汉看不服，说："你这话说得乱嗓子乱嗓子的，叫人无法回答。"

田老太的小脚在田老汉大腿外侧一蹬，一巧破千斤，竟把他踹到炕下。田老汉手扳炕沿，踉踉跄跄站起来，看看老牛，摇头苦笑，觉得很没有面子。他转向老伴儿，赔笑而言："幸亏都不是外人，你你你，你这玩笑开得也太太太大了吧？"

今晚，老牛要吃莜面钵儿头。钵儿头做法简单，吃来别有感觉。他和好莜面，揉鸡蛋大小面团，两手像个急性子拨弄珠串儿，将莜面捏成茶杯口大小帽壳儿形状，反扣在櫈饼子上蒸。等到出锅，钵儿头全部变形，如几个压扁的日本人小头盔，各不相同。钵儿头形制如此不堪，只合老牛这样的老男人吃。若是小男孩或者女人吃，就显得极不般配。钵儿头厚实筋道，弹牙顶腔，满嘴富足。钵儿头已经夹开，内凹面聚些盐汤，送到嘴里，犹如勺头和水一同入口，闭了双唇闷咬，直杀得口不再寡、舌不再淡。

碗里两棵腌菜，是老牛挖的极嫩的蒲公英，泡得酸咸，汤浓菜绿，满嘴舒爽，刺激得他口水直流。他先就饭吃完嫩叶，剩下根头，犹如两个麻绳疙瘩。根头颜色深暗，洗得没有一点沙土。他夹在嘴里咬，不水不柴，不空不梗，只是药味十足。更有老牛夏季捡的几个极嫩的口蘑，随意泡在其中，像煮熟的鸽子蛋剥了皮，滑溜白净，瓷实饱满，一层黏浆包护，散发着特有的气味，是十分稀罕的山珍，他夹起来又放下，竟然有些舍不得吃。品嚼之间，老牛眼前一幕一幕，战乱、灾荒、疾病、瘟疫，哪一天不在和人作对呢？老家牛姓有条不成文的祖规，次子必须离开家乡，外出谋生，有限的耕田，实在养活不了更多的人口。老牛诚心感激乌兰察布这块土地。

老牛的小屋极为安静，他的心头五味杂陈，不由得独自流下泪来。全村，唯有他的旧屋是半地窨子。房前房后看，房高仅有五六尺，年轻男人一个蹦高就能上到房顶。推门入内，是二尺多深的下挖地，地面柔软中带有坚实，脚踩上去很舒服。这房子，冬暖夏凉，老牛多年住着习惯了，不再新盖。白天坐在南边炕上，视线几乎与院齐平，感觉和别家不同。晚上，如有人来，脚步声沿着地面传过来，沙沙响，近在耳边。妙在垒的墙厚，老牛在墙上留了许多窑窑，分放各种东西，也不知道他心中有数无数。

老牛吃完钵儿头，喝了蒸饭水，把碗筷放在泥炉子上，不洗，打开行李卷儿就躺下。泥炉子是老牛自己制作的，冬春生火取暖，供热持久，夏秋置放东西，很是平稳。盘这泥炉子，老牛没花一分钱，炉底铁条是和霍铁要的，炉盘只剪一块铁皮，烟火直接通到炕箱里。他想，三干头一定没看清是谁，自己是平安的。那天好在丢卒保车，要是叫三干头认出来，那可就跳进二道河也洗不清了。人活着，只要不死就得劳动，不劳而获，偷偷觅觅，只有他三干头干得出。今天炒莜麦房这番折腾，不知他三干头又是因何为甚。但愿天下太平，让田老太和面压粉，让我老牛烧火炒麦。

老牛像放电影一样回忆往事，自我觉得受了不少气、吃了不少亏，也得到很多的帮助与同情。老牛心明如镜，感慨："这个世界上，可能有傻子，绝没有精明人。精明人往往自以为是，不过自欺欺人罢了。"

不做亏心事，不怕鬼敲门。三干头媳妇洗澡的时候，老牛已经大仰八叉，胸脯起伏，鼾声如雷。他忽然见自己的父亲牛晋从杏林走来。

二里路，一直走，一直走。父亲身材越来越大，几乎将杏村覆盖。

父亲的身影下，三户人家，七八口人，风中带雪，雪中夹雨，雨中有光，一路走来。

远处一片粉红，摇摇摆摆，显得虚幻。正是杏树开花的时节。

父亲再也走不动了……

土匪，土匪，土匪。

粮食没了。

土匪捉财神。要十个手电筒、十个狐皮帽赎人。

土匪被镇压。

父亲安顿他："共产党已经安排定，你就这里待着，哪儿也别去。这地方，饿不死人。"

睡梦中，老牛点了点头。

父亲再安顿："把你妈骨殖从半路迁来，和我合葬在杏林南，算是另立坟地。"

半睡半醒中，老牛又点了点头。

父亲寿终正寝，左脸安详，右脸痛苦，化作一股轻烟飞去。

村西杏林，狐兔鼠猫，鹰雀鸡鹑，有的窝里枝头酣睡，有的丛中地面游走。

牛晋的土坟夸张地立在杏林南，一年三百六十五天东望，等待子嗣烧纸祭奠。

老牛自问："五十多岁的人了，等我死后，谁给我和我爹上坟？"

他坐在一朵巨大的杏花上，安详得像个婴儿。周围，杏叶飘飘。

第六章　八匠之首

七鼓匠对八木匠既敬重，又鄙视。说敬重，七鼓匠觉得都是手艺人，木匠干活环境比鼓匠好些，所做营生，除了棺材，大都是传代传辈的家具。说鄙视，七鼓匠认为，自己排行老七，而他位列第八，隐隐觉得比他高那么一截儿。

一日二人闲谈，七鼓匠说："八木匠，别看你比我大四岁，细盘起来，我比你还靠前那么一点儿。"

"你说啥？"

"我的意思是说，我是七鼓匠，你是八木匠，七在八的前面。"

"胡扯。我只问你，七大八大？"

七鼓匠一时翻不过这个道理来，噘起嘴，鼓了苦腮，用袖子擦一下鼻涕，找不到合适的对答之词。八木匠把耳朵上别的铅笔往后顶了顶，说："再说了，我八木匠的八，不是排序第八，我就姓八。"

"嗯？你姓八，还有这个姓？"

"百家姓，百家姓，你不知道的姓也太多了去了。比如说你姓'那'，就少见。"

"这你就不懂了。当初念书，请黄老师给起个名字，黄老师说，'冷訾辛阚，那简饶空'，百家姓有这么一姓。怪就怪在这么偏的姓，我村竟然挨着两个。"

"还有谁?"

"三画匠姓'简',我俩不是挨着吗?"

"呵呵,真挨着。"

"我就不信'八'也是一个姓,你说个姓'八'的人。"

"八思巴。"

"八思巴?"他觉得很是拗口,就问:"哪个村的?"

八木匠听后哈哈大笑:"谅你也不知道。我也是听三画匠说的,他说八思巴是个古人。"

七鼓匠突然醒悟,八木匠的父亲就叫八斤,人家可不就是姓八。

经过这次交锋,他在八木匠面前彻底失去优势,轻易不敢傲慢。

八木匠不是排行老八或者师傅第八个徒弟。他真的姓"八",祖籍山西太原。

八木匠真实的习艺经历也与八有关。

八木匠之前,村里没有木匠。他父亲粗略算去,这地方方圆二三十里竟然没有木匠,判定这是个活儿多、挣钱也多的空缺,就有意让儿子学当木匠。

俗话说:"铁匠反过手,养活四十口。"铁匠一般愿多收徒,徒弟历练辛苦一二年即可出徒。木匠相反,不多带徒,即使带徒,关键技术藏藏掩掩,徒弟出徒很难。尤其是尺寸计算,师傅绝对不直接告明,故而有偷艺之说。他父亲找了师傅,都借口营生少带不过来,不接纳他为徒。

八木匠父亲英武坦荡,走南闯北,最是有经历有远见之人。他觉得自己的儿子已经长到十四岁,正是学艺的黄金时期,就购买了木工家具,让他在家摸索。

木匠干活，大致分为粗活和细活两种。粗活中，上梁架檩挂椽最为拿人。干这活时，场面宏大，人声鼎沸，人们吆吆喝喝往房上运吊木材。木匠双腿叉开，骑在梁檩椽上，颤悠颤悠的，歪嘴横含几枚大铁钉，一把带刃斧头，或钉钉，或砍削，很威风。

盖稍大一点的房屋，在计算梁檩椽长度时要用到三角方法，木匠师傅一般不会明确传授徒弟，全由徒弟慢慢领悟。上一道梁，所用木材长度，用勾股定理算定，其实很简单。可怜小徒弟们没有公式，干着急没办法，拿不出个准确数来，只能在地上撅起屁股，把木料胡乱勾连，最后让师傅一脚踢开。

细活主要是做家具。杏村周边一带常用的家具有三种：门门柜，大红柜，扣箱。门门柜需榫卯连接，大红柜需对缝取平，扣箱需结构开缝。

八木匠在父亲授意下，有意无意到正做木工活的人家串门，看木匠做营生。木匠师傅看一个小伙子前来，心中有所戒备，关键手艺就不施展出来。更有那心眼短的木匠，专门念念叨叨做错，等八木匠离开后再改正过来。他对此一无所知。

日久天长，八木匠觉得木匠活不过如此，就和父亲说："我可以做家具了。"

八木匠父亲零零星星积攒很多木料，有的是从赛罕塔拉得来的枕木，有的是牧区牧民的拴马桩。他父亲听儿子说能做家具了，就问："你能做个什么家具？"

八木匠说："随便什么都可以。"

父亲觉得这小子吹牛，就说："你先做个门门柜吧。"

此时八木匠父亲已加盖一间小房，附在东面，作了堂屋。西边的堂屋清空，改成木匠房。原来的门还留着，两边出入，非常方便。只见八木匠看料、画线、解木，把个屋子糟蹋得不像样子，连下脚的地方也没有。母亲天天夸赞儿子，端茶倒水伺候。他对母亲哼五咄六，要这要那，不可理喻。

八木匠父亲毕竟见过世面之人，谅他此战必败，便不挂在心上。眼下已经深秋，就和几个朋友相跟上，去蒙古地赶羊趟子。半路遇见唐贩子，正要偷偷到牧区收购羊皮，赶着一辆空牛车，也就一路同行。

这里八木匠眼看的木料越锯越短，越刨越细，有的部件已经纤细如麻，不能再动。他又去别人家看门门柜，不过是上边两个抽屉，下边两扇门。打开柜门，只见做着隔层，置碗放筷，各有其所。他回家就组将起来。

谁知他加工过的木料长短粗细不一，不甚匹配，榫卯歪歪斜斜，没有一个合卯合窍。这些木棍，将其两两相连已经费尽力气，再连上一个更是难上加难。好不容易有所连挂，原来连好的却又分裂出去，扑棱棱跌在地上。

八木匠几经努力，搭起一个架子，方不方，圆不圆，犹如一个黑老鸹柴窝。几块板鼓捣着钉上去，摇摇欲坠，极像一个多年未修整的破鸡舍。可巧他忙中出乱，凿子伤了手，已经看得见白色骨头，用一块医用胶布卷着贴住。他度量来度量去，又重新画线，再把几根木头锯得短些，希望做一小门门柜，依旧不能成形。

母亲也出手帮着固定维护，看得着急，却不能切实相助，就和他说："我看这一堆木头细铮铮的，趁你爹赶羊趟子在外，妈给你烧了火吧。"

八木匠有些不情愿，可惜没有回天之力，只好同意母亲的建议。木材经他之手加工，易燃耐烧，竟做了两三顿饭。

第六章 八匠之首

八木匠重新开工，一赌气，又连着做了六个，最终都无法站立，不能成功。他只得停止鼓捣，白天琢磨，黑夜思考。

夜已深，村子寂静无声。

忽见一道白光从杏林旋出，一老者白髯银须，款款而来。老者腾云驾雾，穿门进屋，拿起地上木料，端详再三，点头不语。再看八木匠，满脸憔悴，浑身疲惫，老者不免心有所感。

老者右手张开，放在八木匠后背，只觉骨硬肉厚，是个当木匠的料。他觉得眼前影影绰绰，似有萤火虫飞来，却有一丝微光由他囟门穿入脑中。他顿觉神爽心亮，醒来睁眼细看，屋内却一无所有。

八木匠急喊："老者留步，且告我你老是何人？"

只见老者理髯捋须，笑声爽朗，说："我乃春秋鲁班，见你勤勉好学，不骄不馁，遂授你治木之艺。"

八木匠揉揉眼睛，眼前并无鲁班，继续蒙头入睡。

第二天，晴空万里，云雾全无。八木匠冷水擦脸，异常兴奋，思路清晰。他用家中储藏的最后几根木料再做门门柜，开榫凿卯，动作利索，尺寸精准，竟如有神助，等父亲回家之际，恰好做得。

父亲见状，大喜过望，再看墙根一堆木料已经一点不剩，方知儿子学艺执着持久。再听老婆告诉，就嘲笑儿子："一个门门柜，你能一口气做八个，咱家姓八，你就叫八木匠吧。"

天下技艺，一通百通。

八木匠从此走门串户，小有名气，填补了三里五村没有木匠的空白。每年农历六月十三，鲁班诞生日，他必于晚间到杏林祭拜先师。民兵排长曾经跟踪，只见他并不烧纸点香，只是肃穆静坐，有时细语微言，也就放心了。

八木匠在家练习木工活，房后贺大头媳妇路来路过常看到，见他穿烂二股筋背心，身体结实，脾性柔和，不免心动神摇。去年请马裱匠裱仰层，马裱匠请八木匠帮忙，贺大头媳妇觉得他虽只有十八岁，干活却麻利清爽。又听他母亲说，八木匠经高人暗中指点，技艺出色，就琢磨着让他再做一件家具，房前房后，或许少算点工钱。

八木匠在村里做的第一件大活，就是给贺大头家做大红柜。

天气正值盛夏，贺大头媳妇请八木匠做一个大红柜。贺大头不大相信他。八木匠说："我要是给你做不好大红柜，赔你两个的料。"

贺大头想："他做好了，算是正常延请；做不好，他赔两个的料，再请别人做也不亏。"就同意了老婆的主意。

木匠做大红柜，需先相木。八木匠把几根木料一一细细端详过，断的这些木头大多为白松，且是晾干放了劲的旧木。再看木料长短，只能做得五尺半的二接柜。木料诸多圪节，有些需摆布到柜子的侧面和后面。

其实，贺大头媳妇早已心中有数，她安顿八木匠："你给我做一四足两盖儿，两箱，正飞边儿，侧散沿儿大红柜，锁要侧装，足要云纹。"

八木匠早已练得好功夫，构思已毕，开工打造。

贺大头之木料，规格不一，八木匠需先根据柜板厚度解开。

八木匠已收得徒弟一名，乃两姨兄弟，自号九木匠。这孩子听说姨哥夜梦鲁班，将来必是绝世能工巧匠，值得依投。只见师徒弯腰撅臀，标画尺寸。一个虎头墨斗，一会儿由徒弟拉住线扣吐噜噜转，一会儿又由师傅缓缓摇轮收线，像一个微型放风筝场面，忙中有序。

二人在院中立一柱，再设辅助木棍几根。八木匠将应解之木用粗绳绑上去，然后持坚硬木棒，一头斜着插入绳套内，一头吊一块石头垂压绞住，应解之木被固定得死死的，纹丝不动。

八木匠人年轻，重情意。一切准备妥当，他带领徒弟虔诚地走到杏林，选一干净平整处肃立，心中默祝，鞠躬再三。回村路上，徒弟问："师傅刚才和鲁班爷爷说什么？"

八木匠说："我说，鲁班爷爷，你要是有那人才好的女徒弟，给我这弟弟说个媒。"九木匠本知道师傅信口开河，乐得合不拢嘴。

木匠解木，多用大锯和二连锯。大锯以锯条中心为界，锯齿呈外八字对称而列。开锯后半截逆向费力，半截顺向省劲，对方恰好相反，锯末面子从木料两面飞出。大锯锯齿左右外倾幅度大，开缝宽，相对费料。

此时，八木匠和徒弟用的是二连锯，锯齿单向顺排，齿口逆着徒弟。他和徒弟二人师上徒下站定，对持二连锯。先是师傅做主，小幅抽拉开锯定位。锯齿咬准后，二人开始对拉。八木匠双手向上微端，稳定推拉，不怎么使劲，确保锯条锯在墨线上。再看徒弟，推去时还算省劲，拉回时费了吃奶的力气，将木料狠狠杀下去，眼睛却时刻不敢离开墨线。天下最苦是学徒。

锯末面子不断地从徒弟这边划着弧线喷出，形成一个扇面。再看其形状，锯末在锯缝出口处极小极密，逐渐扩展散开，动态如水库开闸泄洪，静态如大公鸡的尾巴。贺大头媳妇一抬头也看到这个扇面，脸一红，捂嘴笑着离去。

师徒二人身体极为协调，推拉有度，韵律十足。二连锯长短适中，师徒俩像一对儿连在一起的不倒翁，一个前倾，一个就后仰，拉得饱满充分。再看锯条，始终没根进退，锯条着力均匀，磨损一致。

不大工夫，师徒将木料解开一半多，二人给木料松绑，头上头下更换固定后，再锯。

一张张解开的木板立在墙前，散发着诱人的木香，引得几只鸟飞扑过来。愚猪也凑近，阔嘴嚼那锯末面子，满口白沫，并不咽下去。

八木匠把每块板子的边侧截面刨得平平细细，用专用条尺检验其平，确保每一块相邻的板互相之间严丝合缝，为把几块板子对粘在一起做准备。排布妥当之后，他用铅笔在板面上画个大大的"八"字，板子互相黏合的顺序就确定不误了。

九木匠以为师傅姓八，就号个"八"字，暗想等自己当了师傅，自然号个"九"字。和八木匠说起，八木匠一笑："不过是记个顺序，哪怕你写个王八蛋了。"

"那可不行！"贺大头阻止。

徒弟取出水胶锅。这锅里外沾满黄色干巴的水胶。徒弟加入清水，再新放入些胶块，搁在火上熬煮。再看这水胶锅下的火，竟然是随随便便三块拳头大小的土、石围住，中间加锯末刨花碎木点着而燃，应是世上最小的实用锅台。水胶逐渐融化，八木匠耐心调试着稠稀，等到合适的时候，把水胶锅从火上挪开。

八木匠手拿一块板，呈小角度斜支在地上，然后用水胶刷子均匀地在截面涂抹，放置一边，不使这着胶截面沾尘带土。再将另一块紧挨着的板子截面同样涂抹水胶。待两块板子上的水胶达到最佳黏合时刻，八木匠手拿一块木板，用其边截面和即将对粘的另一块木板的边截面急促地摩擦，忽忽抽抽。水胶越来越匀，缝隙越来越小，几近于无，八木匠最后在徒弟的帮助下，按照八字线对齐加压，两块木板就算黏合，只见挤出一滴一滴的水胶液。

八木匠小心翼翼地把它们立放一边，不让黏合缝发生一点点弯曲和位移，逐渐晾干粘实，犹如一块整板子一样。一次最多能两两对粘，干透之后再互相黏合，直至粘出一块整板。

贺大头媳妇端着茶水忽颤忽颤地走过来，差点把板子带倒。八木匠说："远远地，放那儿就行了。"

贺大头媳妇反身瞟了他一眼。八木匠看着她弯弯曲曲的侧影，想："这要是块儿木料，可就什么也做不成了。"

一日做完手头营生，正在家歇晌。有陌生人进来问："这是八木匠家？"八木匠母亲估摸是请儿子做家具的，将他推醒。

陌生人说："我给你捎个话，你爹在牧区叫人打了，你快去。"

八木匠母亲听得真真切切，立马浑身发抖。八木匠揉揉眼睛，急问："因为啥？"

来人说："是唐贩子让我捎的话，我也不知道。"

八木匠赶紧收拾，借队里一匹马，直奔镶黄旗而去。

当天傍晚找到父亲，见父亲头缠绷带，甚是可怜，他怒火中生，找人判命。

原来这次赶羊趟子，外贸一共安排三个人，除了他父亲外，还有一男一女，号称兄妹。几天路程下来，他父亲觉得二人举止神秘、关系奇诡，就多留一个心眼。

一天夜里，羊已经围拢，卧着专心倒嚼。睡到半夜，八木匠父亲听见羊群里有动静，起身观察。不想看见兄妹二人，混在羊间，鼓鼓捣捣。八木匠父亲心里骂："你祖祖的，原来是偷情幽会，牛羊不如。"

再看二人抓住一只羊，吭吭哧哧抬到圜圐矮墙底下，早有外边人接应，将那羊隔墙凌空提走，反手再扔进一个羊。八木匠父亲听人说，最近赶羊趟子的常以小换大、以羸换强，莫非今天遇着了？转眼工夫，七八个羊已经换毕，墙外人赶着换出来的羊，顺着小路走了。

八木匠父亲热血涌动，打开三节筒手电，照住兄妹俩。二人惊恐不定。男的说："老八，咱们悄悄的，我和你说，不能没有你的份儿。"

八木匠父亲哪管这些，说："你不把羊归回来，我和你们没完。"

走的几个人闻讯返回，手持木棍乱悠，可怜八木匠父亲被打倒在地。那兄妹站在一旁，抖抖索索，不知如何是好。

八木匠父亲毕竟有些谋略。他想，以少打多打不过，我只敌你一个人，明天好找。他悄悄掏出霍铁打的鱼儿刀，假装卧倒在地。等众人接近，他猛然起身，在一个胖大男人的肚皮上拉了一个口子。那伙人又围了上来。

住在附近的哈斯见这里手电光凌乱，更有吵闹声，提枪骑马而来。哈斯手电筒照那些人，说："你们偷换公家的羊我管不着，你们打人我得管。"说着拉响枪栓。接应的人慌忙逃走，连拉来的羊也没法要回。

八木匠听完父亲叙述，从身后取出劈斧，照那赶羊趟子的就是一砍。那人听得呼啸之声，转眼看一把劈斧闪着凶光抡过来，急忙跳开。那女的双手抱住他的腿，磕头求饶不已。八木匠父亲厉喝："他犯法自有政府管教，你休胡来，不然还得吃官司坐大狱。"

八木匠平时性善，一旦惹恼了也是一根筋，非要替父亲报仇。哈斯说："侄儿息怒。"他转身盯住那男人，说："你这人吃里扒外，最可恨，恨不得把你这山羊头割了。"

哈斯固定住那赶羊趟子的头，八木匠手持劈斧，把他的胡子割得嚓嚓响。

那人万万不敢动。

继续做贺大头家的红柜。下一步是切板，根据预先设计红柜的大小，把几个黏合好的面锯成方形大板。需要和别的板子直角对接的，再开出榫卯。这是一个十分细微的工序，对接的榫卯必须能够互相咬合，否则无法连接。榫卯就像新修的城墙一样，凸凸凹凹，等待彼此交接。

先前的工序只是黏合齐整，木板的面并不平滑。此时，八木匠依次操作小刨、中刨、大刨，刨出一个平整的板面。和锯木料一样，刨板也最能体现木匠的劳动之美。小刨体短刀厚，负责局部。大刨体长刃薄，刨底平整，用于整个面板的取平取光。他用小刨时动作急促，用力猛，刨花短，有飞溅之势。用大刨时动作修长，用力持久，刨花漫卷，有时能刨出连绵不断的极长极长的刨花。九木匠刨了几张板，就觉得胳膊肌肉发热发硬，坐下歇歇儿。

贺大头的双胞胎儿女很是活跃。儿子杏树只取那长刨花，比试着截取一段儿，挖两个洞，像一副眼镜，给妹妹杏花卡在鼻子上。刨花有自然弯曲的劲道，不需用手护持，很是有趣，杏花高兴地咯咯笑。杏树再把不用的边角料收集起来，从小到大排列，在他心中是一个武器库。

一切就绪，组装红柜。

几个面经过叮叮咚咚锤合，一个红柜的样子就出来了。八木匠再次使用小刨，边边角角理一遍，贺大头夫妇验收，就算交工。乡村手艺人互相关照，很少彼此抢饭碗，下一步，留给漆匠打磨上漆。也有木匠兼漆匠的，不多。

贺大头媳妇拿着一个小筐子，弯腰归拢刨花烧火。八木匠见她腰间露出一带肉，颜色竟然比白松板还白，就想象着在其上弹几条墨线。

谁知即将收工之际，出了一桩怪事。

贺大头验收已毕。他的性格总爱挑人毛病，看家中无人，再次揭开柜盖，见一个远角有些木头茬子。贺大头伸身探手够不着，就脱了鞋，钻进柜中欲看究竟。不想柜盖儿顺势关住，锁划子自然扣实。可巧家里只他自己，呼喊无人救助，只好在柜中黑咕隆咚窝着，苦等媳妇回来。

贺大头媳妇进家，脚轻步细，左端详，右端详，觉得这柜比例优美，造型耐看，想象着油漆之后的艳丽大方。她不免再次揭开柜盖体会体会。谁知一个未上色白茬柜中，竟然伏着一个人，她像遭蛇咬一般，放开柜盖儿，"妈呀"一声跑到院中，浑身颤抖。再想柜中似乎是贺大头，就招呼邻居进家放他出来。贺大头媳妇觉得不舒心，八木匠却说："难得福贵啊。"

大家听他解得切，就四下散去。

木匠干活，东家往往白捎几样小活儿。贺大头媳妇早收留着下脚料，红柜做完之后，让八木匠做了大小两个擀面杖，一个补袜楦子，一个梳头匣子。正在做梳头匣子之际，她摩挲那擀面杖和补袜楦子，只觉光滑细腻，心中默念："八木匠果然是好木匠。"

八木匠曾盘桓牧区几日，见牧民所用木器，形制小拙，古法打就，细察木料，竟然红木居多。这些家具经年累月，显得岁月沧桑，厚重金贵。他询问牧民，一个小柜子，当年需几匹牛马换来。八木匠受其启发，给贺大头媳妇打梳头匣子格外费了精神。小小巧巧一个梳头匣，左面两个小开门，小学生课本大小。右边三个小抽屉，一如铅笔盒宽窄。做好后，他熬糖色涂抹，干透后端放在红柜上，古色古香，衬托得贺大头媳妇犹如公主一般。贺大头苦笑："这么好的梳头匣子，放块儿土制羊油肥皂，作蹋了！"

贺大头媳妇天资聪慧，精致起来也高奇。她只在梳头匣内放置几小把干艾草，十来粒花椒，日常所用雪花膏、凡士林，一概摆得远远的。三干头媳妇给了真丝手帕，她随意搭在上边，一派贵妇人情致。

八木匠打出小梳头匣，消息传遍杏村周边。不长时间，他连着给人们做了几十个。可惜乡村女人，极少贺大头媳妇的性情，匣子里装满各种东西，串了味，一股甜腻之气，可惜了。

贺大头媳妇看见老牛进入大门，不知是何事，心跳加速。刚结婚时，她曾让老牛教训过，至今心里惧怕。老牛拍拍身上的尘土进家，满脸慈祥，问："贺大头不在？"

"不在，去我妈家了。"

老牛就盯住梳头匣子，翻转察看，嘴里啧啧称赞。

昨天田老太来过，她看这架势，断定老牛要送老太梳头匣子，就放松了戒备，笑问："您也打一个梳头匣？"

"是了。"

"自己用？"

"哈哈哈哈，我一个大男人，浑身莜麦毛子，哪能用这？"

"哦，难得你老这样的体贴人。"

老牛唯唯诺诺，说："那年我骂你，你别往心里去啊。我老牛给你道个歉，不该那大声儿。"

贺大头媳妇朗笑："我不是那种计较的人。再说你老骂得对。"

老牛最近反酸倒胃，心烧肺燎，排尿不畅，睡觉总做噩梦。老牛觉得，世上走一遭，总得留点东西在，百年后，有个念想之人。他顺道走进八木匠家，掏出一卷钱，说："八木匠，烦你一模一样，给我打个梳头匣子。"

八木匠初听惊讶，再看那钱明显给多了，就胡乱分出一半退给他，说："我费十二分的心血，给你老做好这梳头匣。"

喇叭裤、披肩发、迪斯科风靡末梢波及杏村，青年人和老年人势不两立。青年人跃跃欲试，开始留长发。老年人脸黑眼白，看着不顺心。

此时已有知识青年回城政策。三干头媳妇在国家组织知识青年下乡前，就和三干头结了婚。她写信给家里，说已结婚的不属返城考虑之列，哑巴吃黄连，苦在心头。三干头觉得对不住媳妇，提议离婚，媳妇不同意，说："家事不累国事。"

这年，杏村一带流行打扣箱。三干头媳妇自幼喜欢扣箱典雅古朴，心心念念。三干头心中有愧，到大同煤窑背两个月炭，从化德木材公司买回几根木料交给媳妇，请八木匠打扣箱。

八木匠先相木。这些木材都是红松板材，比较规整。八木匠左量量，右量量，和她明确了扣箱的长宽高尺寸。三干头媳妇听得仔细，想得周全，最后命八木匠打两个平底无足，合页连接，明锁泥台，黄漆扣箱，开面宽一米，与高三比二的扣箱。八木匠牢记心中。

待三干头不在场,她要八木匠在扣箱内打一暗格。

可气三干头家养得一猫,猴顽无比。这里八木匠黏合木板,那猫戏耍水胶锅。八木匠走村串户,沾染些坏习气,偶尔闹些恶作剧。他嫌烦这猫探探拉拉,遂将水胶锅藏前藏后,故意忽忽闪闪逗它。谁知猫闻得锅中之气,似有荤腥,越是不让它玩儿,它越是活跃,遂又弓着腰腾挪跳跃不止。谁知探得过深,竟将一只毛爪按入水胶。

此时水胶经过冷却,还是温热黏稠。这猫忽觉爪下异样,受了惊吓,欲往回收那爪子,不想连水胶锅带动起来。这猫从未有此经历,惊慌失措,一路带着水胶锅蹦蹦跳跳,走炕串灶,碰瓶撞碗,叮当作响。猫越发受到惊吓。

三干头和媳妇双臂大开,四下围堵,全力捉拿,好不容易将猫逮住。猫张牙舞爪狂嚎不已。

三干头大骂:"你妈的,水胶锅是你个小牲口耍的?"八木匠听后颇觉不爽,言外之意八木匠是个大牲口?

三干头媳妇也觉得三干头说话不妥,可怜猫的遭遇,就打圆场,说:"不让这小牲口耍,莫非让你这个老牲口耍?"

她本来是面对三干头骂,话一出口,却发现更是不妥,三人一时都不说话。

她意欲解释解释,就说:"八牲口,我不是说你。"却明显说岔了嘴,更加尴尬。

八木匠只好双手把住他的水胶锅,三干头抓着猫,猛地拽动猫的身体,猫疼得喵喵大叫,终于分离开来。却不想猫爪粘了一大坨水胶,加热稀释不可,冷却后又难以抽取,只好任其如此。从此后,这猫走路前爪击地,嘚嘚响,一个老鼠也逮不住,成为三干头夫妇的心病。

八木匠名声渐涨,周边村人也请他做营生。他把活揽住,流水作业,按照解板晾板、粗制组装、刨面细做顺序,轮流加工。后又把外父的住家收拾成木匠铺,村里村外小营生收了,在铺里做。夏天,八木匠就着西墙搭了一个棚子,院里做营生,引得大人小孩看。

给三干头媳妇打扣箱时,八木匠在公乌素一人家做红柜,需要离开两天。他和三干头媳妇说:"你这木料有点潮,干几天,放放劲。"她不怎么懂得,只能耐心等待。

再来三干头家,那猫看见八木匠,心中有怒,无法报仇,只是"啊呜啊呜"叫两声,算是口头抗议。八木匠不予理会。

八木匠把六块板子黏合成一个密闭的空心长方体,他在扣箱正前方和左右两侧比画测量,用墨斗弹出扣箱开盖的线,极细极黑。

扣箱开盖是打扣箱最关键的工序,成败在此一举。箱盖需开得位置适中。太靠上浅薄不厚重,太靠下又笨拙,浪费箱内空间。多年实践,他将箱盖开在正面由上往下六分之一处,算是两个黄金分割值。侧面开缝十分讲究,倾斜角度要保证扣箱盖开合自如,不得互相别住。

只见他手拿三连细油锯,身体站稳,肌肉绷紧,准备开盖。三连细油锯锯条偏硬,锯齿小,锯缝窄,最适宜于给扣箱开盖。八木匠气定神闲,动作稳实,双眼紧瞅墨线,不敢丝毫怠慢。他先是开正面、侧面的横缝。然后开顶部,其位置大致在由后往前三分之一处。他最后换了丝锯,锯条几乎就是一根钢丝,更加小心翼翼,将顶部和侧面按外45°角斜线打通。

三干头媳妇屏住呼吸。那猫不能动弹,九木匠双手护住。

八木匠成功了，所开之盖锯缝笔直，切面平整，只用小刨略作修饰，就安装合页扣锁，一个扣箱就成了。

随后，他按照三干头媳妇的意思打了暗格，设了机关。三干头媳妇又让他在盖内加了插袋，放置小软物件。她十分高兴，说："我紫丹绝不忘八木匠打造之功，定择机相报。"

八木匠记在心中。究竟所报为何，他并不清楚。九木匠听她所言，好像说木匠是王八。

八木匠收拾家具，三干头媳妇胡乱给几个钱，他不予计较，数也不数装入衣兜。他见三干头不在，笑问："你做这暗格，是要藏多少金银细软？"

三干头媳妇款笑，说："实不相瞒，我从娘家带的几册古书，竟无一合适置放之处，如今你八木匠给打的暗格，不过使其得以保护，不被老鼠咬罢了。"

八木匠出乎意料，甚觉无味，回家把挣的钱交给母亲。母亲留了几张小票，其余悉数放在儿媳妇手中，说："这家，从今后你当。"眼角挤出泪花。

艺成之后，媒人踏破门限，八木匠一概不应承，任母亲着急。忽一年冬天，八木匠领回一个女孩，母亲觉得面熟却想不起来是谁。八木匠说："妈，这是三板。"

原来三板随父亲在杏村生活，与八木匠暗中相慕，只是不说出来。八木匠喜欢她讷羞有礼，三板钟爱八木匠吃苦壮实。八木匠出外村卖艺，一直往南走，终于找到三板。谁知三板爹得了坏病，临终交代他："三板你带去，见你父母。若蒙接纳，等我入土周年之后，你们再圆房。"

八木匠父亲碍于规俗，打发二人领了结婚证，典礼仪式就免了。

搭黑早晚，八木匠不忘给老牛做梳头匣子。他收得废旧红木，一块一块按尺寸解开刨平，薄如儿童饼干，大大小小几十块，大的不盈尺，最小的只有火柴盒大，甚是可爱。八木匠用最小的锯子在这些板上开榫卯，密密的，犹如一排鼠牙。他备了砂纸，最细的几乎无砂，摸着像一块棉布。他一块一块打磨，木料透出自然的光泽，红中带紫，温润如玉。母亲和媳妇看见，叹服他心细手慢。

最后组合，八木匠只取一白松软木锤打，不用一颗铁钉、一滴水胶，几十块儿板子各就其位，严丝合缝，立了起来。八木匠最后用砂纸打磨边棱，梳头匣子犹如获了生命一般，无言地宣示着它的诞生和存在。母亲和三板摸摸索索，爱不释手。

老牛来取，一双糙手不敢接触匣子，用一块儿干净布子包了去。临出门，执意再留十块钱，八木匠一家三口推辞不掉。老牛回家，把梳头匣子庄重放置炕上，只等送人。

三干头拿一个五四手枪图片，求八木匠依样做一把。他把三节筒手电用旧的废电池拆开，黑炭用鸡蛋清兑水调匀，把木头枪刷得漆黑，像真的一样。有时在村里转悠，他把这枪别在腰间，俨然连长或者以上身份，聊以补长枪被没收之憾。

三干头媳妇也不省事，她让八木匠将一应小木头，都做成规规整整的样子，形制不拘，约有近百块儿之多，人们不知道她要干啥。后来才明白，她的这些东西叫作积木。三干头夫妇老来得子，儿子皮来已经四岁，一堆积木百玩不厌。她没事时，在炕桌上一摆半天，想心思有了陪伴。

不愧是大家闺秀。

除了长锯大锛，八木匠把一应工具收在凿斗子里，插放有序，各得其所。他斜背凿斗在肩，年长日久，脊柱走形，竟然变成个斜身子。不管背不背凿斗，他都向左偏着，或走或站。

这年年底，八木匠和媳妇照相，照相馆师傅安排他们男左女右，八木匠很难向右偏头以示亲密。改成男右女左，只见八木匠一颗圆头自然向左依偎，亲昵无比。三板颇觉难为情，照片效果奇佳。

此照片消息后来传回村里，田老汉很是小瞧他，说："自古以来，男尊女卑，左右有序。你身为我村木匠，不可不慎。"

八木匠扑哧一声笑出来，说："我听说你连上下都做不了主，怎和我谈左右？"

田老汉花甲之翁，脖粗脸红，一句话不说，转身走开。八木匠自知说话没遮拦，羞着田老汉了。后来，八木匠悄悄给他做个鲁班凳，以示赔礼道歉。

田老汉蒙羞回家。田老太刚刚给人压粉回来，见老伴不大高兴，就细问缘由。他开始不作声，最后顶挡不住，就把八木匠损骂之事说给田老太。田老太听闻，脸红一股白一股，心中很是愤恨。

田老太人缘广，眼线多，很快打听得这话是七鼓匠最早散布传播。

秋末一天晚间，星暗风疾，村里的夜壶被风吹得"呜呜"响，颇觉诡异。

七鼓匠在小巷闲转，忽觉一铁钳拧住他的耳朵，钻心疼。他意欲喊出声来，不想另一只糙手将牛毛口袋碎片塞入口中，粗粝不堪，苦腮被迫鼓起，满嘴不适，不能言语。他隐隐觉得有二人，一个头大气粗，男的，一个脚小步碎，女的，把他一直押入炒莜麦房。两个人不作声，他也不敢动弹，只感到拧他耳朵的那只手，粪叉般硬朗，扭得他几乎失去知觉。

那高个不慌不忙，却一手撑开他后领口，将一把毛绒绒的东西灌入。立刻，七鼓匠觉得后背奇痒难耐，身子越扭，痒痒越剧。高个男人隔着衣服，大手将那毛绒绒的东西捋得胸前背后、裆下股间全是，七鼓匠觉得受了奇耻大辱。

七鼓匠虚岁十六，还小，想不通这是什么遭遇，只能忍着，等待机会跑脱。他想，自己这些年不过念书吹唢呐，得罪了谁？

谁知高个男的早在炒莜麦房门口备得一驴，此时被解除缰绳，意欲咯嘎大叫，终被男人制止。那男人将七鼓匠拦腰抱住，横放在裸驴脊背，猛一拍毛驴尾根，那驴即刻双跨蹦子跑，霎时消失在蒙蒙夜色中。可怜七鼓匠，只等驴停之后才摔落在地上，流着泪解开衣服迎风翻抖。

他并不知道现在何处，忽听得呜呜哇哇风吹之声。细细辨认，天上北极星灿烂，七星北斗勺柄西指。他确定了方位，眼睛适应之后，看见杏林就在眼前。七鼓匠跌跌撞撞，依着一棵老杏树坐下。毕竟是深秋，气温已低，况又在郊野开阔处。杏树叶子已经掉光，只有树干树枝摇摇。林间不知歇着什么鸟，听到动静之后急急飞走。七鼓匠心绪逐渐平复，起身回村。他看着北斗，慢步哭回家。进得家门，擦干眼泪，却只能一个人悄悄洗刷，不敢说出来。

这天夜里，田老太炒了一大盘粉，拌了一钵碗麻油咸菜。老两口正准备吃饭，恰好老牛提着半瓶闷倒驴散酒进来，和田老汉对喝起来。县酒厂设在朝阳，水好酒香。政府新派一厂长，姓吕，酒量极大。酒厂设宴欢迎领导就任，吕厂长足喝得爬地而卧，大家开玩笑说:"闷倒吕,闷倒驴","闷倒驴"代替了原本的商标名称。闷倒驴酒六十二度,纯粮酿造,甘洌烧心,辣嘴不上头,喝了祛寒赶湿,飘飘欲仙,农村牧区供不应求。

酒至半酣,田老太说香酒,就拿起田老汉的酒杯,和老牛碰了一下,二人露出了胜利的微笑。

田老太新购置了"红灯"牌收音机。见老牛来,田老汉揭起盖布,开了电门,调到乌兰察布广播电台。短暂的电流声过去,是《洪湖赤卫队》的唱段儿:"人人都说天堂美,怎比我洪湖鱼米乡啊……"三个人听得心头热乎乎的。歌曲完了之后,广播喇叭讲陈景润的故事,田老太一头雾水。一年多了,田老太每听陈景润,不敢妄自评论。她自觉头脑不差,一碗粉面加两碗粉面不是三碗吗,一酒盅白矾加一酒盅白矾不是两酒盅吗?

杏叶出嫁后,老牛时时想起。他牵挂杏叶,就像父亲惦念女儿一样心焦。她的日子过得好吗?一定生儿育女了吧?她公婆丈夫不打她吧?容貌长相还是那样吗?有时他觉得自己的心思多余,但是不知不觉,杏叶的身影又出现在眼前。碎花棉袄,扎辫子的手绢,微微跑的步态。

炕上的梳头匣子经过氧化,颜色越发稳重,格调越发古雅。老牛每天拿一个鸡毛掸子,掸来掸去,匣木出了油。这个梳头匣子,老牛要送给杏叶,不为别的,只为自己走了之后,世上还有个人偶尔念想。

一年几节,杏叶两口子回娘家拜探,有时经过杏村。自从打了梳头匣子,老牛留意过往人众,却不见杏叶身影。一日正在惆怅,远见杏叶夫妻二人,推一辆加重自行车行走。老牛大大方方,半路截住她，打招呼。

近处彼此相见，感叹时光流逝，岁月无情。老牛已现老相，杏叶早是农村少妇，更加平常。

老牛说："八木匠最近打得好梳头匣子，牧区样子。我也烦他做了一个，送我赛罕塔拉的侄女。不想她打工在外不回来，就送你们吧。"老牛睁眼说谎话，心慌得咚咚跳。

杏叶知道老牛是专门给她的，不说出来。杏叶女婿说："要是钱多，就不要。"

老牛笑说："不要钱，不要钱，好好儿保护就行。"

杏叶夫妇二人跟着老牛，取了梳头匣子。杏叶提着离开，泪光闪闪，有多少不舍和感激，老牛看得明明白白。送走杏叶夫妇，老牛长出一口气，像是交代了一件大事。老牛觉得杏叶虽然清纯不再，但彼此能牵连永续，也就心满意足。

谁知杏叶回得娘家，母亲喜出望外，只以为女儿女婿送自己梳头匣，双手摩挲，赞叹不已："听说杏村八木匠打梳头匣，你爹死活不给做，说我脸如核桃，手是粪叉，要这何用？还是女儿女婿懂事。"

命运弄人，杏叶万没想到这种情景。杏叶丈夫原本度量，家里只有大梳篦梳，一盒海贝儿擦脸油，何用梳头匣子？再说儿子淘顽异常，哪能平安置放？看岳母这样理解，女婿做顺水人情，说："他姥姥皮白肉厚，眼小鼻大，如雷贯耳，配这匣子正好。这也是我的心意。"

杏叶母亲听女婿不会夸人，可是经不住匣子的诱惑，再三赞他，做上等好饭招待三五日。杏叶母亲收拾零碎旧物，将梳头匣塞得满满当当，门难开关，屉难推拉。又将"太阳""光芒"香烟纸贴了几张，俗不可耐。再看匣内东西，不过是些臭鞋烂袜，与八木匠精心打制、老牛寄予情感的纯红木梳头匣子，天上地下，格格不入。

可怜老牛，实以为杏叶得了传家玩意儿，自己有了寄托。回家时，杏叶不敢再经杏村，老牛对此一无所知。杏叶觉得没脸面对老牛，二人从此再没相见。

八木匠记着三干头媳妇的"择机相报"，可是三二十天不见结果。这日正在家闲坐，看见她领着皮来，摇摇走了进来。他示意母亲回避，母亲不悦，反而脱了鞋端坐炕上。

原来三干头媳妇娘家收得不少书籍，她拣那书情写性的带来几本，闲时阅看。她记得有一本木工方面的旧书，等去信一问，果然有《鲁班经》一册。等到寄来，她细细翻阅，方知自家《鲁班经》并非全本。只见此书雕版印刷，纸质稀薄，犯了难。恰好现如今三干头媳妇紫丹比照知青回城政策，正式在村里教了书，就带到学校请朱老师刻了蜡板，印得十余套。

《鲁班经》那封面，紫丹照原样摹画在蜡纸上，朱老师虚实轻重刻了。请马裱匠专门装裱封面封底，姜皮匠贡献最细的羊皮线，郝裁缝细细打眼缝制。装订出来，竟然别有古意，大家都爱不释手。

三干头媳妇就说："这个旧版书，借你八木匠学习揣摩半年六个月，到时我得收回。这刻印版，送你一本，也算珍贵。你问问十里八乡，哪个木匠有《鲁班经》？"

八木匠又惊又喜又忧。惊的是她重信守用，不忘精心给她做活后许下的诺言，送了礼物。喜的是当年鲁班祖爷爷入梦指点，茅塞顿开，如今又有三干头媳妇送他《鲁班经》。忧的是翻开《鲁班经》，之乎者也，半句不懂，黑乎一片，怎好向众人交代。

三干头媳妇看出他的意思，说："送你一本《新华字典》，你先查字通个大概，过一段日子你来学校，和朱老师咱们一块儿钻研。"1979年年底，商务印书馆的《古汉语常用字字典》出版。可怜朱老师，在县新华书店花两块钱买了一本，天天研读翻阅，把《鲁班经》给八木匠讲个十之三五。

八木匠如日中天之际，社会发生巨大变革，木匠之活儿，很快就实现了电动化。他从小怯蛇怕电，时间不长就被淘汰。再看电动机轰鸣，木屑飞溅，他觉得毫无美感，那些从业者只能说是工人，不能叫木匠。

八木匠多年无活儿可干，也干不了，胳膊胸部的肌肉松弛，脊柱也正了不少。一次找到县里那照相馆，和照相的人说："自古说男左女右，我这张照片男右女左了。"

照相师傅说："这不难，我给你翻个版就行了。"

不久再去，果然男左女右，八木匠却看着别扭。原来一支铅笔别在右小耳，如今却似在左鬓。八木匠不知道，七鼓匠散布田老汉上下之话，受到整治，吃了暗亏。

一天，七鼓匠找到八木匠，问他那些木匠家具哪儿去了？他拉开堂屋西墙的帘子，大小木工家具整整齐齐，或挂、或摆，好像久等检阅的部队。他胸脯起伏，手指微颤，心情不能平静。

七鼓匠说："我师傅从上海来信，想花钱收集我们这地方儿各种手艺人的工具。"

八木匠听言，脸上露出微笑。他用这些工具恭恭敬敬打了几个箱子，再一一擦拭干净，垫了麦秸，流着泪封好，寄往上海。八木匠所使工具，不少是名贵木材造就，其色发暗发红，其香或浓或淡。他最后使用的封箱工具，是一把家用打炭的破斧子，所有木匠家具悉数寄走，一件不剩。最后一个钉子钉进去后，八木匠五味杂陈，欲哭却发不出声来。

大鼓匠收到东西，几次委托七鼓匠和八木匠商讨出让价格。他对七鼓匠哽咽述说："这些东西是我的衣食父母，也是我的亲生儿女。你和大鼓匠说，世上有哪一个人会卖掉自己的父母和儿女？只希望它们跌落个好地方儿。"此话传到大鼓匠耳朵，不免眼圈发湿，垂首慨叹再三。

几年后，大鼓匠点名请八木匠到上海转转。有感于老牛多为村民干活，给自己黄莜麦，七鼓匠把他也列入其中。老牛得到邀请，内心很高兴，又觉得不畅，他闭住眼想如烟往事，心中默语："七鼓匠，那一晚，我老牛对不住你啊。"

第七章　玉骨沈记

二板爹刚来杏东,只见村子从西往东,断断续续有三四条土街,长短不一,不很规矩。每隔三家或五家,有一个南北小巷子,贯通两条街。他看得街面满是柴土粪尿,与自己的老家明显不同。

村西南是小南山,二板爹常在饭后爬上去,用时不过十几分钟。站在小南山上,他东西南北看,四季景色不同,胸怀得到纾解。

尤其是村西那一片杏林,在南方并不稀罕,这里却十分少见。春天,气温尚低,风沙还大,杏林全力做着回春的努力,眼看着枝干饱满柔顺。六七月份,这片杏树开花,竟是方圆几十里没有的灿烂与热烈。花瓣飘零,树上结了小小的杏子,引得孩子们天天来看,直到能吃的时候。杏林像一个贫苦母亲,不计较人们早早摘下她酸涩的小果。冬天,第一场雪就将杏林半埋住,一枝枝杏树的枝干,不生不长,不言不语,只维持一丝生命,静等下一个春天的到来。

二板爹胡乱和人说自己是南边的人。他女儿叫二板,老家的人就叫他二板爹。社会剧烈变化,他像一滴泥浆,被溅到这个小山村,人们按照他自己的介绍,仍然叫他二板爹。

人们听他说话,口音有些杂,慢慢习惯了,觉得很别致舒服,似乎村里就该有这么一个侉子。

杏村人艰辛中苦求丰富多彩的生活。三餐五饭，原料只有白面、莜面、山药、白菜，女人们变换着饭菜的花色品种，精明的可以十几天不重样。只要不饿着，人们就如吃山珍海味，心满意足。

村民动干锅炸糕、炸油饼。条件比较好的人家，在县城买三五根麻花，极其珍贵。外地货郎来，有时也卖麻花，小如麦穗，徒具其名，哄小孩用。

秋天，听收音机和喇叭里说，中国日本和好了，老人们想不通："小日本不是人，临退还把七八个老财填了冰窟窿。"

"是呀，一个日本鬼子镇了我们全县。"

大家意见一致，不起争执，吵吵几天，没了动静。

好在乌兰察布高原近来风调雨顺，农业连年丰收。这年入冬不久，马队长家油香四溢，要炸麻花。好事老太太立即迈着快步，鱼贯而来。她们不为吃，只是闲着无事，想知道队长家里做什么。她们认为，村里每家每户的事情，都有互相知情权。

确实，杏村接纳一个一个外乡人，熟识后互相就没有什么秘密。老太太们所知所识更新缓慢，享受说闲话乐趣，一个故事讲两年，一条小道消息翻六个月。

马队长媳妇不讨厌这些老太太。自家日子过得好，正需要快嘴传出去。她认为，日子是过给别人看的，否则好与坏又有什么意义呢？

七鼓匠正在长身体，睡觉手脚抽抽，嘴里念念有词。夜色正浓，万籁俱静，他正做一个梦，一盆肥猪肉片就在附近。他伸手，却抓不住。七鼓匠觉得有人拉他，肥猪肉越离越远。

母亲将他推醒。他还没有醒利索，就闻得一股油炸食物的味道。

七鼓匠嗅觉奇好，只要是吃的东西，他很远就能闻到。比如煮鸡蛋，一般人闻不出来，他却一闻就准。有人问他："煮鸡蛋，能吃的蛋清和蛋黄都在蛋壳里，你怎么闻得出来？"

他说："你个愣货，煮鸡粪味儿你闻不出来？"

七鼓匠再看家里人，一个个谨慎无比。窗户用被子从里堵死，锥子扎住顶端的两个角，一点光也透不出去。父母隔一会儿出去一趟，像是放哨，进家时带进几丝凉意。稀里糊涂之间，他把半根麻花吃到肚里。他还想吃，父母把剩余的给弟兄姊妹们分完了。

七鼓匠咂咂嘴，意犹未尽，很快睡着了。母亲就着油灯光，用手指蘸上唾液，粘掉在炕上的麻花渣，送到小猫的嘴里。父亲弓着腰，把堵光的被子取下来。

七鼓匠十虚岁。第二天起炕，他觉得这样黑着吃未免悄无声息，应当让全村人都知道我家吃麻花才好。他决定先不告诉三画匠，只从他家房后找到八木匠。

"八木匠，你说我黑夜吃甚了？"

"吃甚了？"

"你猜猜。"

"那能猜出来？腌长白菜？"

"不是。"

"油渣渣？"

"不是。"

"那是啥？"八木匠不怎么热情。

"长长的。"

"萝卜？"

七鼓匠摇头。

"葱？"

七鼓匠再摇头。

八木匠失去兴趣，说："我不猜了。"

"我告诉你吧，我昨天半夜，吃麻花，半根儿。"七鼓匠弯曲着伸出半个指头，是吹唢呐的指法。

八木匠年纪比七鼓匠大四岁，初听显得惊讶，再想觉得委屈，自己向来没吃过麻花。他觉得生活太不公平，说："我不和你玩了。"真的转身就走回家了。

下午，八木匠妈等六七个女人来到七鼓匠家，纷纷问："你们家黑夜吃麻花了？"

七鼓匠母亲开始顾左右而言他，但敌不过女人们的围追堵截，只得交代，这麻花是县城的一个亲戚给送来的，一共五根。为了证明，七鼓匠母亲把包麻花的纸拿出来，果见草纸被油浸得透亮。女人们问完所有的问题，先后告辞。

当天，七鼓匠由他姐姐监管，把猪圈起了底，铺了沙土，晚上不给吃饭。

这是七鼓匠平生第一次吃麻花。他当时未曾料到，一二年后，炸麻花在村里就不是什么稀罕东西了。

女人们没想到，村里有人会炸麻花，马队长家就要炸麻花。

队长家一堂两屋。堂屋砌一大锅台，配风箱，平日用于煮猪食。北墙底，土坯围就的粮仓，捂得严严实实。东屋堆满几十年不用的东西，自行车站在地上。自行车上方，从房梁吊下两根绳子，是长时间不用自行车时的挂钩。西屋住人，倒炕，西墙下一个锅台，锅小了几号，还是阔大，日常做饭。

众女人挤挤插插进了队长家,互相匀兑着炕沿坐下,地上站着。二板爹细皮嫩肉,满面微笑,坐在炕上洗了手。队长媳妇早奉上一盒烟,他温和地拆开,分发给炕上地下的人们。不抽烟的男人把烟别在耳朵上,女人伸长手要了烟,放在头巾褶皱里。

不用队长家人让,田老太不脱鞋,扳住炕沿就上了炕,反身和二板爹平起平坐,二人亲切说话。

"二板爹,你看咱们这个村,原来连个会压粉的人也没有。我记得清楚,国家爆炸原子弹那年,我学会了压粉,算算也八九年了。你来杏村十二三年,我不知道你会炸麻花。"

"哦,田老太,你压的粉白净、筋道不说,还出货。这几年村里人,日子过得越来越精致了。"

"是啊,你要是能炸成麻花,咱村的人们不是就更那个什么了吗?"

"是呀,是呀。"

村东沈家,院小房矮,不怎么起眼。

沈家男人记得,他们全家1957年秋尽冬初来到村子。开始,他家没有住所,借队长家一间西房安顿下来。沈家夫妻加三个半大小子,山上刨石,村里村外捡废旧土坯,硬是要就着冷风盖两间小房。沈家男人知道,北坡是开村三位先人的地窨子,周围石头土块一概不捡,路来路过轻手轻脚。

村人开始不以为然,眼看的几面墙起来,过来帮忙。也有那二流子,沈家父子捡拾大石头、废土坯时候不吱声,等捡回去才找来,说这石头、土坯是他家的,逼着沈家父子再背回去。沈家父子忍气吞声,只得弓腰缓步照办。

这事让刘浩志知道，下死命令让二流子把那些原本没用的石头、土坯给沈家送去。刘浩志二十岁的毛头小伙，性情固执、思想敏感，配一把盒子枪，二流子们不敢惹。沈家父子怕得罪人，满脸赔笑。

更有三干头，二十二三岁，尚未成家，住在父母遗留下来的两间屋子，恰在沈家东。他不让沈家院子开南门东门，说影响他家出入。三干头屋子四面留窗，不时观察沈家动静。沈家被监督着，很不舒心。

二没眼说："紫气东来，门朝东开。洪福南来，门迎南开。"院子不开东门或南门，不合杏村院落格局。沈家男人隐忍多日，沟通不了。谁知此事让马队长知道。不等队长过问，队长媳妇许舞找到三干头，大骂："三干头，平日里你为人我不评说，只是不让人家开东门南门，我就不让。老人就说了，让人一步天地宽。你留下这空地是进火车呀，还是进飞机呀！嗯？再看看你盖的好房，四面开窗，走风露气，有点财也聚不住。"

只因沈家在队长家借住多时，两家有了感情。三干头一见队长媳妇理论，比见了队长还要惧怕，笑嘻嘻地说："各家门儿，另家户儿，我才不管他开什么门。"

反身看见队长盯他，就勉勉强强和沈家男人互相拍了拍肩。

天下最难外来户。

压栈糕这天，大家看那房子细檩小椽，不免有些心疼。马队长把饲养员叫来，说："你个痴囚货①，饲养院有一根杨木，正好给他作

---

① 方言，骂人的话。

中檩,还不赶快拿来,你不看这房立不住?"

饲养员老迟找到古车豁子,一会儿就把那根杨木拉来。沈家男人泣泪收下。

房子盖成之后,沈家无以为贺,只有作揖鞠躬。沈家男人转圈说:"我家流落到此,多得各位护照,没齿难忘。我沈某人现在无以为谢,谨敬薄茶一杯。"

只见沈家女人手捧茶壶,一男奉碗,一男敬茶,一男洁杯,环谢众人。村里人向来没见过这等精致的茶具,壶如猪肚,杯似酒盅。更喜那茶香水温,饮过舌甘喉润。

沈家男人又拿一根陈年老麻花,逢人掰上一点点,说:"也算干锅,也算干锅。"

有那上了岁数的人判定:"这沈家,不一般。"

马队长见状摊开双手,说:"你看看这,你看看这。"然后转向自己的媳妇:"你也是个痴囚货,还不回家炸糕?"

只见队长媳妇一挥手,田老太等几个随后,急行军回到队长家。

锅底加水,灶里点火。本地糕面不吃水,温水和,拌成块,匀匀地搓放在樉饼子笼布上,盖锅,中火蒸熟。几个女人协作配合,提着笼布将糕面反扣在大盆。

田老太蹲在炕头,主裁糕。铜瓢装凉水,不断更换。田老太双手频繁浸水,一会儿对掌压下,一会儿双拳顶入,将糕面裁了个匀。菜刀下去,切了糕条,撅成剂子。几双手立马搓捏出圆扁糕片。此时油已开,火嗓子口下入,灶口捞出,一个个炸糕黄灿软黏,全身富贵金泡。

起油,就着锅底的热度,各种调料炒香,土豆粉条下入,大火开锅,文火烩熟。沈家这里收拾利索,队长家的油炸糕大烩菜也齐备了。

又忙了几天，沈家从队长院搬到了自己的新家，从此成为村里的一户人家，过平静的日子。

西边是堂屋，一应杂物有序摆放。有些东西从老家搬来，本地小孩觉得眼生。山墙中间开门，进入东屋。沈家人多，东墙下一盘大炕，南北延展，睡十个人也没问题。被窝垛薄薄几层，难掩日子的贫寒。

现在，沈家男人站在当院，视线向西跨过矮矮的院墙。他闻到炸麻花前熟悉的味道。

小南山上，七鼓匠觉得村子像一片落地的大长树叶，残缺不全，色彩斑斓。几个老太太，干瘦的脑袋围着四方头巾，或土黄，或翠绿，或瓦蓝，曲曲折折汇聚到队长家。

和面。一块遮挡护腿大围裙，将二板爹腰部之下全都盖住，他动作从容娴熟。

田老太想："我也得有这样一个装备。"看着二板爹干净利索，她下意识往里收了收自己的双脚。

二板爹的和面盆子比田老太和面的盆子大许多。他要把炸麻花的面一次和好，不然怕一锅软筋、一锅干脆，影响麻花的品质。油锅烧开，需一锅赶一锅，连着炸，中间不能休息。

二板爹把鸡蛋打碎搅匀，加入红糖和麻油，和水一起浇在白面上。本来需要打十几个鸡蛋，许舞嫌浪费，硬是压缩了几个。二板爹两手挂满面絮，在盆内翻来覆去，把十斤面和成一堆浅黄色的面团。再看他的手，一边揉面，一边清理，并没有多少面粘在上边，老练沉稳。

二板爹把这团面再一次覆去翻来，顺势在盆子内壁抹了油，避免盆和面相粘。几个人协作，把这面盆放置在热炕头，饧面。

饧面是一个漫长的过程，大概得一两个小时。饧好之后，二板爹将这面用刀切出来一条，放在板上，双手对搓。只见两只手一会儿渐搓渐远，一会儿渐搓渐近，手上变化着力道，富有程式化的劳动韵律。

田老太目不转睛，她觉得："这一条面好似我搓的压粉信子。"

田老太想象着把二者放到一起，一白一黄，颇为搭配。

终于把面揉成均匀可手的长圆柱体，二板爹再次操刀，将这柱体薄厚一致切开，手蘸油，将其在面板上一一滚来滚去，揉圆揉长，一个个像刚出生的无毛兔崽，成为炸麻花的剂子。他把剂子横一层，纵一层，平放在另一个大盆内，不断地刷油。

田老太感兴趣地伸手乩了乩，此面不如粉面筋道。

二板爹慈祥地看着她，问："手感怎样？"

田老太红着脸不吱声。

众女人看得入迷。

原来沈家迁移乌兰察布高原，稳住脚跟。这里冬春寒燥，夏秋凉爽，地广人稀，别的不说，饿不死人。沈家把这话捎回去，今年一户，明年两户，断断续续有亲友迁移到这一带。在杏村，先是三个儿子的义父跟了来，日日馒头、咸菜、米粥、白水，清清静静安度晚年。二板爹很快跟着迁来。两家平时不怎么来往，彼此心照不宣，外人看不出原来到底是什么关系。

这日，沈家男人找到二板爹。二人相见，半天都不说话。

"二板爹啊，这里的农活你上不了手，我看你这日子过得有点紧，我也没啥法子助你。"

"还好，还好。"

"我的意思，你不如给人们炸麻花。一来你对炸麻花不陌生。虽说你原来是我店的厨子，但我家炸麻花一无秘方，二无特技，不过货真价实罢了。做法呢，你回忆回忆，我也给你讲一讲。"二板爷有点神往。

"二来这里的人憨厚朴实，日子过得粗。前些年，田老太带来压粉手艺。我们外乡人，给人们炸炸麻花，也算报答接纳和善待。"

二板爷有点迟疑，说："只是这外面……"

"我看怎不了。林彪摔死了，美国人、日本人都来了，联合国也进去了。你本来就是靠手艺苦力吃饭，不像我。再说村里手艺人，日子滋润，没见有人把他们怎么着。"

沈家男人几句话说得二板爷心里活泛起来。连着几天，要么是他早早进入沈家，要么是沈家男人很晚才从他家出来。沈家男人和他，时而一脸微笑，时而两眼忧郁，他们在做一个艰难的抉择。

搓麻花是炸麻花这项手艺最好看的场面。

二板爷把腿霸得很开。这时七鼓匠挤了进来。他看见二板爷这个姿势，觉得很是眼熟。忽眨忽眨眼睛，他才想起师傅二鼓匠蒙古地的朋友唱好来宝时，就是这气派。

二板爷表面好像不很专注，手拿两个剂子，手掌外侧给力，将剂子相互贴紧，松松卡住。然后力量往上走，对搓一下，松开一下，对搓一下，松开一下，一直搓到顶端，两个剂子绞在一起，把头捏在一块。

剂子翻转过来，重复刚才的动作。不大工夫，两个剂子被对搓成一尺半多长的面绳。二板爹双手交叉，将这面绳两头按三分之一折回来，绳头纫进去，一掏一放一提，面绳刚才吃住的劲儿释放出来，自然旋转收紧，一根三股麻花就成了。

搓麻花时，二板爹的身体有节律地扭动，十分协调，就像鼓匠吹打时摇头摆尾陶醉其中一样。特别是放置搓好的麻花，弓腰之际伸臂，伸臂之际放手，一条麻花就懒懒地躺下。

田老太暗想："这一招我也要学！"

众人正看得入迷，隐隐听得堂屋咀嚼有声。原来是来人没把堂屋门从里别住，队长家里养的小猪进来，探着将莜麦口袋咬破，流了一地，小猪津津有味地进食。队长媳妇一边拿火铲打，一边骂："你个牲口，就趸摸着吃。"小猪吱吱跑走。

村民最忌讳指桑骂槐，老太太们更是精明敏感。大家听闻后，纷纷欠乭子抬腿，准备走人。队长媳妇自知言语不防，下死力气留住众人，不免再泡茶端水。

炸麻花油温不能太高，灶火只需牛粪，忌讳加炭。

二板爹挪动位置，坐在锅口。他用筷子试油温，原本平静的油锅表面，热油贴着筷子泛起小小的泡沫，围成一个圈，涟漪般散开。他将麻花一根一根理直抚平，趁油不注意，下入其中。热油立即将麻花抱住，忽嘟嘟响，表示欢迎。麻花也起伏有致，回应麻油的热情。

二板爹用一双长筷整理锅中麻花，油香面香混合在一起溢出，众人不由得吸气咽口水。他看看麻花已经炸好，就用一个铁笊篱沉入锅底，把那麻花捞起，控了油，倒到盆中。麻花还吱吱吱地叫，一个泡一个泡鼓起炸开，撩拨人的胃口。

村东沈家男人闻到这味儿，满意地钻进矮屋。"对头，是沈记麻花的味儿。"他似乎隐隐约约听到炸麻花特有的声音。

二板爹长出了一口气，他在村里炸出第一锅地道的沈记麻花。

许舞作为队长媳妇，是村里最有身份的女人。半是炫耀，半是热情，她把麻花掰成一节一节的，款款分给众人品尝。田老太以为许舞会把麻花节第一个递给她，咽了最后一口口水，做好试吃的准备。谁知许舞不顾这些，偏把麻花节首先给了身旁的七鼓匠。

七鼓匠正眼巴巴地看，不想喜从天降，就流着泪咬在嘴里，咽进肚内，记在心中。吃完后，他心中暗念一句话："麻花，还是刚出锅的好。"

此时，七鼓匠已改变主意，定要娶二板的妹妹三板为妻，只为老丈人会炸麻花，成家之后不愁三三顿顿吃麻花。至于外公社的漂亮姑娘，以后再说吧。他心里对着二板爹喊了一声"老丈人"，口中却不敢出声。

三板今年虚岁十三，正如其名字，板墩儿板墩儿一身肉，在炕上坐着挑交交。一根粉色的玻璃筋打个结，两个头绾在一起，成一闭环。三板双手、牙齿、舌头配合，玻璃筋儿变化出不同的平面、立体造型。七鼓匠终于鼓起勇气，想和三板对挑，三板却说："我回家呀！"就跳到地下。队长媳妇赶紧包了两根麻花，让三板带回去。

这里田老太感觉受了怠慢，无法收回伸出去的手，就自己欠身从盆里取了麻花，掐下一点点放在嘴里。大家并未看见，也不当一回事。

忽见队长进家，原来他早已拿了一根麻花，到地窖子跟前掰碎撒开，祭奠开村先人。几只飞鸟"噗噜噜"落地，欢快地鸽食，并不怕人。队长知道，先人们领了。

时令恰是秋末，东南暖湿气流还旺，村里低洼，气压偏高，队长家炸麻花的香味弥漫，压了好几天才散。这些时日，村里家家开专题会，商量请二板爹炸麻花。

入冬，全村一下子进入炸麻花季，炸麻花特有的香味远飘四面八方。村西的杏林，远看深棕明亮，枝条舒展，是炸麻花的油气浸润了它们的身腰。

此后，麻花出入寻常百姓家。过年亲朋送礼，以往是几十个饺子、三五个馒头，如今五根麻花用纸包住，夹一片红纸，上了讲究。也发生过一包麻花转了一圈，又回到自家的情景，村人们并不计较，一笑了之。

附近村人家请二板爹炸麻花，一律牛车、驴车待遇。队长安顿他："千万长脸，不能丢人。"二板爹感到少有的重任在肩。

贺大头媳妇最是嘴馋好吃，她每年请二板爹炸十斤面的麻花。

这日贺大头夫妇起得早，把两个孩子收拾得干干净净。孩子是龙凤胎，男大叫杏树，女小叫杏花，出生两年多了，已能走路，煞是可爱。

一应准备妥当，二板爹按规程操作。贺大头家养了五六只母鸡，如今竟比别人多打进一倍的鸡蛋，麻花面更显得质酥色黄。看着二板爹搓麻花，贺大头媳妇洗了手，也欲学习学习。二板爹很是耐心，一边讲解，一边示范，她很快就学会了。只是经手尚少，搓出的麻花品相不大好看。

贺大头正准备生火烧油，眼看着媳妇全身忽颤，一双纤手搓来搓去，心中暗喜，双眼迷离，想象老婆学会这招，以后自家吃麻花就省事了。一转念，炸麻花关键还在于和面，就打算让媳妇拜二板爹为师，把那炸麻花的技术学到手，到时去外父外母娘家做。"

大家正在忙乎，忽然觉得杏树半天没有动静，四下寻找不见。只听得同胞妹妹奶声奶气地说："果果在这里。"

贺大头夫妇看见，失声大叫："杏树！"

1976年，国家大事不断，杏村老实人多，头脑有些回转不过来。年底，社会归于安宁。

二板爹家来了几次老家人，人人面带喜色。女儿二板带来两条咸鱼。他在家里做了几个菜，请队长、村东老沈来家吃饭。马队长是村里见识最广的人，在二板爹家见识了鱼的做法。虽然缺姜少酱，二板爹做出了特色，芳香四溢。这条鱼，是在杏村烹煮的第一条鱼。

原来二板爹到乌兰察布高原多年，二板几次捎话，想让父亲回老家，和她一起开店带徒，将忻州定襄蒸肉、代县熬鱼、偏关豆腐技术传承下去。

二板爹进了老沈家，对沈家男人说："老沈，我家二板又捎话让我回去。只是自我给众人炸了麻花，此地人离不开它。话说叶落归根，我孤人独户在外，多有不妥。看当下形势，想劝你老重操旧业，三个小子都还没成家啊。"

沈家男人往外望了望，说："二板爹，我也还是不放心。"

"我闺女说，那里已经松动了，自由市场也开了。"

"你不是带着贺大头媳妇学炸麻花吗？"

"呵呵，那女人痴眉钝眼，腰软肚硬，哪是炸麻花的料。再者说了，女人在自家做做还可以，正儿八经给别人做，灶王爷也觉得不得劲啊。这还不是你沈家的规矩？"

"哈哈哈，现在哪儿还顾上讲究这？"

这天，二板爹在老沈家吃了晚饭，除了烹制另一条鱼，他又做了拿手的豆腐，豆腐本身不够细腻，做法和味道却是正宗的。老沈含泪说："好多年没吃过这个味儿了。"

原来贺大头将麻油从油瓮用提子提到一个大盆，在后炕静放，等待杂质沉淀。谁知杏树手抓脚蹬，爬入其中，此时正划动四肢，打着旋儿。贺大头媳妇一把将杏树捞出来提着，另一只手在杏树头上抹了好几抹，他的脸面才清理出来。再看杏树身上，麻油黏黏稠稠，先流后滴，地下一摊漫开。

众人吓了一大跳，几个老太太双手合十念佛。

贺大头看孩子没事，心中稍有安慰。众人重新张罗炸麻花，贺大头不让，说："还炸什么麻花，差点把孩子那个啥了。"

二板爹见状说："麻花炸与不炸，是东家之事。今天这场事故，不怨孩子，也不怨炸麻花，还是大人照看不周。我看这阵势，或许是孩子看这麻花香得不行，如今不炸麻花，怎对得起他在油盆里转那一圈？俗话说，富得流油，此遇必是吉兆，将来这孩子升官发财，开铺设店，前途无量啊。"

贺大头一听也有理，就同意重新收拾炸麻花。他望着半盆油，一时没有主见。贺大头媳妇支支吾吾，说："只是这油，怎么用？"

二板爹见状说："我倒是有一个办法，陈兽医灌牲口，常年买麻油。你不妨少要几个钱，卖给他灌牛马骡驴去吧。说不定这油经童男子一洗，药效大增也未可知。"

贺大头听说，就重新打油入锅，小心谨慎炸麻花。炕上两个女人，一人一个，紧紧抱着兄妹俩不放手。谁知兄妹二人妈生爹惯，田老太、黄老师夫人二人拘束不住。黄老师夫人就念儿歌：

> 拉大锯，
> 扯大锯。
> 姥姥门，
> 唱大戏。
> 接闺女，
> 带女婿。
> 没脸的外孙也要去，
> 一个耳光打回去。

小兄妹二人未被吸引，手抓脚蹬，仍欲挣脱。田老太着急再来一首：

> 过大年，
> 响大炮，
> 爷爷把架奶奶尿。
> 奶奶……

这次田老太增加了动作，夸张好笑，小兄妹好像听懂了似的，齐声乐出声来，奶声奶气地配合。一家人笑了起来，直夸兄妹二人伶俐。二板爹加快速度，专心炸麻花。第一锅麻花出锅后，杏树伸手说："我要吃。"

二板爹事后回想起来未免后怕，如果那孩子真要是有个二二三三，怎向人交代。事后人请他炸麻花，一律要求小孩子不能在家待着,清场出屋,渐成规定,必得遵守。

贺大头心怀忐忑,隔日借了自行车,将一桶油驮到公乌素找到陈兽医。他起先并未和陈兽医说明情况,陈兽医说:"这几天病牲口多,都留下,都留下。"说着就要算钱。

贺大头良心发现,交代了原委,谁知陈兽医说:"不影响,不影响。小儿为纯阳之体,尿含真元之气,要是有些尿在其中,我还可以多给你钱。"贺大头和陈兽医笑得爽朗,终于是贺大头少要了几个钱。

可喜杏树命顺运达,长大学了榨油技术,在县城开一个大油坊。

第二天,三干头媳妇请二板爹炸麻花。

她提早准备东西,利利索索堆放在炕上。这日请得二板爹,家里收拾得妥妥当当。二板爹和面之际,她说:"我请你炸麻花,不炸那短短小小的麻花,我要这么粗、这么长的麻花。"

二板爹有些惊讶,心想:"这么粗、这么长的麻花,炸倒是没问题,只是她怎么吃呀?"就问:"这么粗、这么长的麻花,你怎么吃?"

三干头媳妇笑出声来:"一口一口吃呗。你见过整咽麻花的?"

三干头看见媳妇比画,心中暗骂:"你这小妖精,要这么粗、这么长的麻花作甚?"

二板爹借饧面之机,到沈家请教。沈家男人说:"麻花做法一理,式样各异。她家要炸这么粗、这么长的麻花,必是眼有亲见、口有亲尝。麻花,中心在物料、关键是口感,有人把做馒头、油饼的面绕成麻花,还是馒头油饼。我们沈记麻花,要的是香、酥、脆。只要油宽火旺,她这麻花也没啥难做的。"

二板爹回来面已饧好，十斤面只搓得几十个麻花，个个又粗又长。谁知麻花入锅，遇热膨胀，竟又大了不少。三干头见别人家麻花都小小巧巧，自家麻花却这般粗长，面子上觉得过不去。三干头媳妇却满心欢喜。只见麻花炸出，犹如顶门棍，颇是吓人。有一根麻花在锅内没有摆顺，楚刻之间已经定型，炸出来是一个"7"字，当下让她掰开，众人吃了。

原来三干头媳妇真如沈家男人所言，小时候在天津吃的麻花就这般粗大。亲友送礼，草纸包两个，大大方方。从此村里炸麻花就成两派，一派短小，一派长粗。二板爹炸麻花时总要问一句："大麻花还是小麻花？"

有人和三干头媳妇开玩笑，她不卑不亢，凛然答对："麻花为食，吉祥如意，康泰平安。其小可乎？其大不可乎？"

人们哄然而散。

当年，沈家赶一辆牛车，北入乌兰察布高原。全家第一次走这么长的路。一到后山地区，难得晴空万里，空气凉爽。更喜一马平川，地广人稀。待到一片杏林，如粉堆就，沈家男人停住脚步，一洗愁闷，心舒胸朗，就这里了！

沈家男人和二板爹已经商量多次，将沈家三兄弟叫到跟前。

沈家男人说："人这一生，勤苦为本。你弟兄三人，不可再放任自流。咱家老本行，忙时干农活，闲时炸麻花。"

二板爹也一字一句说："我一个老累赘跟来，农活全然不通，亏你们父亲介绍，全家立住脚跟，活得一命。又得你父亲亲传，炸麻花补贴家用，终生难忘。只是你家这些年受苦了。二板捎话来信要我回去。我本外行，只希望你弟兄三人，继承你家祖业，娶妻生子,让你们父母安心。"

又过几日,沈家弟兄从老家回来,三人手提礼物,看望二板爷。进得家门,沈家三兄弟对他以兄相称。他们提的四五个礼盒,全是老家"沈记"精细点心,有十几种样数。

二板爷细腻的手,一块一块拿起来看看,再放下。他眼前出现了当年的情景,沈记麻花店一天卖三百斤面的点心,香飘一条街啊。民国十几年,张作霖率部进关,雨天到达沈家一个分店所在地,沈家用库存麸皮铺出一条街,官兵过往行军。

沈家三兄弟从二板爷家出来,已经很晚了。弟兄三人知道了往事,一切就要过去。

一股暗流毫无声息。

腊月后半季,有人请二板爷炸麻花。他说:"你们有所不知,沈家三兄弟才是炸麻花的行家。"

村人将信将疑去请,三兄弟果然应允。老沈目送三个儿子被别人领去炸麻花,心中十分宽慰。

沈家三兄弟眼下二三十岁,全未成家。往日父母看着三人出来进去,心中犹如堵着一块黏糕。前些年日子紧,几乎快断粮,好在三兄弟逐渐长大,吃苦耐劳,挣得工分。更有农闲季节,三兄弟忍辱负重,说送粪就送粪,说拉柴就拉柴,稍微比别人多些收益,一家带着三兄弟义父过日子。可怜义父得病多年,前些日子油尽灯干,一命归西。三兄弟感于义父深情厚谊,咬牙张罗,依俗安葬,大鼓匠一把唢呐独奏送老人。

三兄弟炸麻花,除了原料柴火是东家的,其他一概自带。盆是铝,盘是铁,人力为主,流水作业。第一家烫面间,第二家和面,以此类推。他们打破村里下午不炸麻花的习俗，一天竟能为四五家服务。炸完麻花，也不要烟，也不吃饭，也不拿麻花，收取少量加工费。遇到鳏寡孤独，免费伺候，补贴东西。村东蔓延到村西，村里蔓延到村外。二板爹就不再炸麻花了。

春节过后，来一辆马车，式样和杏村的不一样，更加精致。二板爹一步一回首，踏上回老家的路。村人都送一程，到村口止步。七鼓匠念二板爹温和善良，临别时竟然情不能抑，又追出几十丈远。他把一个唢呐哨哨递给三板，小嘴一歪，流出泪来。二板爹见其年幼，不当回事，策马前行。三板已经虚岁十七，长得更加胖大，坐在车厢，稳稳当当。七鼓匠登上小南山，远望马车，脱了破褂，学电影《鸡毛信》里的海娃挥动起来，吓得几个石鸡"嘎啦嘎啦"叫着跑开，最后急飞起来，跌落在不远处的草石之中。

八木匠看见七鼓匠挥动衣服，以为是叫他玩耍，也上得山来。二人眼望马车，三板的红袄逐渐变成一个红点儿。八木匠、七鼓匠迎风狂号，喊出一曲"候人兮猗"的苍凉之歌。

不过二年，八木匠追访三板成功，娶三板为妻。七鼓匠这才知道，不吱声的猫才扑大耗子咧。小南山之喊，不过是替人帮腔。

看沈家三兄弟炸麻花是一种享受。

弟兄三人，半圆形按序坐下，老大居中。本地乡俗右为上，老二老三右左分列。和面使用一模一样的三个盆子。开始一人一份面，加入配料和好。面成形之后，弟兄三人将面团对半拆开，然后自己留一半，互相交换一半，揉匀。再交换，再揉匀，直至达到饧面的程度。只见他们彼此交换面团，犹如杂技演员空中抛球。揪剂子的时候，三个人同时行动，从三个方向把剂子揪到一个大盆内。

剂子大小均匀，划着弧线投入，发出"砰砰砰"的闷响。剂子撅得适量后，三人开始搓剂，动作齐整，速度飞快，一眨眼就纵横抹油饧在盆中。

沈家父子正儿八经商量炸麻花的标准。

三兄弟年纪轻，觉得大麻花有气度，长时间保存不干燥，决定推广大麻花。沈家男人开始不同意，见几个儿子坚持，也就没啥意见，众人渐渐接受。炸麻花时，老大坐在炕头，老二老三立在地上。二板爹是一锅一锅炸麻花，沈家三兄弟是一个炸麻花流水线，一个管下入，一个管翻转，一个管捞出。三兄弟自带草纸，上面有用萝卜刻好印制的"沈记"两个红字。大麻花炸好后，两个一组，整整齐齐摆放在案板上，呈一个厚实的梯形，显示东家的富实和自信。

最后，三弟兄利利索索地将锅中的油起出，趁锅还热倒进水，一遍去污杂，二遍消油腻，三遍清全锅。洗锅水哗哗倒入猪食槽、狗饭盆。一切完毕之后，他们收拾衣物家具，与东家告辞。

有些男女，跟着他们说说笑笑到下一家，只为继续观赏劳动。也有跟到外村的，原来是偷学手艺。

当年，沈家三兄弟进入市场，卖麻花。他们凌晨三四点起来，打早步行十几里到县城，一天能卖五六百根，净利润可观，不长时间就成了万元户。快过年时，他们就不去市场，而是定制送货，要货量大的时候，连他们自己也感到吃惊。

沈家夫妇安排弟兄三人由小轮大娶了媳妇，大家方知他们分别叫：沈面、沈水、沈油，炸麻花的三要素齐了。

人们评价，这家人仁义。

第八章 绕指钢铁

七鼓匠十岁时,从废旧家用喇叭上抠下两块磁铁,一时成为镇身之宝,时刻不离手。

他招呼几个伙伴,随便找一块地方,撅起屁股像狗熊一样往前走,磁铁贴着地皮拱。不一会儿,磁铁就吸附不少铁屑、铁钉甚至半个马掌,变得像个海底怪物。他有了这些东西,可以玩好多名目。

他把铁屑放在纸上,磁铁隔着纸在下面移动,铁屑会排队随之进退,他名之为"山羊跑坡"。或者将两块磁铁找对互相排斥的面,使劲压在一起,然后突然放开小的一块,让它踉踉跄跄后退一段距离,他名之为"顶你个猫儿跟头"。最神奇的是把磁铁含在嘴里,拿一个铁勺子或小剪刀贴在脸上,吸住、拿开、再吸住、再拿开,给更小的孩子变魔术,神奇得很。小孩们要看他的嘴,他张开鼓匠之口,雾气袅袅,深不见底,并无破绽。

正是晌午,天热难耐。大人们随便躺着歇晌,孩子们四处撒野。七鼓匠与小孩子们到霍铁院内玩,竟然吸得不少碎铁。七鼓匠算账,一天吸一斤铁,一毛六,十天十六块,一百天就一千六,这还了得。

霍铁家是一个敞开的大院,七鼓匠天天偷偷摸摸到霍铁院里转悠,一根绳子拉着磁铁。积攒了一帽壳乱七八糟的东西,到代销点卖，收购员柴红脸看也不看，拣了几块略大的，给了两分钱，其余的让他扔得远远的。

七鼓匠不歇心，再次去霍铁院里，企图吸点更大的卖钱。谁知霍铁早已发现他的行动，故意在铁匠铺附近扔些碎铁。七鼓匠心中暗喜，装作没事似的转转转，磁铁上越吸越多。忽听"啪"的一声，他手中的细麻绳猛地绷紧。再看他的磁铁，早让一块更大的磁铁吸住，下死力气也分不开。

原来霍铁将一个牛头喇叭的大磁铁圈用铁链固定住，专等七鼓匠自投罗网。生物弱肉强食，吸铁一样的道理。听得房前房后有说话声，七鼓匠只能弃磁铁而逃。可怜他赔了夫人又折兵，从此像那做了去势术的公猴，没气儿了。

七鼓匠还不死心，组织了几个愣头青，谋算着偷点小铁。小偷惯例，首先踩点。他领着这些人，鬼鬼祟祟，学那反特电影里侦查员的举动，房前屋后侦查半天。

谁知这点小玩闹，早让霍铁看破。

这天，霍铁从铁匠房出来，拍了拍身上的土，虚锁了门，大摇大摆离去。七鼓匠派的侦探看得清楚。一声呼哨，四五个小家伙从房顶、墙外、柴垛蜂拥而至，进入院中。他们直捣铁匠房，看地面上散放着几块乌黑厚重的碎铁。七鼓匠一挥手，几个小手争先恐后抓拿。

谁知霍铁刚刚在铁匠炉上烧过这些碎铁，故意放在铁匠房内。虽说是黑铁，却足以烫手。几个小家伙，原本想大捞一把，不料一个个都被烧焦了爪子，冒出青烟，"嗞嗞"响。几人频频甩手，却不敢吱声，且吸溜且撤退，溃不成军。

第八章 绕指钢铁

从此，七鼓匠心中记恨霍铁。

七鼓匠经过这次高温教训，此后凡是金属物品，他都敬而远之，一唾二摸，确保不烫手，没危险，才敢使用。那时，他脚长得快，他妈给做的千层底踢死狗鞋。夏雨冬雪，鞋潮脚胀，非鞋溜子伺候不得穿。他家有一个祖传铜鞋溜子。每当使用鞋溜子时，他必先噘起嘴，唾几点口水在其上，看冒不冒气。再伸手慢慢试那铜鞋溜子烫不烫。一切平安，他才手握鞋溜子，把一双脏脚压迫引诱到鞋内。

霍铁家背靠小北山东坡，在村子的东北角，周围住户不多。院东是一口水井，有给牛羊准备的大水槽。早中晚，牛羊或出群，或归栏，村人爱集中在这儿。

鼓匠吹灯，无比轻松。铁匠生火，柴杂草混。

随便地上一点什么能燃的东西，铁匠就能把火生着，这其中的奥妙就是风箱。铁匠的风箱奇大，有的竟然如一个大柜，巍巍峨峨立在那里。小孩子们很难拉动这风箱，咬牙切齿也无济于事。

拉铁匠风箱，一要劲大，二要力匀，不紧不慢，方得正宗。慢慢推拉铁匠风箱，风箱吹出的风力持久稳定，这样烧铁温度渐变增高，内外一致，加工起来得心应手。

霍铁收拢点柴草、马粪、树枝，一点点引火物，不急不躁。一会儿，稳定而持久的箱风就将焦炭引着。还有一个奇怪手法，不管是推还是拉，总是先短促地忽嗒一下，好像打撒惊一样，紧跟着进入长距离的推拉，不知是何缘故。贺大头媳妇问霍铁，霍铁说："这一下是顺鸡毛，不然风箱里的鸡毛突然转向，易折断，风箱的寿命会缩短。再说缓和缓和，生插猛推硬拉，有失铁匠风范。"

153

贺大头媳妇频频点头，半懂不懂，眼睛蓝凹凹的，脑子里不知道想些什么。她趁霍铁师徒不备，手握风箱拉手试了试，脸红气急，一堵身子压上去，差点把风箱推倒在地。霍铁赶紧止住，白给了她一个挑菜铲铲，劝她离开。

有一日，贺大头媳妇来到霍铁的铁匠房，房内只有霍铁清理炉子。看四下无人，她款款走了过来，逼得霍铁后退了几步。她撩起衣襟，掏出一样东西，说："霍铁，我这里有一片儿铁，烦你给我打几个铁簪子。"

霍铁接过那铁片，放在眼前端详，"扑哧"一声笑出来，说："贺大头媳妇，不是我不给你打，只是你这铁，恐怕是家里的尿盆子打烂了吧？"

她脸一红，说："这你也能闻出来？"

霍铁虚岁五十，眼睛早已老花，他本是放在眼前观看，因为铁匠房光线不好，她误以为霍铁是放在鼻下嗅。霍铁有口难道，说不清楚，就拿起地上的一块铁给她看："你看，这是熟铁。你这是生铁。再好的铁匠老师傅也打不了生铁。再者说了，人家是金簪银簪，最不济也是铜簪，你打个铁簪算什么。"

贺大头媳妇初听糊涂，再听恼怒，回家骂贺大头："跟你过日子太窝囊，金银铜簪就不说了，偏偏家里都是生铁，没有熟铁。"贺大头莫名其妙，不敢理会。前些年，贺大头媳妇让钉盘碗儿钉过烂盆，钉好后没干透就用，反怪钉盘碗儿没做好，打了个稀巴烂。她将铁片放在锅里煮，没什么变化，难辨生熟，就扔在鸡窝上，等着卖废铁。

铁匠打铁的场面最是引人。

第八章 绕指钢铁

霍铁使用的锤子有两种，一种是小锤，一种是三磅锤。小锤主要引领徒弟大锤落点，不同的师傅有不同的锤法。有时打在铁上，有时打在砧子上。打在铁上，声音闷闷的，引领更加精准。打在砧子上，声音脆脆的，击打次数、频率和力气的变化，引导大锤是砸还是停，来劲时，还有些表演性的花式打法。三磅锤不耍花招，锤锤击打在铁上。诚实的师傅使三磅锤，和徒弟一块儿卖劲挣钱，霍铁就常用三磅锤。

霍铁师徒打铁十分好看。大帆布围裙，赤着臂膀，胳膊肌肉隆起，铁花飞溅。有时带领两个徒弟打，大徒弟用的是巧劲，跟着师傅击打整形，二徒弟使的是蛮劲，指哪儿打哪儿，至于劲道，猛烈有余，精准不够。今年刚拜师的小徒弟，达不到指哪儿打哪儿的境界，一大锤直接打在砧子上。砧子秃头凶脑，被打得莫名其妙，却无处躲藏。为了表现自己，这徒弟使出浑身力气，一锤把砧子打出个凹处。霍铁骂也不是，夸也不是，逢人便说："我那小徒弟，一锤能把砧子打个钵儿。"语气中有吹嘘之意。

三里五村没有铁匠铺，霍铁有做不完的小营生，都记在一张硬纸上，所记录的文字和简图只有他自己知道。霍铁接收营生，向来用手掂量斤两，将原料胡乱堆放在一起。成品出来之后，也许并没用顾客拿来的原料，只要斤秤差不多就行。有明显差距的，剩下的存在铁匠处，不足的下次补齐。

一日下午，天色明丽。三干头媳妇找霍铁打一把刀，明确要求霍铁需用她自己带来的材料。霍铁看，这是片炮弹皮子。原来杏村西北驻军上万，炮兵尤众。炮团团长与她聊起是天津老乡，常来常往，就送她一块弹皮。霍铁所打制铁具，多为民用熟铁，这次却是军用钢板，颇是费了一番劲。

这弹皮延展打制温度点高，需将弹皮烧到白色快流铁水时才能击打几下，很快就坚硬不可锤。霍铁师徒费了好大劲，才将菜刀打就。霍铁看这刀喜欢得不行，额外给她开出刃，自己很是满意。

三干头媳妇取刀之时，霍铁说："你这弹皮打刀极好，不妨和那团长再要些。"

这团长开着吉普车，隔三岔五来村里，给三干头媳妇送来各种各样的弹皮。她自然打不了那么多刀，就三文不值二文卖给霍铁，霍铁打了刀卖出去。

忽然有一天，部队地方大十几个人开四五辆车，将霍铁家包围。刘排长带着村里民兵外围警戒，军人搜出一堆弹皮。来人把霍铁、三干头媳妇带走问询。晚上，星暗风冽，一辆军用大卡车将二人送回，灰眉楚眼地交给大队干部。大队干部把二人破口骂了半天，责令回村。

后来，再看不到团长，据说是军法处置了。人们传说，这些弹皮每一个品种都让特务买去拍照分析，通过密电码报回敌国。大家不知真假，纷纷加强防特反特。

霍铁做得最多的活是队里的。大队没有铁匠，一队、二队、三队、四队有活，也拉来处理。支书曾建议霍铁迁到大队，霍铁婉言谢绝。他说："当年我霍铁投了杏村，不能弃它。"

镰刀、锄头、钢钎、马具、耙齿、镢头，霍铁样样精通。师徒几人往往集中一段时间做一种器具，林林总总打一堆，扔得满地都是。做这些农具的时候，场面宏大，热闹非凡。除了师傅徒弟打铁，本村的，外地的，小孩子玩的，年轻人寡说的，老汉烧根铁扦烫片片的，侄男外女烧山药蛋的……更有货郎蹲在避风处，静等人们来买小物件。

钉马掌场面，不亚于牧区那达慕。几十匹蒙古马，膘肥体壮，一个个被拴在马桩上，"咴咴咴"叫。有那生个子马，踢来咬去，一片灰尘。几个小孩子手持长长的麻秆、柳条，一头专门用石块儿砸出毛茬，伸进马尾里一个方向转。待吃住劲儿时用力一揪，一绺马尾就到手。马儿疼得四蹄乱蹬。马尾是好东西，冬天套雀儿必不可少。也有自制二胡的，用马尾抹了松香做弓弦。

霍铁身围大裙，手持铁铲，围裙的大兜子里装了马掌和掌钉。大兜极大，能放得下一个小孩。兜内装的物品沉底下坠，需双腿霸叉、身子躬弯才能探得。马掌和掌钉，都是他师徒预先打制的。

人们把马的一条前腿用绳子捆死提起，和它的脖子固定，马就成了三条腿，再钉掌，马就踢不起来了。

霍铁身体较矮，弯腰提起一条马腿，开始很费劲。直至这条腿弯曲，马就没了力气。他把马的四蹄轮流放在个三条腿凳面上，铲刀的托子倚在肩膀，压上身子，用锋利的刃切那马蹄。只见霍铁嘴抽抽，几乎竖着立了起来，使出最大力气。

众人看得失笑。

马蹄被一片一片切下来，看着很是舒服爽快。待把马蹄切出一个合适的平面，把大小正好的马掌对上去，用铁钉钉住，发出金属击打的清脆声。一寸许的掌钉，一一钉入马掌。怕露出半截的钉头绊地上之物，霍铁再拿一个钉头抵住，打进马掌的暗槽。四个蹄子都钉完，霍铁放开马，马稍稍适应一下，就步履平稳、体态昂扬了。

久钉马掌铁，没有不挨踢。

今天，霍铁给一匹刚从牧区买回来的马钉掌。这是匹二岁母马，通体青毛，褐色斑点，甚是好看。再观这马的眼睛，慵懒中带点犀利，目光隐隐的。古车豁子看见这马，觉得气度非凡，若调理顺溜了必是匹好辕马。谁知霍铁昨夜在贺大头家串门儿回家晚，躺下又心明眼亮睡不着，清早起来就迷迷瞪瞪的。他按章法准备钉掌，这马顺从无声，余光却将霍铁锁住。

霍铁弯腰欲将这马的前蹄捆住，却不想马儿突然发作，一个优美的掏心蹄划了过来，碗大的马蹄正中霍铁小腿。霍铁感到一股力量将他推后，瞬间觉得小腿巨疼，跌倒在地。这马掉转屁股，又一个后直蹄补了过来，直对霍铁脸面。好在众人大喊，马受了惊吓，放了空炮。

这里霍铁龇牙咧嘴，哎哟哎哟叫个没完。古车豁子见状大笑，说："骒马蹄下倒，做鬼也风流。"

霍铁张嘴骂："你妈的，还不扶你霍爷爷起来？"

古车豁子远远提防着马，将霍铁拉开扶起，众人围过来。老牛正在井上挑水，看见霍铁被马踢，人群纷乱，腿肚一抖，两水桶蹾在地上。可怜老汉年老体衰，趔趔趄趄，终于把持不住，人倒水洒，只能重新回到井口。等再提水倒入，发现一只水桶的底蹾开了缝，倒进的水"咕嘟咕嘟"流出来。老牛只好扁担这头一只桶，那头一个水斗，手提另一只桶回了自家，自叹晦气。

早有人请了赤脚医生，钟大夫看见霍铁瘫卧在地，料得伤势不轻。弯腰查看，断的是开放性骨折。可喜这医生祖传接骨，就让众人将霍铁搀扶到家里，正骨、固定、包扎、服药，说："筋骨受伤一百天，慢慢养吧。"

霍铁问："多少钱？"

钟大夫笑说："估摸你这样子，说不定是个工伤，我和队里算吧。"原来，去年赤脚医生王桂珍参加世界卫生大会后，杏村对赤脚医生实行工分制，除了按人头分口粮，还规定有些医疗可记工分。

马队长了解情况后，给钟大夫记了三十个工分。好在医生术高，铁匠骨硬，三五十日即大见成效。医生安顿霍铁多活动，多锻炼，恢复功能。霍铁"咿咿呀呀"难以进行。钟大夫让霍铁找个大算盘，忍痛将骨折的腿放在上面，只需推拉算盘，伤腿即可伸缩。

霍铁闲着没事，且当游戏，七十天头儿上，可下地走动，干些小活。他打心眼里感谢赤脚医生，决定精精致致打一把鱼儿刀。

霍铁翻地三尺，找了几块三干头媳妇拿来的弹皮，一个人悄悄多次反复加热锤打，竟然百炼钢变成绕指柔。他用了万分的诚心，先是把半开放的鱼儿刀槽造好，只见通体曲线，婀婀娜娜，刀槽疏阔，槽体饱满，形制极其优美，让人一见就爱不释手。

他又打了刀，刃平脊弓，形状精致，落落大方。他反反复复用砂轮、铁锉、砂纸打磨，完工后刀槽和刀刃还留有浮凸，手感极为拙朴。霍铁在鱼儿刀上挂了铁环，两根细牛皮筋绾了桃疙瘩儿，留下一尺长的穗子任意摆动。

这日上午，霍铁轻拐单腿，郑郑重重把这鱼儿刀送给钟大夫。钟大夫看着精致无比的小鱼儿刀，说："真盼望你让那马再踢一蹄子。"

二人哈哈大笑。

沈面、沈水、沈油三兄弟给义父送终已过半年，柳叶再没有见到二鼓匠。

收拾了碗筷，柳叶觉得头疼。她翻起炕席，把那止痛片拿到手中。柳叶喝止痛片向来不用水，舌喉几经运动，头朝后仰，药片就下肚了。柳叶吃止痛片一般是半个。二鼓匠说:"调不能一次起高,药不能一次吃足,不然时间长了,就不顶事了。"

关门闭户之时,柳叶觉得铁门闩生锈,开了口子,街门的破铁栅栏七零八落,都需要修修。

柳叶躺在炕上,惆怅睡不着,一个人想心事。忽然觉得院内有脚步声,越来越近,直至堂屋门。来者稍作停顿,就把门推得轰轰响。柳叶一下子警觉起来。再听院外,推门声时缓时急,并不停止。柳叶不敢动弹,也不是太紧张。她习惯了。

以往,猪牛顶门,不一会儿就会走开。人推门,总会有其他动静惊扰,熬上一阵儿便风平浪静。这回却只听哗啦一声,门被推开,门闩彻底断裂,门板"忽嗒"一声跌倒在地。柳叶从枕头底取了剪刀。

七鼓匠最是忠厚之人,他看师傅和柳叶好,柳叶又一个人在村里过日子,就或明或暗关照保护。今天,他惯例巡街,提棍护师母。及至从东往西巡到柳叶房前,听得拱门之声,最后竟将师母的门板拱倒,就大步流星上前,对着黑影挥棒打去。谁知用力过猛,脚底一滑,那黑影闪开身子跑了。说时迟,那时快,七鼓匠无师自通,撒开猪八戒腾云步追将上去。等得距离适中,他用足全身气力悠了一棍,可巧击中。谁知那黑影却发出猪叫声,反首直取七鼓匠。他看清,确实是一头猪。他大喊一声,猪来了个急刹车,点头瘸脚,折身而去。

黑天半夜,伸手不见五指。七鼓匠找自己的棍子不见,大致约莫了一下地方,等天亮再寻。他心中惦记师母的门,又返回柳叶的院落。柳叶手扶门板哭哭啼啼,欲立不能。他上前拜见师母,柳叶才稍稍安稳。

第八章 绕指钢铁

七鼓匠本欲将门装好，怎奈只有十四五岁，人小力弱不能如愿。他想起朋友八木匠，可是天色已晚，多有不便。二人好不容易将门虚立在门框外，轴不能上，闩不能安。他无可奈何，就说："师母你放心睡觉，我给你顶门。"

柳叶不许，说："你肉胎凡身，怎舍得让你顶门？再说哪来的师母，不可胡说八道。"

谁知七鼓匠最是性犟之人，认准的事一百头牛也拉不回来，就强推师母安睡，自己脊背朝南，肩胛骨正好顶住门板。柳叶的房子，实际只有一间半，堂屋仅宽四五尺。七鼓匠又开腿，右脚蹬在墙根儿，左脚点住泥瓮，很是得劲儿。好在天暖气爽，他慢慢入睡。

眼看走来一个人，面熟面熟的，却认不准是谁。那人说："七鼓匠，你把门开开。"七鼓匠大义凛然："大丈夫、男子汉，说不开就不开。"

那人又说："你看我是谁？"

七鼓匠说："管你是谁，我七鼓匠……"

七鼓匠真的感到背部摇晃，他揉揉眼睛，不知自己在何处。他又拍拍脑瓜，才想起刚才的故事，不免再换了着力点，往紧顶了顶门。他忽然嗅到一股陈年烧纸味，又感到二鼓匠的呼吸声。七鼓匠重新醒了醒脑，断定师傅在门外。

田老太听说霍铁最近专做小活，拿来一块铁，让霍铁打一器具。她是有绘画天赋的，特意画了图样。霍铁多年专攻钢铁，不通生活俗务，看了田老太所画，脸红一股白一股，有些难为情，也不好细问，硬着头皮接下这活。谁知制造当中，颇多周折，霍铁不免比比画画，又发挥想象，好不容易才制得。田老太取货之时，颇为不悦,她说:"你这东西和我画的不一样。"

霍铁脸红脖粗,心中暗叹,这老太厉害。田老太掂量了半天,说:"这个头太小了。"

霍铁说:"我给返工,我给返工。再加半斤?"

田老太说:"再加半斤就手重了。"

霍铁大胆说:"那咋办?"

她说:"你再把这铁回炉烧红,把把子打细点。"

霍铁唯唯诺诺,斗胆问:"老太打这器物?"

她说:"我打这器物,专为碾白矾,头太小,碾的面小,费时不说,白矾溅得到处都是。"

霍铁心中骂:"你早说打个小碾锤不就没事了吗?非要画这么个破玩意儿,费我这多精神。"

隔几天老太来取,只见一个小碾锤伏手光滑,轻重恰当,心中欢喜。她送铁匠一个干粉坨。霍铁端详半天,觉得这粉坨厚实肥大,似曾相识。原来这是田老太去年给他压粉,霍铁觉得自家吃饭人多费粉,专门要的大款坨。霍铁这粉坨有特点,一面平齐,那是在铁板上垫纸晾粉的痕迹。田老太把粉坨当成货币,在村里流通,她忘记这本来就是霍铁给她的。

霍铁给田老太打了小碾锤,她压粉条就有两件工具了,另一件当然是小酒盅。小酒盅放在衣兜,小碾锤装入专制的灯芯绒口袋中,袋口揎住手提。有时隔着布袋揣这小碾锤,她觉得豪情满怀:"电影里有双枪老太,我是独锤粉婆。"

再说柳叶躺下后,一时不能睡着。她想,鼓匠乃讨吃叫街之流,竟然有如此情谊,真是让人慨叹。她可怜七鼓匠,出来给他盖

第八章 绕指钢铁

了一张贴身小褥子，见这孩子已经睡实。柳叶蒙蒙眬眬之际，又听院内有脚步声。柳叶听得闪深踏浅，定是二鼓匠来了。她手足无措。以往他来，只需如此如此这般这般就行，今晚堂屋地上躺着个七鼓匠，这该如何是好？

二鼓匠用一个物件往里捅拨，却找不到门闩。他轻轻拱门，七鼓匠用肉身顶住。他心生纳闷："怎么今天这门捅拨不开？门虽关得不实，却肉肉的有弹性？"

七鼓匠不敢吱声，趁二鼓匠到窗前轻拍窗棂时，咬牙把门板挪开。二鼓匠挤身进得家来，侧耳细听，心想："这门也该修修了。"

命运作弄小人物。二鼓匠、柳叶、七鼓匠同处一屋，情节该如何发展？柳叶知道二鼓匠、七鼓匠在。七鼓匠知道二鼓匠、柳叶在。二鼓匠知道柳叶在，隐隐觉得还有一个人在，却不知道他是七鼓匠。

恰在此时，雷声大作，暴雨倾盆。可怜七鼓匠，隐约听得柳叶屋里哭泣。七鼓匠刚才想，自己算是有些奇遇之人，难有今天之经历。但眼下所遇，完全意料之外，他觉得这样潜伏，让师傅师娘发现不好。二鼓匠听觉超强，他屏声息气，疑疑惑惑，说："好像还有一个人？"

他本欲避避雨、经见经见再走，闻听二鼓匠之话，猛然想起"哥不观弟，徒不听师"的古训，就头披一条麻袋，趁着一个炸雷暴响之机，消失在夜色中。

原来这一段是淡季，二鼓匠黑瞎摸洞逮住一头毛驴骑上，凭感觉来到村里，单为会柳叶，不想发生了这样的事情。二鼓匠给柳叶拿了些东西，安顿了几句，就急急骑着毛驴离开。

临走，二鼓匠留下钱，让柳叶赶紧修门闩。

第二天一早，七鼓匠手提一铁棍来到霍铁院内。霍铁看见他脸色灰蒙蒙的，心中不免紧张，就提了一根更长的铁棍。伤腿仍未痊愈，霍铁忽点忽点，迎面而来。

"我问你，你来我家做啥？"

"霍铁叔叔，以往我年幼无知，偷铁摸铜，现在给你赔罪。不过霍叔你也够辣，看看我的手。"

霍铁看七鼓匠烫坏之手后，"噗"的一声笑出来，说："你拿铁太实，这又不是捏唢呐眼。再者说了，木匠房不能踢踢哒哒，铁匠房不能捏捏捉捉啊。"

"霍叔，不瞒你说，自从那次，我见铁就怕。"

"我也是被逼无奈啊。天天丢铁，天天丢铁。你今天来做啥？"

"我让你做个千坚万固、猪拱不开、牛顶不动、人撬不坏的门闩。"

"门板宽几许？门框宽几许？闩长几许？入深几许？"

七鼓匠听了好几个几许，一时语塞，说："我也说不清楚几许，我给柳叶做。"

霍铁爽朗一笑："她家堂屋门的尺寸，我知道。"

不几日，霍铁提着做好的门闩，找到七鼓匠，去给柳叶安装合适。谁知霍铁暗留了一个机关，柳叶和七鼓匠不知情。

秋末，杏树掉光了叶子，只有主干和枝杈，宛如钢铸铁制一般。

秋收之后，穷人家的孩子相约扎荒杠。

扎荒杠是村里男孩最有意思的劳动。七鼓匠约三五个人，扛着荒杠，杠头挑一条线口袋，器宇轩昂出发。选择大片麦田，判断这里老鼠多不多。初步商议后，大家就分散四处寻觅，扎荒杠。

原来老鼠有一动物习性，麦子、莜麦、胡麻成熟后，它们就把秆切断，将麦穗储存在挖好的洞穴内，有的一窖储存二三十斤。扎荒杠就是把这些窖子找到，把老鼠偷走的粮食夺回来。

大家试着将荒杠扎进土地，如果扎的是实土，阻力大。如果忽然省力了，甚至"忽嗵"一下扎空，说明下面是空洞或者是老鼠的粮食窖。再扎几次，通过荒杠传导上来的微小信号，断定地下是否有可挖之物。如有，就用荒杠将土翻虚，用手刨到一边，老鼠偷藏的东西就逐渐显露出来。

不得不惊叹老鼠的劳动。地面下，老鼠专门打出仓库，方方正正，壁面修理得很是光洁。再看那储藏的果实，小麦就是小麦，莜麦就是莜麦，胡麻就是胡麻，很少混储。很难想象小小的老鼠能做成如此浩大的工程。人可以改造自然，老鼠很好地适应了自然。

荒杠其实是一根铁棍，一头打出稍钝点的尖或刃。在铁棍偏下合适部位，有一根横杆，用于脚踩加力。吃劲儿的荒杠长度与使用者的身高最好是符合黄金分割。村里的荒杠均为霍铁免费打制。他根据使用者的身高和体力，把荒杠做到最合手。个高的，长点；个低的，短点。壮实的，粗点；瘦弱的，细点。只要力量允许，荒杠尽量做得粗，利于精准感知土堆下是否有老鼠的仓库，太细了不明显。

霍铁觉得，村民春种秋收不容易，免费打制荒杠，以示他颗粒归仓的主张。

霍铁原来对七鼓匠没啥好感，后感念七鼓匠忠诚护主，就暗中给他量身精心打造一把荒杠棍。这荒杠棍，通体笔直，粗细伏手，长短合适。再看脚镫，对接牢固，打出平面，使力容易，不硌脚掌。荒杠头，三干头媳妇拿来的炮弹皮硬钢为尖，流线设计，外表光滑。荒杠把，抓手吃劲，操作方便，易提省力。真不愧为精品荒杠。

是匠不是匠，需要好作仗。七鼓匠提得这杠，在苍茫的大地上弓腰扎洞，伏地收粮，半个多月下来，眼看第二产业收入快超过第一产业，家里甚喜。

七鼓匠更愿意挖根根。挖根根，是挖中草药材的统称，挖了卖给供销社，可卖现挖的，也可卖晒干的。三画匠、七鼓匠提杠逡巡于半山坡，眼睛看着脚下，瞟着周围，半天能挖一二斤。小孩子也使坏，故意蘸点湿泥土增重，有时柴红脸扣水分。如果直接到公社卖，每斤多几分钱。夏末秋初，三画匠、七鼓匠挖根根卖十几块钱。七鼓匠早有图谋，每次卖钱，大头交母亲，自己私留小部分，终于够买一双系眼儿鞋。

到公社供销社，各色货物琳琅满目。当时的供销社，竟然有不少外国货。伊拉克的蜜枣，朝鲜的烟，古巴的蔗糖，蒙古国的靴……七鼓匠对这些看也不看，直接到鞋袜货架前的栏柜，整钱零币，放出三块，让售货员伺候着，买一双纯白胶底系眼鞋。穿到脚上，那个神气，没法描述。

七鼓匠预备着父母打骂，谁知父亲抽锅旱烟，根本无视。母亲摸摸索索，流下泪来。七鼓匠难过了一会儿，出门游街，逢鸡必踢，遇狗必追，竟如石猴子出世一般张狂。

霍铁打铁一直到六十多岁。

半年时间，大家看霍铁脸色铁青，越来越消瘦。霍铁老伴是个病蛋子，平日出不了门。队长打发古车豁子拉霍铁到县医院看病，派个徒弟跑前跑后。县医院医生诊断霍铁病重,就把他转到集宁大医院。霍铁得知自己的病情,放弃治疗,歇了铁匠铺。

后来,在天津的姑姑接了他去,看中医、吃中药,缓解不少。

村里人时不时说起霍铁,抚摸他给做的工具。

七鼓匠抚摸荒杠,三干头媳妇抚摸菜刀,田老太抚摸小碾锤,贺大头媳妇抚摸铲铲,柳叶抚摸门闩,钟大夫抚摸鱼儿刀。二鼓匠抚摸那把能打开柳叶堂屋门的钥匙,这是他和霍铁的秘密。

人们知道,全村所有的铁具,都是霍铁打制……

第九章　为衣为裳

郝裁缝之"郝",乌兰察布高原人念成近似"赫"的声音,与本地口音黑白的"黑"读音一样。学校教语文的朱老师,对本地语言语音做专门收集整理,开始挺有干劲,最后让类似这样的现象纠缠得焦头烂额,不了了之。

郝裁缝原本在县服装厂当师傅,据说犯了什么错误,举家迁入本村。

郝裁缝来村之前,村里男女老少的衣服都是各家女人自做。女人做衣服最讲究心灵手巧,脑子能想到,两手能做出。有那女人心拙手笨,做出的衣服千奇百怪,穿着不得体。

田老太在女红上最是差劲,她做出的衣服大疤老针线不说,关键是极不合身。田老太夫妇1955年辗转迁入杏村,三十岁上下。刚来,两口子穿旧衣,已经撑开多年,不觉得怎样。等到拆旧做新,就笑话频出了。

她给田老汉做了裤子,裆开得靠下,裤腿也窄,田老汉穿上后不能正常走路,步子一迈大,裤子立马拘住腿;也不能顺利上炕下地,总得挪挪兑兑,绝气马爬[①]方能完成。

---

① 方言,形容动作费劲。

第九章 为衣为裳

田老汉看见一只羊，吃自家自留地青苗，急着要去赶打。不想裤裆里外攒在一起。他想着走快点，一迈步跌一跤，再迈步又跌一跤。他没办法，只能远远地喊，那羊直到吃饱才离开。

田老汉埋怨田老太，她硬撅撅地说："能有个人给你做就不错了。穿不穿就这，怎呀？"

老牛求田老太给做一件过年穿的外褂。她倾尽心血，左盘右量，画线下剪，执针缝制，终于做成。老牛试穿之时，她心里很是紧张。田老汉懒懒地靠在后炕，幸灾乐祸说："刚糟蹋了牛哥的山药粉，又作害布。"

老牛像一个木偶，抽抽架架，好不容易将褂子穿在身上，却觉得四面发紧，上身如一个刚出锅的江米粽子，捆得结实。再看衣襟，从最后一道扣子开始，呈一个倔强的八字，越往下越岁得开，末端左右距离约莫有六七寸，硬撅撅的。

田老汉看见老牛衣襟敞出一个三角地带，大裆棉裤的灰蓝褶皱露了出来，不免笑出声来。田老太指挥着老牛转转转，自我安慰说："将就着穿吧。"

老牛没有脾气，说："撑一撑就好了。"

谁知田老太针线也缝得不结实，他穿了几天，一只袖根的线开了，袖子几乎脱落。老牛没有办法，有几天只好把那只袖子窝回胸口，像一个藏传佛教的僧人。

郝裁缝在村里住下，参加生产劳动，有点改造的意思。村里人大略知道点他的身世，队长就安排他做轻活。郝裁缝怕人说三道四，硬着头皮和大家一起干。锄地时，他突然发现自己的三垄地已经锄过，再看原来是前面的小伙子大锄探过来替他锄了。拔麦子时，他突然发现自己的三垄麦子已经拔尽，也是前面的胖大女人替他拔了。郝裁缝觉得过意不去。

收工回村，他独自一人早早来到请示台前，面壁思过，心中发誓要成为能挣十个工分的农民。艳阳高照，请示台周围一派静谧，郝裁缝得到了精神的鼓舞。

后来，队长安排他只锄一垄地，拔一垄麦子，很是怪异，这样他的速度就和大家差不多了。可怜郝裁缝细皮嫩肉，一段时间劳作下来，满手起泡。他不吱声，默默忍受。好不容易到秋收结束，他就着落日余晖，凝视自己的两只手，再远眺西山坡的杏林，伤心地哭出声来。

郝裁缝抬头远望，天上几队大雁正奋力南飞，不免引起他对往事的回忆。

郝裁缝本是当地人。小时候，他怀揣几个干馒头，到天津投靠了姨姨。郝裁缝姨夫经营一家大餐厅，有意让他学习管理。谁知这大餐厅每天男出女进，他被那各式各样的衣服所吸引。后来，他和姨姨姨夫说有意学裁缝，就拜了师傅，三年出徒。原本想在大城市开一裁缝铺，无奈社会动荡，就回到县城。

郝裁缝双手搓来搓去，发出粗糙的"嚓嚓"声。这哪是一双裁缝的手啊。

入冬，郝裁缝自己在家把缝纫机搬出来，摆在山墙根底。有女人们串门发现这玩意，就纷纷前来观看，手摸摸索索，口啧啧有声。有那性急的，催促郝裁缝给演示演示。他乐呵呵地坐下，把机头扳出来，上了皮带，脚蹬踏板，缝纫机就"喳喳喳"地运作起来。

一下午的时间，"郝裁缝家有个缝纫机"的消息传遍全村。他脸上露出欣慰的笑容，妻子也除却了往日的忧郁。

村人们这才仔细端详，郝裁缝一家衣裳整洁，贴身合体。女人们暗念，人活着就应当这样穿扮。

当年腊月，郝裁缝开始给村人做衣服，价格极低。

郝裁缝给人做衣量身时，一直乐呵呵的。如果是男人，他就贴身测量。如果是女人，他把身子撤得远远的，手不挨身，松松地将皮尺穿过去，然后往紧抽皮尺。他把这些数据记在一个月份牌子上。他还在一个浅色的布条上写些东西，缝在客人做衣服的布料上，一般人认不出是什么意思。

郝裁缝手持画饼，凝神聚气，小心翼翼地在布料上画出线条，有时要不断修改，直至合适。画饼是一个小猪腰子形的薄饼，也像一个缩小的下弦月，五颜六色。郝裁缝将画饼斜着持拿，与布匹形成一定角度。画大线条时，动作娴熟，开合大气，几乎一蹴而就，线条十分优美。画短线条时，一下一下接着画，短促有力。

郝裁缝用料极其节省，利用大布片的边角布置领子、衣兜等小布片，布纹对得非常合理。

郝裁缝以炕当案。他有一把十分锋利的大剪刀，剪布时发出"噌噌噌"的声音。这剪刀很是奇特，一是剪刀的上下两叶儿不一样，下叶平直，上叶翘起。二是两叶儿手持部分加装弹簧，剪刀咬合后，只要一松手就自动打开。他把剪好的布片按序放好，大的余头给东家捆妥，小的碎布一揽子塞到一个筐子内。

郝裁缝用缝纫机做衣服，十分好看。他脚蹬踏板，飞轮转得均匀，他的身体按韵律摇晃。两只手，一只在缝纫机头前面轻轻拉拽，一只手在缝纫机头后面推送，极其协调。再看缝纫机针，上下上下，顷刻之间就牢牢地把布片缝住。遇到直线，他挺直身子，加快速度。若是弯曲处，则弓下腰来，放慢速度，一针一针，铮铮有声。

有那闲人，能在郝裁缝家坐一下午，只为看他干活，听机器声。一个腊月，郝裁缝夜以继日，给村里人做了上百件衣服，一直做到大年三十。有那贫困户，拆了旧衣洗净，郝裁缝想尽办法给做成制服。大年初一，人们穿着整洁，出来互相拜年，村子焕发出新气象。

第二年春天，队长正式通知郝裁缝："好好给村人制衣，生产劳动，就不硬要求你参加了。"

郝裁缝感恩不尽，说："以后凡是五保户、鳏寡孤独做衣裳，我都尽义务。遇到生产队有什么公家的营生，也尽管安排。"

话还真让郝裁缝说准，当年秋天北边草原出现鼠疫，郝裁缝带领几个女人加班加点，给村里人做了上百双白布袜子和手套。郝裁缝记得是1968年。

马裱匠看报纸，见周总理一表人才，穿着得体，会见美国尼克松、日本田中，落落大方，气度非凡，心中羡慕。马裱匠在队长家、三干头家照穿衣镜，觉得自己眉毛黑，眼窝深，脸色青，若是打扮打扮，定然一个美男人。

马裱匠早听郝裁缝手艺好，今日就来拜访。马裱匠在村中算头面人物，见郝裁缝不卑不亢，大大方方。他说："郝裁缝，你看我，背后不是有一个锅吗？"

"是啊，你这个锅还不小呢。"

"我的意思是，你能不能考虑我这个锅，给我做身衣服？"

"完全可以。"

马裱匠从供销社买回蓝棉布，让郝裁缝给他做衣服。郝裁缝用皮尺仔细量了身体，一一记在本子上。有些时候，似乎还有公式算法，嘴里念念有词。更为有趣的是，郝裁缝建议他做一个连衣帽，马裱匠觉得失笑，见郝裁缝说得认真，就依了。

大人小孩一理，马裱匠时刻记挂自己的衣服。有心前去看看，又怕郝裁缝笑话，就忍着。六七天过去，郝裁缝捎话让马裱匠来取，马裱匠惴惴不安前来。

进得家，郝裁缝给马裱匠试衣服，只见通体流畅，再也不是后襟吊起来空荡荡的样子。尤其是将连衣帽戴在头上，不注意几乎看不出还有一个背锅。后来话传话，竟然传成杏村有一个专门治疗驼背的老中医，不时有各种背锅子，骑着小毛驴前来打听。

马裱匠照例给了手工钱。过年前，他免费给郝裁缝家裱了仰层，郝裁缝做营生更干净敞亮了。村里人见马裱匠连衣帽别致好看，再做衣服时就多扯一尺布，连帽衣一时成为本村潮流，实属罕见。

就有人给马裱匠说媒，有几个马裱匠看上了，有几个看上马裱匠了，双方都看对的不多。马裱匠感谢郝裁缝，更感叹人生，就不把这事放在心上。马裱匠脱了褂子，看郝裁缝给做的衣服，发现其中的秘密。原来这衣服做得比较宽大，只是在后襟上下部分缓缓地打了折子收住，从外看不出来，穿在身上就不抽巴了。特别是帽子，解决了领后张口缺陷，头、颈、背连为一体，感觉就好多了。

不禁想起自己的行当，马裱匠心里暗念："技艺技艺，技异艺通啊。"他脑海中忽然出现自己父母的身姿和面容，马裱匠的情绪一下子低落不少。

人啊，怎么这样不得全呢？

按知青回城是没希望了。这天夜间，三干头媳妇来到郝裁缝家，拿出一块布料。

郝裁缝一看是真丝，双眼放光，两手哆嗦。这料子他还是在学徒时见过。他只知三干头媳妇来历非凡，却不想她竟然有这样好的真丝。

郝裁缝问："不知你做何衣服？"

"我要你做一件不开气的旗袍。"

"哦，这料子要是不做旗袍，就等于糟蹋它了。"

做旗袍是郝裁缝学徒时的专攻，当年主要是舒展大方、仪态万千的旗袍吸引他去学当裁缝。

郝裁缝心情十分兴奋，照例量尺寸，竟然用了一个小时。第二天，他专程到县里，带回做旗袍的线和边料。郝裁缝眼戴老花镜，一针一针缝制，鼓捣了二十多天。

这天上午，郝裁缝手提布袋，按约去三干头家送货。只见三干头家两个扣箱擦得光亮，墙上挂一面穿衣镜。他交代了几句，出院等着。屋内三干头媳妇换衣。

天干气燥，风尘不动。

谁知三干头从外边转悠回来，见郝裁缝在院站着，心生疑惑。及至他进得家来，看自己的媳妇正费力穿脱衣服。三干头不问青红皂白，出院就骂："你个郝裁缝，头肉滋滋的，男人女相，一看就不是什么好东西。你告诉我，你们这……这这是做什么？"

郝裁缝看见三干头进家，怕有什么不妥，又往远处站了站。此时三干头从屋里冲出来，恶言相骂，知是误会。就说："你老婆请我做衣，安顿我必得给她送来。如今我在院里，她在家中，只是等她试衣，看看有什么不合适之处。我虽肉头女相，与你何干？"

三干头听郝裁缝说得义正词严，就返回家中，立马又冲出来。他指着郝裁缝的鼻子骂："你个流氓，你给她做的是什么衣服？早听说你是犯了错误来到我们村子里的，我看你就是犯了耍流氓的错。"

郝裁缝1966年来杏村，如今又是马年，一个轮回没有人这样骂过他。郝裁缝听他骂得太出格，就慌慌张张，手捂双耳，无所适从，半天回骂一句："灰猴！"

谁知三干头头干如猴，以为郝裁缝揭他短处，骂得更为下流毒辣。

此时，三干头媳妇穿着不开气的旗袍出了门，只见体态婀娜，气度非凡。她低声说："三干头，不说你脑袋干，偏嫌人家肉头。我请郝裁缝做衣，他依我意做好即可，哪容得你胡说八道，血口喷人。看你草莽之人，见短识浅，裤裆里过年，没见过个世面。老娘这是旗袍，当年宋国母也曾穿过，给她做衣服的师傅也是耍流氓？"

三干头听这一说，觉得自己有些过分。看见村人围了过来，朝着媳妇指指点点，他就脸红脖粗，甚觉尴尬。三干头半推半劝，让老婆回到家中。再看村人，一传十，十传百，登时围了一院。此时三干头媳妇重新换了衣服，对众人说："多有冒犯，敬请海涵。"她拆开一盒烟，将烟卷扔得到处都是，人们弯腰捡拾。有人贪得无厌，捡了一根烟别在耳朵上，再去抢拾，不想耳朵上的烟掉在地上，跬刻就让别人拿去。

不大工夫，人们就散了。

去年听说郝裁缝要收徒弟，贺大头媳妇第一个报名。

按照规矩，她开始做些收活、打扫事务。她嫌工作平淡，没技术，甚是不悦。

一日，趁郝裁缝休息，她拿块烂布子在缝纫机上捣鼓。开始时，她脚踩踏板，忽忽悠悠，皮带轮一会儿正转，一会儿倒转，很不稳定。皮带轮正转时，机头正常工作，将将就就走几针。皮带轮倒转时，机头逆向旋转，针线就折了回来。

贺大头媳妇越心急，皮带轮越转得没有规律。进进退退之间，只听"嘎嘣"一声，针头断了。

郝裁缝听得真切，甚是心疼。谁知她缠着郝裁缝再装针头，一连断了三个，郝裁缝再也不给更换。贺大头媳妇胡乱折腾缝纫机上的半截针头，不想踩动踏板，机器转了起来。只见她来不及躲闪，针头直直扎进指头，固定住不动，几乎扎穿。

贺大头媳妇疼得"呀呀"叫，干着急收不回手来。郝裁缝不管不顾，看着微笑。半晌，郝裁缝才在老婆的催促下缓缓手转机轮，将她的手指释放出来，鲜血直流。从此之后，她对郝裁缝言听计从，不敢再造次。

秋天，村里农业丰收，牧业达标，被县里评为模范，队长要去开会领奖。队长拿一块布料来到郝裁缝家，那料子据说是涤卡。

郝裁缝让贺大头媳妇量身。贺大头媳妇忽忽颤颤开始测量。谁知队长那日肚疼，"咕噜咕噜"叫，她总是被叫得分神。她围着队长量身，家小地窄，不免有些身体上的接触，队长心猿意马起来。队长低头看，贺大头媳妇肉肉的，甚是可爱。他几次试着从她领口看进去，却不能如愿，神志恍惚，不知不觉之中用手按住她的头。

贺大头媳妇受了刺激，拿起直尺就打，可巧击中要害。队长双脚蹦起，失声大叫。郝裁缝看时，原来她打到了队长的脚腕骨。此处尽皮无肉，硬对硬，痛感强烈，队长龇牙咧嘴，叫苦不已。她故意偺问："怎了？"

马队长说："没事，你快点儿量。"郝裁缝会意一笑。

郝裁缝按照队长说的时间将一身衣服赶制出来，队长穿着很是合身。唯觉裆线杀得太深，两个卵蛋子紧致致的，别扭。原来贺大头媳妇已经学得初步，她嫌队长轻佻，胯宽少量了半寸。上台领奖之际，队长背对观众，屁股圆溜溜的，一礼堂的人哈哈大笑。

后来郝裁缝看出瑕疵，着实把贺大头媳妇骂了一顿，说："咱裁缝天生是给人长脸的。"

马队长对此并不知情，以为人们笑他憨厚。郝裁缝想给队长改改裤子，却不见队长再穿出来，知是舍不得。刚给三干头媳妇做好旗袍，听说队长又要出门。郝裁缝知道，男人不能像女人一样凸凹，让队长拿去年做的衣服来，不长时间给他改好，不过是在大腿处加了两个斜子，一般人看不出来。队长一下子觉得松宽无比。

队长和郝裁缝不知道，这次公社召集队长，是落实给郝裁缝平反摘帽之事。以往，县里每年来两次公函，要求村里给郝裁缝做劳动改造鉴定。马队长每填一次表，就难过一回，笑呵呵的郝裁缝，还能反了天？公社干部见队长形象端正，衣裤合体，与正式干部没啥差别。俗话说"刁人难成善服"，公社干部想象到郝裁缝的人品和手艺。

马队长听说给郝裁缝平反，既高兴，又伤感，心绪不平，语无伦次。他怕公社干部看见，背过身，双眼的泪水不挤自流，擦不净。

七鼓匠为柳叶修好门，二鼓匠记挂在心。忽一日，雨云急聚，劲风吹荡，似有一场快雨。七鼓匠手提火铲，与几个孩子站在请示台前哇哇叫，等着玩雨中撒欢儿的游戏。柳叶远远将七鼓匠唤来，

第九章 为衣为裳

177

路途中已经滴下雨来,乓乓响。七鼓匠冒雨进屋,柳叶定住他的头,胡乱擦抹几下。柳叶揭开柜,从中取出一卷蓝布,说:"这是你师傅放在我这里的布,你拿去让郝裁缝做身衣服。几块钱,给人家手工钱。"

七鼓匠眼睛滴溜溜转,虚推几下就接过来。也不回家,只待外面雨小,直接把布匹拿到郝裁缝家。他已经虚岁十五,到公社念书,有生以来没有做过一身新衣。

郝裁缝住在村子西南,离柳叶家不远,恰与霍铁家成对角之势。二没眼看出点匣戏,说:"凡事天定,自然而成。你看杏村霍铁和郝裁缝,一个极软,一个最硬,不知不觉中有了调和。"

人们再问他调和了啥,二没眼不接茬。

郝裁缝家门前是小南山,山顶上空白云缕缕,有百灵鸟飞来飞去。门前一条极小极小的渠,刚刚下急雨,流着极细极快的雨水。忽见一只落窝鸡半蹲着身体,翅羽参开,眼望天空。雨更小了,翼下二十几个鸡娃,像得了什么命令似的,一下子钻出来,散成一片。落窝鸡像个瘦弱的老渔民,披着蓑衣,浑身湿透,孵鸡娃间掉的毛还没有长出,看得见红色的糙皮。雨后新地,潮湿清新,老母鸡鸽住几个昆虫,啄碎,"咕咕咕咕"叫,扬撒出去,鸡娃抢食不已。鸡娃各颜各色,花团锦簇,犹如一片杏花落地,星星点点铺开。鸡娃爪如小杏枝,收展稍显稚嫩,不够自如。嘴如瓜子,运动笨拙,好像还分不清眼前之物能不能吃,有时啄住,有时掉下。眼如圆豆,看一切都新鲜、都纯净、都安全、都友善。落窝鸡见七鼓匠走来,直接顶上来面对,"咯咯咯咯"发出警告,不许靠近。七鼓匠眼有所见,心有所感,想起自己的父母,不免难过起来。

第九章 为衣为裳

　　七鼓匠绕着走开，忙中取闲，用踢死狗鞋聚土，拦了一道坝，想等一会儿出来在坝底用棍子捅个眼，看聚起的雨水涌出，玩"杀猪"的游戏。

　　郝裁缝的院落小有特色。其他村民，院内必有猪圈鸡窝，郝裁缝不养猪、不养鸡，自然没有这些东西。院西，南北两间西房，门窗东开，与正房贯通，从南侧门进去一路北走，颇有曲径通幽之妙。西房狭长，郝裁缝分出不同区域，置放布料、悬挂成衣，一屋暖意。

　　七鼓匠进门，布围衣拦，侧着身子找到郝裁缝。郝裁缝听明意思，给他量身。谁知他最怕痒痒，郝裁缝给他量腰身时，把双臂夹住，"嘿嘿嘿"笑个没完，郝裁缝无法近身。万般无奈，郝裁缝让他转来转去，目测尺寸。他也不问价钱，将师母给的几块钱留给郝裁缝。

　　七鼓匠向来脑子差，记性坏。从郝裁缝家出来，早已忘记大坝"杀猪"之事，径直找八木匠玩去了。路过柳叶家，他指指点点，柳叶明白，布料已经交给郝裁缝了。

　　此后，七鼓匠一天来一次郝裁缝家，看衣服做到什么程度。再看门口大坝，早已牛蹄鸡爪，践踏无数，夷为平地。

　　终于有一天，衣服做成。

　　郝裁缝老婆看看七鼓匠，珍惜那新新的布料，按住他的头，换了好几盆水，把他车轴般的脖子洗个半干净。他穿上新衣服，将旧的顺手扔在猪圈顶，沿着村里的小路窄巷，跳着小垫步游街。不大工夫来到八木匠家附近，他围着房子转了好几个圈示威，也没瞅见八木匠。

　　七鼓匠正在兴头，被自家大人撞见，让一把揪住，下力气打了一顿。他从猪圈找回衣服，已让猪叼到地面，拱得更加破烂。下午，他人复原貌，衣归旧样了。

好不容易等到过年，家里人只给他穿一件裰子，裤子给了他弟弟。弟兄俩一衣分二，彼此呼应，气象万千。若说喜怨，七鼓匠三喜七怨，喜的是今年过年有新衣，怨的是裤子分给弟弟。他弟弟七喜三怨，喜的是新衣天降，怨的是尺寸大如水桶，不够帅气。

不管怎说，弟兄二人都有获得感和幸福感，不在话下。

鸿雁南来，临空而过。三干头媳妇觉得，雁群在头顶放慢了速度，变换了好几个队形。

原来她老家来信，说侄子大婚，请她回天津参加婚礼。她姊妹三四人，个个身穿旗袍，寄了照片来。她本是一个美人坯子，看着心中痒痒。三干头媳妇是有见识的，看郝裁缝模样举止，断的必是个有来历的大裁缝。她试着将多年保存的真丝料子拿给他，不想郝裁缝真的会做旗袍。

及至郝裁缝做妥送来，她没等试衣就泪流满面，不免感叹人生如梦。她穿好衣服照穿衣镜，恍恍惚惚，如在云里雾中一样。

三干头媳妇不敢久穿，正准备脱了旗袍感谢郝裁缝，不想丈夫戳了回来，搅得个乱七八糟。她也是有担当的，一不做，二不休，干脆身穿旗袍出得家门。她倚住门框，看众人，有闭眼的，有瞪眼的，有蓝眼的，有眯眼的，览得众生相。腹前站着七鼓匠，眼睛仰望，再看他上身新衣，下身旧裤，颇为心酸。她觉得厌烦，就反身进屋了。

三干头媳妇去天津参加婚宴，姊妹相见。只见她穿着紫色不开气旗袍，比那开气露腿旗袍更多几分风韵。众姊妹发现，她的旗袍领口处，竟然手绣一朵精精致致的小杏花，和她们的一模一样。原来郝裁缝当年就在天津学徒，拜的就是杏花丝绸的师傅。

婚礼过后，几姊妹逛街，进入杏花丝绸店铺。一机灵小伙计见状，急急跑进后院，结结巴巴说："大……大……大……大裁缝，前边来了一群群女人。"

大裁缝以为来了生意，勤勤快快出来，原来是曾经的顾客。

他寒暄几句，两眼盯住三干头媳妇。只见她身上所穿，地道杏花丝绸风格，却不是他所做。就问："这位妹子旗袍出自谁手？"

她早知店家会问询原委，就一五一十说得清楚。谁知那大裁缝双手抱拳，说："天下竟有此奇遇，这郝裁缝，是我师爷之徒，我是他的师侄。"

这大裁缝将姊妹几人请入密室，茶点伺候，畅谈半日。临走让她捎了书信，另加礼物若干。

原来郝裁缝在天津学裁缝，回乡开了裁缝铺，养家糊口。一日，街对面照相馆老板过来，请他做旗袍，且做道具服装。郝裁缝看那老板拿来的布料价低质劣，就不应承。谁知这老板死缠硬磨，郝裁缝推托不掉，终于做得几套。旗袍做出来之后，少女少妇到照相馆穿着拍照，照相馆放大照片悬挂宣传，在小城引发一些异议。

有几个女人问得旗袍来历，求郝裁缝偷偷做了四五件。不想有人将问题反映上去，领导认为有伤风化，遂将照相馆关闭整顿。郝裁缝已是国营服装厂职工，即刻发配下乡劳动改造。那天三干头几句话，一下点到郝裁缝的痛处，他确实是犯了耍流氓的错。

三干头媳妇前年回天津探亲，带回一个手摇锁边机，甚是轻巧。因这锁边机一年用不了几回，她就想借郝裁缝送旗袍之机转赠于他。哪曾料得三干头胡闹一场，无法交接。

三干头媳妇从天津回到村里，三干头喜悦无比。夜间，她断断续续和他说得明白。第二天,三干头脚步蹒跚,手提锁边机给郝裁缝送了过来,说了很多赔礼的话。郝裁缝说:"人都是流氓,不要就好。"

说完又觉不妥,也不予理会。

年年杏树绿,户户新丁增。

村里不管谁家生小孩,郝裁缝都会做一件精致的百家衣送去。当地风俗,新生儿穿百家衣长命百岁。郝裁缝把零七碎八的布头清洗干净,捋展熨平存放。他做这些百家衣格外用心,没有两件是相同的。小小一件衣服,或者对花,或者拼草,有的素雅,有的浓烈,纯几何图案,也布排得比例恰当,大方耐看。可喜整件衣服无一处毛茬,所有的针线都用三干头媳妇送的锁边机做了暗边。有的人家得了这衣服,舍不得穿用,放在孩子枕头旁,看着赏心悦目。

人们觉得,自从郝裁缝迁来,村子好像总体换了包装,光鲜了不少。干部出去开会,衣冠庄重,不给村子丢人。姑娘小伙子相对象,初次相中率明显提高。

当年大鼓匠认为五鼓匠悟性差,只配做杂务。谁知五鼓匠也是一根筋,认准的事总要有个结局,异常执着。他常在杏村和七鼓匠交玩,几年观察体验琢磨,终于创作出一小段呱嘴:"杏林东,是杏村,家家户户忠厚人。愣韩抹泥土房光,背锅裱仰层。冬衣夏裳谁来做,肉头郝裁缝。霍铁匠,八木匠,臭烘烘的姜皮匠。压山药粉,是女的。炸麻花,是男的。钉盘碗儿,他是外村的。"这段呱嘴,形制毛糙,言语不避,总还算押韵切实。特别是五鼓匠板子打得全不在点上,秃嘴笨舌说出来,很是别致可怜,成为保留节目。

哪想五鼓匠恃才自傲,裴站长儿子裴派娶媳妇,他受人指使念喜。众人簇拥，他没等站稳就高声喊："一进大门倒跌坡，正中三间兔兔窝。前面两个黑油坛，后边一堆青紫蓝。"

"黑油坛"和"青紫蓝"都是当时优良兔种，裴站长知道胡闹，佯装生气，提起扁担就打。终究也不计较，众人喜乐。五鼓匠越发趾高气扬。

不承想裴站长打听明白，五鼓匠念喜是佟大夫教唆，就不给佟大夫供粮油。过年时节，特供花生、黄豆、大米，一概安顿手下卡住。县官不如现管，佟大夫无可奈何。第二年换本，佟大夫未购粮油指标一律作废，供应标准由"轻体力劳动者"降为"其他脑力劳动者"，吃了亏。

谁知裴站长开春中了风，嘴歪眼斜。佟大夫扎针治疗中风是绝门儿。裴站长忍耻求佟医生，佟医生说："不用扎针。你是米面吃多了，忌几天嘴就不歪了。"

裴站长好说歹说，佟大夫给他用针消毒，只觉得银针将脸肉扎穿，探入嘴里，不敢吱声。十几天，裴站长皮正肉顺，比别人费时多三五天，好了。裴站长万般感激，暗中飨谢，不在话下。

裴派越发体胖皮横，寻机将五鼓匠堵在墙角，两只狠眼盯住不动。相持一段，五鼓匠尿了下来，耷拉着头叫："爷爷，我再也不敢了。"

裴派觉得当爷爷有点大，就说："叫大爷，大爷。"

"哎。"五鼓匠从裴派腋下钻出，提提裤子，得意地迈八字步而去。

政通人和，县政协编撰县志乡史。编者听说郝裁缝的故事，提着相机来村里采访，交谈拍照。离村之际有人说："郝裁缝，杏村功德之人。"

第十章　通达之御

　　杏村是一本小画册，任时间之手一页一页翻过去，寒来暑往，春夏秋冬。那翻过去的，就再也回不来了。

　　七鼓匠今年十虚岁，从来不思考这些。他最近常去牛圈，发现牛粪里边有未彻底消化的豆子。这些豆子，多是半颗半颗，经过四胃八肠的旅行，棱角已被研磨得全无。

　　七鼓匠把这些豆子放进大井石槽，打出井水清洗两三遍，略留些臭味，炒着吃很是别致。他用上衣把豆子包住，伏成一个地雷的形状，背到炒莜麦房，匀匀地倒在炒莜麦的浅锅。有三两颗跌到地上，他不再捡起。附近随意搂些柴草，火在锅底慢慢燃烧。没有炒莜麦刮刮，就捡一只旧鞋底，稍作清理修整持在手中，学那老牛，有模有样炒来炒去。不大工夫，小孩子们纷纷围拢来。

　　穷则独善其身，达则兼济天下。七鼓匠感到自食其力的快乐，炒好豆子，给孩子们每人分三五颗。

　　牛消化不了的豆子，人消化起来也不容易。第二天下午，七鼓匠觉得肚子沉沉下坠，却憋着不能方便。晚上，他正在师母房屋附近巡察，感到肚子一抽一抽的，再也不能忍受，慌忙蹲在队长房后。

　　恰好古车豁子老鼠溜墙根般过来。七鼓匠见人来，故意咳嗽。

古车豁子听到声音的同时闻到一股奇味，绕着走开。心中疑惑，听的是人咳嗽，怎么闻的像牛拉屎？一段距离后，古车豁子再次贴着墙根，围队长家转圈小走，七鼓匠判断他要进队长家。

　　五六年前，古车豁子三十四五岁，正当年。
　　古车豁子赶着马车，轰隆隆地进了车马店。照例马卸套，车支起，捡地上的石头，前后掩住车轱辘。
　　老板娘早有准备，笑盈盈地迎了出来。说话之间，就把一盆温热的洗脸水端放在板凳上。古车豁子双手掬水，往脸上猛泼，好像和脸有什么冤仇。顺势再在头发上摸一把，略感温柔。他的鼻子和嘴，夸张性增加了出气量，"噗呲噗呲"，响成一片。
　　再看地上，犹如高个母牛站着撒尿，水淋摆带，溅起大大小小的水珠。古车豁子十分兴奋。几分钟，他终于洗完，接过老板娘递来的油腻毛巾擦脸，顺手将盆内的水猛烈地泼到马车轱辘上。几只鸡正在车底寻觅食物，突然受到这样的攻击，惊叫着逃走。古车豁子露出胜利的笑容。
　　老板娘问："吃甚呀？"
　　"那还用说？莜面。"
　　她有些嫌弃，说："出门在外也不说改善改善伙食，吃点肉，回回都是莜面。"
　　古车豁子猥亵地笑笑，说："我想吃你的肉了，行不？"
　　老板娘看他要放凉，就开始张罗饭菜。只见她衣袖上别，手腕白生生的，开始和面。不大工夫，就听得面盆子里发出噼噼的声音。古车豁子双眼不离老板娘的胸，脑子里不知道想些什么，听得声音，就打趣她，说："做得好茶饭。莜面放了屁，吃起来有筋气。"

老板娘也是阅人无数之人，故意弯腰低首，吸引古车豁子看她。她垫稳大案板，双手开工搓莜面鱼鱼。先是撅了剂子，一边四个摆好。双臂自然打开，手压住剂子，上身和手臂前后小幅度晃动，自有韵律。双手在案板上向内搓行，手掌外侧，四股莜面鱼鱼获得了生命，如淙淙细流，像幼蛇出洞，亮晶晶、细铮铮，一会儿就搓到案板中央。老板娘控制着手臂的方向，在两手即将挨住的时候，竟然一远一近交叉，莜面鱼鱼如训练有素的两支队伍，彼此谦让，稳稳地错了过去，两只手臂呈"X"形。双臂不能再往远时，两手忽然将莜面鱼鱼提起来，在案板两端绕圈，落下窝住，如一个新造的雀巢，像一团水漩中的细草。

　　莜面鱼鱼可粗可细，粗如筷子，细如发丝，满足不同人的口味。一次古车豁子和老板娘打赌，若她搓的鱼鱼能穿过针眼儿，古车豁子免费清理山药窖；若不能穿过，老板娘白管一顿饭。眼看莜面鱼鱼并不比针眼儿细，古车豁子露出得意的神色。谁知老板娘没拿出缝衣针，而是找了一支补麻袋大茬针，只见她莜面再搓得细细尖尖，四边不挨地穿过针眼儿。古车豁子大叫："这也叫针？"

　　"莫非叫棒槌？"

　　古车豁子只好认输。

　　古车豁子抽着烟，微微乐，心想，整天看这女人搓莜面鱼鱼也愿意。正在入迷，不想同行跟车的杨大个儿，将烟头掉进他的脖领内，烧得他哎呀大叫，却取不出来。古车豁子像太上老君炼丹炉内的孙猴子，上蹿下跳。众人到底没有办法，他只好将上衣脱掉。翻开看时，棉腰子已经烧了窟窿，旧棉花蓄着火，还有扩大的危险。说时迟，那时快，老板娘拿起铜瓢，将半瓢水浇了上去。暗火呲的一声灭了，却可怜古车豁子，贴身棉腰子湿了个透，不能穿。他只穿一个大棉袄，四处进风，冷得浑身发抖。

白天的喧嚣过去，即将进入酣睡之夜。

马车倌和跟车的前前后后到院外方便，再分别回自己的屋子睡觉。

一下午，杨大个放马吃草。骑着小梢马，随便将几匹马带到个地方。所有的马上了三脚绊控制，马专心吃草，别无他谋。

杨大个坐在草埂上想心事。

坐了一会儿，杨大个干脆平躺在地，视野范围全是天空，有时蔚蓝一片，有时白云朵朵。遇到乌云覆盖，就赶紧吆喝马匹，也不取绊，马们有节律地点头迈腿，艰难地回到车马店。草埂上有麻奶奶、酸柳柳，杨大个摘了给老板娘带回去。

原来杨大个父亲小个杨正是杏东开村之人。当年几个异家弟兄拖家带口，来到此地，全是荒山野岭，一片杏花正艳。好在到达之时，正值夏天。几人看着一片杏林，断定这地方天有雨、地产粮。三两个壮劳力选了杏林东一二里，挖地为窨，覆草为顶，住了下来。剜野菜、吃树皮、套野兔、逮黄鼠，即使那些酸毛杏，也被他们煮了吃。

垦地艰辛，千言不能尽述。

小个杨几个人将带来的一袋荞麦种子下到地里，刚好赶住当年的节令。天无绝人之路，秋天，他们有了收获。

正在高兴，几个人骑马而来，为首的亮了地契，说："这地是私地，地主姓齐。"

小个杨满脸堆笑，说："原来是齐大有的地啊，探得够远。不管是谁的，让我们住下来种地就行。"

为首的说:"看你们初来乍到,我做主,地尽管开,五年不收佃租。"

小个杨带领几户人家鞠躬致谢。

为首的又说:"往南七十里,就可见东家。你们有啥到那儿说。吃食上,别的没有,莜面、山药管够,不妨先借来,明年秋后还就是了。"

此地向北不远是牧区,秋尽冬来时,留一个男人守住,其他人和孩子去牧人家帮忙,捡牛粪、接羊羔、搂草,拼上性命劳动。过年时,几个人拉了两牛车吃食回来,还有冻死的整牛整羊,牧民们不愿意清理的羊头、羊蹄等。杨大个记得,那年他第一次吃顿饱肉。

哈斯1917年生,比小个杨小十岁。哈斯十六七岁就成亲,生了一个女儿,比杨大个大一岁,如今八虚岁。每年秋天打草,哈斯需要劳力帮工。

到了牧区,哈斯真诚接纳。小个杨等也不惜力。开始干得腰酸背疼,几人咬牙坚持,两三天学会打草。熬过数日,竟然觉得浑身肌肉发胀,有用不完的力气。

小个杨好像天生打草的料。五短身材,重心低,盘子稳。一杆大镰,伸出去颤颤的,刀刃能够到一丈远。小个杨的身子犹如蜗牛,步稳前移,"嚓嚓嚓"是刀割草断的声音。一条条草带慢慢地垒起来。小个杨似乎很陶醉,身子如安装了一个凸轮,机械般扭来扭去,全凭力量控制。杨大个七八岁,高挑身材,搂草叉草,活轻省力。哈斯的女儿则游来荡去,赶摘即将枯萎的干花。

草地营生季节性强,哈斯给小个杨喝奶茶、泡奶豆腐、嚼牛肉干,只为赶活。虽说吃得饱、喝得足,只是满碗的油腻和膻味。小个杨观察儿子,几天下来,面色红润,眼亮牙白,心中甚是感激。

第十章 通达之御

小个杨来时很犹豫，把一个小孩子带来，自然省了自家的饭，毕竟给主家添了麻烦。谁知哈斯夫妇对此没有任何意见，甚至觉得父亲带儿子来，犹如走亲戚，理所当然。小个杨怕孩子白吃闲饭，打草时带着他，让他做些力所能及的小事。

这天忘记带磨刀石，小个杨打发儿子回蒙古包取。见了哈斯妻子，两人半天说不清楚。最后实在没法，哈斯妻子让杨大个带着自己找到小个杨，才算弄明白。

草原上，看山跑死马。本来一个来回，杨大个走了两遭。正在气短力尽之际，忽听"哒哒哒哒"马蹄声。原来是哈斯的女儿骑着一匹青点马，来接杨大个。

初次骑马，四仰八叉。好不容易骑到马上，杨大个却怎么也跟不上马的律动。马腾空，杨大个身子压下去。马落地，杨大个身子挺起来。杨大个的屁股与马的脊梁对着干，跑了三五十步，就难受地翻滚下来。

哈斯的女儿无可奈何，把杨大个手中的磨刀石拿过来，一根绳子系住，拴在马的笼头。哈斯的女儿把缰绳盘在马脖子上，拍拍马腿，那马就懂事般地朝小个杨跑去。

杨大个和哈斯的女儿没事做，慢慢地走在草原上。不时有野兔、石鸡、黄鼠蹿出。野兔一出来就是一个飞奔，身体像抽住了筋，扭着花儿表演。石鸡嘎嘎叫着躲藏，却又走不快，肥肥的身子就在眼前。黄鼠并不怕人，双目如豆，直立起来，好像要与二人比身高。黄鼠仔细上下左右度量，似乎发现自己最矮，一下子失去兴趣，圆滚滚的身子费劲地钻入洞中。杨大个觉得新鲜无比。

前边一个网围栏，小小的。杨大个左看看、右看看，并没有什么值得围的东西。哈斯的女儿不吱声，打开一个机关，二人进入围栏内。她带着杨大个,一边指点,一边说:"山丹丹花。"

杨大个低头看,懂得此花花期已过,红色花瓣如猫舌,因为失了水分,大部分掉在草丛,还有几瓣挂在硬枝上。哈斯的女儿说:"一共八枝花。它俩是老婆汉子,它俩是老婆汉子,它俩是老婆汉子,它俩是老婆汉子。"

杨大个唯唯诺诺,看不出来。

"明年你早来,一看花就懂了。"

草丛中,有小小的玛瑙石、贝壳。二人四下扫视,捡了这个,扔了那个,最后空着手随大人们回家吃饭。

草才打尽,栏刚修好,河水忽然就结了冰凌。喝得冰凌水,羊肉味最美。

哈斯要杀一只羊犒劳大家。

小个杨今年才来帮工。哈斯对小个杨说:"你是新人。你手指哪个羊,今天就吃哪个羊。"

小个杨初听浑身抖动:"莫非就要杀羊啊?可怜我杨、羊一家啊。"

哈斯不知道这些,不予理会。小个杨只好远远指着一只大羊,心想:"别的不说,体壮肉多,够吃好几顿。"

谁知哈斯哈哈大笑,用略显僵硬的语调说:"你这个人坏得很。那是种公羊,无数母羊的男人!杀它的,不行!"

名为杀羊,实则掏心……

小个杨害怕的割羊头场面没有出现。

抖下水、灌血肠、大卸八块,小个杨帮不上忙,却长了见识。

等到煮肉,凉水加入,文火慢烧。开锅后,撇去浮沫,加几根山葱,一把盐,锅内"叽里哇啦咕嘟嘟",说不出的热闹和撩人。小个杨开始觉得膻味重,不久就被浓郁的肉香吸引。小个杨喉结滚动，其他几个一块儿来的也同样反应。

一大木盘手把肉，颤颤巍巍被端进蒙古包。哈斯招呼小个杨父子等人进包，小个杨怯怯的，放不开。等到一银碗敬酒下肚，众人就大块吃肉，大口喝茶。小个杨听说过蒙古人吃手把肉，今天算是见着了。

哈斯的女儿招呼杨大个吃肋条。杨大个开始不得要领，吃得凌乱。哈斯女儿示范几次，杨大个一口把肉咬彻，找对角度，使好力气，偏门牙扯住骨肉之间的韧膜，双手往外一带，整条的肋骨肉顺着撕下来，肋骨立马变成一根干骨头。杨大个和哈斯女儿玩耍似的吃着，满口流油，眼睛放光。杨大个喝一口奶茶，盯着哈斯的女儿，不由得心跳加速，出气不匀，露出孩童的青涩。

再看哈斯，一把蒙古刀用得得心应手。刀刃向内，双手配合，劲道恰当。有时刀与拇指配合，厚厚地割肉，就势刀面垫住，拇指压实，将肉敬于大家。有时薄薄地剔骨，把骨头"噌噌噌"刮出一道道的骨毛。哈斯就着刀刃，双唇抿掉那一点点骨毛，抿几次才能有些量的感觉，用舌头舔进嘴里。

小个杨慨叹："这么吃肉，南边大地主也不行。"

哈斯知道农民不善这样用刀，就一个劲地割肉下来。开始供应不上大家吃，慢慢地才缓和下来。哈斯手中的肩胛骨已经变成纯骨，没有一点点的肉了。只见哈斯神情凝重，一下子就用刀尖将中间的薄骨刺穿。

小个杨问："这是为什么？"

"让它早升天。"

哈斯再指点："你看这铲板骨多么薄，像一层冰凌，说明今年水草好啊。"

小个杨看去，果不其然，铲板骨中间薄得竟如一小片纸。

人都是眼馋肚饱。未吃之时，估摸着一个人吃一只羊也没问题。及至开吃，也不过几口就压住了饥，吃不下去了。吃肉的场面由急迫转为平和，饭圈逐渐扩大、松散了。

马步蹲裆。一截腿骨，哈斯左手轻轻护住，右手尝试着击打，一下，两下。小个杨断定哈斯要将这骨头打折。正当小个杨心中默数"三"的时候，哈斯却猛然加了力，羊腿骨从中断开。一截牢牢握在手中。一截飞舞着，像一只机灵的小猫凌空翻滚。哈斯跃起，赶在狗扑之前，成功逮住。整个过程行云流水，犹如杂技一般。这里早有女儿将那两截腿骨夺去，与杨大个一人一截，掏着吃骨髓。

吃饱了肉，哈斯将煮熟的羊脖子递来，示意杨大个从中拧断。杨大个此时年纪尚小，一截肉脖，两个手护不过来。小个杨从儿子手中抓了过来，把玩了几次，感觉骨头虽然松动，却好像有榫卯结构，双手油滑，费劲半天分不开。小个杨平时最爱与人打赌，刚才喝了几两酒，认为单凭一个人双手的力量绝对解不开，就说："哈斯，你要是解开，我这一季就白给你受了。"

哈斯问："当真？"

小个杨答："当真。"

话音未落，哈斯脸部抽搐变形，一闭眼，一弓腰，只听"嘎巴"一声，羊脖子利利索索分成两截。

小个杨脑袋"嗡"的一声。

哈斯早已将打发酬谢众人物品备好。小个杨不吱声，脸红一股白一股，很不自在。小个杨本欲大丈夫男子汉，表个态，白干就白干。再想家中妻小，一冬生活无着，不敢逞强。哈斯当真扣下两只羊，说："其他的给你装车上，羊留下吧？"

小个杨唯唯诺诺，心想："你哈斯也是个小人。"

几人踏上归程，原本说好的最重要的酬谢——两只母羊，仍旧拴在马桩上。小个杨几次凝视，哈斯不予理会。小个杨抬头不语，后悔自己动不动就和人家打赌。转过山口，就是农牧区分界，哈斯骑在马上，说："小个杨，明年再来？"

"明年饿死不来！"

"为什么？"

"我怕与小人打赌。"

"哈哈哈哈，我哈斯不是你心中的小人。你的两只羊留下，明年保证你母羊、羔羊各一对儿。我怕你带回农区，不会伺候，明年一个也落不下。"

小个杨眼睛一热，没有哭出来。他稍一用力，手拍在哈斯骑马的屁股上。骑马一惊，将哈斯颠颠哒哒带走。哈斯放松缰绳，高声说："明年再和你算账！"

其实徒手断羊脖是牧区的一个习俗。新郎娶亲时，新娘家人以此考验后生的力气和技巧，新郎应当在现场断开。

哈斯的心中，有个小秘密。

哈斯只有一女，视如珍宝。他看小个杨五短身材，性格秉直，可交可处。再看小个杨的儿子，竟有五尺半开外。这一带风俗，独生女最好找个入赘倒插门女婿，以继家业。哈斯想："小个杨孤人独马，逃难而来。若能把杨大个招来，想是不错的。"谁知后来杨家发生变故，这个想法阴差阳错，没有实现。

杨大个惦记着山丹丹花，想印证谁跟谁是老婆汉子。等到再经历，已是多年以后的事。

第二年秋天,又是一个好年景。小个杨几个异家弟兄商量着到东家还莜麦山药,到牧区帮工。

一家正睡,忽然麻纸窗户被"忽隆嗵"捅开,借着月光,一个长棍捅破麻纸,伸进半地窨里。

再听其他几家,也有人辖住。

这伙人把小个杨三家七个人聚在一起,有人说:"你们别怕,我们是鄂友三的队伍,知道你们去年刚来。没别的,借点粮。"

一听鄂友三,几个大人马上双腿发抖。鄂友三是大土匪头子,号称"鄂毛驴"。老百姓骂鄂友三:"鄂毛驴进了村,气势汹汹要杀人。追得后生无影踪,见了女人就成亲。"

其实小个杨正是不堪忍受鄂友三部下抢夺欺压而逃。小个杨暗叹:"冤家路窄,莫非追杀过来?"

小个杨心有余悸,也不辨真假。好汉不吃眼前亏,小个杨说:"我们去年刚来此地,今年是收了些粮食。既然你们要借,那就请吧。只是留些,要够我们一年吃。"

留两个人手持长武器看住大人,另外两三个土匪逼着孩子们往褡裢里装粮。几个土匪找到粮食,悄声对几个孩子说:"各人找家具,把粮食装到牲口驮的褡裢里!"

那个小头子手端短枪,约莫一尺半长,红绸子包裹。这小头子嫌几个孩子装粮慢,就用短枪捅过来,杨大个却觉得这枪质地疏松,举放轻薄,发出"咯嚓咯嚓"的草木声音,像一把扫炕的旧秫秸笤帚。再看几个大人被辖得死死的,就不敢吱声。

忙乎到快天亮,土匪的三驴、两马外加刚刚挣回的一头牛,驮着几百斤粮食跑了。

土匪走后,大家聚在小个杨的半地窨子里,哆哆嗦嗦,心中无主。

　　小个杨哭诉："不瞒各位，我小个杨和鄂友三手下的有过交道，再留下怕带害大家。我夫妻俩这就再逃出去。只是我这孩子看着个子大，才八九岁，有赖大家收养。该打骂几声，该骂说几句。唉！"

　　小个杨媳妇死死抱住孩子不放，终于被大家劝解开。猛然间，小个杨媳妇将一个碗大的包袱也塞在孩子怀中，给牛晋、马冀磕了一头，跟着丈夫蹒跚而别。小个杨两口子除了身上破烂的衣服外，什么东西也没带。

　　杨大个与父母最终一别。

　　天上，一队大雁由东往西飞，不知何故。

　　听得大吆二喝，又有车队入住大店。

　　几匹马围站在杨大个身边，静静地护着主人。马们知道，古车豁子是好，有时却鞭打脚踢，嘴里不干不净骂。这个大个倒是不错，上坡下车步走，下坡跟车拉磨杆，老老实实的。

　　杨大个看看天还早，就再躺着。杨大个唉声不断，自己的父母应当不在人世了。

　　他抹了抹眼泪，跟在马后，回车马店。马们一步一回头，它们知道这个大个又在想心事。到了打滚儿的地方，老辕马缓步转圈，打着响鼻，求助杨大个。杨大个耐心给马解开三脚绊，马们一下子轻松了许多。"忽嗵忽嗵"，几匹马相继卧倒。开始只是由侧卧向仰卧使劲，用力小幅度摆动整个身体。眼看四蹄朝天，僵硬杂乱，张张扬扬，毫无规律，就要翻过去，却被脊梁挡住，又重重地跌回原位，平躺下来。经过不断努力，凭着逐渐加大的惯性，马的身子终于180度翻转，平躺在另一面。好像熟练了似的，再反转回来就少了次数。马儿翻而未翻之际，大个杨的心一揪一揪，跟着颠来倒去。等马彻底翻了身子，他像一块石头落在地，心情变得舒坦。马们一股气打了十几个滚儿，心满意足地站起来，抖浑身的沙土草屑。杨大个心有所感，什么时候自己彻彻底底打几个滚儿，抖落这人生的尘杂。马们似乎知道杨大个难过，四面围拢来，用鼻子蹭杨大个。杨大个抱住老辕马的头，"嘤嘤嘤"哭出来。小梢马站着不动，只等杨大个把几个三脚绊搭在它脊背上，才随辕马往回走。

老板娘站在门口，满脸慈爱，一身温暖。

老板娘见古车豁子可怜，从大红柜里找了自己男人的小棉袄给他穿。他背转过换衣服，浑身不舒服。老板娘说："你这人恐怕要富贵，人说火烧十年旺。"

古车豁子调笑："那我把烟头放到你怀里试试。"说着就要动手。

老板娘急拿擀面杖打开。谁知古车豁子练得好准头，远远地将手中的烟头放在中指指甲盖上，一弹，烟头划着弧线跌进她的背心。

老板娘失声大叫，古车豁子笑出声来。她转身到堂屋，翻衣动衫，却从里边掉出一个纸蛋儿，并没有烟头。她受了古车豁子的调戏，一擀面杖将他的里外发烧帽子打在地上。她还不解气，紧跟一弧旋脚，把这破帽子踢到灶火口旁。古车豁子央求半天，她才放弃将帽子填进灶火口的举动。

重新洗了手，老板娘要给杨大个捏窝窝。她取出块光滑的推窝窝石头，用一点面将石面揽干净，左手护住石头，右手食指中指夹块面，凭感觉挤一小部分在掌心，手托着轻揉劲压，莜面被推成像小狗舌头形状的薄片。老板娘右手食指中指从上端将面片夹住撩起，就势提扯卷绕，成为一个矮矮的圆筒，立在蒸笼内，一会儿齐齐整整排列一片。细看，每个窝窝都印着老板娘最后推压的大鱼际纹，纵横交错，纹清路晰，当是聪慧之征。莜面提扯之际，有微弱的剥离声，如奶猫舔水一般，让人心生怜爱。有了刚才的教训，古车豁子不敢硬盯，任凭老板娘倾身弯腰。他看别处，两只眼睛聚不了焦。

说话间莜面熟了，老板娘端上来，热气腾腾。古车豁子觉得没占上便宜，神情不爽，无名火在心中烧起。又见老板娘专门给杨大个捏窝窝，有些嫉妒。众人刚吃几筷子，他揪起多半笼莜面鱼鱼，揭开炕头的席子，平展展铺在下面。古车豁子大声喊："老板娘，你今天怎么这么仔细，莜面吃了几口就没了。"老板娘进屋看，果然一大笼莜面吃得干干净净，几个人手拿碗筷，等着。

老板娘慌了手脚。大店吃饭按人头收钱，当然得管饱。现在几个人还饿着，她只好再做。捏莜面是没时间了，只能紧急集合搅拿糕。

拿糕是莜面的一种吃法，就是把莜面和水，在锅内搅拌均匀，煮熟。因其成饭时间短，故名"紧急集合"。说来简单，做好也不容易，需面水适量、搅拌适当、火候适中。

只见老板娘烧开半锅水，将兑好的粉芡倒进锅，开水变成灰白色的稠糊。老板娘几根长筷搅动，糊面风云激荡，犹如台风眼般气象万千。她左手抓莜面，浑身颤抖，控制着手指的分合，莜面顺指缝撒到锅里，越来越稠密。锅底火不大，热力尚存，莜面糊里顶出一个又一个大泡，"乓乓"作响。老板娘逐渐减少莜面放入量，终于使劲弹弹手指，将手上沾的莜面全部撒净。半瓢水，沿锅边画圆圈加入，锅底就像埋着一个胖大猪被激醒，"忽嘟嘟"响，冒出一堆气泡，雾气弥漫全屋。

盖锅，文火煮几分钟。老板娘揭开锅盖，水汽浓得看不见近处的东西，大劲过去才略显清朗。老板娘手持大铲，圆圈再搅，全身力气往下走，已经熟了的拿糕在锅底抿压几遍，变得更加细腻。她擦擦汗，把拿糕铲放在两尺大的茶盘上端来。古车豁子几个人再吃。

拿糕虽说是平常食物，乌兰察布高原人吃起来却很是讲究。蘸拿糕需凉汤，老板娘腌菜水、醋、各种菜丝兑得清爽，尤其是几点香油滴进去，微酸透香，令人肺舒胃展，食欲倍增。夹拿糕是个技术活，第一步纵向切，要利索。第二步横向端，要稳当。众人熟练地使用筷子，把拿糕夹成核桃大小，翻转中使其沾满汤汁，微微颤抖。拿糕无皮无骨，忌牙咬，只需运动口舌喉头，囫囵吞咽，肚里就如俄罗斯方块一样堆砌，有无比惬意的饱腹感。

古车豁子这回吃得实在满足。末了，他伸手迎了老板娘的铜瓢，要一碗蒸饭水。晾到热而不烫的时候，他手把碗，转着喝，竟把个碗啜涮得干干净净。然后抹嘴退出饭圈，靠在被窝垛上歇息儿。

晚间，古车豁子在炕头烤干了棉腰子，趁出院方便之际，将那炕席底的莜面偷偷带了出去，喂狗，却让老板娘看了个真切。古车豁子反身进屋之际，发现杨大个儿不在炕上，出来看，隐约见他和老板娘站在暗处，也不说话。古车豁子有些恼怒，判定那烟头是杨大个儿故意丢在他领口内。

原来车倌们也自带白面、莜面。不管是谁，带来的面过了秤，装入大口袋，吃一顿，账上记着减数，直至吃完。

后来发现每个人带的面不一样，就各放各的，各吃各的。

古车豁子带来了面。首先是口袋令人失笑，竟然是一条粗布裤子，腿口扎住，装了面，又把裤腰扎住，硬撅撅的，像个两叉大萝卜。老板娘笑得前弯后仰，吓得鸡猪发愣怔。等到止住笑，古车豁子解开裤腰，示意老板娘检查莜面的粗细黑白。老板娘颇不情愿。古车豁子对天发誓，说这裤子千洗万淘，十分干净。半晌，老板娘将手伸进裤口，古车豁子现出坏笑，她不觉得。她把手全插进去，拇指、食指、中指捏出一撮莜面，放在眼前看，感觉细腻，色泽白净。

"你个老东西，还算有点良心。"说罢，老板娘头一仰，嘴角一撇，意思是让古车豁子将莜面倒入车马店的大口袋。古车豁子镇定自若，一下子把裤口倒过来，套入大口袋，莜面如壶口之水，争先恐后滑入，激起面尘一片。

谁知老板娘留一手，再次检查。果然古车豁子耍奸头，两条裤腿里装的都是黑粗面，此时翻到上头。老板娘立即放下脸，要古车豁子将莜面撮出去，喂猪。

古车豁子说："这就是你的不对了。我怕你怀疑，解开裤带让你摸，你说又白又细。现在，你又嫌又粗又黑。俗话说，油不过罐，面不过袋。就这了！"

车倌儿们听得话中有话，哈哈大笑。老板娘强不住，一时竟无答对之词，不再言语。

做饭之时，老板娘单独用黑莜面给古车豁子和杨大个做。暗中，她把几粒巴豆碾成细末，专门倒在一碗汤内，给古车豁子吃。哪知古车豁子多年与老板娘打交道，具有一定的反捉弄能力，暗中与杨大个换了碗。

第二天，古车豁子起来，不吃早饭，带着自己的车队离开大院。临走时，他联合几个车倌儿，把店里的铡草刀攒到井里。

匠者

七鼓匠最近对古车豁子很是讨厌。那日,古车豁子正在赶路,远远见一个人,苗苗条条,很有风范。及至接近,原来是三画匠。古车豁子热情招呼他坐在副驾车辕口。一路谈来,知道三画匠最近画风已转,竟然不怎么画棺材墙围子之类,而是走艺术路子,画龙凤。古车豁子开玩笑:"三画匠,你给我车辕上画个龙凤。"

谁知三画匠察看片刻,当了真,慨然应允。

秋收后,三画匠趁天干物燥,给古车豁子车辕上画了左龙右凤,从辕头直达车尾,随形就势,造型修长,色彩艳丽,非常气派。公社放映员天天放《青松岭》,古车豁子赶着他的车,俨然又一个万山大叔,驱龙驾凤,一千分地神气。古车豁子觉得,只要一坐上车,就好像有一股强劲的风,推着他往前。

临近村口,七鼓匠看见三画匠端坐车口,地位甚是尊贵。等到车过时,三画匠向他打招呼。古车豁子并不减速。七鼓匠弧线包抄过来,先是小步跟车,瞅准机会,一手抓住车厢侧挡杆,双脚借力猛然蹬离地面,"忽嗵"一声坐在车厢前。

古车豁子嫌弃他,说:"车辕过重,你要坐,坐在后倚。"

七鼓匠觉得受了歧视,但看着古车豁子颤颤悠悠的鞭子有些怕,还是往后挪了挪。三画匠问:"七鼓匠,学到啥程度了?"

"学会换气了。"

"哦。"

"我问你三画匠,你最近做啥?还是画棺材?"

"哈哈哈,我不画棺材很久了,主要画龙凤。"

"为什么?"

"龙凤来无踪,去无影,世人都未亲见,只要画好就行,不像牛马,需要画得像。"

七鼓匠听不太明白，他看古车豁子不关注自己，就跳车而下。辕马突然体会到车上载重有变化，稍稍受到惊吓，夹住腿紧走了几步。

三画匠画完龙凤车辕之后，古车豁子把马车装饰得更加辉煌。辕马带着几个大铜铃，拉起车来脖颈一梗一梗的，发出厚实的铃声，颇为引人。一杆大鞭，缠护得五颜六色，犹如镶金镀银。外人不以为然，古车豁子本人却预备着退位，他看见机动车一天天多起来。

马车从东大梁下来，跟车的杨大个立马跳下车拉紧磨杆，磨杆和轮圈摩擦，发出独特的长啸，好比蒸汽机车驶来，又像壮年毛驴嚎叫，惊天动地，十分威武。

村里的孩子们，会在马车慢走时爬在车后板，搭一段平安车。古车豁子要是看见这孩子顺眼，则不予理睬。若是看这孩子不顺眼，就会一个反鞭从脑后打过去，鞭鞘直中孩子的屁股，忍耐不住的就放弃。有那蛮勇之童，双手护住头，身子压在车尾，双腿下垂，一会儿悬空，一会儿脚拖地，体验独特的悠然晕眩感觉。

给生产队评综合实力，一是人均粮食产量高低，二是年底分红多少，三就是队里有几辆车。古车豁子所在的五队，有两辆三套马车，两辆牛车，算是强队。古车豁子赶马车，同时任车队队长，三里五村人们看着他的车队，有的艳羡，有的嫉妒。

谁知这车马大店女老板，业内颇有威望，不几天，她就前后捎话，将古车豁子席底放莜面、井内掼铡刀的事情传遍沿线。这老板娘添油加醋，明确要求各车马大店不接纳他食宿。隔了一段时间再往返时，古车豁子想住宿，店家要么借口拒绝，要么时时处处跟着人，看管监督。

其他村车倌们对他指指点点，古车豁子里外不是人。

古车豁子和杨大个交流，说："大个儿，你看自从上次咱们拉下那糊糊，行动多有不便，现今如何是好？"

杨大个知道他怀疑自己，便提高警惕，佯问："不是挺好吗？"

古车豁子说："你个小王八蛋，别和我来这一套，你不看各个店家像防贼一样防着我们，不地道啊。"

"那你说怎么办？"

"这不问你了吗，咋办？"

"依我看，这女老板第一爱吃，第二爱穿，你或者什么东西送她点，我再给说合说合。"

古车豁子证实了自己的判断，知这杨大个才真正和老板娘关系不一般。只是他想尽快摆脱困境，就不深究。再问："送她点什么？"

"我看送上两块儿奶豆腐，穿衣上她喜欢个绸缎。"杨大个说了个详尽。

古车豁子心中恼怒，不便发作。启程时，他从镶黄旗要回两块新鲜奶豆腐，又死皮赖脸和三干头媳妇要了一块儿真丝手绢。

不日到了老板娘的店，只见她脸黑色重，不予接待。古车豁子说："老板娘，多日不见，我们杨大个想你了。"

"胡扯。他想他会说。"

"我古车豁子也带着东西给你赔礼道歉了。"说着使眼色让杨大个将东西递了过去。

老板娘看时，两块奶豆腐，一块真丝手绢，还有精精致致一小袋炒黄莜麦。

第十章 通达之御

七鼓匠蹲着，隔房听见古车豁子推南门，进了队长家。

生产队里，古车豁子是挨队长骂最多的人，也是队长最亲近的人。他不管去哪儿，回来时总给队长带点东西。这东西不是他假公济私，也不是他优官厚吏，损害村里人的利益，他利用自己的聪明才智得来的，回村后转送队长。

年年去煤矿拉煤，进场时他端坐在马车，假装没事似的，等管理人员量出空车的重量，这重量包含了古车豁子的体重，叫作皮重。出场时，古车豁子早早下得车来，悠闲自在地赶着马车。管理人员量得出场车的重量，然后减去记录本上的皮重，得出整车炭的重量。这样一来一去，实际拉的炭，就多出来一个古车豁子的体重。

回村后，精准过秤，然后分给各家各户，村民应得的炭，一斤也不少。多余部分，他就趁夜色从墙外扔进队长院。

后来管理员严格了，古车豁子总会在车上加点东西，防不胜防。或者放半袋子沙土，或者绑一块石头，或多或少总能得些额外收获。拉煤前几天，下点辛苦套几只野兔、沙鸡，给管理员带来，管理员眼睛半睁半闭，古车豁子就多少有发挥的天地，把村里该送的人送了个遍。

拉葱，就穿贴脚面大衣。拉苹果、梨，就穿扎腿口灯笼裤，都是暗藏机关，做手脚。

古车豁子最喜欢给供销社拉货，吃喝上不短缺。

天还不亮，他把马车赶到供销社门口，几个年轻人将代销点收购的废品、鸡蛋、活鸡兔装在车上。到了公社供销社，柴红脸先把这些交割清楚，然后往回贩货。

古车豁子闲着无事，去看那几个漂亮的售货员。他分别到副食、百货和土产门市部转，什么东西也不买，一件货一件货的价格却问得清清楚楚。有时调侃几句，售货员小李、小王或小张，龇牙一笑，他觉得心满意足。

人少的时候，售货员捡半块糖、半支烟递给他，古车豁子感恩不尽，说等下一次来给她带东西，许诺下毛豆、新山药之类的，很快忘在脑后，根本没有指望。

供销社送货贩货，内部有规定，可以有一定损耗。古车豁子和柴红脸串通好，古车豁子下手，柴红脸假装看不见。送鸡蛋时，古车豁子会按照比例将鸡蛋打碎一点点皮，然后从车底取下备好的小铁锅，几个人半路煮鸡蛋吃。古车豁子口圆舌硬，一顿能吃十几个。终于积少成多，得了恐惧鸡蛋综合征，一见鸡蛋就反胃，也不能听别人说吃鸡蛋。拉白砂糖，会用一个锥形细管儿扎进袋子，找对角度，白砂糖自己流出来。若是红泥糖，慢慢将尼龙袋子撑出一个小洞，将糖抠出来，然后再把这洞慢慢抚摸，恢复原状，他早已抠得一搪瓷缸子。

柴红脸把货贩回来，传说要做一些工作，比如白酒酱油加水，白糖咸盐喷雾，没有真凭实据，不能乱说。可是古车豁子送队长的这个水果罐头，却是不花钱和柴红脸要的。下次进货，他们有办法补齐。

傍晚，小村由喧嚣转入宁静。古车豁子从外地拉回了炭，磨杆声重新激起村民的动静，家家户户派人来分。

古车豁子在半路整理了车上的东西，将半袋子炭附吊在车底。等到将一车炭下到场面，他卸车时假借给马放松，绕到村西队长家门口。只见他行动轻敏，将狗头大小的炭块隔墙扔到院内。

谁知第一块扔进去，就听队长大叫："哎呀！谁呀？"

第十章 通达之御

原来此时队长正对着墙根方便,一块炭恰好扔进他的大裆棉裤,着实吓了一跳。队长咬牙切齿,忽然想起刚才门外有车马声,一时醒悟,知是古车豁子在墙外,就忍痛开了院门。古车豁子随车带着三节手电筒,待到照时,黑的是炭,红的是血,二人都无可奈何。队长活动活动身体,各方面感觉了一下,料得无大事,就恶狠狠骂:"以后少给你爷来这一套,老子一旦有个三长两短,必得让你赔。"

古车豁子刚才吓了一跳,再看队长站得直、走得稳,也就开玩笑说:"听你这话,一会儿是爷,一会儿变爹。再说怎么个赔法?把我赔给嫂子?只怕你不愿意。"

队长抬腿一脚上来,终于是有些疼痛,半路又缩了回来。再骂:"还不快把这些东西背进来?"

队长媳妇许舞出得院门,站在车前,按住古车豁子就亲。他从怀里掏出一个雪花膏盒子,递给她。他逐渐占据主动,她两片湿唇微微发抖,被动地迎合。她觉得,平日里队长对自己不冷不热,凡事三两下,不像古车豁子这般认真。

马车辕马觉得车要走动,却没有得到古车豁子的指令,就绷紧身体,挫住坡。许舞觉得,古车豁子啥都好,就是嘴里这条肉太长,搅得她发痒难耐。谁知队长见自己的媳妇不在家,就找了出来,看见二人正在狷滚,过来就打骂。

许舞听得一声大喊醒来,原来却是做的一个梦。她吓得心跳肺动,半天才缓过神来。想起刚才的梦,她奇怪:"自己怎么能看上古车豁子?"

再瞧队长手中,确实拿着一个雪花膏盒子,刚才在她的鼻子下面蹭来蹭去,现在一脸苦笑递了过来,说:"这是古车豁子给你的。"

许舞揭开雪花膏盒子，一股甜腻之气扑鼻而来。她好像看见谁家女人也有这么一盒雪花膏，却一时想不起来。许舞感叹："自己是队长媳妇，村里真正的高干夫人。"

许舞觉得，自己男人粗是粗点，不霸道，一年四季，里里外外忙乎，村里人很是敬畏。公公是杏东立村之人，可怜被土匪杀死，如今坟头就在杏林南，一年不知近前多少次，满怀敬重之意。再说这古车豁子，拉炭给炭，拉葱给葱，拉水货给水货，还不忘零零星星买点小东西送来，难得他这一片心。

许舞想到此处，不免往队长这边靠了靠，队长反身给了个脊背。许舞眼睛忽闪忽闪睁着睡不着。她不知道队长刚才险遇不测，只以为他跑了一天乏了。

七鼓匠暗中又蹲了一会儿，终于听见古车豁子从队长家出来。他不知道，古车豁子刚才手抓个水果罐头，趁夜色探望昨天受伤的队长。谁知他蹲姿太久，腿僵脚麻，不能支持，歇了半天才扶着残垣断壁，踉跄回家。走至村中，二人相遇，到小广场才分开，古车豁子向北，七鼓匠朝南。

老板娘大大方方接过东西，也不问为什么。古车豁子笑嘻嘻说："老板娘，俗话说，交朋友就交赶车汉，路来路过给你搂疙瘩炭。"

老板娘回复："交朋友不交赶车汉，白生生的肚皮染成黑圪蛋。"

老板娘不卑不亢，但又略显风骚，颇费拿捏。她给古车豁子一行倒了茶水，说："古车倌儿，你说人这一辈子，不管怎，总得活成个人样是吧？"

"是是是，活两辈子，也得活成个人样。"

"你这话我就不懂了，人都是一辈子。"老板娘说。

"我的意思是说，你我得活成个人样，杨大个这些王八蛋，也得活成个人样。"

杨大个正在听讲，忽然觉得古车豁子的话语将自己罩住，不免"嘿嘿嘿"干笑几声，从此也收敛了不少。

事后，老板娘传出话，告诉沿线客栈，古车豁子已经改邪归正。直至第二年，人们才恢复了对古车豁子的信任。不长时间，古车豁子不再赶车，接替他的就是杨大个。平日里，人们以为古车豁子和杨大个是两代人，却不想古车豁子只比杨大个大一岁。一个太老相，一个脸过嫩。

杨大个本不愿意接替古车豁子，可是杨大个有心愿，用得着马车。紧要的是寻见父母的骨殖，恭敬起了来，埋到杏林之南。人死成灰，尚有魂灵。那座山那条沟那棵树还在吗？三四十年了，若得便，把老牛母亲的坟也找到，先辈们葬一起，谁也不孤寂。

堪堪又是一年秋收季，村里藏粮储柴忙。

场面的营生已经做完，缴了公粮，分了口粮，就等着给各家各户分麦枳麦秸一应柴草，冬天烧火做饭。今年年景不错，秸长秆粗，先按一户一马车分配。

同样是拉柴草，给头面人物，古车豁子装得满，车绳煞得紧。给不入他眼的人，装得少，车绳煞得松，有时半路散落一地，需家人叉在一起背回来。

贺大头媳妇惦记着拉柴草，塞给古车豁子一盒烟，偷偷在他肩上捏了捏。只见他力蛮叉大，把个马车装得几乎看不见辕马和车体。杏村住房凌乱，并无章法。唯独西起出村口，往东依次李肉蛋、贺大头、马裱匠、田老太、沈家、三干头，最终到古车豁子家门前，东出村，形成一条大路。此路偏东路南有请示台和广场，犹如杏村的主干道，顺畅宽阔。古车豁子赶着马车，出场面东绕几步，在请示台东面北上，顶着三干头的院子，切住主干道，威武西行。

三干头媳妇今年打了扣箱，做了旗袍，村里说话办事更加胆壮。她和古车豁子家只隔一条小过道，算是邻居。谁知古车豁子多年目中无人，不太重视她家。她积攒多年怒气，如今再见这样，心中有所不平，就将古车豁子拦在自家门口，说："这车柴火我要了。"

古车豁子自然不情愿，说："这是给别人拉的。"

三干头媳妇追问是给谁拉的，他不敢直接说出来。她心想："即使我不要这车柴草，也不能如你愿望。"

此时古车豁子双脚叉立在车辕头，身子陷在柴草中，想下来，却不便捷。他手提大鞭，却万不敢挥打。三干头媳妇一手大胆地抓住梢马的笼头，径直将车拉着往西走。谁知车过贺大头院门，她并不停脚，而是拽马南下，来到柳叶院落。车后早跟了一堆看热闹的人。

七鼓匠见三干头媳妇要将车拉到师母院子，就撒开股子跑去报信儿。村中几个年轻人未等马车停稳，就像战士攻占敌人碉堡似的，前前后后爬上车，解开绳索，一车柴草很快下到圈圈。

古车豁子有苦说不出。

三干头媳妇知道这柴草是拉给贺大头的，觉得自己和贺大头夫妇无大冤大仇。当年三干头蹭吃调凉粉，谅他夫妇不会计较至今，就佯装不知情。

她是有准备的，说："这是一块真丝手绢。你不是还要返回，往场面走，麻烦你给贺大头媳妇捎过去。"

第十章 通达之御

古车豁子心中理亏,正需要一个台阶下来。没想到她如此睿智勇武,他无以应对,只能说:"这里离她家不远,还是你送去吧,不然又这长了那短了。再说我和她家非亲非故,从不走串,不能给你做这营生。"

三干头媳妇再说:"古大哥,我知道你性善情长,怜香惜玉。"

她说完觉得不妥,但话已出口,不能收回,况她想古车豁子也不一定理解意思,就继续说:"我家三干头,人如癞狗,村里人都看不上,每年拉的柴草不够烧。我本南方生人,最忌冷冻,还请你体谅体谅。我本来要将这柴草拉到我院,却想这柳叶孤苦一人,比我更可怜,就给她做这一回主。我也留意,往年给她家拉柴草最晚,一车柴草,一半脏雪,点不着,烧不旺。这你也知道。人心肉长,你我也算上了年纪之人,将心比心吧。"

古车豁子被这一说,低下头来。柳叶手足无措,只有哭泣。七鼓匠站在师母身边,学那潘冬子的架势,小拳头攥得紧紧,心中暗想,谁要欺负师母,就和他决一死战。

三干头媳妇再说:"本乡当土,不说这些了。这一块手绢又没多重,就烦你捎一下吧。"说着将手绢强按在古车豁子手中。

古车豁子靠前不稳,靠后不妥,众人张嘴等着看结果。却看见贺大头媳妇远远站着,他就大声呼喊过来。古车豁子发誓:"我古某人以后要是再不公道做事,就把我这古字倒写。"发完誓又想:"古字倒过来是个甲字还是个早字?"

贺大头媳妇原不知道发生了什么,见三干头媳妇平白无故送一块手绢,自是欢喜在心,不予理会。

原来郝裁缝给三干头媳妇做旗袍时,剩下的料子都给做成大小不一的帕子,这是"杏花丝绸"的店规。她原来用的一块真丝手绢,就是她姐妹们做旗袍时得的。她原本要送给古车豁子老婆，临时变化，又让她转送贺大头媳妇，故意给他难堪，却也顺了人情。

好不容易收了场，古车豁子往东赶车走，问田老汉："什么是怜香惜玉？"

田老汉向来打肿脸充胖，言语方面从不输人，就说："你没听真，人家说的是拎箱寻玉。"

古车豁子又问："古字倒写是个什么字？"

他顾不上回答，夹着屁股紧步走开。

远处传来几声鹅叫。

不知道从何时起，古车豁子养了三只鹅。本村人并不养鹅。鹅吃食量大，挑剔，需青草嫩菜，乌兰察布高原一带人家不能满足。这鹅也下蛋，一年大约有三四十颗。鹅蛋比鸡蛋大许多，古车豁子除了给孩子煮的吃，余下的悄悄送人了。

恰好公社武装特派员从小北山骑马下来。到村口，特派员离镫下马，牵缰而行。西望地窨子遗址，不免泛上敬意。迎面队长走来。二人一边走，一边交流。到了小广场东边的空地，裴特派员看见古车豁子的鹅，就说："谁家的鹅？杀一只吃了。"

马队长和刘排长说："是古车豁子家养的。"

肥头大耳的裴特派员再次说："杀一只吃。"

古车豁子正好"望望望"地大喊，几匹梢马听令右踏步，准备拐弯儿。有腿快的把古车豁子截住。

古车豁子听完特派员的话，不愿意。队长在旁边劝说："杀一只吃，再新养不就行了？"古车豁子说："鹅通人性，我舍不得呀。队长，不如村里买个鸡杀了吃，味道也好。"

特派员说:"你这车豁子,我又不是不给你钱白吃,给你两个鸡的钱行不?"

古车豁子嘟嘟囔囔不愿意。他老婆出自家南大门,三五步站在跟前,坚决不同意杀鹅吃。

古车豁子心想,特派员算超级头面人物,硬拒了怕不好。看见他右胯别着手枪,就说:"裴特派,早听说你的枪法好,现今我把这鹅放在三十步开外,你拿枪打,打死,你们炖了吃;打不死,算饶它一命。"

众人叫好。

特派员打开枪套,抓出手枪。从他手的状态看,这枪很是沉重。他当特派员多年,真正实弹射击较少。他回忆军事训练时的一些知识,决定采取卧姿射击,扭动肥壮的身体,趴在地上。

古车豁子抱一只老鹅,步量着放到三十步的地方。趁特派员不注意,他又偷偷把鹅往远处放了放。回头时,古车豁子心中酸楚,眼里流出泪来。心中想:"我一个男人,人称车豁子,平日闯荡江湖,呼风唤雨,此时却连一只老鹅也遮护不了……"

这里特派员右手持枪,左手打开保险,发出瘆人的声响。古车豁子老婆被民兵警戒住。她双手轰赶,带着哭腔大声喊:"笨鹅,你倒是跑啊,跑啊!"

特派员完成射击准备,右手食指稳稳扣动扳机,只听"叭"的一声,枪身震动,子弹头被猛烈地击发出去。

说时迟,那时快,一粒花生米大小的手枪子弹头平着飞出去。这子弹头速度奇快,经过鹅时形成巨大的气流,鹅毛旋转。可喜这子弹并未击中那鹅,鹅扭了扭脖子恢复了正常。众人看时,那子弹却在五十步开外的厕所断墙上打下一片泥皮,尘土飞扬。

谁知田老汉刚才内急，恰在厕所里使劲儿，忽听一声枪响，又听到子弹击中土墙重重的声音，不知道外面发生了什么，只好手提裤子蹿了出来。大家见状大惊失色，特派员吓出一身冷汗，骂："你扒了厕所干吗？"又转向民兵排长责问："你这是怎么警戒的？"

冤家路窄。几年前，他无端怀疑田老汉，今天又是他乱骂。田老汉少有地发怒："老子急屙了，不进厕所去你家？"

众人哈哈大笑。

民兵队长说："哪知道厕所里有人？"

田老汉知是特派员，显得不好意思，态度有所缓和，再说："什么大不了的事，值得你这样真枪实炮打击？当年打日本人有这枪法就好了。"

田老汉欲反身进所完成未竟的事情，却让两个民兵拘住。二人渐渐觉得气味难闻，就放他逆向自由行。田老汉这才弄明白，特派员是要打鹅而不是打厕所，从心里就鄙视他的准头。

这里特派员再拉枪栓，改为跪姿射击，谁知子弹直击在鹅与人群之间，打出四射的土花。鹅见状大怒，觉得面前这胖大男人是要夺其性命。

这鹅常结伴西去，在学校转悠。此时传来孩子们的背诵声："且壮士不死即已，死即举大名耳，王侯将相宁有种乎！"鹅们仿佛受了鼓舞，遂脚底使劲，双翅发力，脖项扭动，板嘴大开，七抓八挖，摇摇晃晃直取特派员脸面。

再看几匹梢马，年轻未经事。裴特派员第一声枪响，它们懵懂中以为是古车豁子的大鞭，不免提心吊胆。特派员开了第二枪，几匹马断定这比那鞭子厉害不知多少倍，就昂首奋蹄，乱了阵营，眼看着牲衔绞在一起，后果不堪设想。古车豁子"吁吁"大喊。辕马毕竟老精鳖怪，身子下伏，重心沉底，听从古车豁子号令，勉力控制局面。

特派员三拉枪栓，站姿射出最后一粒子弹。只见枪头一点，子弹竟然打在自己的眼前，离脚梁面只有三五步。大家纷纷过来劝住。古车豁子又喜又怕又难过，说："特派员爷爷，鹅活不活不重要，你可千万别把自己给崩了。"

特派员羞愧难当，也不办事，扳鞍上马，双手抱拳，一溜烟走了。古车豁子老婆回家找了红布条，松松地拴在鹅项，驱魔压惊。

深夜，古车豁子家的窗户让人拍得呼啦啦响。

他大声问："谁呀？"

"我，郝裁缝的老婆。"

"怎了？"

"郝裁缝得了急病，钟大夫让连夜拉到大医院。"

说话间，古车豁子已经穿好衣服，喝了一瓢凉水，出门时告诉老婆："你明早和队长说一声，就说我半夜送郝裁缝到大医院看病了。"

深夜送人，不能用三套马车，只要一个辕马拉着就行。他在马圈找到辕马。辕马知是有任务，凑过鼻子"咴咴"叫。古车豁子和赤脚医生把郝裁缝抱放在车厢，郝裁缝媳妇拿了被褥铺盖。只见郝裁缝脸色蜡黄，满脸汗珠，"哎哎哟哟"叫个不停。郝裁缝时而疼痛难忍，手捂肚子，时而恶心无比，像要呕吐。

恰逢农历月底，正遇深秋薄云，天色漆黑，伸手不见一指。钟大夫坐在车前口，郝裁缝弓卧车中，郝裁缝女人后尾护住。

可叹古车豁子，一路牵马小跑，上坡时更是弯腰拉着边套。遇到颠簸路段，他手压车辕人工调节，保持车体平衡。平时去县城，说说笑笑不觉路远，如今事急好不容易才赶到。

古车豁子手拍铁栅栏门，门卫睡眼惺忪出来。他一把将郝裁缝抱起，才觉得郝裁缝只是肉头，身体竟是如此之轻，不觉心中难受。钟大夫找到医生，原来是邬副院长值班。邬医生一边对症治疗，一边打发司机将几位医生护士接来。

后半夜，手术完了，邬医生指着钟大夫对郝裁缝说："多亏钟大夫送得及时，否则你这阑尾炎，做手术就晚了。"

原来邬医生和钟大夫有过交锋。前几年，邬医生全县巡回，给妇女做绝育手术，公社卫生院召集全体赤脚医生观摩。晚上吃饭，上了酒，邬医生炕上坐主桌正席。钟大夫过来敬酒。谁知邬医生根本不把钟大夫放在眼里，与公社副书记年宏、妇联主任冉杏、卫生院佟医生侃侃而谈。年宏满脸肉，一个酒糟鼻子十分显眼，红粉吓人。他喝酒动作大，端杯之际头已后仰，手加快速度，突然停住，杯中酒划着弧线射入大嘴。钟大夫地上站了几分钟，邬医生也不接他双手举的酒杯。钟大夫十分尴尬，收回手，准备退出去。

这时邬医生才喊住钟大夫，带着酒意，慢条斯理地说："你不是敬酒吗？怎么走了？"

"看您忙。"

"不忙，你现在敬也不晚。"

钟大夫又敬酒。邬医生眼看酒盅不满，就说："酒满敬人。你这不是敬人，竟是欺负我。"

众人说："钟大夫站的时间长，酒洒了，赶快再加满。"

第十章 通达之御

钟大夫再次加满酒，双手敬来。邬医生有意调笑钟大夫，想在众人面前显出自己的地位和威风，就说："你这敬酒的姿势也不对，应当双手过头。"

钟大夫双手过头。

谁知邬医生有了醉意，心思也歪，任凭钟大夫举着酒，又和冉杏调笑海谈，把钟大夫晾在一边。冉杏发髻油黑，脸面白净，鼻挺如蒜瓣，嘴小像杏核，说话时咯咯咯笑，露出细细的白牙，引得邬医生不住地用眼瞟她。钟大夫忍无可忍，装作平静，把酒往地上一倒，说："礼到了，失敬！"

大家见状，心头一紧。本地乡俗，把酒洒地，是对过世之人的举动。邬医生大怒，说："你们现在就套马车，送我回去，受不了这气。"

县医院派医生巡回做绝育手术，能提高结扎率，节省花销开支。邬医生连夜回县，明天甚至今后的工作就难以开展。众人劝说钟大夫，钟大夫听不进去。

邬医生继续张狂，说："我医学院毕业，临床看病多年。你一个乡间大夫，会不会打针输液还不知道。"

众人说："钟大夫是好大夫，疑难杂症也是经过手的。"邬医生仗着酒劲，非要钟大夫再敬他酒，和他道歉。钟大夫不从，说："就是扁鹊华佗来了，也得凭医德医术说话。"

邬医生听钟大夫扁鹊长、华佗短，就有压制钟大夫之意，说："咱俩背药性，你要是输了，叫我师傅，敬我酒。我要是输了，叫你师傅，敬你酒。"钟大夫见邬医生喝多了酒，不予应战，只说："等你清醒时再请教。"

邬医生越发显得骄傲，手指钟大夫的眼睛，几乎要碰到他的眼睫毛，嘴里嘟囔："叫我师傅，敬我酒。"

佟医生知道钟大夫有些道行，但不清楚他会不会背药性，居于中间和稀泥、说软话。年宏却给钟大夫下了死命令："要么比试，要么认师傅敬酒。"一时将钟大夫逼到墙角。

邬医生断定钟大夫于药性一窍不通，不免得意扬扬。钟大夫怕事情闹大，忍辱倒满酒杯，双手过头，说："请邬师傅喝酒。"

邬医生放肆大笑，却不接酒，两眼迷离，嘴角抽抽，一口烟喷出来，罩住钟大夫的脸面，唾沫星子乱飞，说："既然徒弟敬师傅，你该跪着才对。"

众人见邬医生有些过分，纷纷劝说。谁知钟大夫将酒盅往桌面上一蹾，说："你说，是《三字经》，还是《四字诀》？"

邬医生一听，脑子清醒了一半，说："随你便。"

钟医生一口将盅子里的酒喝完，说："你来《三字经》，我背《四字诀》！"

这里邬医生开口："鲜生姜，辛微温，能发汗，解表灵，温中寒，止呕酸，温肺寒，止咳喘。"

钟大夫对应："人参味甘，大补元气，止咳生津，调荣养胃。"

邬医生："甘草甘温，调和诸药，灸则温中，生则泻火。"

钟大夫："辛夷花，味辛温，散风热，上焦循，鼻渊症，当可寻。"

……

"薄荷叶，味辛凉。"

"散风热，效最良。"

"牛蒡子，辛苦寒。"

"散风热，肺气宣。"

"透麻疹，咽痛痊。"

"蝉蜕药，体质轻。"

二人不知不觉中角色互换，乱了套数，不分伯仲，最后一人一句都背起了药性《三字经》。正战得热烈，众人忽闻焦煳味。裴派忙到外间看，原来做饭的任大师傅被二人对垒吸引，一锅莜面傀儡①已经烧煳，冒出浓烟。年宏骂："不看火，愣老任！"

任师傅头如砂锅，脖粗发短，憨似弥勒，最是自信。只见他手拿饭铲对答："煳傀儡，黑苦寒，喂了猪，性更贪。"众人大笑。最后，还是邬医生酒多记忆差，败下阵来。邬医生这人虽有些刁顽，场面上输了的事，却也心服口服，就恭恭敬敬跪在炕上，喊了师傅，敬了酒。钟大夫不卑不亢，被请在年宏下手坐，吃香的，喝辣的。

钟大夫不胜酒力，几杯酒下肚就恍恍惚惚，不免想起小南山、小北山诵背之事，口尝百药、身扎千针之举。无苦不成艺啊。

郝裁缝恢复了一点精神，说："邬医生，要说感谢，还是先感谢这位车倌儿，没有他，我再有一会儿就疼死了。"说完又觉得不妥，也不好纠正说什么。

真是无巧不成书。邬医生妻子安丽当年找郝裁缝做旗袍穿，不被重用多年。近年落实知识分子政策，她已经当了县卫生局长。郝裁缝感到右下腹伤口疼，苦笑："安医生还好吧？"

"好，好，好。"

"还记得做旗袍的事吗？"

"哪能不记得？我老婆她们几个女人，可把你害了。"

---

① 傀儡：一种用莜面土豆做成的食物。

"怨不得她,是我没把控好。那旗袍在不?"

"在。去年搬家看见,还是那么抢眼。只是她人老身胖,开口做到脖颈也穿不了,气得哭了半天。"

郝裁缝再次苦笑。转头看古车豁子破衣烂衫、一脸大汗,他气喘吁吁地说:"等我好了,第一给你做身衣服穿。"

郝裁缝说完头一歪,左眼窝的泪珠越过鼻根,流到右眼窝,短暂汇聚吸纳后,泪珠一下子变大,滚滴到枕头。他揉揉眼睛,看见窗外空中也有一颗大泪,那是启明星挂在天边。

树上早起的鸟"叽叽喳喳"叫,郝裁缝顿觉生命之美好。他思谋,我郝裁缝无端受辱十三年,今天要不是钟大夫、古车豁子这等贵人深夜相送,就一命呜呼了。我给人做了无数的衣服,自己头上这帽子,去年填表要给摘,至今还没有正式说法。到底摘不摘?

转眼到了1983年的冬季,古车豁子、杨大个最后一次出远车。

冬季出车,随车给马匹带干草,最好是青草,第二是莜麦秸,一般是小麦秸。有那懒车倌,一捆草抖开就不管了,马吃起来费时费劲,消化不充分,劲小力弱。古车豁子惜马,本人资历老,凡是出车,带的草最低也是莜麦秸。

其他几个车倌已经切好草,添喂妥当。最早,古车豁子和杨大个切草,古车豁子喂,杨大个切。不知从何时起,喂草的变成了老板娘。

吃喝罢,古车豁子乐得舒服,先是与其他车倌儿们寡谝,后来不吱声,迷糊着了。

院子铺一块苫布,避免沙土混到草里。杨大个搬来切草刀,摆一摆,调整到最顺手的位置。老板娘早已坐在一块包了狗皮的厚木板上，一堵身子紧挨切草刀盘着。杨大个把草捆拆开，堆放在老板娘侧后身。老板娘收拢了一捆干草，不紧不松抃在双手。先是将草捆前端的零散草尖喂到切草刀口，杨大个身子立马就一压，"嚓"的一声将草尖切断，老板娘右手顺着一收，将切断的草尖归到草捆内。

手中草的前端变成平截面，正式开始切草。杨大个单手提起铡刀，老板娘立刻欠身喂草，杨大个弯腰双手压切，不到一寸的草段儿就切了下来，"嚓嚓"响。杨大个再提铡刀，老板娘再喂，杨大个再切。院里并没有多少灯光，二人一个身高，一个体胖，构成一副协调的剪影，像木偶戏，颇有节奏韵律，很是熟练默契。

"杨大个，你好像有段时间没来了？"

"是啊，听说撤销生产队呀，不知道还能来几趟。"

"哦。"

老板娘喂得就慢了，杨大个提着铡草刀把等。

老板娘坐着，感觉杨大个像个塔立在跟前，心中踏实。只是十五六年来，岁月流逝，他现出老态，提压切草刀不像当年那样干脆有力。杨大个看老板娘，不急不躁，颇有风韵，常生暖意。他早年依恋老板娘，跟着古车豁子打骂调笑，近年更多的是留恋回忆。

留恋回忆的还有哈斯的女儿。

一晃多少年过去，杨大个在草原见到哈斯的女儿，她已是两个孩子的妈妈，腰身粗了不少。哈斯的女儿风风火火，开始并没有认出杨大个。待杨大个提起山丹丹花，她一掌推过来。杨大个趔趔趄趄站不稳，心想："这女人劲大。"

"一直见不到你！"

"是啊。我只是隐隐约约记得你个头大。"

"你说，山丹丹花分公母，有老婆汉子。我一直惦记。"

"你来对了。我这就领你看。"哈斯的女儿坦然豁达，她并不知道父亲当年招女婿的设想。

两个人分别骑马慢走，杨大个熟练多了。十分钟不到，猛然看见一大片红花，开得热烈，足有几十枝。哈斯的女儿指点："我养殖的山丹丹花。"

"哦。那老婆汉子呢？"

"什么老婆汉子？"

"你说山丹丹花两个两个地长在附近，是老婆汉子。"

"哈哈哈哈，哪有这事？不过是人们的心意。"

哈斯的女儿干脆挖出两枝，连土包着送给杨大个。杨大个看见花茎下面一个疙瘩，就像男人的鼻子，饱满挺括，蕴含生机。几朵花一律开怀劲放。花蕊热烈奔放，鲜嫩张扬，露水蜜汁交融，暗气幽香环绕，像一簇小棉签染了红，犹如欢迎什么似的，齐刷刷地挺着。花瓣一律倒弯腰，尽显修长与曲线，如小猫吐舌，少女跷指，婀娜多姿，令人艳羡。

杨大个问："这花好像开了好多天了？"

"才不。山丹丹花就像我们牧区的姑娘，一开即怒。"

杨大个小心带回家，置放在阴凉地。出车时，他将花放置在水桶内，封了桶口，带去送老板娘。老板娘把玩几下，放鼻子底嗅嗅，夸赞几句，让杨大个埋到院内一角。可惜杨大个带来时已经萎朽，可憎车倌儿墙根儿撒尿渍蚀，可恨猪每日拱鸡隔日鸽雀随时啄，可怜老板娘垒起七星灶喜迎十六方忙着挣钱，这花并未成活，更别谈什么老婆汉子。烟云过眼啊。

> 十五的月亮，
>
> 升上了天空哟，
>
> 为什么旁边，
>
> 没有云彩，
>
> 我在等着那，
>
> 美丽的姑娘哟，
>
> 你为什么，
>
> 还不到来哟？
>
> ……

从此，杨大个每年前往牧区一两次，犹如走亲戚一般。杨大个带来白菜、萝卜和白面，哈斯回赠牛羊肉、奶食。回想1941年秋天，小个杨夫妇为躲避土匪一去无踪。后来，哈斯一下子给小个杨赶来七八只母羊，一只公羊，说是逐年孳生积累。杨大个感激之余手足无措，将这些羊胡乱分与村民。杏村有了羊群。

村民哪舍得杀羊吃肉，只谋着剪取羊毛。每年夏末天热，农民们笨拙地剪羊毛，累得满头大汗，场面热闹得像赶集。羊的品种是二混子，毛长而细。本村没有毛毛匠，只能男女人捻毛线，然后织毛衣、毛裤、毛袜子，成为整个冬季个人保暖的重要物品。

一根羊腿骨，刮削得光溜。骨头正中钻眼，一根二号铁丝穿过作钩子。钩子上半截修长，像个鹅颈。钩子下半截短促，犹如狗牙将骨头固住。此物人称"拔吊儿"，是捻毛线的工具。

老牛闲来无事，替人捻毛线。先徒手沾了唾液，搓个毛线头，系在上半截的钩子上。右手转动羊腿骨，左手抓一把羊毛捋送，接住线头捻毛线。毛线越来越长，左手往上去，眼看像弹三弦够不住上端的弦时，停住，将毛线绕在羊骨上。羊骨上的毛线团像个纺锤，越来越大。足够大时，将毛线反向绕成一个独立的大球，捻毛线活动就告一小段。

东南离老牛家几十米，三干头也在媳妇的监督下捻毛线。捻好的毛线蛋堆积起来，犹如一筐蔓菁，放在炕上。小猫最爱玩毛线蛋。小猫忽然把一个毛线蛋追来逐去，毛线蛋犹如死鼠，骨碌碌转，全无脾气。最终是三干头媳妇制止，大喝一声，骂："你个扑刀货！死呀？"偏巧毛线缠在小猫的牙齿缝，摆不脱。只见小猫摇头摆尾，急跳猛蹿，把个家折腾得丝连线系，犹如渔民补网一般。

不断地捻，不断地绕，各家终于将好羊毛全部用完。几根竹扦，交叉勾连，食指缠线，左右环套。最初看不出什么，后来却成了衣袜。等到学会染色，这些东西就美观了许多。

头蹄杂毛积攒得多了，就拿到外地擀毡子什么的。当然最有特色的是做毛疙瘩。牧区有匠人，专门做毛疙瘩，通体羊毛制成，穿在脚上保暖是极好的。新毛疙瘩底子呈鼓圆状，人穿在脚上，很难掌握平衡，不稳定，犹如一个不倒翁。若是有人推拉，跌跤是难免的。有一年冬天，天气极冷，村里七鼓匠、三画匠、八木匠等十几个半大小子穿了毛疙瘩，摇摇晃晃，"前仆后继"，景象很是搞笑。

杏村的羊群有专线。西村口出，到达杏林脚下南拐二里地，然后顺着山沟东转，一直到小南山南坡下沟的尽头。吃饱跑足，原路返回。小南山南对面的坡，大片好草，不知何时起，人们叫作哈斯坡，说是村人感念哈斯的帮助。

不一会儿，切下的草虚虚地堆积，将切草刀埋住，杨大个伸脚清理清理。远处的马儿闻见草香，夹杂人汗味，听见"嚓嚓嚓"的声音，就像饿了的人急等厨师做出饭菜，无心游戏交流，龇着牙，"咴咴咴"叫。

古车豁子退位之后，杨大个半禅让半任命，当大车倌，赶车。谁知他比古车豁子只小一岁，老得快，一年一个样。任何人都抵不过岁月的重压，杨大个长长的腰身，弯得厉害。

山村小画册，不急不躁，缓缓翻过一页。杏林和杏村，犹如两个孩子睡觉，一个身子南北，一个头脚东西，窝在那儿。

第十一章　小村先生

一日,三干头媳妇到村里学校转悠,见班里只有学生,没有老师。她走进教室,问:"这节是什么课?"

"语文!"

"老师呢?"

"病了!"

她讨厌这种齐声高调回答问话的学生腔。她拿起第一排学生的课本问:"上到哪一课?"

学生说:"《小马过河》!"

她拿着书,在教室踱来踱去,踱去踱来,说:"现在,这一半的同学们跟我读课文。"

"马棚里住着一匹老马和一匹小马。"

"马棚里住着一匹老马和一匹小马。"

"有一天,老马对小马说:你已经长大了,能帮妈妈做点事吗?"

"有一天,老马对小马说:你已经长大了,能帮妈妈做点事吗?"

学生们开始机械地跟读,一会儿发现老师的口音由男变女,十足普通话。全教室学生摇头晃脑,体会着新鲜的拗口。另一半学生也跟着读,实际上他们是高年级,这篇课文不是他们要学的。

三干头媳妇胆战心惊,怯怯地站在讲桌后面,她觉着总得说点什么，就说："孩子们，《小马过河》告诉我们，凡事要亲自去做，才能知道真相。不过，这篇课文有错。你们还小，万不可什么事都去试试，试好了好，试不好了就麻烦了。河流是变化的，河床在水下，千万不能自以为是。妈妈的话有时候也靠不住。"

她觉得肚里还有很多要说的话，嘴里却说不出，找不到感觉。她思谋，当老师不容易。未等放学，她就悄悄离开学校。

学生们理解得囫囵吞枣，因为他们从未见过河。他们只是想象，下雨后街面上流的水，大概就是河。

这一天，她记得牢，是1972年的端午节。

事有凑巧。

学校在杏村西北，但东北一片空地上有当年盖学校在这里取土脱坯，留下大大小小的锅底坑。近日下雨，坑里集满了浑黄的水。

正是中午，大人们在家歇晌，有那打死也不午睡的小孩子，就到处作害。有母鸡下了蛋，咯咯咯哒叫，时间好像格外长，鼓噪得人们翻来覆去睡不着。

几个孩子相中了水坑。

先是抓水中的翻车车，一探一探，很是揪心。玩腻了翻车车，就打水泡。小孩子拿来拳头大小的土块石头，尽力抛得高高，土块石头跌落水坑时，激起水花。更有稍大一些的孩子，"吭吭哧哧"抱那大块石头，滚入水坑，水坑发出巨响，水花更高更大。眼看凹进一个大水洞，闭合时再次激起水花。

玩得无趣了，有孩子要耍水。村东南和三画匠隔一家的大龙，大名江凯，最是武勇。他看看附近没有女人，就三两下脱了衣服挂在树上。七鼓匠见他单手捂裆，像个灰猴，不免窃笑。只见他另一只手提一根长铁丝，试探水的深浅。谁知锅底坑边浅中深，胶软光滑。大龙试得水浅，只有半腿许，就一只脚探进水里。哪知脚底就势沿坡一滑，一个人眼睁睁顺溜溜地窝进去，几个水漩打出来，人却不见了。

众人大喊："大龙，大龙。"

水面连水漩儿也没有了，空有吓人的沉寂。

几个孩子瞪眼守着。不一会儿，坑中心部位冒出一串气泡，没有力量。

另外几个孩子早飞快跑到附近人家，喊大人出来。贺大头、老牛、马裱匠、杨大个、李肉蛋住得近，手拿扁担、长橡，着急打捞。忽见大龙全身翻出水面，很快又沉入水底，不见了。

本地人大都不会游泳。学校西北边不远有驻军种菜的战士，闻讯赶来下水施救，很快捞出一个泥人，大龙气息全无。也是命中注定，恰遇部队军医巡回医疗，就在种菜班。只见部队军医和钟大夫配合，先是清理口鼻，然后控水，做人工呼吸。十几分钟后，大龙脸色逐渐回转，一口悠悠气换了出来。

黄老师见状振臂高呼："解放军万岁！"众人跟呼。

军医略显羞涩，说："这位赤脚医生也不慌。只是太危险了，再耽搁一二分钟，人就很难救过来了。"

几个孩子吓得哇哇哭，说："刚才老师还说小马不能过河。"

队长把这事告诉了大队，大队报到公社。隔几日来了几个军地记者，了解了情况。不长时间，一篇题为《生死五分钟》的通讯发出来了。

那得病的语文老师姓朱。他本来是老三届毕业生，前一阶段在外村学校代课，字写得好，酷爱文学。

当时文学作品少，《三下江南》《一只绣花鞋》《第二次握手》手抄本，都由他联合几个写字好的人刻印出来，在周边乡村，村村都流转遍。

每当刻写之时，几个人非常神圣。灯罩擦得透亮，桌面腾得利索，一刻就是半夜。

几个人分开刻，两人所分文字之间的连接处不好预估，很难处理。后来朱老师找到一个窍门儿，那就是插图。或是根据故事情节，或是随便花花草草，在前一位刻写的最末空白处插图，一个油印小册子就显得丰厚了不少，大家交口称赞。

朱老师是本地人，带学生语文课，语法词汇那是没的说，唯独拼音和普通话不过关。朱老师试着用杏村方言读《蝶恋花·答李淑一》《念奴娇·鸟儿问答》，平上去入，抑扬顿挫，比三干头媳妇还好。

朱老师说："杏村人说晋语，口音字词却别致。且不说发音独特，单是土成语就有千百万。"

黄老师说："是呀。这里人说话慢条斯理，爱用四六句，夹杂好多古字古音，不知道怎么一回事。"

朱老师笑了："我们这地人，净说四字土成语，灰眉楚眼，疙撩拐弯，骚弹忽戏，八十冒远……太多了。我看马国凡的书，很少收录。中国大了，都像这样，该有多少方言土语？"

黄老师说："这地人，说话最爱骂人，队长、代东的，胡说八道的，听也没法听。不过我老家宝坻，也是一样。"

那次三干头媳妇在班里讲了课，学生喜欢。朱老师大力推荐她当代课教师。队长几次登门，她方才应允。村里人叫她三干头媳妇，却不知道她姓紫，单名丹。

师生一时不习惯，"子弹子弹"地叫。

黄老师将学生批评一顿，学生们就规规矩矩地叫紫老师。

一日黄老师和几位老师闲聊，说："你看我们学校，五颜六色。我姓黄，你姓白，你姓紫，雇了一个打钟勤务，偏偏又姓黑。有意思。"

"哦，还有一个朱老师。"

朱老师接过话说："我原来在的那个学校也失笑，都是动物。"

众人惊愕。

只听朱老师缓缓道来："我姓朱，还有杨老师、马老师。"

村里的学校是小学。旧时，人们称教师为教书匠，村里人不这样，一口一个老师，叫得自然亲切。

看着村子越来越大，孩子们清早背书包去大队上学，冬天黑魆魆的时候再回来，马队长心里不舒展。村里人口增加，入学儿童多，按政策可盖小学。上级给队里拨了经费，还有些不够。马队长觉得，傍着马路，三年盖不起房，要是等钱够了再盖，那就兔儿过八道梁了。

马队长悄悄到邻村见了二没眼。他也不谈什么，只说村里要盖学校，请二没眼给参考参考。二没眼心领神会，静静听队长介绍。二没眼告诉队长，你需这样这样便好。临走，二没眼说："建校兴教，功莫大焉。"然后摇头摆尾念道："重来又值灿开时，几树东风簇绛枝，岂是人间凡卉比，文明终古共春熙。"

二没眼说："刚才说给你的话，就是从此而来。"

马队长不懂，也不管这些，回村就让人请泥瓦匠即时开工。泥瓦匠是倪师傅父子二人。他说："我们盖学校，不要工钱，你只管我饭，管我住，土坯椽檩一应材料要充足，小工要多，不窝工。"

队长一一答应。又不放心，说："工钱我完工就给你算，只是你做事要正道，不然看我把你扯了。"

倪师傅说："不敢，不敢。"

地已锄完，尚未开镰，一排校舍不多时间就盖好了。

秋季开学，本村小学生一律村内上课。外村离这里近的，大人也把孩子送来。又见倪师傅送孙子就读，和黄校长说："这是我的亲孙子，学校打钟的黑师傅是他舅舅。我们想让他在杏村附学咧。"

黄老师觉得没啥问题，就收了。不日告诉队长，队长颇有些醒悟，"咪"的一声笑了。嘴上说："孩子念书，总是好事。"

几年时间，学校房舍够用，老师齐备，是一所完全小学了。如今紫老师加入，拼音和朗诵也解决了。

黄老师河北人，一口侉子话，教算术，也是学校的负责人。他一头稀发，四周发际线不齐整，显得很凌乱。他最爱吃大豆，抽屉里、坐垫下、兜里装的、手里抓的，前后左右都是大豆。每年过年，家长们打发孩子给黄老师拜年。开始时，学生们扭扭捏捏不敢去，怕黄老师批评。谁知黄老师老家习俗，学生必得给老师拜年，见孩子们来，十分高兴，招呼进来。进家后，学生们觉得老师家不过如此，没啥特别。唯独墙上一根教鞭，二尺长，一寸宽，五分厚，油光可鉴，甚是吓人。再看老师穿着，脱了制服，也是破衣烂衫，有些心酸。细察家庭氛围，貌似黄老师被师娘管着，却又故作威严给人看。黄老师想起老家学生跪拜的场景，却断不敢在杏村实行。他哈哈大笑，抓把炒大豆，一一奖赏，说是压岁豆，寓意飞黄腾达，圆圆满满。小学生们很兴奋，奇怪黄老师哪来这么多的大豆。

黄老师最得心应手的，就是随便掏几颗大豆做教具，教学生们做算术题。那时七鼓匠十虚岁，正好蹲班上二年级。谁知他脑袋如糨糊，一年级的加减法还算不清楚。黄老师十分慈爱，从坐垫下面拿出一把豆子，数了二十个，然后说：“那如这，二十减七，我们先分成两串，一串十个。十比七大，这十个寄了这儿，不管它，那就变成十减七，一二三四五六七，剩下几个了？”

那如这诺诺说："两个。"

"胡说，这明明是……嗯，怎么少了一个？"

原来那如这素来喜欢吃豆子，看见这炒大豆表皮黄中带黑点，如虎纹一般。再想大豆的香味，就在黄老师摆放期间偷偷拿了一颗，放在嘴里暗暗去了皮，牙齿不敢咬合，此时正用口水闷着。

黄老师左找不见这颗豆子，右找不见这颗豆子，就拤住那如这的脖子，命令："吐出来。"

那如这快速把闷好的大豆浆液咽进肚，将豆子吐在手心，给黄老师看。黄老师问："一共剩几个？"

那如这迷迷糊糊，他估摸这吐出的大豆，外表已经闷掉一层，只够半个，就说："两个半。"黄老师一下子气得要昏过去。

谁知黄老师的小姑娘黄丫头年幼伶俐，刚上一年级，一双黑眼，犹如豆粒。她见爸爸被那如这气得昏过去，过来就在那如这胳膊上咬了一口，疼得那如这"哇哇"直叫。黄老师被他这叫声惊醒，终于缓过一口气，说："看我不叫白老师揍你。"

那如这正要走，黄老师喝住，还是诲人不倦，问："得数是几？"

第十一章 小村先生

那如这说："三。"

黄老师再问："那加上寄出去的十呢？"

"十七。"

黄老师大怒，骂："你娘心的，二十减七你等于十七？"眼看着就要再昏过去。

那如这本想听老师再讲讲，不想黄老师又要昏迷。再看他女儿，两根羊角辫儿，一对豌豆眼，满口白齿。尤其是那虎牙，俨然一头狼崽，那如这落荒而逃。身后听得黄老师喊："白老师！"

白老师是体育老师，除了会做广播体操外，啥体育项目也不会，只是体壮面狠。

那如这极速跑开，不想白老师臂长如猿，早一个耳光打了过来。那如这只听"呼嗡"一声，身体顺势转了两三个圈，跌倒在地。白老师奇怪，明明咋呼一下，并未打他，这么不经打？再看那如这弓卧在地，不吱声。

白老师斜站在旁，一时没啥主见。忽然，他看见那如这揸开手指，从缝中看人。白老师心中有数，就佯喊："黄丫头，这同学昏倒了，你过来帮我看着，我去找大夫。"

谁知那姑娘真的"咚咚咚"跑了过来。那如这不知黄丫头是冤家，命中注定。他想，好汉不吃眼前亏，此时逃走最为当紧。只见他犹如装死的老鼠忽然犯活，一起身头拱地皮跑走。要命在于白老师早有准备，一个亏气的篮球扔过来，击中那如这的小腿肚子，那如这再次倒地。

黄丫头拍手叫好。

学校鼓励孩子们玩，一应由这白老师负责。学校只有这个半旧的篮球，没有正规场地，也没有球架。白老师烦八木匠做了一个简易球架，不过是一块木板，中间挖一个洞。孩子们站在两边，瞄着那洞投射，创造了篮球的另一种打法。

后来部队当官的来检查种菜，看见这情况，回去派十轮大卡车给拉来一个篮球架，是一根直直的圆木，其上固定一块板子，板子上固定篮圈。兵们讲了规则，教会白老师组织学生打半场。

农闲季节，村里的小伙子举行比赛。

这些队员上身二股筋红背心，下身有的是秋裤，有的是绒裤，有的是普通单裤，很不协调。有一个后生不知道从哪儿搞来一个运动短裤，里边却没有贴身小裤衩，上场抢了一个篮板球，就让白老师罚下去了。

其他如踢毽儿、跳绳、跳方、打沙包、打钢、打杏核、点羊钵、弹凉蛋儿。最没有技术含量的就是抹蹦子。地上画一条线，几个人并排站定，有的还采用蹲式起跑。一人高喊："预备——跑！"孩子们如开闸的洪水，出圈的羊羔，绝尘而去。半天相跟着走回来，"呼哧呼哧"喘气，自有名次。

智力类的游戏也不少，憋死牛、成三、搁二、狼吃羊。学校还买了军棋、象棋、跳棋。唯独黄丫头不参与任何活动，听课没规律，想干啥就干啥，也不知道她到底是几年级。她像一个局外人，上课转着听课，下课就待在黄老师的办公室。不断有学生进来告状，黄老师将调皮的学生叫到办公室批评。黄丫头转头看，觉得很有意思。

学校花三块钱买了一把推子，在村里几乎等于开了一个免费理发店。

小孩子们理发各有表现。

简亦繁唯一的希望就是能多给留些头发。谁知白老师掌管推子，把他的头理得像个小生火炉子——以双耳顶部为线，下边毫发不留，贴着头皮剃光，一个直筒子，像是炉体，上边一个盖子犹如炉盘。理完头不管做什么，只要身子一动，这炉盘就忽闪忽闪的，颇为引人。

那如这爱笑，只要一理发，他就缩着脖子，浑身烧筋不连，"嘿嘿嘿"笑，给他理一个发得费两三个人的时间。后来白老师想了一个办法，把黄老师椅子垫下的炒大豆给他拿几颗，一心不二用，他顾吃，就不怎么笑了。

村里的男人在课余前来求白老师理发，白老师一概炉盘发式。有外乡人看见，觉得村里大小男人一丘之貉，忍不住笑出声来。

老牛听说邻村喜欢他的女孩要出嫁，特意找白老师理发。他先是恭恭敬敬给白老师鞠个躬，然后说："白老师忙不忙，不忙烦你给我剃个光头。"

白老师按住老牛的头，下了推子，推子却不走。白老师再看，原来他头皮集聚物厚实，油腻如婴儿脐屎，推子走过去留下耙地般的痕迹。白老师闻着一股酸腐味，很是反胃。白老师让黑师傅烧了半锅水，足足费了一两碱，才把这颗头洗出本色。第二天，老牛鼻涕满脸，咳嗽发烧，钟大夫说："你这是撇着了[①]。"

老牛觉得去了那层保护，头轻脚重，一时适应不了。过几天缓过来，到田老太家要一面小镜子照看，不像五十多岁的人，一下子年轻了十岁。

---

① 方言，指人受风着凉。

田老汉给贺大头家灭火，火烧烟熏，发焦眉秃。见老牛头发理得清爽，也来到学校让白老师理。接受老牛的教训，田老汉来之前就在院里洗了头。谁知理到一半，田老太进入学校，扭住他的耳朵就往家里拽，口中说："你这颗头是我的，谁也不许摸捞。"

田老汉敌不过，别人也不好干预，就歪着一个左右阴阳头，跟在她屁股后面走了。白老师显得着急，说："那也理完再说。"

田老太说："理完了还说什么？谁知道你那手摸过啥？"

从此之后，白老师再不请田老太和面压粉。

经过那一次咬，那如这对那黄丫头喜欢也不是，恨也不是。喜欢的是她聪明伶俐，叽里哇啦话音独特。恨的是一口利齿咬得人尖扎扎疼，更别说那虎牙了。

简亦繁暗中喜欢黄丫头。一天货郎来村，简亦繁偷偷买五分钱的莲花豆，送黄丫头。他这样估摸，黄老师爱吃大豆，他女儿一定也爱吃，何况莲花豆？

简亦繁把一小包莲花豆放在书包里，跳着洪常青的步子来到学校。下课后，他一本正经地说："黄丫头，你过来。你说我给你带来啥？"

"啥？"

"你猜。"

"不猜。快说，不然我咬你。"说着露出了牙齿。

简亦繁也知黄丫头牙齿锋利，不敢纠缠，就返回座位伸手掏书包，哪有莲花豆？

原来那如这对吃食嗅觉奇好，他顺着味道闻见莲花豆在简亦繁的书包内，趁下课他二人说话瞬间，一把将莲花豆夺根拿走。简亦繁一脑子空白，心想遭人暗算。他并未和任何人说起莲花豆，就告了白老师。

白老师破学生偷窃案上有一套。他把学生们召集到一起，说："有人丢了东西，我也知道是谁拿的。说出来呢，怕你不好看，挨老师批评不说，还怕父母打你。现在大家挤擩擩，拿人家东西的呢，趁机把东西扔出来。"

白老师一声令下，学生们蜂拥而至，挤在一起。有图热闹的，有怕被人泼污显清白的。也有大一点的孩子，想借机体会一下异性近距离接触的。三两分钟过去，白老师说："停。"

众学生散开。

果见地上全是莲花豆，只是四分五裂，碎成一片，泥泞不堪。白老师说："可惜了的，还不如让偷毛贼吃了。"

这里简亦繁说："就是喂了狗，也不能让贼吃。"

那如这暗喜，心里说："你俩有所不知，我趁乱已经偷吃了一嘴了。"

那如这高兴得太早。只见黄丫头站出来，检举揭发那如这。她昂首指着那如这，说："他偷吃了，满嘴油味儿。"

那如这看见黄丫头那白牙，就吓得瑟瑟发抖。白老师让那如这张开嘴，确如黄丫头所言，满嘴豆渣。但又一想："去年他因为气黄老师让我教训。今天几分钱的莲花豆，吃就吃了，不能伤孩子太深。"就说："解散。"

成人后，那如这记着这事，每年给白老师送一袋子莲花豆。

全公社学生年级语算竞赛。杏村小学组织几名学生，第一次参加。比赛结束，竟然得了算术第一、语文第二的成绩，把公社小学比下去了。

参加竞赛那天，古车豁子套三套马车拉老师和学生去公社。

那如这气气派派坐在副驾驶。古车豁子几次用余光看那如这，感到一股锐气相逼。再看简亦繁，屈腿坐在车厢板，手中拿着一个田字格本，念念有词。

原来那如这自从气昏黄老师后，幡然醒悟，刻苦钻研，谁知竟然学会了豆心算法。不管是什么题，全部在脑子里换成几串大豆。尤其是速算，出题老师话音未落，他的结果就报出来，一道题也不错。语文是简亦繁争了光。有个一百字的读后感，题目就是读《小马过河》有感，结尾他将紫老师的意思写成一句话，说："小孩子面对不明情况不该亲自试。"这话太亮，判卷老师捉住给了个满分，差距一下子就缩小了。但终归是汉字加拼音、拼音加汉字、解词等得分较少，屈居亚军。

这样的荣誉，学校的老师们一下子出了名。队长乐得合不住嘴，也不会说什么，只是念叨："好好学习，天天向上，好好学习，天天向上。"

有人说："那你得奖励奖励了哇。"

队长说："奖励甚，怎奖励？"

村里小学采取复式教学。所有的学生，一直处于学习、复习、预习状态，有的高年级学生由老师安排，辅导低年级学生。那如这获奖后，黄老师让他给低年级学生讲豆心算法。

那如这信心满满，谁知上了讲台结结巴巴，说不出话来。黄老师看着着急，就用手指着自己的嘴，意思是让那如这说话。那如这不明白黄老师的意思，也用手指着自己的嘴。黄老师张开嘴，那如这也张开嘴。黄老师生气地把书本拍到椅子上，走出教室，那如这也把书本拍到讲桌上，走出教室。那如这正向黄老师靠近，却发现黄老师背后的教棍，知道事色不巧，就一蹦子跑了。

又练了几次，那如这、简亦繁就能给低年级学生判作业，讲难题。每当晚间，全村数这里红火，油足灯亮，人头攒动，是村庄的大脑和中枢。

队里有什么会议，也选择在学生们没课的时候进行。只见开会男人，一人一棒兰花旱烟，把个教室熏成炕洞。

队长把奖励的事情记在心上。第二年春天，他把黄老师叫来，说："给你划五十亩地当校田，队里给你种，你负责锄和割，收入全归你，怎样？"

黄老师喜出望外，说："你娘心的，那还怎样？"

为便于照看，队长把学校西北的一块地划为校田，夹于村里菜园地和部队菜地之间，土质仅次于杏林下边的那块。

春天，队长抽调最好的劳力，一天就把校田种好。几个农人说："这么好的地，下它十八斤的种。"临到跟前，老牛说："这几天老痒痒，定准今年雨水大，种它二十斤。"其他人照办，说："可不能再加了，不然苗稠势弱，拉下糊糊你我可跑不了。"

可喜种地不久，下了一场透雨。黄老师清早起来，远远看见校田麦苗稀稀疏疏地长了出来，心里高兴。再过三五天，一片地就绿了。

黄老师带老师和学生站在地头，背诵："好雨知时节，当春乃发生。随风潜入夜，润物细无声。"

正要领师生回去，却听紫丹老师领着再背："野径云俱黑，江船火独明。晓看红湿处，花重锦官城。"

有学生说:"这几句好像没听说过?"

黄老师说:"都是四六句,听着喜气,好,好。"

转眼到了锄地时节,黄老师从生产队借来锄头,带领师生锄地。他做了简短的锄前动员,师生群情振奋。学生本是农家子弟,干起活来不惜力,地再大,顶不过人数多,五十亩地霎时像被一群麻雀占据,不大工夫垄土就由浅黄变成深黑,油汪汪的,好不喜人。

黄丫头本南方生人,个小体弱。只见她拿着一把小锄,先是瞄准,比比画画几下才落锄,锄头却偏偏砍中麦苗。她觉得可惜,又弯腰扶起,终不能立。再行瞄准,一锄又刨在自己的脚面。看着看着,自己锄得一垄地,却远远落在大家之后,越来越远。只见她身子站直,嘴一板,哭出声来。

黄老师过来,帮她几下锄得追上众人,黄丫头接着再锄。白老师说:"黄丫头,派你一个任务,我这里有葡萄糖瓶子,装的水,你看老师同学谁喝水,你就拿过去。这一瓶喝完再来我这里取,啊?"

黄丫头点点头,手拿葡萄糖瓶子,整个庄稼地跑来跑去。黄老师责骂:"不能踩了苗。"

谁知这黄丫头生性痴顽,行动执拗。一个人喝完水,她怕踩苗,就顺着麦垄返回到地头,然后从另一垄再进来,逗得老师们哈哈大笑。她愚笨的行动活跃了气氛,大家不用专门休息就解乏了。

那如这看见黄丫头从地头顺着自己的垄子蹒跚而来,却不想她在看清他之后,重新回到地头,顺着隔垄走来。那如这嘴干瘪瘪的,恨不是个恨,乐不是个乐,暗暗说:"这小侉子不好惹啊。"

秋天到了。

校田南北垄向,总体呈大波浪,像一片巨大巨大的瓦。

第十一章 小村先生

风从四面吹来，麦浪按照风的方向起起伏伏。有时一浪到底，人的目光追着麦浪，逐渐抬高升远。有时打个旋儿，麦子互相之间纠缠，忽然来一股劲风，就解开了。有时还会从中间开始，麦浪犹如水波，缓缓地扩展开去。

就这样，足有二十几天的工夫，麦浪游来荡去，由墨绿、浅绿到淡黄、深黄，可以开镰了。

说是开镰，实为拔地。黄老师组织师生，一下子霸住几十垄地，铺天盖地，拔将过来。童子军、儿童团一旦成了气候，那是想象不到的勇武。半天下来，五十亩地三勾已去一勾。

谁知小孩子们毕竟皮薄肉嫩、骨软筋柔，回得家来，个个手上起泡，脚底打战。夜间睡觉，"爹呀妈呀"叫个不停。更有劳动过度者，抽筋武戏，拳打脚踢。

黄老师坐在油灯前，陷入沉思，孩子毕竟是孩子，还有三十多亩地，明天怎么办？

第二天起来，黄老师觉得空气中充满尘土味。再看校田，麦子已经全部拔尽，麦个子像一个个被五花大绑的胖猪，直挺挺卧在地里。黄老师快步走，恰遇队长披着夹袄过来。黄老师说："这校田怎么了？"

"哦，我看老师同学们腰软肚硬，就组织村民起了一个早，替你拔了。你们有个意思就行了。"队长平素单眼皮，今天好像变成双眼皮了。

黄老师鼻子一酸，转过头，双眼溢出了泪水。

过了几天，黄老师组织师生在地里捡麦穗儿，男孩帽壳儿，女孩小篮儿。可喜小眼明亮，把整个校田捡得几乎不剩一粒麦子。

后来，黄老师兑了个星期日，队长安排人员脱粒装粮，直接拉到粮站粜了。古车豁子赶车，大鞭一甩，马车跑出了火车的气派。得了钱，黄老师一分钱掰成两半儿花，学校条件很快就在全公社名列前茅。黄老师找队长，让队长给师生讲讲话，队长说："我讲话，要你作甚？不讲！"

黄老师就讲："队里给了地，往后大家念书，甚钱也不要了。"

师生鼓掌赞和。

黄老师又买了几只羊，让队里羊倌捎着放，每年羊羔、羊毛，也是笔收入。攒了几年，黄老师把教室的泥台子铲除，请八木匠做新木课桌，孩子们腿不凉，胳膊不阴。

二没眼专程来杏村看学校。他微弱的视力看见一处校舍，笑得上眼皮盖住下眼皮。队长问："去年你和我说的话，啥意思？"

二没眼说："那诗是乾隆帝所作，赞孔圣人杏坛传教的。杏林围着杏村，办学最是正道。西望有杏林，必得圣人心。"

队长笑笑。

二没眼再说："其实呀，我看你这个人，国字脸，天庭饱满姑且不说，关键是地阁方圆啊。"

队长没有再听的兴趣，二没眼在杏村转了两三圈，逢人站站，说说。

小学毕业升初中，村里的孩子们大部分能考到公社念书。贺大头媳妇不以为然，说："别以为自家的孩子了不起，谁也不是三头六臂、四心八脑。要不是几个老师兑在一起，连个烧山药也烤不熟。"

原来紫丹在学校带课，寒暑假除外，每天能记十个工分。如今三画匠、七鼓匠又到公社念书，她心里就有些想法。贺大头媳妇找到队长，要求带课。

队长问："你能带了甚课？"

"除了语文、算术，我都能带。"

马队长咳嗽着说："我看你鼻涕倒不少。"

贺大头媳妇不敢再说什么。

谁知贺大头媳妇还不死心，来队长家串门，和队长媳妇套近乎。队长媳妇听明意思后说："你是不抹脸，甚戏也想唱。你就尿泡尿，照照自己是个啥样？斗大的字不识一毛口袋，还想当老师。"

贺大头媳妇被当头一棒喝醒，羞愧难当，待要摆脱窘况，没有台阶。队长媳妇说："你要是真心对这些老师孩子们好，明儿上午咱们把那门窗缝子裱一裱，天凉了，省得冷风吹。"

这贺大头媳妇原和马裱匠学过几刷子，也算老手。第二天，太阳明晃晃的，一排教室迎着阳光，照得很温暖。黑老汉领着外甥帮忙，二人把教室办公室裱了个严实。黄老师鞠躬致谢。

朱老师不知原委，以为二人做好人好事，提议给队长媳妇、贺大头媳妇发个奖状。许舞坚决不要，贺大头媳妇心里有些痒痒，低着头不吱声。

朱老师拟了文字，请黄老师审读。黄老师看后点头一笑，嘴里掉出一颗大豆来。不想这次黄老师一次吃的是两颗大豆，此时闷得正酥，就抓紧工夫舌头一卷，牙床一紧，嘴里的大豆"嘎嘣"而碎。黄老师再接再厉，上下牙三五轮咬合，嘴里腾得清利。

只见朱老师歪头咬牙写毕，大家端看。原来奖状上面写的是——"贺大头媳妇：义务糊裱小学门窗缝隙，特发此状，以资鼓励。一九七六年八月二十日"。奖状不伦不类，贺大头媳妇却乐呵呵的，觉得高兴自豪。她羞涩地说："我有名字，叫谭雅思。不过这样也好，写谭雅思人们还不知道是个谁。"

朱老师听说，自悔刚才没有问清大名，端详一会儿，提笔在"贺大头媳妇"后边又写了"谭雅思："，正好用"言"字旁覆盖原来的冒号，看不出来。这奖状和七鼓匠、三画匠的杀狼未果奖状一样，记载一段历史，包含一个故事。

第十二章　摘我园蔬

冬天，人们看不见管菜园子地的李大爷。村里好像没有这个人一样。他是从南方过来的。每年冬天，这里气候寒冷干燥，他哮喘严重，回老家待两三个月。正月过后，说不定哪天，他又出现在村里。

李大爷一脸皱纹，个头不高，一直弓着腰，就显得更低。他尽量把头昂起，像棵即将成熟的向日葵，秆子已经弯弯，葵花饼却全力追逐着阳光。

人们记得最深的，是他的光脚。只要是在园子地干活，他就把鞋随便放在一边，赤着脚走路，地上留下一撮一撮的脚印。从园子地回村，他也是走到半路才穿鞋，前边是一段粗沙路太硌脚。

下午割韭菜。

李大爷半路把两只鞋扔到地上，头还昂着，凭感觉用脚找鞋穿，却不想一只鞋里藏着个老鼠。他开始不知，随着脚的深入，感觉到绵乎乎软塌塌温和和的。他拿到眼前一瞅，耗子怯怯地瞪着豆眼，不敢动。大爷再辨别，原来是一只尖直棱儿耗子。

李大爷鞋尖朝下提着鞋走。耗子开始有些害怕，一会儿适应习惯了，就享受着起起落落一悠一悠的舒服感。他不说话，一直走回家。

李大爷家在广场西北角，房后是田老汉家。李大爷原本只盖了一间房，房子东北角开门出入。种了几年菜，队长觉得他有哮喘病，只一间房，难免风寒冷冻，谋划着帮他改善改善。建小学，马队长把任务交给泥工。泥工盘量半天，再用半天，给李大爷加了一个门斗。这门斗，平头锹开槽，狗头石奠基。土坯半入半出，与房子的山墙咬住。屋檐西高东低，形制大方。门斗侧墙，迎南留出门洞。从队房找一旧门装上，里推进入，左转才到屋里，很是挡风隔寒。站在远处细看，独房外加小门斗，勾连古拙，自有其巧，简洁实用，全村唯一。李大爷倍感温暖，连连夸赞。

进得院门，李大爷径直来到窗根底，把耗子磕打在地。那耗子先是听得磕打声，鞋体震动，犹如大地震一样。它开始用爪子抠住鞋布，几下之后无法坚持，就放松抓附，顺势滚出来。

谁知跟前蹲着大郎猫，"啊呜"一声将它含在口中。耗子渐觉喉头疼痛，气息奄奄，一丝游魂堪堪荡出血肉之躯。耗子临死也不知道，过街老鼠人人喊打，这老头却不吱声不言语地就送了它的命。

李大爷露出狡黠的笑容。看着大郎猫吃完耗子满足地洗脸，他颇有成就感。他心里想："你这耗子，哪里不好待，非要钻进我的鞋里。也是命中注定，我不过是度你一度。"

李大爷刚来村时，有懒狗欺负外乡人，拦住李大爷，"汪汪"叫。他大声呵斥无用，弯腰假装捡石头也无用。说时迟，那时快，大郎猫忽然奓开毛，粗胖尾巴，一下子顶在前面。懒狗开始有些吃惊，再看一只猫，就放松警惕，不以为意。谁知这大郎猫乃荒漠猫与家猫杂交之后，凶悍异常。平时，这郎猫只在野外谋食，一只懒狗根本不放在眼里。如今见这懒狗欺辱主人，就挡了过来。这懒狗没什么谋略，直接上来就打架，却不想被郎猫一爪定住。

第十二章 摘我园蔬

郎猫生性野辣，任凭懒狗怎么翻转，那爪子就是不松，且抓得越来越紧，抠得懒狗嗷嗷叫。眼看懒狗头歪眼斜，舌头外吐，头毛下流出了鲜血。这懒狗觉得狗命欲归西，终于使出绝招，双爪舞动，乱刨一气。有三四爪子深入郎猫眼睛，郎猫的眼珠子差点被抓出来。郎猫受了疼痛，松开爪子，那懒狗却身弱体瘦，流血过多，歪倒在地，没了性命。

从此之后，郎猫行动不便，逮不了食，吃喝全由李大爷提供，它凶悍狠辣的天性不改。

杏村人原来没有蔬菜的概念。几亩自留地，一半种土豆，秋收之后储藏在山药窖，一年四季吃土豆。也有些绿色调剂，春天挖苦菜，夏天抉嫩沙蓬头，洗净，或凉拌，或蒸莜面囤囤、素包子，只能吃几次。房前屋后种些葱，炝锅调味，用量极其节俭。也有在田头垄畔种豆角、葫芦的，数量不多。

李大爷生于1923年，1964年迁入杏村时已经虚岁四十二。他来后不几天就和队长说："我会种菜，村子附近应当打口井，收拾一个菜园子种菜，人们就可以吃菜了。"

马队长也没什么概念，只是说："你踅摸地，我给打井。"

李大爷绕村子周边转了一圈，直奔杏树林周边。他相信，一片野生杏林，定是水土最好的地方。深入杏林西北观看，果然是村边的好地。沙石也多，土质较厚，经过收拾整理，能改造成一个合适的菜园。

李大爷最终选中村西偏二里地外一片地做菜园子。这片地，地势平坦，日照充足。朝南望去，隔一条乡间小路不远是杏林，两两遥相呼应。后边有大山，山中有洞，解放军备战备荒所打。山洞一直通到大山的那边，竟有一两公里。

秋收完了，队长组织硬劳力，二十几天打了一口井，井的内壁砌石头，安装辘轳和车水设备，选一个小灰毛驴归李大爷领导，拉水车，水"哗哗"地被提上来。

李大爷实在是勤快，一天到晚不离园子地。春天队里翻地后，其他一概不让别人插手。只见他蹲在地里做营生，半天才往前挪挪身子。能种菜的节气，李大爷把一片地分垄划畦，九曲八弯，颇有章法。村里向来没有过这样平整细腻的土地。

李大爷专门回一趟老家，队长派古车豁子送接。他临走时和队长要了上百斤莜面，说："杏村物产，唯莜面是南边人不曾见过的稀罕物，我要凭七分心三寸舌，换够杏村人一年吃的菜。"

不几天，他带一小布袋各种菜籽，回到村里。

种植一应事宜，李大爷独自完成。那灰毛驴一上班，就"嘎吱吱"转圈，水车源源不断往上提水。这些水，在李大爷设计好的八卦阵中，顺垄左流右淌，把菜地浇得湿漉漉的。各种菜苗先后长上来，有单叶的，有双瓣的，一概油绿。再长十几天，各种不同形状的菜就展现出来了。

最先能吃的是韭菜。李大爷用一个极小的下弯小镰刀，刀刃没入土壤，将韭菜齐根割断。这样的镰刀霍铁并未打造过，是李大爷现场比比画画，指导他打出来的。霍铁毕竟打铁多年，心领神会，所以此刀极薄极轻，刀刃极快，李大爷用起来得心应手，不费力。闲聊之中，霍铁、李大爷才知二人祖籍山西忻州，同庚属兔，恰都是正月十九的生日，惊蛰。互相再问出生时辰，二人一概不知。

李大爷说："天下竟然有如此巧遇。二人相交，总得有个长幼，你个子大，我就叫你哥吧。"

第十二章 摘我园蔬

霍铁笑说："也只能如此。"

头茬韭菜，苗弱叶薄，李大爷割了一下午才割完。傍晚，马队长亲自喊大家来菜园子分菜，一家一捆，一二斤。女人们互相询问："怎么吃？"

紫丹与三干头乔灌今年刚成家，按户也分得韭菜。听大家议论，她就说："怎么吃？头茬韭菜最讲究，好不过个吃饺子。有鸡蛋的，包韭菜鸡蛋馅饺子，管有玉皇大帝的感觉。舍不得鸡蛋的，和土豆拌馅，也是吃后难忘。"

三干头嘴长，插话说："玉皇大帝吃韭菜馅饺子？没听说过。"

他媳妇轻蔑一笑，说："和你说你也不懂，'南有韭山，长满野韭，韭山有洞，王母曾住'。你想想，玉皇大帝来了，不吃韭菜馅饺子吃什么？"

三干头词穷语寡，支支吾吾，说不出话来。再看自己的媳妇，尽管粗衣笨裤，却天生一派城市小姐气度，众人都信她的话。此时他正手握韭菜，沈家老二沈水说："一把头茬韭菜插在狗屎上，可惜了啦。"

三干头知道是嘲笑他，就弯腰捡起石头。沈水立马夸张性逃离。他故意不瞄准沈水，却没防住石头射入鸡群，把一只公鸡打中，吓得公鸡惊叫。三干头、沈家、田老汉三家挨着，他知道这鸡群是田老太的，意欲逃离。谁知田老太肃然站在街门口。她命老头子捉鸡。田老汉凸手笨脚，平日逮不住公鸡。今天这鸡跑了几步就伏在那里不动。经人检查伤情，原来是一只腿断了。紫丹赔两块钱，鸡由田老太留着。谁知一二十天后，鸡腿重新长好，这只鸡一瘸一拐，称雄杏村东部地区。

村里人难得这样场合，聚了一会儿散去，回家做饭。

傍晚，整村新鲜韭菜味，弥漫多时不散。村子上空，成群的喜鹊环绕飞转，一派吉祥。西望杏林，红霞弥漫，雾气袅袅。

李大爷手提铁铲，郎猫尾随，到田里挖鼠。他心胸慰悦，感到光荣，觉得无愧于杏村老少。

老牛也分得一捆韭菜，没兴趣做饺子，实际上也做不了。他把韭菜拿到田老汉家，意欲入伙吃饭。田老汉说："来就来吧，还拿什么东西。"

老牛说："韭菜这东西金贵，坏得快。与其坏了喂猪，不如咱们吃了。"

田老太听这话不入耳，知道他人粗话糙，不予理会。她今年开始给人压粉，找到一坨干粉，冷水浸泡，别有韧劲。恰好起的一盆黑白面，她搭碱包了韭菜土豆馅包子。包子上笼不久，锅里就发出浓郁的香味。

田老汉说："老牛你等我一会儿，我去赊点薯干儿酒，咱俩半醉方休。"

老牛说："要是有块儿酱豆腐，咸不滋儿咸不滋儿地更好了。"

田老太说："你不如就便去地里拔几根羊角葱，生吃，一冬一春的味素。"

田老汉此时肚子被韭菜包子味儿引逗得"咕咕"叫，本嫌去地里路途远，看见田老太执拗的神色，还是往返了一趟。

田老汉回来之时，包子已经蒸好，在锅上焐着。只见老牛脱掉家做棉袄，上身穿驼色儿绒衣，鼓鼓囊囊的。他规规矩矩地端坐在后炕，摆开吃饭的架势。田老太嫌田老汉来去时间太长。

老牛对她说："这你就不对了，他就是个儿马，也得一步一步走了哇。"

田老太低头莞尔一笑，田老汉遥相呼应，露出了稀疏的黄牙。田老太忽然放下脸来，他就唯唯诺诺，说："早叫骟了，早叫骟了。"

田老汉说着打开衣襟，将一捧野苦菜倒在风匣板上。田老太看见，几十棵苦菜，一蓬绿头，一秆白根，甚是喜人。再翻检，又嫌田老汉收拾得不干净，柴杂混草。田老汉不言语。

老牛接田老汉的话，极其细微地一笑，说："公乌素的铁青棕点儿马早骟了，这三五年村里的母马还下铁青棕点儿马驹。传说伺候慈禧太后的太监，竟是慈禧太后伺候不过来的……"

田老汉说："就你知道得多。"

田老太听二人胡说乱道，就将一笼包子端在炕上。田老汉"嘣"的一声拔开输液瓶塞子，老牛猛不防吓了一跳，二人嘴对嘴喝起酒来。田老太把苦菜快速择了洗净，就着蒸包子开水焯一下，用漏勺捞出沥水切好。简单的食材不需要太多调料，她只捏一撮细盐，发狠倒一股麻油，随意堆砌在一个浅色粗陶盆内，就引得两个男人犹如胃里急缺一团苦菜似的，大口吃起来。老牛对田老太说："满牙满口，苦中带甜，挂嗓子挂嗓子的，你也吃几筷子。慈禧太后也不过享受个这。"

老牛一时忘记刚才说太后太监事，田老太脸上就不悦。老牛刚说完，知道自己言语不防，脸热耳红，转移精力，和田老汉喝酒。

可笑二人各有私心，一个比一个口大。不长时间，半斤酒就被喝得一滴不剩。过了一会儿，酒劲儿才上来，头顶头说知心话。平日喝酒老牛占上风，今天却显得势弱，脸色发紫，直冒虚汗。

第二天，人们见到队长，问："今天分什么菜？"队长说："分啥菜？问李大爷。"

李大爷还是终日泡在园子地，不断给村民分胡芹、小白菜、芫荽、小葱等菜蔬。先是一队二队三队四队在李大爷的指点下种了菜。其他近处村子知道李大爷种菜，也来学习，李大爷毫无保留，说个明白。尤其是菜籽，李大爷更是介绍得清清楚楚。后来，几个村轮流出车，委托李大爷进菜籽，杏村少了开支，李大爷来去有专车。

1964年年底，离村不远驻了军队，越来越多。过了二年，部队安顿下来，准备长期驻扎，就改变了后勤保障。部队打听得李大爷是种菜高手，派几个战士来学习。军队协调公社大队，就近在杏村划一块菜地，紧挨李大爷的园子地。部队的菜数比李大爷多，竟然有西红柿、黄瓜等细菜。军民多有交流，村人们增长了见识。有一年，西红柿、黄瓜菜苗已经移植缓秧，却不想一个倒春寒全部冻死。

种菜战士小李，最聪明。种菜之余，他带着孩子们玩耍。原来做弹弓，用马车里带，僵硬。小李在部队卫生院讨得输液用胶管，弹性大，伸拉好，村里男孩子一人一把这样的弹弓，很是神气。

更为神气的是军挎和军帽。

1969年，三画匠简亦繁、七鼓匠那如这念了书。

菜地当前大祸，在于小学生偷吃。

原来分发的是应季小菜。菜园子西边和北边，种着长白菜、苤子白、胡萝卜、蔓菁等秋菜。这些菜都能生吃。村里的十几个孩子偷挖盗起，李大爷管不胜管。孩子们采取声东击西、四面出击的办法，可怜李大爷管了西管不了东，几个来回下来，气喘吁吁，火冒三丈。他用最歹毒的话骂，这些小家伙还是偷盗，不顶用。

这日中午，风和日丽，万里无云。简亦繁、那如这、八木匠、黄丫头、小哑巴七八个约在一起，先是隐蔽在杏林，模仿电影情节，树下或卧或蹲。觉得时机成熟，猫着腰，一个一个像吃得过饱的蛤蟆，费劲地跨过小路，运动到园子地周边，无事似的潜伏下来。这些家伙，平日好人、坏人分成好几派，唯有偷菜结成统一战线。李大爷火眼金睛，看着这些小孩子集中过来，知是偷菜。

他们惯例声东击西，今天李大爷却不再追来追去。孩子们失去和李大爷斗智斗勇的乐趣，却不放弃偷菜的打算。不大工夫，有的偷了萝卜，有的偷了菜心，有的偷了蔓菁。

不承想几个家伙聚在一起准备分吃的时候，却有一个肉塔立在跟前，原来是白老师从树后站了出来。几个意欲逃走，见李大爷一根细绳拉着那大郎猫，威风凛凛。李大爷说："谁要跑，这瞎郎猫吃你肉，我可不管。"

孩子们蹲在地上，眼睛巴巴地眨，不知白老师和李大爷如何处置。

白老师先是训斥，后做调查，问："谁是挑头的？"

大家面面相觑，不吱声。白老师看着那如这不顺眼，就问："又是你挑头？"

那如这心潮澎湃，气息激荡。他本是挑头之人，如今说出来怕白老师整治。他脑子一转，手指黄丫头，说："她要我们偷菜给她吃。"

黄丫头未明原委，被打了个闷棍。历次偷菜，她和小哑巴不动手，众人都愿意给他们菜吃。白老师看黄丫头的时候，她怯怯地点点头。

白老师一下没了主意，她挑头偷菜，骂不能骂，打不能打。白老师再一次盯住那如这，说："不管谁挑头，今天就罚你。来，你给我把这些菜都吃了！"

那如这虽有迟疑，却敌不过白老师不作声。他问："能擦擦泥不？"

白老师说："连泥吃。"

李大爷走前几步，说："就让他擦擦泥吧，憋死不好交代。"

白老师还是不吱声，那如这抬眼看着白老师，用手在家做踢死狗布鞋面上，快速擦了萝卜上的大泥。

开始是爽快的。那如这门齿硬朗，"嘣"的一声切下半截胡萝卜，舌头牙齿稍做配合，就高频次运动牙叉骨，顷刻将胡萝卜嚼成碎糊糊，他像一个家养的兔子。那如这很是讲究，气定神闲，先把其中的汁儿篦出，咽进肚里，然后就着舌头、嗓子、食道的蠕动，满口碎胡萝卜紧跟下去。只见他喉头起伏，胸脯荡漾，结束一个完整的吃胡萝卜流程。

吃到第三个，他眼蓝嘴紫，行动迟缓，动作慢了几拍。李大爷对白老师说："孩子们，叫他知道个对错就行了，再吃出人命呀。"

白老师意犹未尽，就问那如这："你还能不能吃？"

那如这此时腹满肚饱，神志迷离。他不知道白老师葫芦里卖的什么药，就说："不能，能。"

白老师说："既然你说能，那就再吃一个蔓菁。"

这蔓菁，密度比胡萝卜大，他小小地咬一口，咀嚼几下就满牙敛口。此时蔓菁还未成熟，咀嚼之中，一股特有的辛辣味上入鼻眼，下侵心肺，顶得他欲吐不能，不吐又反胃。俗话说，宁吃熟山药一颗，不吃生蔓菁半口。那如这痴痴的，思维有些跳跃和凌乱。

黄丫头向来对那如这没有好感，此时见得那如这身陷绝境，竟大大方方走上前来，用侉子话说："这个蔓菁我替他吃。"

白老师进退两难，脸面上就露出些许松动。李大爷大喝一声：

第十二章 摘我园蔬

"小王八蛋们，还不快跑？莫非等再吃一个灰子白？"

李大爷此话一出，几个小孩子一溜烟跑了，好像后面有狼撵着一般。简亦繁起跑之时，不忘捡起地上的几样菜，他以为，下雨尿裤子，一连二是个湿了。他那如这吃得要吐，凭什么我连个牙缝也没塞满。

李大爷心疼这些孩子，想再细细看看他们的脸，留个念想，不想他们一溜烟不见了。

黄丫头却不跑。她不怕白老师，何况李大爷对她又好。只见李大爷挑了几个嫩胡萝卜，麻袋片擦了，井水洗了，递给黄丫头。黄丫头泪花闪闪的，说："这地方不好，啥吃的也没有。"

李大爷双唇紧闭，一颗长门牙露出来，像一个大瓜子仁插在双唇间。他仰天环视，赤脚沿着垄道走了。

这次整饬之后，园子地再也没有孩子们来偷拔盗挖，李大爷更加专注于种植了。

哪想祸兮福所倚，福兮祸所伏。那如这此次被罚吃菜，竟然将一个小胃撑大了几倍，不再回缩，奠定了他辉煌人生的消化系统基础。

李大爷居功不自傲，天天勤恳劳作。

灰毛驴开始不习惯转着圈拉水，李大爷将它的双眼蒙住，它就被缰绳束缚，压着弯道，转起无穷无尽的圈。李大爷有时觉得毛驴孤独，就和它相跟着转，毛驴感到李大爷的气息，很是感动。歇歇儿时，李大爷给毛驴预先储好清凉的井水，毛驴喝一口，抬起头抽抽嘴唇，露露牙，很是讲究。这毛驴优于村里的任何一个牲口，喝干净水，不用抢。

李大爷不识闲地清理垄草畦苗，洗干净喂毛驴，毛驴犹如吃到山珍海味一般，龇牙打响鼻致谢。毛驴被蒙着眼睛拉水车，想尿就尿，想屙就屙，无所顾忌，非常自由。天长日久，拉水走道形成一个明显的圈，铺着踩碎的驴粪，犹如密织的地毯。

小灰驴不能和其他驴过集体生活。有年轻母驴路上走，这驴是只闻其味，不见其貌，无可奈何，只能大叫几声，声悲音切，响彻云霄。李大爷见状，索性就将毛驴放开。只见这毛驴撒开腿，瞬间就跑到小母驴跟前，耳鬓厮磨，驴言驴语，不在话下。谁知这驴不拿体格，几条腿弹着，随小母驴越走越远，竟到了杏林之南。李大爷老眼迷离，看不真切。眼见水车的水即将泄尽，李大爷就慢慢拉水车，浅浅地提上了水。

过了一顿饭的工夫，小毛驴回到李大爷跟前，默不作声，好像犯了什么错误似的站着。李大爷转身进入看菜园房子，从小窗台上拿了几颗捡拾的鸟蛋，喂给小毛驴。李大爷伸出手掌，在驴的召塌骨上使劲儿拍了拍，小毛驴纹丝不动。李大爷说："好后生。"

水萝卜长好了。

李大爷把水萝卜地浇得透湿，揪住水萝卜缨子，唿哧一下拔了出来，大致等份分成堆。分菜还是老办法，一户一堆儿，自由挑选。

贺大头家离菜园子近，他媳妇第一个来到地畔，左挑右选，总觉得另一堆儿比自己挑选的这堆儿大，就又换一堆儿。三选五选，其他村民来了，她选的范围越来越小。她怕选到最后，就把一堆抱在怀中。谁知一根极嫩的水萝卜掉到地上，立马断成两截。她就想再换另一堆。

李大爷说:"这就是你的不对了。你第一个来,现在只剩下几堆了,你还挑。再说这萝卜,是你抱起来把它掉下去的,也不缺什么,回去洗洗不是一样样的?"

贺大头媳妇原本没大没小,她比画着对李大爷说:"原来这么长,现在这么长,跌成两截,能和原来一样样的?"不想又一根水萝卜掉到地上断开,大家哄然而笑。

队长怕她要放凉,就说:"你这是欺负人了哇?还不快抱走?"

李大爷说:"这是甚和甚了?无教之人。"

贺大头媳妇噘嘴转身,气鼓鼓的,扭扭捏捏远去。

一日,乌云聚集,气温降低。李大爷四下望望,觉得要下冰雹。

他急急地传话到村里,让村民来菜园子帮忙。李大爷是有经验之人,早就备好破旧麻袋,成捆摆放在小房墙根底。不长时间,村民们来了二几十号人。

沈油看看天,说:"这么硬的风,一会儿就把云彩吹跑,不一定能下冰雹。"

李大爷却不认同,说:"宁可错防十次,不能遇害一回。"

沈面斥责三弟:"少寡说!"

马队长态度坚决,说:"别咧咧,按李大爷说的办。"

李大爷将麻袋片拿出来,交代众人,一定要捆严盖实,切不可把菜挂倒压歪。众人拎上麻袋片动作起来。

原来李大爷已在地里插上树棍,横竖成行。所有的麻袋片,他请郝裁缝裁剪成大小一致的四方形,缝了布条。大家要做的工作,就是把布条系在树棍上,给所有需要保护的菜,搭个精致的帐篷。

好在人多势众,不大工夫基本完成,整个菜地防范到位,严阵以待。

说话间，风更烈，云更低，一股旋风刮过。先是密集的雨点，后是罕见的冰雹，大的如鸡蛋黄一般。俗话说，雹打一条线。人们真真切切看见，宽约几百米的冰雹带，齐刷刷地掠过菜园子，只剩一个小角未殃及。李大爷回头望，杏林一如平常。

忽有一阵风吹过，气流十分紊乱，有一个没捆结实的布条脱落，几棵白菜暴露在冰雹之下。

李大爷眼疾手快，头顶麻袋片，几步赶过去重新整理。大家急忙呼喊："快回来，快回来！"

李大爷动作奇快，三下五除二处理好，低着头猫着腰反身回小房子。谁知一颗冰雹，以迅雷不及掩耳之速度，分毫不差之精准，正正打在李大爷头顶，瞬间炸开，大家听到重响。小房子满满当当，人们使劲挤了挤，快速闪开一条缝，李大爷躲进来。他一边揉头，一边骂："王八蛋，我的头你也敢打？"众人看见，李大爷头上鼓出一个包，也无大碍，就哈哈大笑起来。

仅仅持续了三五分钟，风止云开，艳阳高照，所有的冰雹迅疾消融。李大爷说："大家都回吧，我等冰雹全部化成水，再作处理。"

只见麻袋片下，先是零零星星滴水，后来水珠汇聚到一起流了下来，在阳光的照射下，菜地水声汨汨，霓虹摇曳，很有景致。李大爷说："夏秋冰雹水，浇地自带肥。"他转身对着树下的小毛驴说："你可以少拉一会儿水了。"

众人一时没有离开，等着帮李大爷解麻袋片。刚才说不会下冰雹的沈油羞羞怯怯，低头说："李大爷，我嘴上没毛，说话不牢。"有人逗他，说："办事不牢，你改成说话不牢。你倒是说说，等你嘴上有毛的时候，你能说出多牢的话？"

第十二章 摘我园蔬

众人皆笑。

今年是一个暖秋，杏树迟了几天才枝黄叶落。园子地的大菜，多长近半月，格外硕大瓷实。

秋天分大菜，李大爷最高兴，也最惆怅。

天气很好，不冷不热，让人神清气爽。马队长头一天就把劳力安排好。一大早，村里的壮汉力婆扛着铁锹来到园子地，一幅战天斗地场面，威风凛凛。稍后，男女老少，推独轮车、骑自行车，带麻袋、口袋、笋筐来了。

前几天，队长、会计、保管员估了产。保管员委派三个诚实后生称重，二人抬杠，一人看秤。马队长说声开始，壮汉力婆立马全体行动。

首先是起胡萝卜。壮汉力婆手持铁锹，直直狠踩下去，稍稍撬动，然后往上往前使劲，连土带萝卜一个土墩子放在前方。另有赢男弱女，揪住萝卜缨子，将那萝卜单提出来，堆在附近。

鸟不怕人，飞来跳去，拣那虫虫牛牛吃。最可笑的是当年孵出的小鸟，偏要吃大虫，无奈虫大嘴小，吃不进去。好在这鸟有耐心，嘴鸽脖摇，终于将大虫解体，仰着头吞咽进去，表情极其痛苦。有几只小猫，专等搬仓仓鼠出来，"啊呜"一口咬住，跑到树林里去。

李大爷看着高兴。

人活一世，草木一秋。李大爷又有些惆怅。这些胡萝卜，从下籽，到出苗；从浇水，到压缨，每根萝卜都好像是李大爷的儿女。有那受伤的、虫吃的、长歪的、冰雹打的，李大爷个个心中有数，极力养护。有人操作不当，将萝卜从中挖断，发出脆脆的声音，李老汉心头总是一揪,好像切了他的手指一般。

李大爷远天远地来到杏村,他现在不知道自己所做的营生是功德呢,还是罪过。看着原来绿茵茵的萝卜地变成光土地,李大爷犹如抽骨拔筋般难受。

众人不想这些。

唯有紫丹看出李大爷的心思,过来在他的背上拍了拍,递上一方手绢,让李大爷擦泪。李大爷嘴一歪,哭出声来,说:"你的好意我领了。这么好的手绢,我可不敢用。"紫丹也不坚持。

应季小菜按户拿,秋菜大菜以人分。保管、会计按照估产,算出每家最低应分量,现场给村民称萝卜。村民有的就近排队等待,有的远远守住一堆。轮到贺大头媳妇,不免又这长了那短了,计较不完。队长放下脸,说:"你家最后分。"

贺大头笑呵呵插进来,说:"就这堆,就这堆哇。"

再起苘子白。苘子白像个大脑袋,比贺大头的头还大。一夏一秋努力,苘子白长得和根秆极不相称。好在苘子白根秆筋脉硬朗,全力将这大脑袋顶起,似乎再长一天,这颗脑袋就要触及地面,寻求支撑。

壮汉力婆动作规范,一律直刺,苘子白应声骨碌在地。好后生一股气能刺几十个。女人们败下阵来,铁锹插进地里,给后生们行注目礼。

三画匠看着红火,从一后生手中要过铁锹,试着铲一个。只见他眼瞪嘴张,前腿儿弓,后腿儿蹬,使上吃奶劲儿刺了过去。谁知一锹未刺彻,锹头却被苘子白秆吃住,拔不出来。三画匠咿咿呀呀,摇头摆尾,不能如愿。

拉家常亲姊妹,砍苘子白把兄弟。七鼓匠见状上来帮忙,还是没有效果。一后生看得失笑，从反面一锹刺来，茴子白立马身首相离。哪知三画匠、七鼓匠毫无防备，一个屁蹲儿都倒在地上，大家哈哈大笑。黄丫头笑得最开朗，露出犀利的虎牙。

家家分了秋菜，每户根据情况，有的贮藏、有的腌制、有的晒干。

一冬一春，村里每个人都吃萝卜白菜。

有那知恩之人懂得，这明明吃的是李大爷的血汗。

秋收之后，看园子的小房子就闲置了。李大爷怕野兽牲口出入，用干草捆将门堵死。七鼓匠、三画匠有时来此地散步谈心，畅想未来。

天色已晚，忽见一男一女到来。他们先是抽出一捆干草，然后爬入小房之中，又从里边塞塞窣窣堵好。七鼓匠、三画匠蹑手蹑脚，像踩高跷似的潜伏到门口，一探究竟。

只听房内人说话。

"来了？"

"来了。"

一时秋风吹得呼呼响，没了声音。

过了一会儿，又听得二人说话，却听不清说什么。

忽然，那捆干草再次被抽开，男女互相扶持拉扯着出来。七鼓匠、三画匠弟兄俩悄不作声，目送二人离房远去。这二人，七鼓匠和三画匠都认得，是最熟悉的本村人，只吓得二人目瞪口呆。等他们走远，七鼓匠意欲进房去看看。三画匠说："没人了，你还看什么。"

三画匠嘀咕："他俩在一起做什么？"

七鼓匠说："不知道，只听他们念叨来、来。无趣。"

谁知那二人又急匆匆返回来，七鼓匠和三画匠赶紧隐蔽起来。男的抽出干草捆，钻进小房内，女的在外等着。一会儿，男的爬出来，一头柴杂混草。女的问："找到了？"

男的答："找到了。"

男的再说："没见过你这样的人，这也能丢？"

究竟是遗失了什么东西，七鼓匠、三画匠看不清楚，也猜不出。男女走出二三十步，就融入夜色中了。

眼下，三画匠和七鼓匠已经懂事。那二人等着分菜，和众人混站在小房子里。三画匠、七鼓匠对视会意一笑。那天晚上，这二人为啥在一起？现在怎么又一个头朝南，一个脸向北，好比陌生人？

第二年，李大爷五十八九岁，不再回村里。他在杏村劳动十七八年，特点就一个字："磨。"一天二十四小时，他能在地里磨三分之二的时间。

慢工出细活，积少成多。菜园子十五亩左右，年产各种菜近四十吨，统算下来，全村人吃进六百多吨李大爷种的菜，用老牛赛罕塔拉叔叔的度量，装十个火车皮还多。瘦瘦的李大爷，体重刚刚过百，这些菜的分量，相当于一万多个李大爷。

他去年就拿定主意。年轻人锹刺茴子白，他忽觉格外心疼，用手捂住才好些。他眼前幻化出几个小孩的身影，真是偷菜时嫌他们淘气顽皮，多时不见还有些想念。真希望他们永远少年，有好胃口。

李大爷慢步来到杏林东畔，恭恭敬敬拜了。天气已冷，树干夜间挂了霜。此时艳阳高照，一个个水珠结在深紫色的树干上。李大爷手扶杏树，霜露水凉凉的。十七年前的情景历历在目，是这一片杏林招住他，留下他。

李大爷自言自语，说："我李工没白喝杏东的水啊。"

　　村人三三五五送李大爷到村口。队长派了单套马车，李大爷摆手不许。实在相持不下，李大爷同意马车送他到十几里外的班车临时站点。

　　李大爷内心翻滚，脸面上却看不出。他一如既往，一个极恰帖的褡裢，如今好像难负其重，身子更弯。

　　大家说着闲话。有人说："李大爷坐车上吧。"李大爷说："走惯了，坐着不舒服。"就这样，李大爷伴着马车，杨大个步行赶着车，和李大爷一高一矮，逐渐消失在人们的视野。

　　昨天晚上，李大爷整理得齐齐展展，赤脚来到园子地。他干巴的双手抚摸着土地，不时抓起一把，放在鼻子底下，一股好闻的泥土味儿沁人心脾。李大爷喉结滚动，食道舒张，一握老胃提了起来。李大爷觉得把这土吃了，才过瘾。

　　土地啊。李大爷默默想，土惠人多矣。凡是草长鸟飞，春华秋实，究其根本，都源于土地。看这个小村，五谷杂粮、牛马骡羊，无不生于土地。水和土成泥，脱土坯，抹房顶墙壁，遮风避雨，功莫大也。

　　杏村一带有机土层极浅，不知集聚多少年才形成现在的样子。这里是阴山南麓，西北风从蒙古高原带来了难以计数的土量，摊到每片土地上，也仅有薄薄的一层。再往北，沙石更多，土层更薄，牧民逐水草而居，维持简单的牧业生产劳动。

　　地上打个窖，可以储藏土豆、萝卜、大白菜。家家户户，在院内或者大门口选择一处地方，挖一个筒子下去。两米多的深度，其间质地千变万化，有的是沙石，有的是胶泥，很是费力。最怕的是细沙层，立不住，一个筒子几天就会变成海滥钵，越早弃掉越好。

直筒打到底后，选择方向，一南一北横挖两个洞，大的放土豆，小的放萝卜、白菜，很是讲究。

李大爷知其奥妙，最早指导人们打山药窖。只要储放得当，这些难得的菜蔬可以一直接住第二年的新菜。这是杏村土地最无力也最无私的奉献，自己千疮百孔，冻得坚实，替人们护着可贵的维生素、矿物质和植物纤维。

至于掘地为穴，拱土为墓，那是人生最后的归宿。李大爷近些日子屡屡梦见老家的祖坟。每当此时，觉得一丝暖风吹过。他闭住眼，通体舒坦，心灵深处生发出一种依附感和追随感，祖宗们在向他招手。

塞外的坟与老家的坟截然不同。老家的坟地，青砖碧瓦，雕龙画凤，俨然另一个活的世界。杏村周围的坟，浅挖直埋，有墓无碑，极其简陋。本地不出产木材，一口棺材，板子薄到不能再薄。李大爷有时漫步转悠，看那死者之坟，甚觉为人卑微。新坟生土成堆，颇为刺眼。旧坟有形无势，几乎要袒露死者的胸怀。每想到此，李大爷犹如壮志未酬般不舒服。

李大爷收回了思绪和视线：不知生，焉知死？

静静坐在田埂上，李大爷恭恭敬敬抓了几把土，放在随身褡裢中，足有二三斤。远望杏林，安静得犹如一个入梦的少女，只有微微的呼吸、起伏。正是三五之夜，月朗星稀，李大爷见杏树林内人影攒动，老牛、田老太、马队长、马裱匠、巧灵、七鼓匠、三画匠、小哑巴、紫丹……一个人接着一个人，由南向北轻轻荡过，如走马灯一样。每个人都向李大爷招手。李大爷感动得想哭，却哭不出声。想和人们告别，却抬不起胳膊。

李大爷摇了摇头，眼前的人影淡去。他弯着腰走回村，进入自家的小院。大郎猫老态龙钟，连抬头嗅一嗅主人都觉得吃力，不能办到。

天亮，李大爷开门出屋，只觉门斗子里缺点什么。稍作查看，不见大郎猫的踪影。李大爷觉得此猫近些天精神头大减，只要有机会，它就牢牢盯着李大爷，似乎要永永远远将大爷的形象印在脑海。李大爷不紧不慢，边走边呼唤，最后成了苍老而无助的哭腔。他知道：大郎猫，走了。

李大爷路过二没眼住的小村。

二没眼好像预先约好似的，站在高处望李大爷。两人相距二里地，不说话，不招手。李大爷停顿了一会儿，按照原来的速度行进。

翻过这个坡，再走一二里就是班车的停靠点了。

李大爷走上山路最高处，顶天立地。

二没眼嘀咕："李老汉，他，不会再来了。"

农村有历史变革，李大爷又没上来，杏村的园子地种了庄稼。不过几年，此地严重盐碱化，与愣韩抹房的取土地连成一片，变成荒滩。那个小房子，孤零零立着，阅尽小村春夏秋冬，各色人等。半年风吹雨打，顶塌墙倒，颓然残破。只是石头根基还在，碎坯乱土围压，可以看出一个轮廓。三画匠、七鼓匠已经高中毕业，准备考大学，初次迎战，满脑子糨糊纠缠不清，没兴趣关注这间小房。

村人吃惯了各种蔬菜，就在自家院内种。只是懒得天天挑水浇灌，菜的品相差些。李大爷种菜的实惠、便捷和热闹，不再回来了。

李大爷渐渐淡出村人心脑。

第十三章　军民一家

经历了沈家打发义父和李肉蛋家画墙围事，三画匠、七鼓匠脱了几分小孩气。

三画匠觉得自己越长越英俊，可惜一无军挎，二无军帽，出去就牛不起来。

村里最早是八木匠背军挎、戴军帽，神气无比。军挎尚有离身之时，那顶军帽，他从早戴到晚，睡觉时也面朝天，不摘掉。还嫌不张扬，他把旧书报折成二寸宽的厚纸带，围一圈装在军帽里檐内，帽子就高出许多，展括许多，犹如将军一般。帽檐软，找几十个大头针，顺着外棱一个挨一个扎进去，帽檐就像一把锹头强硬。一排大头针的头卡在外面进不去，闪着银光。

恰有巡回照相的小王驾轻骑来村，八木匠头戴军帽，斜背军挎，领到杏林照相。小王也牛气，自己骑"红公鸡"先到，八木匠十分钟后才步行走来。设计半天，八木匠拍了站立和单腿跪两张照片。一般情况，小王下次才能将照片带来，八木匠却要当天印出，不管多少钱。小王扭捏半天，在他家吃了饭，指挥他把门窗堵得死死的，一点亮光也不透。小王让他洗一块玻璃留下，将他撵出，自己操作。

好不容易听得屋里有声音，小王从里打开门，一应工具已经收拾妥当。小王拿一块玻璃，上面贴着四张照片，说："这是照片，等干了自己掉下来，千万别手抠。"

八木匠千谢万谢，就要付钱。小王说："如说付钱，你就亏了。不说工夫，只是单独的药水和耗电，你这照片就贵许多。咱们都是手艺人，烦你给我照样打个专用曝光匣子吧。"

八木匠一看，图纸画得细致，更有几块磨砂玻璃、镜面需要装上。初看，没十来八天做不出，还得贴料。隔行如隔山，八木匠自悔要照片急了点。

送走小王，他翻转玻璃看那照片。只见初春杏林，颜色深黑，占满照片。虽说是二寸照片，却气象万千。树干树枝错落有致，富有质感。时间正是当午，杏枝明暗对比鲜明。真得佩服小王好技术。再看八木匠，身材修长，衣帽整洁，军挎带子斜压上衣，显得沉稳。八木匠越看越高兴，自言自语："军帽军挎，世上最棒。"

三画匠、七鼓匠心中艳羡。幸亏有种菜小李，他们就打他的主意。

他们先是帮小李干活，争先恐后，不遗余力。后送小李酸毛杏、麻奶奶、霉麦等吃食。最后使了美人计。

正是六一儿童节，学校放假。三画匠、七鼓匠好说歹说，领着黄丫头和巧灵给小李打扫卫生。小李看见两个女孩，脸红脖子粗，颇是不安。好在小李平时干净，只不过随便到处擦擦。

小李有全套锅灶家具，他们自己做饭。平时村民动干锅，做好饭，打发孩子给小李他们送过来。今天，三画匠和七鼓匠每人拿了两颗鸡蛋。

"小李，这是几颗鸡蛋，送给你。"

"鸡蛋我有。"

"你有是你的,这是我和三画匠送你的。"七鼓匠在"我"和"三画匠"几个字上加重了语气。

黄丫头就觉得三画匠和七鼓匠讨厌:"事先不说,说的话我能拿更多。"

巧灵是愣韩的女儿,从小跟姥姥生活,放假才回村住几天。巧灵说:"我看地里有韭菜,我给解放军叔叔捏鸡蛋韭菜馅饺子吧。"

三画匠和七鼓匠并未安排这样的程序。黄丫头也甚感惊讶,觉得巧灵不过和自己年岁相当,还会做饭捏饺子?

小李听巧灵叫他解放军叔叔,越发手足无措,说:"韭菜也多,鸡蛋还有,咱们一块儿吃。"

说时粗略,做时细腻。不大工夫,巧灵和面、切馅儿、擀皮儿、包捏,小屋里这里十个、那里八个,摆满了饺子。三画匠、七鼓匠欲上手帮忙,小李坚决制止。

一顿饭吃得亲亲密密,欢愉无比。另外两个战士年龄更小,笑得合不拢嘴。巧灵和黄丫头纯洁无瑕,三画匠和七鼓匠心怀鬼胎。

饭后洗刷,小李独自完成。三画匠说:"巧灵、黄丫头回去吧,看你们家大人着急。"黄丫头和巧灵就离开。

小李发现,三画匠和七鼓匠似有所求之事,就说:"你俩还有什么事?"

二人扭扭捏捏,最后还是七鼓匠隐忍启唇,说:"李哥,你们是不是冬装换夏装呀?"小李也是聪明人,就说:"没问题,旧军帽给你,我和司务长说,拥军爱民了。"

七鼓匠开口大乐,却控制着不出声。三画匠咳嗽半声,着急说:"我要军挎。"

第十三章 军民一家

小李口音浓重地说："中！"

另两个说："我们是新兵。"

一日下午，短时间开来四五十辆军车，停在杏村东沟东面。最引人的是十九管火箭炮。这武器，亦车亦炮，炮管排列整齐，不知有多凶猛的火力。

部队营长拜会马队长，如此如此，说得清楚。

马队长当即把民兵排长找来，学战争故事片的派头，说："部队今晚实弹演习，你归部队指挥调遣。再把村中艺人集中到姜皮匠家，随时拥军服务。需要村里支援，你也直接安排。"

马队长回身对部队首长说："军民团结如一人，今天的饭，村里包了。"营长坚决不同意，队长再三表达。营长无奈说："这是全要素演习。做饭吃饭也是项目。"

事已至此，队长不能坚持。傍晚安排沈家三兄弟炸了二十斤面的麻花，装到军车，说："不全要素演习时吃！"

"军队离不开群众，离不开手艺人。陈毅元帅说'淮海战役是用小推车推出来的'，小推车怎么来的？是手艺人造的嘛。"营长像是天津人，个头高，嗓门大，摊着手说。

众人大笑。

民兵排长和部队官员，互致军礼告别。排长把一应手艺人集中到姜皮匠家。大家闻见熟皮子味道里有柴油燃烧的成分。

马队长见老牛蹲在柜边，笑说："刘排长，你把这老汉叫来干啥？莫非部队还炒一锅莜麦不成？"

大家哈哈笑。谁知全要素演练，真还有炊事班在炒房做饭，村里人都不知道。唯有老牛鼻子一抽一抽，断的炒房生了火，想前去帮忙，不能靠近。

不大工夫，部队炊事班做了饭菜，油香就着菜香，弥漫村东。三画匠、七鼓匠听说战士打仗吃压缩饼干，并未发现。刘排长带领民兵，说话还是"然后"来、"然后"去，执行警戒任务，防止外村人进来，不许本村人靠近，像模像样，不差毫厘。三画匠、七鼓匠眼看不能上前，就登上小北山，抢占了高地。

正在兴高采烈，不想一个战士哨子吹得"嘟嘟"响，跨前一步，立正站着，拿两个旗子比画，三画匠、七鼓匠懂不得，不能理会。又见两个民兵从西侧荷枪实弹，迅速包抄过来。

前面的老民兵素来对这几个小孩子不感冒，有效射击范围内，这民兵忽然拉动枪栓，故意骂："你们这是扑死了？！"

几个孩子知道不妙，慌忙顺东坡跑下来。民兵再骂："给老子往西！"

驱散了三画匠、七鼓匠，老民兵和那打旗语的兵遥相比画，战士一板一眼，老民兵乱七八糟、恍恍惚惚。

半夜，忽然火炮齐鸣，震耳欲聋。开始七鼓匠还记着数，明天好和人们夸耀，一阵工夫，炮声相连，不辨多少。他跑到院内，只见村东早成了火海，烟雾弥漫。侧耳细听，能感觉到炮弹出膛的"嗖嗖"声。他穿得单薄，觉得裤腿腰间的空气被抽走，心中暗想："离得近点儿，说不定身上的哪一件东西被吸走。"不由得夹紧了双腿。

打了二十几分钟，一下子没了炮声。

演习部队没有需求，手艺人干等。姜皮匠老婆翻出一副老牌，

第十三章 军民一家

几个人凑在一起编棍儿。

这老牌,牌形薄硬方长,宽有两指,长达一拃,纸制,摸上去如半干的柳叶。牌上图案七奇八怪,自有规制。大家围坐,一手持牌,牌的下端在掌内叠加,牌的上端叉开,有的挺齐整,有的很随意,犹如执着一柄骨老面破的竹扇,又像慈禧的套指氽开,很是张扬。

平日编棍儿,带些输赢,如今大军压境,不敢造次,只是赢挠瓜儿。也有扣住牌不出的,也有耍伙的,也有偷看眉目传信儿的。最喜脸上表情,明知不赌银钱,偏要争个强弱胜负,不管双眼皮还是单眼皮,一概绷得展展的,生怕露看了牌点儿。郝裁缝远坐后炕,几把看下来,田老太、老牛互相搭照,输得最多。田老汉很是兴奋,铁面无私,频出凸手,把田老太弹得"嗷嗷"叫,至于变脸摔牌。田老汉忽然醒悟,这是自己的老婆。

田老汉再弹老牛的大头,使出吃奶劲儿,弹力还是不足,犹如鸡蛋碰碌碡,毫无动静。谁知这一把田老汉输牌,老牛大手巨指,钢骨铁筋,中指恶弯猛弹,"咣"的一声,竟如牤牛顶过,炮弹射来。田老汉额头登时激起一个血疙瘩,只觉巨疼钻心,天旋地动,忙抽身退出战场。老牛大有为田老太报仇之快感。忽觉一股皮子气侵袭,原来是姜皮匠上手收了牌,说:"时候不早了,歇歇吧,再耍出人命呀。"

田老汉苦望钟大夫,说:"给上点药,怕化脓。"

钟大夫笑说:"皮不开,肉不绽,细菌进不去,化的哪门子脓?"

终于见他可怜,打开医药包,给抹了点红药水。大家再看,田老汉犹如丹顶鹤一般。

匠者

晚上七鼓匠一时睡不着,心想:"打完炮弹,必落弹壳,不管铜铁,捡来卖钱是不错的。"天亮之前,他挟着一个麻袋,悄悄出门探索。

有了白天的经历,七鼓匠先是看周边有没有警戒,细细巡看一圈,并未发现战士和民兵。他再琢磨,几十门大炮轰了半天,弹壳何止三五十个,就来到三画匠街门口,用暗号学乌鸦叫,将三画匠唤出。二人相伴来到东沟东畔。

忽然有人耳边喊:"站住!"

二人吓了一跳,夜色中细看,原来一棵树下站个战士,身影和树干重合,不到跟前看不见。

二人哆哆嗦嗦,说:"我们是杏村的,自己人。"

战士再问:"天还未亮,你们干啥?"

"我们捡粪。"

战士不再问,放二人通行。

三画匠、七鼓匠正转三圈,倒转三圈,一个弹壳也没有,未免失望。

"三哥,解放军把这战场打扫得也太干净了。"

"你说得对,这弹壳要是让特务捡了去,就泄露军事机密了。那年霍铁用弹皮给紫老师打刀,你记得吧?"

"记得。活该霍铁。"七鼓匠两只手互相摸摸。

正在寻找,听得远处金属声,"哗哗啦啦"。二人循声走去,声音发自霍铁院子。只见霍铁一盘黑脸,开着两线细眼,上下眼睑犹如挤死一般。霍铁倒腾来倒腾去,一会儿弯腰,一会儿"哼哼呀呀"直起身子。再看霍铁翻动的东西,像一个中空小炉盘,只是极薄。他见二人进来,爽朗地说:"请示了部队首长,这些保护片,人家不回收。"

三画匠、七鼓匠不知道，昨晚部队发射的不是一般炮弹，而是火箭弹，发射后没有弹壳，只留一个薄薄的圆钢片。

二人告别霍铁，重新回到沟东。此时天已微亮，二人瞪大眼睛，终于看见三五个。可怜七鼓匠，左摸右触，断定这保护片不烫手，才拿起来。

杏村周边驻军久了，大家就常常议论军情。

马裱匠不知哪来的消息，到处讲述："那狗熊胆敢发起战争，只要我军边防部队打回电话，守备师顶半个小时，张家口的野战军集合，上了车，这个战争我们就赢了。"众人笑他过于庄重，却也佩服马裱匠的逻辑和推测。

孩子们则议论冷弹、吸氧弹。七鼓匠说："敌人打进我新疆无人地区，我军放了一颗冷弹，敌人全部冻死。正在撒尿的，尿线结成冰棍。"其他孩子们大笑。

七鼓匠煞有介事，说："外交部发表了一项声明，刚刚试验了一颗核武器。敌国吃了哑巴亏。"

八木匠也收罗了一些奇闻。他说："又有一次敌人入侵，我军放了一颗吸氧弹，一时间方圆百里的空气被吸空，敌人因为没有空气全军覆没。"

黄丫头问："空气都吸走了，那剩下什么？"

这个终极问题好像把八木匠顶到沟底。七鼓匠想帮个忙，奈何回答不了。黄丫头深深剜了他一眼，眼白像两颗和田玉珠在眼眶里整体移位，转了半圈。最后，黄丫头上下眼皮轻蔑地合住，把七鼓匠关在了外面。

其实这些话都是民兵排长说的。一日正吹牛，田老汉问："喇叭广播过吗？"排长说没广播过。田老汉义正词严，说："要是假的不能相信，要是机密不能泄露。"民兵排长无话可说，慨叹："只要是没理，毛毛虫都可以训你。"

第二天天亮，村人们发现炮车已经无影无踪。

部队留几个官兵善后，先是向队长道歉，说影响了村民。队长说哪里哪里。又说辛苦了民兵，民兵排长说应该应该。

部队官兵再说："时间仓促，我们也不检查了。看村子全是土房，实弹射击后，未免坯土、门窗松动，有劳队长统计修整。"

不等官兵说完，马队长就安排："这也不用部队考虑，我有泥匠、木匠、铁匠。前年唐山地震，杏村三五天就加固结实。"说着，招呼愣韩、八木匠、霍铁上前，算是接受了部队的检阅。官兵说："难得这么多手艺人。"大家都很自豪。

忽看见老牛和田老汉墙边站立，官兵笑问："这两位是什么手艺人？"

田老汉先是拘谨，再想子弟兵，没啥可怕，就款款上前："这位是炒莜麦师傅，疙躁人得很。我嘛，会压粉的二师傅。"官兵并未听懂他的话，见村民笑，也跟着咧嘴儿。见官兵看他额头上的红包，田老汉虚虚地用手遮住。

部队官兵整队，上前几步，送村里一面锦旗，上面的大字是："解放军学全国人民！"

队长接过锦旗，有些紧张，后悔村里没给部队准备礼物。正在自责，却见郝裁缝款款上前，说："村里将我们手艺人集合起来，一夜没干什么。难得的机会，我们绣了锦旗。"

马队长大喜过望，双手颤抖着接过来，顺势展开，上面的大字是："全国人民学解放军！"恰与军队送的配成一对儿。

原来几个老手艺人也是有见识的，看着昨晚的情形，知道是大举动，决定给解放军送锦旗。

"你们也别想，就绣'全国人民学解放军'。"马裱匠说。

几个能上了针线的，连夜做成。部队文书多年写字作文，猛然发现杏村所送锦旗，竟然有刚刚公布的第二批简化字，暗赞村中有文化高人。

部队负责的又要留钱，说是青苗损失费、家禽家畜补偿费什么的，马队长坚决不要，只是说："首长要是方便，给几块儿压缩饼干，我们尝尝。"

几个战士就打开绿色木盒，里面蜡纸包裹压缩饼干。战士拆开纸，递给在场人一人一块。

队长郑重其事说："少吃点儿。吃了不能喝水。不然肚皮放了炮我不管啊。"

七鼓匠偏不信这个邪，吃完之后故意喝水，一天过去，也没发现明显异常。

其他手艺人一夜无事，未免失落。谁知临别之际，部队一年轻排长打嗝不已。钟大夫上来说："我有绝招，你忍一忍，立马就好。"

只见钟大夫用酒精消毒，双手固住排长头颅，大拇指只抠他双眼眶骨内上侧。排长疼得厉害，想要挣脱，钟大夫更用力。不到一分钟放开，不嗝了。

众人说："钟大夫偏方土方一筲箕，手到病除。"

年轻排长擦擦泪水，拱手致谢："杠杠的！"

即将登车，年轻排长又嗝了几声。钟大夫双手岔开，要抠压，排长摆手谢绝。

忽听古车豁子大喊:"排长,这儿有颗炮弹。"只见排长反身扑来,却不见炮弹踪影。古车豁子憋着不说话,静等半分钟,问排长:"你还打嗝不?"排长经此刺激,一声也不敢嗝了。

众人这才上前解释,排长有些懊恼,有些可笑,又有些感激,说:"下不为例!"

手艺人给杏村争了脸,马队长无比高兴,连连夸赞。马队长思谋:"发奖状吧,没有授权。给东西吧,没有规定。"他眼前突然一亮:县里正在赶交流,就让功臣们转一转。

马队长论功行赏,姜皮匠、郝裁缝、沈家老大、钟大夫、马裱匠、老民兵获准此行。队长说:"古车豁子吓唬部队年轻排长有错,止住他打嗝有功,功过相抵,允许你赶车同行。"

杏村两辆三套马车全部出动,直奔县城。县城毕竟是县城,一条柏油路纵贯东西,路两侧不是机关,就是店铺。也有来过的,也有没来过的,大家慢步逛街,轻松叙谈。交流会正在高潮,唱戏的、耍猴的、变魔术的、卖布的、炖羊肉的、镶牙的、打气枪的、卖瓜子的,七行八当,应有尽有,摆摊设点,毫无规律。郝裁缝城关居住多年,一路遇见熟人,不断打招呼。中午,他领大家进国营食堂,给每人买半斤馅饼、一碗鸡蛋汤。

谁知老民兵和古车豁子同吃十个饼。古车豁子长年出车,嘴快,每回夹两饼,说:"一次两张,香死老张。"老民兵细嚼慢咽,每回夹一个。古车豁子快要吃掉四张饼,老民兵正好吃完三张。老民兵想:"若是这样吃法,十张饼子古车豁子将吃六张,自己有亏。"说时迟,那时快,老民兵下狠心,将三张饼子全夹起来,叠住咬了一大口，说："一次三张，气死老张。"

风卷残云，集合回村。

"吃的饭也多了，没吃过这么润的馅饼。烫嘴烫嘴的。"马裱匠说。

老民兵意犹未尽："可喜鸡蛋汤，蛋花比马队长的单眼皮还薄。"

马队长说："可有比我眼皮薄的了。"

古车豁子不计较刚才一张饼的亏空，长鞭轻甩："香倒是香，不见老板娘啊。"

"哈哈哈哈。"

1979年自卫反击战拍了新闻纪录片，三画匠、七鼓匠看见其中的武器，带着无数条火蛇射出去，正是杏村沟东所见。

后来国家调防，驻军越来越少，小李不知去向。1985年百万大裁军，杏村西北驻军成建制撤销。

第十四章　愣韩大局

村的北坡，住着愣韩。愣韩院落两边，无其他人家居住，显得突兀霸气。

愣韩的三间房盖得坐北朝南，齐棱展檐，器宇轩昂。东西支扩出对称的两个圆圙，犹如厢房，很是气派。二没眼听闻此事，嘿嘿笑，说："此地就需要个愣货镇着。"

进入家门，正中是堂屋，收拾得清清爽爽。西边屋子愣韩和媳妇住。堂屋东墙上开着两个门，靠北的进去，是闲房，开一东小窗照亮。靠南的进去，是个小屋，小炕小灶，是愣韩母亲和女儿巧灵的住处。

愣韩身体犹如刀劈斧砍，恰似一尊未完工的雕塑。他早晨一般起得很早。推开自家堂屋门，全村基本在他的视野范围。愣韩居高临下，涌动点类似皇帝御览宫殿的心绪。此时，有的人家关门闭户，被圈的猪鸡眼见天明，急着吃早食、要自由，叫声不断。有的人家已经生了火，炊烟袅袅升起，满院生活气息。

愣韩东西环视，他要是稍稍有点文化，或许会说："这是朕的江山。"

可惜愣韩只识字，没有一点儿文化。

愣韩有的是劲儿。

碾麦场面的石头碌碡，只要他弯腰请动，地球就没了吸引力。他像搬一个大冬瓜或者荞麦皮靠枕一样，将这碌碡随意挪地方。田老太和其他老太太看着，又是喜欢，又怕碌碡掉下来砸了他的脚，满嘴"啧啧"，一惊一乍，齐声说："放下吧，放下吧，知道你劲儿大。"

愣韩抱着碌碡不放，故意停滞一会儿，脑袋左右转转，头撅得红菜菜的。

去年，国家宣布既无内债，又无外债，村里添了几辆自行车。村民骑自行车比赛，别人还没蹬到最快的速度，愣韩已经屁股左一旋右一旋，上了东大梁的顶端。等再回到起点，队长媳妇许舞心疼她的自行车，骂队长："不经我允许，你甚也让他骑。"

贺大头媳妇说："甚也让他骑？不能哇？"

队长媳妇知道贺大头媳妇戏弄她，也不理会。她接着说："上一次他骑完，我找古车豁子膏了半斤黄油，还是不活泛。"

贺大头媳妇"扑哧"笑出声来，说："什么也不是，我看是旧了。"

队长媳妇看她神色怪异，故意引大家关注，就上来扯她的嘴。贺大头媳妇身子一闪，外撇着腿逃跑了。

反回身来，队长媳妇对着愣韩的膀子就是一巴掌。愣韩纹丝不动，她反倒被顶了个趔趄。她站定后说："不是你的东西，你一点也不心疼，这么大的二八车子，让你骑得像个啵儿嘴毛驴。"

愣韩说："不是比赛吗？以后再也不这么骑了。"

队长媳妇说："呸，还以后？癞蛤蟆想吃天鹅肉。"

话到此，队长媳妇就不说了。谁知田老太是有强迫症之人。她知道这是一句歇后语，后边还有半句。田老太让她的半句话憋得难受，就笨拙地比画着动作，说："肚皮朝天瞎思谋。"

众人没料到田老太有这么一出,先后笑起来。许舞趴在车座子上。贺大头媳妇一手揪住车后倚架,一双泪眼看着田老太。队长有些苦笑,双手没有放处。田老汉很是尴尬,觉得自己老伴儿动作俗气,语句不雅,颇有家丑外扬之痛。老牛看见田老太可怜,收敛了不少,眼睛有些迷离,脸上几乎看不出在笑。愣韩不知道大家笑什么,赔着皮笑肉不笑。三干头高声大笑,媳妇看了他一眼,马上止住。三干头媳妇手里玩着真丝手绢,鄙夷地浅浅一笑。

书归正题。

杏村草建,人们只是就地用普通土泥脱坯子盖房,再抹实房顶、外墙。一年风吹雨打,第二年必须在房顶、外墙上抹泥,否则土坯椽栈裸露出来,走风露气不保暖,房子不安全。人们对此不经心,就近取土,土质粗疏,黏性不大,抹完房顶外墙后,雨水一冲就带走一层。

愣韩脑子痴滞,凡事爱追探究竟。远处走村串队后,得知别村人们用碱土和大穰抹房。这天夜晚,愣韩居高而望,天上地下巡察。愣韩听喇叭说,中国人造星上天了,也不知道是哪一颗。愣韩心想:"世上事,再难还能难过人造星上天?"

第二天,愣韩步走二十几里,请教邻村老年人。一老年人说:"碱土地下埋,地皮白花开。你要找碱土,一看地皮颜色泛白,二看土上苗草稀疏。尝那表皮泥土,涩中含腻,深挖地下,三尺之内必有碱土。"

愣韩听得仔细。老人继续显摆,说:"你可找对我了,我原本是矿石勘探技术员,非给我戴了个帽子下放这村里。这碱土,干时收缩紧实,坚硬板结,风吹不走;湿时膨胀胶顽,雨冲不掉。何况碱土比一般泥土密实，抹房顶和墙壁，最是冬暖夏凉。"

愣韩半懂不懂，继续探话，问："他们给你戴了个什么帽子？"

这老人立马变了脸色，不愿再聊，说："找你的碱土去吧。"

愣韩看那人容貌长相，下眼皮浮肿，头发、鼻子和常人不一样，心里乱猜了一气。

愣韩就在村四周寻找碱土。端看品味后，专门揣了泥土找了那技术员。那技术员一口一个"屁爱吃纸"，说得愣韩云遮雾障，一知半解。一连挖了三四个直筒子，终于在村西三四里的地方找到上好的碱土，在杏林的西北。愣韩像考古学家挖出汉墓，地质学家找到金脉一样高兴。

他不动声色。

他在布一个大局。

愣韩决定带礼物出去拜师。

他不敢让媳妇攒鸡蛋。一来他媳妇嘴长，心里藏不住话，怕扰了他的大局。二来这女人自从嫁过来，夏秋季节天天早晚开水泼一个鸡蛋喝，说是她妈交代，身虚气弱，必得这样才能补个一二。她还说："我妈说了，女人的地位是争出来的，在婆家务必立场坚定，不让毫厘，时间长了就习惯成自然了。"

愣韩见自己媳妇皮嫩肉实，别有韵味，自是愉悦，日夜恨不得捧在手心，也就谨让着。何况本身自带三分愣，有些道理愣韩也就理不清了。

半个月后，愣韩他妈给他攒了三十个鸡蛋，他去供销社买了两盒太阳烟，步行三十里，拜访方圆几十里著名的泥匠——二奎子。

乌兰察布高原，天气变化无常，愣韩按节令还穿着薄棉衣。这天，风和日丽，愣韩开始浑身爽快，不长时间就觉得由里往外热。时不时有步行的、骑驴的、赶车人的人与他相遇，不管认不认得，都互相打个招呼。

二奎子本是山西忻州人士，祖传泥匠，年轻时随祖辈来到口外。二奎子记得，老家人一辈子最讲究房舍，不吃不喝也要建处院落。口外，二奎子看四村五里，人住的家低矮窄憋，不如牛棚马圈。二奎子知道，这里人们大都逃命而来，能够活着，无土匪兵寇惊扰即可。大家都将就着过日子，等时机，美好的欲望被压制了。

二奎子住房的建材也一般，但是四棱四角，抹得讲究，觉着舒服。

二奎子话锋犀利，语速偏快，两人相谈甚欢，抹房节令、观察天象、挖取碱土、运土回村、土水比例、大穰数量、抹泥薄厚、力道劲气、抓子形制、泥叶式样、锹头大小，乃至和泥诀窍、铲泥姿势、撩泥上房、凳板铺设、泥底清理、剩泥处置，等等等等，一直谈到天黑。

愣韩专门拿了纸笔，用只有他懂得的符号图案做了笔记不说，又用不少符号图案做了提醒说明。

二奎子见愣韩虔诚，就留他在家住下。二奎子也是善人，命老婆把只下蛋母鸡杀了招待愣韩，老婆有些不愿意。二奎子说："难得他这么远来拜师。你不见他拿着几十个鸡蛋，你一半或煮或炒，我们吃。剩下一半孵鸡娃，三五个月长大不够补你这一个母鸡？"

第二天，天气更暖，二奎子带领愣韩把整个流程走一遍，有的手把手教，有的不厌其烦说明。也奇怪，愣韩晴天对半，阴天七成儿，唯独对这泥土行有缘，三两日下来，俨然一个老师傅，成竹在胸。

临别，二奎子对愣韩说："愣韩，技术是全教给你了。告诉你说，我要不是学会铲大穰泥，这一辈子不知道要受多少笨苦。俗话说，师傅领进门，修行在个人。只是你功成名就时不忘师傅就行。另外告诉你，千万注意力道，该用劲用劲，该使巧使巧，可别把人家房顶乭塌。"

愣韩三拜而别。

回村路上，他一直噘着嘴吹口哨，全是民间调子，有不少是鼓匠班子曲目。愣韩不通音律，对大鼓匠有独特的好感，随班听唱时坐在前排，手托苦腮，痴痴的，脑海里想象着故事的情节和场面。有人问他唱的是什么，他说："想什么，是什么。"噎得人无法答对。

此时愣韩有些惋惜，心想："当泥匠后，忙得不一定有空听大鼓匠演唱了。"

愣韩的口哨有时欢快，有时忧伤，全凭自己掌握，富有跳跃性，并无规律。几只鸟跟着飞，"唧唧唧唧"叫。

过了小南山就进村了。从这个角度看自己的家，确实略高一筹，竟胜过队长和排长。村里没有路，愣韩沿场面西、队房东、请示台西，一直往北，歪歪斜斜，跨街插巷，穿村而过。到家门口，愣韩的一个曲子没有结束，就在门外坚持吹完。

愣韩回家，母子相见。母亲感觉儿子学艺的事十有八九成了，欣慰一笑，脸上的皱纹更密更细。愣韩不吱声，伸手交给母亲一个麦秸编成的小笼子。母亲不解其意，他示意解开，里面竟包着一块炖鸡肉。原来二奎子杀鸡给他吃肉时，他感到自己记忆中，老寡母没有吃过鸡肉，就暗暗藏了一块。

当时他脑子固执地思考，我要对我妈好，也不能诳师傅。随后他就不再吃鸡肉，只吃土豆，等于是从自己口中省下一块肉带给母亲。他怕脏了肉，原想先放在师傅家中，离开时攥手里，带给母亲，又觉得不合适。愣韩忽然看见满圐圙的干净麦秸，编蝈蝈笼是他的拿手好戏，就给那块肉编罩了麦秸笼挂起。如今他手提小笼，步走三十里，给母亲拿了回来。

愣韩母亲看着鸡肉，双眼"叭嗒叭嗒"掉下大大的泪珠："我的愣儿啊！"

愣韩也哭了。那年，母亲参加场面脱谷大会战，队里半夜炸油饼、炖羊肉。愣韩母亲惦记自己的儿子吃不上肉，嘴里含块儿羊肉回来，愣韩囫囵吞枣咽了。愣韩母亲终是舍不得吃，低头见小土狗仰头观看，就一手托起狗头，一手将鸡肉拢喂到它的嘴里。小土狗得了肉兴奋地摇着尾巴，但不知道这母子之间发生了什么。愣韩母亲看见儿媳妇探了几次头，她就提个四系筐子，带上院门走了。

第二天早晨，愣韩怀揣二十个鸡蛋，来到队长家。

愣韩平日不进队长家，见屋里宽敞干净，有些紧张。他身穿右钉扣棉腰子，下摆理入大裆棉裤煞紧，鸡蛋斜着放在里边。谁知来到队长家，一时无法取出。队长追问："你这怀里什么东西？"

愣韩哆哆嗦嗦，说："没啥，鸡蛋。"

队长说："你来就来哇，非要拿点东西。你拿就拿吧，偏偏藏密在腰子里。你这破衣烂衫，将来我们吃着也不下口。"

愣韩说："你看，我拿也拿来了，你就收下吧，就等于我妈捡鸡蛋，不小心跌了地下，让狗舔了。"队长大骂："你们全家才是狗了。"

队长媳妇庄重大方，此时却无所适从，只好拿了小篮篮过来，站在愣韩面前等着。愣韩小心翼翼，一个一个往外掏。队长看着失笑，说："快，爷给你掏哇，还能把你怎了？"

愣韩怕痒痒，扭扭捏捏躲闪，不让队长上手。

谁知队长媳妇刚梳洗打扮，满脸油气，甜腻无比。再看她上身穿蓝花花小袄，紧绷绷的，下身穿红花花吊裤，俏整整的。愣韩不免浑身燥热，出气粗快。恰在此时，愣韩肚子隐隐觉得长布裤带有些松弛。他加快取鸡蛋的节奏，恰恰提升了腰带松开的速度。还有三五个就取完，腰带彻底散开，左右布头不再联结。

眼看大裆棉裤就要脱落，愣韩只能手抓裤腰，提了上来。不想那三五个鸡蛋顺着愣韩的裤腿，骨碌骨碌聚集到裤腿口。队长又骂："你他妈的这不是给我送东西，竟是来耍流氓了。"

愣韩满脸通红，几下把腰带煞住，弯腰解开腿口的橡皮筋，费力把鸡蛋掏出。谁知有一个没掏利索，愣韩只轻轻一挨，"叭"的一声裂破。愣韩感觉到蛋清蛋黄的清凉。

一时没了举措，队长媳妇把狗叫进来。那狗闻闻，龇牙咧嘴伸着长舌，将蛋液三五下舔尽。未等小狗走开，愣韩就羞愧难耐，急急转身离去，一头撞在门楣。

队长大声喝住，说："你大清早来这么一出，老子还没教训你了，你急走什么？别说，真还让你说准了，鸡蛋让狗吃了。"

队长媳妇把装鸡蛋的篮篮放在柜顶，说："有啥话你说了哇，知道你心是好的。"

愣韩拿捏半天，说："队长，我学得一门技术。"愣韩歇了歇，咽了唾沫，接着说："从今后，村里公私房舍，抹房顶和外墙的营生包给我吧。"

队长觉得意外，就说："那好啊。"

"队长，我已经暗暗观察了几年。我村抹房，最好在六月。早了，天气还冷，水淋摆带的不合适。迟了，下雨房漏不说，天晴天阴不定，无法安排。"

"这还用你说？多少年不就这样下来的吗？"

"还有，抹房不能就近取土，一来坑坑洼洼不好看，二来土质疏松，抗风防雨不久长，'屁爱吃纸'也不合适。我找得一片地，地下有碱土，今后需用碱土抹房抹墙。"

"怪不得刘排长说你最近反常，问你做什么，你说挖黄鼠、挖甜草苗，原来你是找碱土。难为你了。从今年开始，村里由你带人，统一抹泥。"

愣韩喜不自禁，怯怯地问队长："那工分……"

"这不用你惦记，不亏你就行了。"

临走，许舞将他拉到西屋，屋里黑洞洞、凉飕飕的，愣韩不知所措，甚是紧张。队长媳妇暗中靠近，交他一管东西，摸他的手，说："看这涩巴狗茧，皴的。"愣韩喘气如牛。

"队长这几天腰疼。"

愣韩热血上涌，心想："队长腰疼不腰疼，与我何干？"

"你把自行车给我吊起来。"队长媳妇指指房梁说。

愣韩的心率立刻恢复正常。他适应了闲房的光线，见房梁垂下两根粗绳，绳头有铁钩，用布缠了。他把那管儿东西揣在腰子里，左手轻提自行车，右手找钩子，一钩钩把，一钩钩倚架，挂稳当，心想："针尖削铁。越是有钱，越是小气。"

愣韩一身冷汗，与队长告别，队长早已不在家里。回头看队长媳妇，油亮头发，三七分开，几个一字小发卡，泛着新黑，将头发拢得精精致致，显得更加俊俏。她不理愣韩，正用无名指轻揉迷离之眼，说："刚才垒了垒。"

愣韩长舒一口气，夺门而去。再掏腰子里的东西，原来是凡士林油。回身望,许舞面带喜色,队长回来了。

队长性急,刚才就和会计商量,抹房这营生苦大费力。抹房季节,愣韩每天记十二个工分,其他小工记十个工分。愣韩听了之后十分满足,且退且离开。

愣韩走后,队长媳妇怎么想也觉得恶心,再加几个自家鸡蛋,手提篮子到代销点把鸡蛋卖了。

柴红脸说:"你家也卖鸡蛋?"

"亲戚结婚典礼,凑几块礼钱。"

柴红脸用手托着秤砣,尽量往后移,故意让队长媳妇看见。算账时,又去零取整,多付了钱。

先是挖土。

愣韩带领几个人,路过李大爷的菜园,路过杏林,拿着钢锹来到那片地。

旷野,凉风带有暗暗的热气。树木已经变绿,小草开始发芽。远远的耕地,凡是种小麦的,都泛着淡绿。空中飞着百灵、画眉,搞不清是已经做窝,还是选择巢址。喜鹊和黑老鸦含着柴棍儿飞来飞去,在附近的杨树枝上造屋。

愣韩说:"我师傅说,新年不用旧土。旧土风吹日晒,挥发了。大家下死力气挖,挖出碱土,那时再听我指挥。"

愣韩不脱离劳动。他把外衣一甩,只穿一个棉腰子,往手心唾了唾沫,第一个示范挖土。用了两天凡士林,他感觉抓握无力,就将凡士林置放在那个装鸡肉小笼,挂在房梁,等过年时再抹。他先将钢锹插入土地,左脚底压住钢锹的脚踩,弯腰之际力气往下压,左脚左腿猛蹬,两股力量将钢锹踩到土里,锹面几乎与地面垂直,稍有个停顿，双手用力，身体下蹲，力量往上往前提。土中碱草筋断丝连，发出"噼噼啪啪"断裂的声音。

泥土的重量，草根的缠绵，一切都敌不过愣韩公牛一样的力气，他稳稳当当将草皮土放在一侧，犹如征服了一个敌寇。白嫩的草根愉快地感受着丽日和风。有些蚯蚓地虫忽然见了光明，盲目找洞重新钻进去。

不大工夫，愣韩就挖出一行两丈长的表皮土块。挖第二行时，第一行已经挖空，省力不少，他示范了几下就交给壮劳力干去了。

三干头不知为何路过，他看着四四方方的草皮说："这草皮，围饲养院的墙正好。"愣韩原未想到此用途，经他说，觉得很有道理，就说："还用你说，我早就想好了，一举两得。"愣韩找空和队长说了，队长安排古车豁子将草皮拉回，砌了饲养院的墙。

节令正是春夏之交。村里人肩扛锄头，到地里锄小麦、莜麦、山药。愣韩远远看去，觉得这些人所做营生，不如自己带着几个人干的活有技术，心中有些自豪。

天上飞着两三只鹰，从空中俯瞰地上的鸡群，显得飘然超尘，悠闲自在。村民们知道愣韩在做什么，几个中年男女议论，这人怎么就通了这一窍？田老汉爽朗地说："我们伺候地，他们伺候我们，不过是一换顶一换。"

几个壮劳力用小半天时间，将土地挖了一间房大小的坑，终于挖到碱土层。此时愣韩让几个人从坑里沿着现铲的台阶上来，在坑的东侧清理出片地表，放置碱土。愣韩再次下到坑底，挖碱土给大家看。基本动作和刚才差不多，但是一锹下去，只铲一指厚的碱土，全身用力，四肢协调，一连贯的躯干手脚配合后，碱土就一片一片飞出去，犹如一只一只灰色的大雁，落在清理好的空地上。愣韩一股气铲了几十锹，碱土像一个小山堆了起来。

大家都说："韩师傅歇歇，我们来。"

愣韩一听叫师傅，愣劲儿就上来了，似乎还有些恋战。在人们再三请求下，他将钢锹插在土中，顺着台阶上到地面。

一下子进到土坑两个后生，二人各贴土壁站定，脊背相对。开始取土，俩后生犹如双人舞一样，有时此起彼落，有时动作一致，好像不是干活，竟是游戏一般。

大家哈哈大笑，体验着劳动的快乐。

"啪啪叭——"鞭声阵阵。古车豁子夸张地带着车队来了。用整块铁皮铺实车底板，囤围围住车牙箱。几个后生不紧不慢，力道均匀，平头大锹将碱土装上车。古车豁子心疼辕马，不让装得太满："牛不添石，马不加升。"意思是说，牛拉运东西不可随意加一石的重量，而马不可以增加一升的重量。

所有车倌儿一律步走，马儿使力将抹房土拉回。先是生产队的房子，一应牛棚马圈粮仓磨坊库房炒房，全在合适的位置下了碱土。又有人按照愣韩的安排拉来麦秸，准备当穰。

几天工夫，每家每户都在房后房前卸了土，一间房按一车半计算。

八木匠、三画匠、七鼓匠七八十来岁，趴在土堆玩土。上午几个人排成队，土堆上浇水，冲出一个一个的浅洞眼儿。趁水分未干，上手就将土和成泥，坐在地上捏坦克、捏手枪。为了固实，在泥中加牛毛、加棉花，几百遍揉匀。随便什么颜色，三画匠找来在各件泥物上涂。一直玩到没了兴趣。

下午打洞。几个人手缩成一个锥，使出吃奶劲往土里钻探。动作有的像兔子，往外抛。有的像用绞锥，全力往里扎。不长时间，土堆四周布满一胳膊深的洞。有那淘气小王八蛋，竟然将猪粪狗屎塞入洞中，怂恿小孩子抓上，一手臭气洗不掉，吃啥也好像就着臭豆腐。自然免不了大人打骂。

物资准备齐全，愣韩开始和泥抹房。

提前一天，把土围成一个大浅窝，用水洇了，散土变成硬泥。愣韩将麦秸按照一车土一捆铺在泥上。早有专用毛驴车拉来水，水箱用大柴油桶改装。愣韩手持三股抓子，高声喊："放水。"贺大头媳妇拔开塞子，水就"哗哗"冒了出来。

原来听说抹房能挣工分，贺大头媳妇死缠硬磨让队长安排活做。队长无奈，就让她跟车拉水。愣韩看着呵呵笑出声，说："他妈的，比我尿尿还冲。"

贺大头媳妇听清这话，有意将管子左右摇晃，不像一个刚过门的新媳妇。愣韩觉得这女人有所冒犯，就咋呼她说："你老老实实的，再这样浪荡，小心和坏了泥。鲁班爷爷怒起来谁也怕。"

紧说慢说，水放得多了，浑水冲破泥堰，随形就势向东流去。麦秸遮着看不见，等到发现，泥水已经流了不少。说时迟，那时快，愣韩镇定自若，三股挠抓几下就把硬泥抓到水上面，水被吸进去。愣韩前腿弓，后腿蹬，心中想着二奎子师傅的交代，三股挠抓向前擩一下，往后抓三下，泥点四溅，"啪啪"有声，一袋烟工夫，一堆土和成稀泥。那些麦秸浸透了泥水，变得软溜溜的，俨然田老太煮的一锅好粉。贺大头媳妇看得发呆。愣韩说："你手握个水管子痴甚的了？"

"我在想，鲁班爷爷的子孙太多了。"

众人哈哈大笑。

愣韩首次带人抹房和泥，做法成为定例和规矩，抹房泥必由愣韩一鼓作气而成，中间不能换人隔断，否则就是对碱土大穰的不尊。人们并不吝惜对愣韩的夸赞，让他颇有成就感和地位感。

先抹队里房子。

这里早有人按照愣韩部署，房上架了凳板，就是一条长长的木板，减轻房顶单位面积压力。房顶靠近檐口地方，铺了大块塑料布，暂时堆积从地下飞上来的大穰泥。

还是愣韩先示范。往房上挑大穰泥的工具，是一个股齿比较密集的小钢叉，配以长柄。只见愣韩高位马步蹲裆站定，将挑泥叉插入泥内。悠然往上一挑，泥叉上即有碗大一团泥。顺势一扬，泥团划一个大弧线飞跃到房顶，"啪嚓"一声落下。每次挑的泥不多，聚少成多，一会儿就堆积起来。几个小伙子学着愣韩的样子，慢慢动作变得协调，富有美感。

房上一人负责铲泥。愣韩手持大泥叶，一脚重一脚轻蹲在房顶。按照二奎子的教导，每一次抹泥运作三遍。第一遍摊平，通过泥叶能够感到抹房泥的质感。第二遍压实，泥浆受到挤压变薄，压出的泥水外溢，渗入旧房泥。第三遍抹光，愣韩轻轻咬住嘴唇，像绣花一样将泥面抹得光溜溜的。那些大穰，犹如一条金项链，软软地弯在泥中，千变万化，甚是好看。愣韩根据房顶的坡度变化抹法，每一次力道角度并不相同。

最难不过抹藏粮圪蛋。藏粮圪蛋下截圆柱形，上截半个圆球，了无立足之地，撩泥抹泥很费事，几次有人跌落下来。几次实践后，愣韩发明了架杆梯抹法，也就容易了。

这日愣韩一队人正抹一个大藏粮圪蛋。清理圪蛋地基周围柴草时，他发现接近地面部位有一片泥巴脱落，露出一节手电筒。他用泥叶挖掘，手电筒似乎从里固定住，只能微微摇晃，取不出来。愣韩再看，手电筒内有木楔裹着旧布塞实。他拔下木楔，就有黄澄澄的小麦流了出来。愣韩赶紧把塑料布铺在地上，那手电筒一直流出三四十斤才止住。

当时现场有十几人，有觉悟的赶紧把队长叫来，队长又把民兵排长、保管员叫来。刘浩志招呼几个民兵周围警戒，自己和队长研判分析。保管员急匆匆赶来，见状大骂："他妈的，怪不得这个圪蛋每年亏粮。以为是耗子，却不见耗子蹄印、耗子屎。取平打了印板，过十天半月又下陷。这是有人偷盗集体粮食。"

众人说，其他几个圪蛋找找看，说不定也有机关。得到队长许可，愣韩查看其他藏粮圪蛋，果见离地二三尺，只要有异样泥巴，一定斜置一个铁筒。有的是手电筒，有的是风箱的吹风筒。

一时感觉事态重大，队长到队部，摇半天电话，等了许久，终于和公社武装部裴特派员说上话。

"喂，喂，喂，你是裴特派员哇？我是队长。哪个队的？杏村的。喂，喂，喂，我们村发生大事了。什么，喂，喂，没死人，是粮食丢了。你来破案哇。喂，喂，喂，裴特派听明白没？喂，喂，喂。"

"叭！"裴特派员把电话机听筒拍到机叉上。

电话里传来"嗡儿嗡儿"的声音，队长说："风大。"

这边裴特派员骂骂咧咧，和一个小干事说："这队长，连句话也说不清。"

时间不长，裴特派员骑马来到村里，民兵队长接过马缰，就近拴住。

裴特派庄正严肃。他详细查看了一下，就发表意见："这个，明显是那个。如果不是那个，怎么会这个？这个也不难破案，然后这个，然后那个。再者说了，这也不是一年两年的事了。这个这样，你们先那个那样，全村排查一遍，三天之内把可疑分子给我报上来。"

田老汉听着着急，说："特派员说说，谁是可疑分子？"

特派员盯住田老汉，就说："我看你尖嘴猴腮，就不是个省油的灯。"田老汉吓得双腿抖动，结结巴巴地说："我很省油。"

大家一起哄笑起来。

裴特派员骑马走了，后来又来过几回，藏粮圪蛋偷盗之事没了下文。年底，上边来了一纸便函，要求村里只留饲料柴草，妥加管理，其余全交粮库。又要追究村干部的责任，说有私分瞒产之错，终于不了了之。

等到给每一户人家抹房时，东家熬得浓茶，送愣韩两盒烟。愣韩把一盒掰开，将烟盒下半截立在泥中，也算就地取材，歇歇时大家共用。另一盒愣韩则装入衣兜独享。

田老汉向来计较有余，豁达不足。给他抹房子时，只给一盒烟，一毛六的"梅花"，圪节多，不好抽。愣韩手拿一盒烟，装也不是，不装也不是，最后只能放在身上，休息一次统发一次。几个壮劳力就不舒坦。

田老太出来进去，嘟嘟囔囔说些短话。自家一口猪找食拱门，她大声骂："看看你这又愣又憨的笨猪，天天一身泥，东家进西家出，干干净净的院子，让你折腾得不像样。"

愣韩虽愣，扛不过手下几个壮劳力点拨，心中不爽。和泥的时候，愣韩力道小，抓子擩挠遍数少，泥穰混合不匀。有时是一个泥草团，有时是一堆稀泥。壮劳力们往房上撩泥，出手不利索，窗户上留下好多泥点。田老太送烟时,满脸不情愿。

田老太自以为压粉六七年,有些资历,就和愣韩说:"人嘛就是这样,你受苦,我卖艺,换着来,日子就光亮富裕了。不过你和我们不一样。你这营生就不能算技术活,人也不能算是手艺人。"

房上铲泥后生听了,觉得有些道理,又感到满口鄙夷,步重脚沉,不按要求顺着椽檩位置走。快要结束时,一脚蹬在软处,"忽咄咄"一条腿踩进屋里。田老汉的房子去年请马裱匠裱了仰层,房前檐与仰层之间距离小,铲泥后生身高近两米。紧接着,"嘣"的一声,后生那只脚早已踩穿仰层,耷拉在空中。田老太正在炕头窝着,从天降一只脚,把她吓了一大跳,几乎昏死过去。

房上愣韩揪住后生的胳膊,他几经挣扎将腿收上来。挽起裤腿看,十几条血印子从脚踝拉到腿根。这里田老汉田老太骂不能骂,说不能说,自认倒霉。

愣韩教训后生:"看你还龇牙,怎就不把你的屁股蹲烂?"又低声说:"我们本是贫苦人,不能忘本,一盒烟重要,还是手艺人名声重要?"

众徒弟不敢吱声。

抹墙是另一种场面。抹墙的泥比抹房的泥稠点,穰也短。力气大的后生铲满一锹泥,顺势往墙上一掇,泥团就被吸附在墙上。愣韩的泥叶跟着上来,"哗哗"几下将泥均匀地抹到墙上。愣韩动作及时,频率快,墙根底不会滴很多的泥点。

这天轮到给三干头抹房。和泥时,贺大头媳妇将三干头媳妇喊过来,说:"抹你家的房,你放水吧。"

三干头媳妇看也不看,说:"你喜欢这营生,还是你放吧。再说你挣着工分，我放水算谁的？"

贺大头媳妇不死心，又说："天气这么热，手心冒汗，抓住水管子，凉盈盈的。"三干头媳妇还是不理睬，低声说："女不持棍，男不玩绢，我和你不一样。"

贺大头媳妇没了兴致。

抹墙时，愣韩看见外墙缝有一个香烟锡纸包的包，用泥叶撬出来，谁知里面包着十几块钱。他看看四周无人，悄悄装入口袋。三干头忽见愣韩抹外墙，身子转来转去，不吱声。说话之间，愣韩已用泥叶将墙缝死死抹住，还说："你这房几年没抹了，费泥。"

后来，愣韩路过三干头家，见这墙面有十几个小洞，估计是找钱钻的。愣韩有些不忍，但他不知道这钱到底是谁的，就不声张了。

柳叶一生灰暗，幸亏有二鼓匠关照，心中还有些牵念。村里七鼓匠，人小心诚，前前后后为师母着想。

这年生日一过，按乡俗七鼓匠就是开锁之人。抹房即将结束，柳叶还没回村里。去年起，她就三日在，五日不在，队里不给她工分，她也好像不在乎。去年抹房时她不在，队里就没安排。

这里七鼓匠着急。眼看一间半小屋，房顶已经长了蒿草，墙皮已经剥落，若不抹泥，今冬就无法居住。

七鼓匠见了队长，说："队长，我师娘柳叶的房子，你给抹吗？"

马队长见七鼓匠一个十来岁的孩子，如此抗硬，就逗他："这个不好说。她人不在，住与不住哪敢定。要是她不住，抹了岂不白费工？再说抹房，总得有人张罗一下吧。"

七鼓匠此时十二岁，他相信这话："圆锁男人，说话算话，唾沫吐地上，也要砸一个坑。"就说："我师母的房子我负责，你安排巧灵爹抹房，一应张罗，不用你们操心。"

第二天，队长就安排愣韩抹房。七鼓匠从怀中拿出两盒"太阳"烟，交给愣韩，说："我师娘不在，麻烦你多照顾。"

七鼓匠本没有钱，这买烟钱是他和三画匠借的，说好有了钱就还，不还别催着要。愣韩心里暖暖的。他忽然想起自己师傅二奎子说的话，看了看几个壮劳力。愣韩提高嗓门说："尊师敬师，天下大礼。况你师娘不在，你又是个孩子，你这烟我不能要。我们师徒几个念你这份品行。"说着又看了几个徒弟一圈。

徒弟们说："是了，是了。"

半天下来，七鼓匠里外张罗，愣韩带领徒弟们把柳叶的房子抹得严严实实，精精致致。愣韩的愣劲上来，一并将柳叶的院墙、门墩也做了修葺，与原来相比，天上地下。愣韩死活不要七鼓匠的烟，七鼓匠便将烟退掉，钱还了三画匠。

今年柳叶的房子是最后抹的。柳叶的房子抹好，全村的就都抹好了。

愣韩再一次在自家门口望全村，只觉有点不足，目光由西向东巡视，忽然用力打脸："妈呀，请示台该抹。"

愣韩赶紧和队长说，队长犯难："不抹吧，请示台今年更加显旧。抹吧，墙上的像怎么办？"

队长毕竟有政治头脑，专门请示大队。大队支书请示公社，回复队长说："可抹。旧像恭敬处理，抹后新画。"

村中几高人一夜处理妥当。愣韩选了好土，不用穰，挑上好白羊毛洗净与土混合和泥，把请示台抹得平平整整，有棱有角，从此不用再抹。

请得大画匠来。大画匠描了虚线，远近高低察看，画了新主席像。三画匠十三岁，目睹这个过程，大画匠启动了他的学艺心思。

人活脸，树活皮，墙头活了一把圪抓泥。所有的房子都抹完之后，小村面貌焕然一新，色调一致，富有生机。

二奎子当年和愣韩说，千万记住，抹完房当下就要把泥底子清理了，不然留着比癣头还难看。若是日后清理，费时费工。按二奎子教导，每年抹房，愣韩总是带领徒弟们清理几天，把没有用完的泥土拉到不远的小北山山脚堆积，就在自家西边。有人使泥土自取，第二年抹房前大致用尽。

队长要求村民注重卫生，小路扫得干干净净，粪堆积得四四方方。猪羊出来，体净毛顺，没有难闻的气味。愣韩和他的徒弟每年前后忙乎几十天，不用面朝黄土背朝天，在田间地头劳作。会计清清楚楚将工分记到本子上。

出门入户，村民师傅长师傅短称呼他，愣韩布的一个大局以成功告终。邻近村庄，户数少的，请他代劳抹房，自有合适的报酬。户数多的，请他指导，他并无保留，只是要求不能到杏村地盘挖土，互不侵犯，彼此方便。

初冬，村里老人们坐在阳婆弯弯晒暖暖。看着整整齐齐的小村，老人们似乎更有光彩。有老者给大家讲："当年开地立村的先人，那才叫艰难。开春赶牛车，拉些农具用品来到荒野。哪有房子住？挖一个坑，上边用树枝支起来，搭些蒿草，生牛皮铺地，叫半窨子。白天开地，累死累活。晚上轮流观望，狼群随时过来。喝的是雨水，吃的是炒面，那时的人们啊，不知道哪来的一股子劲儿。"

"是啊，等到'牛马羊'立杏村时，三五十里外有人住了。"

愣韩悄悄站在跟前，听老人们说，自觉为村子做了贡献。愣韩就接老人的话说："人有的是劲，不惜力，日子就会好。南边人说我们，东阴凉倒了个西阴凉，年年吃点救济粮，不好听。"

众老人听说，前后起身散去，留下愣韩一个人满脸困惑。

六月，全村抹房如例进行。恰好全国开展"五讲四美"活动，县里召开爱国卫生工作观摩会。这天，四五辆大客车，两三辆吉普车，近百号人来村观摩。只见远处尘土飞扬，等到进村，一下子晴朗起来。大家下了车，"啪啪啪"拍打身上灰层。看不出哪一个官儿大，人们四下走动，队长挑高嗓子介绍情况。

有人说："让愣韩说说。"

愣韩扭捏半天，哼哧哼哧说不出话。县卫生局局长说："我问你几个问题，你回答回答。你为什么带人抹房？"

愣韩说："挣工分了哇。"大家哄笑。

"听说你找土，有个技术员指点？"

"是了，他说'碱土地下埋，地皮白花开'。他还说，抹房要用碱土，算'屁爱吃纸'。"

在场人都不知道什么是"屁爱吃纸"。水利局搞化验的后生上来，问："你还知道 pH 值？"

愣韩说："你当怎来？！"气贯长虹的回答，把参观的人彻底震住了。他们在村里又看了十几分钟，原路返回。

愣韩后半截对答如流，队长觉得脸上有光，问："什么是'屁爱吃纸'？"愣韩说："这你也不懂啊。"

马队长点头再摇头，不知懂与不懂。

第十四章 愣韩大局

快过八月十五，愣韩备了两份礼，又要给二奎子师傅和那老技术员送去。昨天就和队长说借他的自行车，队长媳妇还没应准。大早，愣韩刚开门，习惯性环视全村，却见队长媳妇在西南摇一块儿红布，吸引愣韩。愣韩看见，知道是叫他去。见面后，队长媳妇面带怒色，说："你要是这回骑坏它，小心你那吃饭的七斤半[①]。"

愣韩已经轻车熟路，不用队长媳妇领，进东房将自行车摘下。待要出来，队长媳妇堵在门口，笑骂："比进你们家还轻便。"

愣韩推车出门，一个翻转，车子上了肩，说："你尽管放心，下坡我骑它，上坡它骑我，一里一外，等于没骑。"队长媳妇糊涂难辨。

愣韩瞅见，她手里提的是一条红秋裤，不免觉得气紧，扛着自行车走了。

谁知一拜师傅，师傅人去室空。问左邻右舍，都说开春搬回老家忻州。愣韩脑袋"嗡"一声，心绪难平。再走十里拜技术员，技术员门锁户闭。问大人小孩，都说前几天恢复名誉，已回省城。愣韩智力有限，实在想不通人世变幻，命运起伏，朝聚夕散。他"啪啪"打了自己两个耳光，像一个文化人自责："谢师不隔年啊。"

愣韩此时四十三四岁，正值壮年。懵懵懂懂中，他右肩扛自行车，左手提着四瓶化德朝阳闷倒驴酒、四盒城关提浆饼，一路跌跌撞撞回来。远远的有放羊老汉看见，派羊半子[②]回村给愣韩母亲报信。愣韩母亲出来时，儿子已进村口。她见状如晴天霹雳，"天哪，我的愣韩莫非真的愣了？"

看见母亲过来，愣韩把自行车和酒饼放好，扑在母亲怀里，抽

[①] 七斤半：俗指人的脑袋。
[②] 方言，指一起放羊的人。

抽搭搭哭了起来。愣韩母亲心细，看见他将东西放好，判定儿子没大事，不过是受了刺激。

村里老人小孩围来，大致问清事由后感叹："世人若都如愣韩就好了。"

愣韩母亲看儿子挖土抹房，也对泥土生了兴趣。她对儿子说："外面儿光堂了，家里还黑。要是能有些白土刷墙就好了。"

愣韩记着母亲的嘱咐寻白土，第二年在一小山包漫坡处找到。此山石多土少，深挖土色发白。有的沙土相混，略带白色。有的一脉白泥，细腻无比。愣韩当日将母亲带到此山，回时找到通杏村的最短路。

第二天，愣韩母亲打早领几个妇人，手提小篮，前去挖掘。中午时分，大家头戴围巾，提着白土，逶迤回来。从此夏末秋来，是杏村人挖白土的时节。到了小山包，各人选个地方，窝在那里，用小铁铲铲挖掘，一点一点掏取，家家储备一年用的白土。临近过年，妇女们择日浸泡白土，蘸水刷墙，家里明显白亮。更有勤快人，平时刷踢脚围、炕沿，压了土气，整了地面。

时间稍长，人们叫此山为白土山。

第十五章　好女巧灵

愣韩与媳妇育有一女，起名巧灵，生于1965年。巧灵从小在姥姥家，九岁被父母接到杏村念书。

巧灵容貌之美，简直无法形容，本村人夸奖巧灵，只能说："啧啧啧，喜人得，没法说。"

巧灵从对面走来，随随意意。七鼓匠远在半里地就看见，他就像一截木桩，定在半段矮墙旁，伸长脖子望。巧灵也知道七鼓匠在看她，不避讳，自自然然走碎步。

谁知七鼓匠在前，三画匠在后。三画匠闲着没事，猛然想起半个乡间曲子，刚刚把嘴噘起来准备打口哨，看见七鼓匠的身子，顺着远处看，却是巧灵。他弯腰从路边掐了几个狗尾巴草头，蹑手蹑脚走到他身后，趁他伸头脖子僵直，把狗尾巴草头顺着后背塞到他的腰间。七鼓匠正在精力集中，经三画匠这么一逗，失声高喊："妈妈呀！"回头见是三画匠，也就无可奈何。

再看巧灵，已经顺一条院间小路折拐，看不见了。

七鼓匠扭扭身子，觉得这狗尾巴草滑滑溜溜，别样的酥酥痒痒，就不急着把它取出来，任由它像一条松鼠的尾巴，游来游去。

愣韩抹房挣了钱，就给巧灵买布，做衣服。别看愣韩头脑简单，审美却别致大方。他买的布，绝不和村里的小孩子们相近，总是那么出奇耐看。村里人给孩子做裤子，不是蓝，就是黑，愣韩却买了深米黄色。其他女孩子一身大红花，愣韩给姑娘准备了碎点点布。

愣韩双手把布呈到郝裁缝手上，满脸憨笑，说："郝裁缝费心给做做。"

回过头将巧灵喊到屋内，请郝裁缝量体裁衣。郝裁缝也喜欢巧灵，脑子里就多谋划一阵，做出来的衣服一下招得全村人喊妙。他并未做多少复杂的设计，不过是上衣稍稍抟点腰，裤脚微微做个喇叭口，那个婀娜劲儿就出来了。

三干头媳妇紫丹结婚数年，还未生育，看巧灵好，几次托田老太捎话，想认巧灵为干闺女。愣韩妈坚决不同意。

巧灵在姥姥家长大，把那剪窗花的手艺带了回来。小剪子，把像两弯镂空的月牙，泛着银光；剪头像麻雀嘴，小巧尖利。这把小剪刀拿在巧灵手里，人剪互相映衬着更加小巧纤细。

今年，农历辞的是牛年，迎的是虎年。腊月，巧灵自己在家剪几个窗花，腊月二十八这天贴在窗户上。这几个窗花，远看像一个个小金鱼，鲜红夺目。别人家的窗花大而多，巧灵家的窗花小而疏，境界一下子就出来了。不多时间，村里的老妇少女围拥来，站在屋檐下的石阶上细细看。见女人扎堆，慢慢地有无事男人也聚在愣韩院门口，抬头往院里望，并不进来。女人们挨个看窗花，或动物或花卉，无不活灵活现，可爱无比，窗花最细处，比牛毛还细。最喜的是窗花没有大面积覆盖窗纸和玻璃，又将好压得住，如跳动的火苗，挑出一片节日的热闹。正中一牛一虎对贴，大小如鹅卵，有掎角之势，众人看那窗户麻纸，只怕这牛虎一时兴起顶破。李肉蛋媳妇虽不欣赏，却也叹服巧灵手巧，思谋着什么时候巧灵得便，就请她剪几个钟馗或关公，想来很是威武豪气。

老太太们捏看巧灵的手，如无骨一般，只是轻轻摩挲，生怕自己的老皮旧茧划了她。女孩子们则传看那把剪刀，"哎哎呀呀"吵得不停。

返出院门时，田老太说："你们看愣韩，天聋地哑，竟然生这样的孩子。再看看全村，除了我田老太的手会压粉，再能找出我们这样的手不？"

田老汉嘟囔："你那手不过是劲大，鹰爪一般，哪可和巧灵相比？"

田老太的脸色就不好看起来。

老牛紧走几步，将他夫妇丢在后边。

第二年腊月，村里的姑娘们买了剪刀，坐在愣韩家的大炕上，巧灵教大家剪窗花。

先需熏样子。

样子是一个纸质的窗花成品。选择大小形状合适的红纸，上边垫一张同样大小的报纸，用搓得尖尖的纸捻子将它们和样子打眼固定。点一盏自制柴油灯，样子在下，红纸在上，报纸夹于二者之间，放在灯烟上熏。灯烟通过样子空白处将报纸熏黑。熏制完成后，将样子和报纸红纸小心分开，左手执纸，右手拿剪，将熏黑的部分剪掉，剩下的就是窗花了。

所有的目光都集中在巧灵的手上。时而，这两只手犹如一对爱恋的麻雀，缠在一起，叽叽喳喳，频频点头，小巧的嘴把红纸啄破。时而，这两只手恰似一对新识的燕子，空中翻飞追逐，亲昵试探，那是双手变换着角度和手法。或扎，或剪；或大曲线铰法去瓤，或小幅度花切出毛。该留下的留下，该剪掉的剪掉。众人屏住呼吸，纸屑掉落炕席，有雪花飘落般极其细微的声响。更有几片纸屑染了静电，粘在猫狗身上，猫狗试了几下去不掉，也就懒得去动它。

开始时，不免熏重点、轻点，更有甚者竟将几张纸点着。几个小女孩七手八脚救火，最终由愣韩一瓢水浇灭，场面混乱。待到互相看时，满脸满手黑乎乎的，不免指指点点，哈哈一笑，颇有情趣。再看巧灵，面白手净，丝毫不脏。后来大家都学巧灵，戴口罩，戴手套，身子尽量远离柴油灯。

心灵手巧的，这年就学会了。笨点又没耐心的，从此也就放弃。夏天送几筐猪草，赠块手绢，等到腊月就请巧灵代劳。剪窗花用的红纸并不精打细算，有些边角料。巧灵将剩下的红纸积攒起来，空闲时间剪窗花，给老牛、柳叶、田老太送去，愣韩一家在村里就更受尊重了。

从此后，杏村女孩腊月剪窗花，二十八这天贴出去，早一天不行，晚一日不可，一个村俗渐渐固定下来。有时几个女孩子相约，随便坐在哪家的炕上，冬日的暖阳温温的，大家每天说着不同的话题，没完没了。每人手中一把剪，就像老柳树上稀疏的叶子，随风摆动。巧灵已经不用熏样子了，随便什么图案，她全是直接下剪，双手翻动，行云流水，剪声嚓嚓，窗花犹如机刻神造一般。巧灵就是样子。

这手艺一教十，十教百，很快在周边传开来，只是巧灵剪得最好。

巧灵的另一擅长就是捏饺子。村里人吃饺子，次数少，馅料也单调。一年内，大致吃三四回饺子，是过大年、正月初五、正月十五、腊月二十三。馅呢，菜园子李老汉来之前，大都是土豆馅，淀粉多，调不出什么味道来。李老汉来了后，人们就做胡萝卜馅饺子。

先是把萝卜洗净擦丝，大锅煮熟。冷却之后，双手将胡萝卜丝攥成比拳头略大的圆球，夏秋之际现吃现做，冬春季节可以多做，冻着备用。熬胡萝卜的汤不倒掉，继续熬，熬出糖稀来，是蘸糕吃的好料。

谁家吃饺子也是胡萝卜馅，光景好的多加猪羊肉，日子紧巴的菜多肉少，甚至无肉。

李老汉种白菜，村人们却不会调白菜馅，一拌半盆水。但是，白菜的清香，是胡萝卜的甜腻味没法比的。巧灵专调白菜馅，方法其实很简单。白菜切馅，马上用油拌匀，锁住水分。即使杀出些水分，巧灵还有办法，重新加回到肉里去。

巧灵的饺子小。她捏出的饺子，只有村民平常吃的一半甚至更小。馅拌好后，满屋清香气。饧好的面筋道，巧灵揉揉展展，把面撅成一个一个剂子。似乎不费什么劲，饺子皮就擀好了，略比铜钱大些。用筷子将馅放置在饺皮上，看着似乎很难捏住口，巧灵飞针走线，双手拇指、食指、中指密切配合，一个小小巧巧的饺子立放在案板，一会儿像变魔术似的铺排过去。

最奇妙的是最后那一掬。饺子边儿捏住之后，巧灵双手对合，拇指食指盘成好看的一个小空间，饺子放置其中，稍用力一挤，再作停顿，饺子和手指马上分开，饺子像是从模子里磕出，发出轻微别致的响声，犹如小猫舔清水一般。饺子上，清晰地印着巧灵的指纹。一案板的饺子白生生的，像上百个剥了皮的蒜瓣儿，竟是银制玉琢一般。待到下锅煮出来，皮薄馅鲜，形制精巧。

巧灵奶奶、愣韩媳妇看那饺子如珍宝一般，舍不得吃。愣韩囫囵吃了几个，突然停住嘴，双目凝视，流出泪来，心里说："我愣韩有何德行，竟生了这样一个精致的女儿。"

田老太听说巧灵饺子捏得小，有不同意见。她认为，但凡压粉捏饺子，总是要人吃的。她没什么文化，大致是内容要大于形式的意思，可惜说不出来。多少年后听三画匠、七鼓匠背复习题，才隐隐约约知道这么个句子。待到她亲眼见了巧灵捏的饺子，心里受到启发，就压了一批一两重的粉坨，倒也精巧。只是老牛不欣赏。

三干头媳妇听说之后，每年请田老太压一百个一两的小粉坨，阴干后寄回天津，由家里人分送亲戚邻居，大受欢迎。这粉坨，小孩儿手掌大小，像小鸟窝一样精细，颇得城里火锅店喜欢，有人专门学了制作推销。田老太偶然压出失传的化德水晶玉粉，还配制一两粉坨，为杏村做了贡献。

又一个除夕夜，却是龙年岁尾。巧灵领着几个姑娘挨门挨户，帮大家捏大年初一吃的饺子。老牛感谢之余，说："这饺子，就是一万个也不够我一顿吃的呀。"古车豁子随声附和。

渐渐地，年三十巧灵带几个干干净净的女孩子，为人们捏饺子，成了本村的风俗。小院的红灯笼散发喜庆的红光，女孩子们你推我搡，说说笑笑。天上的星星眨眼俯瞰，充满向往。巧灵他们进得屋来，早有主人热水毛巾伺候，大家麻利地洗手后，分工捏饺子，一会儿一家，一晚上捏遍全村，以青春的劳动熬夜守岁，给杏村带来喜迎新年的欢乐。

邻近村子很快就学了这样的时尚。

十四五岁，三画匠、七鼓匠朦朦胧胧有点性意识，也不稳定。一时间，他俩都把感情投射到巧灵身上，巧灵却不理会。

第十五章 好女巧灵

三画匠和七鼓匠早早聚在一起。按照路线，先在三画匠家等。不一会儿，巧灵她们来了。三画匠和七鼓匠眼睛痴痴的，表面上意当无然，实则往死里看。巧灵并不分心，如平常一般。

再往东转场至七鼓匠家，他俩越发珍惜时间，因为再去下一家他们就不好意思跟了。巧灵偶尔对他俩笑笑，笑得二人浑身不自在，却又有所满足。一案板饺子捏好，巧灵让七鼓匠端到院中，放平稳处速冻，等于把他发配边疆。

他不能在跟前，也不想让三画匠单独接近，就把他喊出来，一块看猫撑狗，以防它们偷吃。此时正是天气最冷的日子，二人冻得撑不住，只好半截身子在堂屋，半截身子在外边。哪想他家的堂屋门年久失修，油干轴重，稍动即响。猪已杀肉，狗拴链子，两只猫飞檐走壁，嚎叫不已，烦得二人了无兴致。说话间巧灵她们捏完了第二案板，一应盆碗筷勺收拾好，说笑着离开他家。

三画匠、七鼓匠木然目送，说不出半句话来。

巧灵一眼就看见自家的灯笼。

过年挂灯笼，是杏村的一大风俗。最简单的灯笼，是四根柳条、杨枝立杆，上下再配四根，用细铁丝、布条扎紧捆住，麻纸糊裱，上开一敞口，四面贴红色窗花、双喜，形成一个方形灯罩。灯笼内置一煤油小灯，光线微微，星星点点，温馨得让人想打瞌睡。

愣韩最笨，却做得最精致的冰灯。临近过年，愣韩开始冻冰。他根据自己的计划和想象，在水中加入颜料或其他东西，冻实。之后修冰。愣韩手持泥叶，有时大力戳砍，有时小劲刮削，制成一个一个原构件。除夕当天，愣韩戴着里外发烧皮帽，端半盆水，院内冻组各个原件。

巧灵双眼充满期待，手抄着，蹲在那里看父亲制作。有时心活手快，打下手递个小东西，护个小部件。

时间是 1977 年 2 月，农历龙蛇交班。今年愣韩用两个盆形大冰坨，掏空对接，上边开碗大的口，是一个传统灯笼的造型。找对平衡点，用烧热的铁棍儿，刺三个洞眼，埋进彩带注水冻实，挂着牢靠。冰灯清水冻成，清亮透明，犹如水晶一般。愣韩让巧灵剪了一龙一蛇，张张扬扬，鲜红热烈。一龙一蛇被巧妙地冻在冰里，愣韩笨手笨脚摆不顺的地方，恰恰自然天成，显示出龙蛇的动感和活力。愣韩专心做了坨蜡，点着之后，竟从北坡照得全村鲜亮。

巧灵顺着灯笼回到家里，暖和了身子，小嘴不紧不慢地嗑瓜子、吃蜜枣、含糖块，什么也不想，熬年守岁。

七鼓匠远远看见这灯笼，理解不了怎么制成："牛头大的灯笼，哪来这么大的冰呢？"

他和三画匠比比画画，三画匠说："估计是井口上戳的。"

八木匠笑出声来："怨不得人家说你们两个人愣。冰是水冻成。只要有放水的容器，天大的冰也能冻。"

巧灵奶奶念念叨叨，一歪，就睡着了。愣韩媳妇一会儿灶上，一会儿炕上，做不完的小营生。

村人已托二没眼切算过，今年财神东南来。三星高照，新年已到。寅时二刻，财神来报。

笼旺火，响炮，接神。

父母接神回来，巧灵哈欠连天，终于撑不住，一倒头像个蛤蟆趴着睡了。最可爱两大腿前伸贴炕卡腰，小腿后八字折回盘卧，像个嫩蛙。藕样双臂从脖下空洞交叉穿过，规矩矜持。巧灵睡着之后，愣韩赶快出院，用一硬纸片盖住灯笼口，灭了蜡。没有宝贝女儿看着，愣韩觉得后半夜点灯——白费。

村子一下子暗了许多。

不几年，巧灵先去深圳学艺，后在北京念书工作，村人们每当过年怅然若失，想起巧灵的言行。

愣韩有些见识，琢磨着把姑娘送出村，去省城、县城，再不济嫁个公社机关干部、当个半家户也行。却不想巧灵和李肉蛋家的小哑巴常来往，同正常人说话也比比画画。

愣韩母亲发现后，将小哑巴堵在背阴地，不说话，也不动手，只是用眼睛直直地看，意欲让小哑巴有所收敛。

谁知小哑巴只呆呆站着，脑子里奇奇怪怪画着无笔有彩之画。只要愣韩的母亲露开条缝，小哑巴就没事似的走开。哪怕是一抬头就遇见巧灵，二人又比画个没完。

愣韩有意无意不给巧灵留时间。巧灵和小哑巴犹如两只小狗、两只小猫，总能找到见面和交流的机会。巧灵和小哑巴在一起时，世界一分为二。一个世界是众人的世界，一个世界是他二人的世界。巧灵和小哑巴可以随时进入众人的世界，却懒得这样做，众人难以打开窥探二人的世界。

造化生人，竟是这般神奇别致。

国家恢复了高考，教育上有很多变化。学校教体育的白老师，到县里集训，县聋哑学校的体育老师住同屋。这体育老师姓袁。白老师开始以为袁老师不爱说话，当天晚上才知道袁老师是个聋哑人。袁老师生活极讲究，各种用品摆放整齐。白老师第二天起床，看见他将袜子、秋裤、外裤、背心、秋衣、外褂依次排开摆放，丝毫不乱，暗暗惊服。

忽然想起小哑巴，白老师就和袁老师比画，袁老师一头雾水，不知所云。白老师是想当然地比画，并不规范。袁老师拿出一张纸，二人笔谈半天，袁老师同意小哑巴来聋哑学校念书。

去年，三画匠、七鼓匠到公社念初中，很是牛气，在黄丫头、巧灵、小哑巴面前趾高气扬。如今小哑巴到县里念书，根本不把三画匠、七鼓匠放在眼里。小哑巴极为聪明，居高临下给三画匠、七鼓匠比画，三画匠说："汽车、楼房、电灯，足球、篮球、排球、乒乓球……"

七鼓匠急问："你怎么知道他说的是足球、排球、篮球、乒乓球？"

三画匠说："他比画的是个圆球吧？"

"是。"

"你看你！他比画的是圆球。大的，投篮，篮球。脚踢，足球。手拍，排球。最小的球，像个肉丸子，蹦蹦跳，可不是个乒乓球？"

"哈哈哈哈。"

三画匠正在得意，却见小哑巴又比画，他看得乱七八糟，猜不出。七鼓匠说："好像是说鼓匠打啧啧板儿？"

三画匠也觉得像，转头问巧灵，巧灵说："他说学校上下课打电铃闪灯。"

小哑巴学校认真学，回村把规范的哑语教给巧灵。原来哑语并非简单打手势，自有一套系统，拼音、手势、动作、表情、口型配合，所表达的意思就像他们的头脑一样，一般人想象不到它的深奥和奇妙。

有了哑语，小哑巴和巧灵之间的交流就有意思多了。

第十五章 好女巧灵

小哑巴比画："你贵姓？"

巧灵比画："我贵姓韩。"

小哑巴摇头。

巧灵比画："我姓韩。"

"你爹也姓韩吗？"

巧灵有点生气，停止交流。

小哑巴比画："那你爹姓愣？"

巧灵真的怒了，一转身就往回家走。小哑巴追着，低声下气，边走边比画。巧灵一直快走，进自家院门也没回一下头。

李肉蛋媳妇自然满心欢喜，十里八村的美女，竟然和小哑巴好上了，真是她操持家务相夫教子的结果。她只要有钱就攒着，从不乱花。够买一件东西就买一件，不几年暗暗买了四铺四盖褥面被面，丝绸棉布对半。至于小布头、碎花布，她多方留意，东索西要，日积月累，竟有一包袱之多。她要做几件精精致致的小孩儿百家衣。

三画匠和七鼓匠颇有些愤愤然，觉得不可理喻。三画匠打扮得额亮面净，七鼓匠昂首挺胸，巧灵见了只是礼貌地笑笑。

这一天，三画匠和七鼓匠见面，不免谈到巧灵。

七鼓匠说："三画匠，我看你对愣韩家巧灵有点意思。"

三画匠说："长得真是喜人啊，国色天香。你和三哥说实话，你对巧灵怎样？"

七鼓匠说："人家要是对我好，我也没意见。"

"哈哈哈哈……"三画匠大声笑出，说："看看，你我不如一个哑巴。今天咱俩就问她巧灵，要是对我俩好，不管是谁，那就发展。若是瞧不上，从此放开。"

正是晌午，村里的孩子们不午休，有的戏耍，有的闲坐，有的无目的地走动。更有八木匠，今年虚岁十九，竟把三板从南方领了回来，大大出乎七鼓匠的预料。谁知三板体胖贪卧，中午必得一睡。她的觉极轻，跟前一有人就醒来。八木匠向来不午睡，找一个阴凉地坐下，像小和尚打坐一样，没什么动静。每隔十几分钟，长长的头转一个方向，像是有尘事吸引，但是很快就再定住不动。最可乐的是两只小耳，头偏右，看不见右耳，头偏左，看不见左耳。

巧灵在院内洗衣服。愣韩听女儿要洗衣服，打早就给提了水，此时已经晒得暖暖的。家人的衣服，分颜色泡在两个盆里。巧灵看见两个人影，曲曲折折直奔自家而来。三画匠、七鼓匠踟蹰不前，意欲进入愣韩院内，又怕愣韩母亲硬眼盯看，就在大门外招手，引巧灵出来。

巧灵大大方方出来。巧灵手拿一个馒头，掰开，左手拿着的半块馒头上，抠个凹，撒细盐面儿，再倒一股儿胡麻油，黄澄澄的。另一半儿右手拿着，文雅地蘸着油盐，细嚼慢咽，精精致致。七鼓匠两眼直愣愣的，口水流了一胸脯。巧灵问："有事？"

三画匠和七鼓匠拿拿捏捏，不说话，巧灵说："没事我就进院了啊？"

七鼓匠侧着脸说："巧灵，你知道我……我我……不是，这是三画匠，你看他怎样？"

巧灵脸一红，笑了。她说："我知道三画匠手艺好，按村宗还是我叔叔呢。"三画匠立马无地自容，"喀喀喀"咳嗽一气，说："是七鼓匠想和你好来。"

巧灵哑然失笑，说："看七鼓匠脖子黑的，你俩进院洗洗吧，刚买的洗衣粉，泡儿可大哩。"七鼓匠浑身燥热，恨不得有个地缝钻进去。二人彼此相望，知是败北，猛然转身，朝南跑去。

谁知七鼓匠想让巧灵看见他的白系眼鞋，跑了十来米就放慢步子，在杨大个房子东边站定。他左脚点地，右脚踏在一块大石上，弯腰把左脚鞋带解开，再系住。时间虽然只有一二分钟，却把七鼓匠憋得脸红眼涨，出不上气，摇摇欲坠。三画匠看见哈哈大笑，说："天下竟有如此愣人。"

七鼓匠说："系眼鞋好是好，只是系一次太费劲。"

再看远处，巧灵捂嘴而笑。更远处，小哑巴冷冷地盯着。

七鼓匠还记着巧灵的油盐蘸馒头，就学着来。供销社卖的都是大盐，当家女人把案板平放，盐撒在上面，找一大碗当工具。左手抠住碗底，右手压在碗内，不使瓷碗滚动。然后用力，瓷碗外壁直接碾压大盐，嚓嚓响，一会儿就得到盐面儿。七鼓匠不会如此操作，就拿一粒粗盐，吃一口馒头，舔一下盐块，舌舞唇啜，境界就差了许多。更可笑的是麻油糊了一嘴，灰层落上去，变成一个黑圈。

巧灵有意无意间四两拨千斤，堵住二人的嘴，断掉二人的念。自此后，二人了了此想。这时学校恢复正常秩序，上课正规，有人已经考了中专。三画匠对七鼓匠说："古话说，书中自有颜如玉，你我男儿，还是念书当紧。"

七鼓匠点头不语。晚上回家，自己大大烧了一锅水，洗了个干干净净。从此，他洗脸抹油，再破旧的衣服也穿得齐齐整整，成为班里最讲卫生的人。

又是一年杏花开，又是一年抹房季。

去年手枪打鹅的裴特派员，已经调任粮站站长。这个粮站负责军供，规模大，规格高，需要一个靠得住的人主持。

当年骑马来村打鹅的故事传遍当地。一说特派员枪法稀松，丢人了。一说特派员心软，舍不得那鹅。特派员顺水推舟，和人说："我枪法再不准，难道两丈远打不住个鹅？大比武时，我也是骑马开枪、子弹点椽头、手起雁落之人啊。"大家一笑了之。

裴站长四下打听，愣韩抹房最好，捎话让愣韩去公社粮站找他。

愣韩进得粮站。院北办公室是平房，金雕双展翅布局。从中间南大门进去，一直到北墙，有走廊左右伸进，布设一间一间的办公室。办公室有后墙遮护，走廊包围，北门南窗，冬暖夏凉。

大头肥腰的裴站长坐在桌前，一把椅子让他歪歪斜斜压在上面，吱吱呢呢响。见愣韩进来，裴站长原地不动，说："坐。"再说："听说你抹房好，把粮站的房给我抹了吧，现钱。"

愣韩惊呆了。心想："粮站，上百间房子不止吧？现钱，那得多少现钱呢？"就弓着腰和裴站长说："行行行。"

就这么定了，愣韩不问价钱，裴站长也不说条件，开工。一时间，车行人动，粮站犹如大型工地，愣韩提着把泥叶，俨然手持对讲机的工地总指挥。

愣韩向队长做了汇报，请队长参与管理。队长一会儿过问抹房工程，一会儿亲临田间地头，经历了人生的新变化。

二十几个壮劳力干了半个月，完工。裴站长按照全县统一标准支付抹房款。马队长本欲再争取争取，涨点钱，愣韩拦住不让，说："全县统一标准。咱们是力气挣钱，人家管饭，无本万利，就这样！"愣韩他们一人挣了一沓子十元大钞。余下的归到村会计账上，存了信用社。

第十五章　好女巧灵

抹房间，巧灵隔三岔五到粮站玩。裴站长见她长得俊俏，落落大方，就想让巧灵给自己做儿媳妇。

裴站长儿子裴派十八九岁，按指标安排了工作，大集体，挣工资，吃供应粮，在公社当通信员。谁知裴派身材胖大，天生娇惯，有些不着调，急着娶媳妇。裴站长和他说这些，他不高兴，说："还不知道给谁娶了？"把他父亲呛得一脸灰暗。

裴站长媳妇骂儿子："看你那个恰性，和你老子一色色。"

刚入冬，裴站长骑着125摩托车来到村里。摩托车刚翻过东大梁，古车豁子家的几只鹅就警觉起来。待摩托车走近，鹅们左端详右端详，见这人曾经要取它们的性命，就前后展翅，半飞半走，像几架战略轰炸机扑了过来。

裴站长原本驮得一袋儿粮给愣韩，此时顾不得了，解开口袋倒了一半儿在地上。鹅们见那粮食，粒粒饱满，颗颗干净，就停止围攻，吃将起来。一只公鸡扭头发现此等好事，连叫几声，几只鹅就陷入鸡的汪洋大海之中。

从此后，鹅们和裴站长化干戈为玉帛。

初冬农闲无家事，正是姑娘串门时。

巧灵从外边回家，远远看见有摩托车冒着烟从院里出来。再看摩托车上，一个胖大男人将车子深深压住，车轱辘吃地很实，走起来没有多少起伏。及至进得堂屋，听东面小屋里奶奶、父亲和母亲说话，巧灵停住脚步。

奶奶说："这个好，人家家庭好，孩子也出息，成家之后就是半家户。女婿挣钱，巧灵能分粮，养猪养羊都便宜。不像我，嫁了你爹韩愣，一天福也没享过，没明没夜田地里受苦。"

母亲说:"是了。我爹我妈眼瞎枯了,硬把我嫁给愣韩。没遭逢上那好人家、好大人,日子就没法说了。好在这几年愣韩学会抹房,手头才有几个零花钱。那年给三干头抹房,墙缝里得了……"愣韩媳妇将后半句咽了回去。

父亲说:"你俩快不要说这了。我爹再不好,也没听说给你外边养活女人,不然我还不成了野种?我再不好,也不打你,不骂你……"

愣韩还要说,听得一声脆闷之响,他头上早挨了母亲一笤帚疙瘩。

巧灵贴着门框进来,屋里三人表情各异。过一会儿,愣韩说:"巧灵,刚才粮站裴站长来家,和我们说想让你当他的儿媳妇,探探口气。这事儿,我做主!我做主,就是你自己定。"

随着年龄增长,巧灵渐懂男女之事,同龄异性她最喜欢的就是小哑巴。巧灵知道,小哑巴有常人难以企及的聪慧。她能听懂小哑巴的语言,也学会了哑语。有些事他们不需要复杂的交流,相互对视一下,心有灵犀,彼此就看得见对方的心灵之湖,毫无遮掩。村人们也承认,单从容貌长相看,哑巴和巧灵真是一对金童玉女。

巧灵听父亲如此说,一下子跪在炕沿底,给奶奶父母磕头不已。愣韩早已跳到地下,流着泪将小心肝扶起。他知道,自己的母亲、妻子,都是父母之命、媒妁之言,日子过得有怨有悔。如今,他要让闺女自己做一次主。

巧灵抽抽泣泣,说:"巧灵长大之后,定要活出个样子,孝敬奶奶和父母。"

愣韩哭中带笑,说:"你要是发达了,把那县委的房子让爹抹一回,也不枉我泥匠的名分。"

第十五章 好女巧灵

愣韩母亲又拿起笤帚疙瘩，扬起却不放下，说："还是没见过世面，离了泥就不会说话？"说着小炕上转圈，不是小脚，却迈不出大步。

自家事情自家传，自家不传人莫知。

第二年，人们不觉得是哪一天，小哑巴和巧灵在村中消失。

开始时，人们议论不断，试探两家孩子的去向。可是，问李肉蛋家，李肉蛋夫妇神秘兮兮，不予说明。问愣韩家人，干脆不说话。尤其是愣韩，一句话能把人怼到沟底。

田老太见迎面来了愣韩，就套话，说："时长不见巧灵了，听说李肉蛋家哑巴也不见了。"

愣韩不吱声。

她继续问："孩子不在跟前，你们不想她？"

愣韩说："你和田老汉一辈子没孩子，想不？"

她一口气上不来。好不容易上来了气，又下不去，只能头向左摇、身子向右摆，一步一反头，一反头一句骂，走了。快到自家时，心里反思："自己苦命，半生坎坷。怎就变成个惹人烦的老太？"

时间不长，村人们就不再过问巧灵和小哑巴的去处。

当晚的情景是，李肉蛋夫妇手提礼物，趁夜色步入愣韩家。都没客套话，李肉蛋媳妇说："委屈巧灵了，我们会疼她的。"

愣韩一家人不说话。李肉蛋媳妇还想套近乎，夸巧灵几句，来时准备挺充分，眼下却早将请巧灵剪钟馗关公忘到爪哇国，想不起话来。李肉蛋媳妇背后捅丈夫，让他说话，李肉蛋支支吾吾不说。李肉蛋媳妇四肢爹开，说："这是点心意。"

愣韩家人还是不说话。李肉蛋暗中拉媳妇的手，意欲离开。正当二人出门之际,愣韩低声说:"你我一人借辆自行车,眼下正是十五满月,半夜送他二人到县城,赶明天班车。"

原来是李肉蛋小舅子在深圳来信,说当地工艺美术厂招工。小哑巴和巧灵商定,一起去深圳学徒。此事两个小孩和两家大人密谋达成一致。

月光明媚,银辉满地。村头,愣韩、李肉蛋和小哑巴会合在一起,却不见巧灵身影。两个大人以为巧灵还在准备什么,却不知小哑巴又把巧灵惹恼了。小哑巴越等越慌张。

太阳落山,小哑巴和巧灵坐在小北山半腰,不张扬,也不避讳。小哑巴看巧灵的侧影,悄悄往近挨了挨,巧灵立即挪了位置,保持原有的距离。

小哑巴突然比画:"我们去深圳,生个像你一样的漂亮女孩儿。"

巧灵迅速站起来,气鼓鼓地比画:"我今晚不和你走了!"

三个人实在等不来巧灵,小哑巴做个鬼脸消失在夜色中。不一会儿,他领着巧灵,来了。

四人启程上路。下坡和平路,大人驮小孩,愣韩在前,李肉蛋在后,快速行进。上坡,两个小孩手推自行车,慢慢在后面走。

遇到稍平小路段,小哑巴和巧灵掏着骑车,左脚蹬住脚蹬,右脚点地发力,待自行车起了速度,就把右脚从三角车架中间掏过去,费力地蹬半圈,倒半圈,歪歪扭扭前行。

大地一片安谧,自行车辐条发出"铮铮铮"的响声。巧灵突然按动铃铛,一串脆响传到远方,有几只小鸟飞起,很快又降落。小哑巴不声不响。

第二天半晌午,村人见愣韩和李肉蛋从东大梁骑自行车下来。奇怪的是,愣韩骑一辆车,右手把把,李肉蛋脸朝北侧坐在后倚架,小腿短短,像个吃饱的蛤蟆。愣韩的左手,远远地把着另一辆车的把,这车不负重,空转相伴而行。再细看,二人骑的那辆,是李肉蛋借来的。空转的那辆,是愣韩借队长家的。

有人大喊:"你们这是耍杂技了?"

李肉蛋回应:"愣韩怕队长媳妇骂,不敢骑。"

愣韩大笑,说:"李肉蛋是个软蛋,骑了五十里路,裆就磨烂了。"

谁真谁假不得而知,愣韩的力气和车技却是一流的。

李肉蛋满心委屈。自己身材短小,骑的二八车,脚蹬转到底,探不住,一路追赶愣韩,把他累死累活。李肉蛋想:"为了儿子,死也值。"

一二年间,闲言少叙。1981年,小哑巴和巧灵从工艺美术厂考入中央美院专修班,二年速成。毕业后,小哑巴留校任教,成为全国闻名的画家。要了三画匠地址,小哑巴给他邮寄纸笔颜料,有合适的画册书籍也寄来。三画匠慨叹,口哑心灵啊。

巧灵专攻纸艺,剪纸、折纸、贴纸、衍纸、刻纸、纸雕,无所不精,独有成就。

马裱匠听了后,觉得纸薄乾坤厚。我马裱匠裱仰层,其实是糊口。他原也知道巧灵窗花剪得好,但与自己不过是行当一样,专攻不同。现在看来,人家是艺术,自己顶多是个技术。

当年人夸巧灵长得好,马裱匠见报纸上一小姑娘照片极像巧灵,就剪下来收藏,如今再找,竟然还在一个黑皮包里。想起教贺大头媳妇裱仰层时流鼻血,撒谎说门口走过李肉蛋。如今李肉蛋竟做了巧灵的公公。马裱匠深感沧海桑田,物是人非。

马裱匠向来心性刚强,如今抚今追昔,不免感慨万分,双眼湿润:"巧灵玩纸玩出了名堂,我马裱匠脸上也有光啊。"

1986年,小哑巴巧灵夫妻衣锦还乡、荣归故里,村人艳羡。县里热情接待返乡大学生。巧灵记着父亲的愿望。再看县委大院,红砖碧瓦,哪有泥土可抹之处?忽看见西边有一排偏房,似乎多年未抹。巧灵问县里干部,干部说:"那是我县抗日指挥部旧址,正申请革命历史文物,怕不让抹。"

巧灵再三说明,这干部说给问问上级。不几日,文物部门回复:"泥土建筑,不变化主体结构,可依原样抹泥保护。"

原来日本人侵略中国,本县派了二三十个兵,只有一个日本人带着,其余都是雇佣军。日本人在此地实行绥靖政策,面上无烧杀抢掠行为。日本投降前一年冬,日本兵带领雇佣军,骑着摩托车,给当地显贵绅士贤达一一送请帖,说皇军邀请大家观光游览。一半人接受了邀请。其他人家,有念书识字之人,他们认为日本人大势已去,葫芦里不知道卖的什么药,就不去。等到出发的那一天,敲锣打鼓,唢呐声声,气氛怪异。

谁知日本人心肠毒辣,这竟然是一个临终灭贤计划。凡是他们认为优秀之人,均列入邀请名单,集中秘密暗杀。本地这批人大约七八个,都被日本人拉到湖面,从预先打开的冰洞塞进去溺死,无一幸免。当时即有人看见这场面,岗哨林立,近前不得,误以为日本人在探矿取宝。被邀请旅游观光的人过大年的时候还没有回来,这几十个兵悄悄统一撤走。几家人前去理论,答复说游览团队正在南方。

人们越等越慌。

这湖是个死湖,只聚雨雪水,并无活泉眼,湖面大小湖水深浅取决于降水量大小。第二年开春，放羊人看见了这些人员的遗体。当年大旱，这湖变成大坑，像个朝天张大的嘴巴。

后来日本人大溃退，本地区是华北通往东北必经之地。地下党组织精干抗日队伍，截断日军逃路，在湖边歼灭几十人。

这排西房，就是当时杀敌战斗的指挥部。

愣韩到达之时，一应房土大穰齐备，园林浇水车拉了一车水。愣韩下力气和泥，一如从前。只是为保留原样，商议着不用碱土，而用沙土，因此在力道感觉上差些。本县的抗日历史愣韩也知道，因此抹泥时带着对抗日英雄的敬重，带着对侵华日军的仇恨，心情凝重，泥叶使得实在稳健。在大家的帮助下，太阳落山时，将四间土房抹了个齐整，颇有威严。

县委干部给工钱，愣韩坚决不要。实在推托不掉，愣韩只要十块新钱，留作纪念。无奈，县委干部给愣韩发了一个奖状，上写："愣韩师傅义务为县抗击日寇指挥部修葺，特发此证，以资鼓励。一九八六年七月"。

愣韩回村让巧灵念给他听。听完后，愣韩问："什么是修葺？"恰好三画匠、七鼓匠放假回村。七鼓匠拿过奖状看看，说："修葺，就是抹房的意思。归有光《项脊轩志》有'余稍为修葺'之句。"

愣韩满脸疑惑点点头，心想："七鼓匠识文断字，也出息了。"巧灵投来肯定的目光，他感受到知识的重要，也该七鼓匠出彩，他此时大学毕业当老师，学生课本上就有这篇文章。三画匠一旁笑而不语。

这次抹房后，愣韩明显有些骄傲，一有机会就说："我给县委抹过房。"

亲家李肉蛋媳妇问："这回挣了多少钱？"

愣韩说："这个不能说是挣，是县委奖励了十块钱。上次你借我的钱还不还？"

"不是给你家姑娘买了电视机了吗？"

第十六章　熟皮别趣

村东住着姜皮匠，孤零零一处院子。

姜皮匠从外地迁来，并不着急盖房子。他先在别人家闲房住了一段时间，详细考察村庄的地形地势，人际关系。最后他请示队长，在村东北盖房。

马队长说："你选的地方太远。不说你生活不方便，不知道的人还以为我欺负你这个新来户。"

姜皮匠笑道："队长，我是个皮匠。有'四大恶心'一说，不知道队长知道不？"

队长再笑，说："这'四大'，那'四大'，太多了。什么是'四大恶心'？你说说。"

姜皮匠说："四大恶心嘛……"

姜皮匠正欲说出，却见学校黄老师过来，黄老师也很感兴趣。姜皮匠笑道："你看，一个队长，一个校长，我哪敢说'四大恶心'，反正有我们皮匠一句。"队长和校长不好再追问。队长说："你就在那里盖房吧，有需要的吱声。哪天狼吃了你别怨我。"

"姜皮匠，为什么选在村东北远处盖房？"队长后来见他又问。

姜皮匠说："队长，我经过访察，决定在村东北盖房。一则我村几乎不刮东北风，这是我们皮匠盖房首要考虑的。有句话说得好，三个臭皮匠,顶个诸葛亮。皮匠毕竟是臭的。二来这地方低洼,取水出水方便。三来,我村偏北偏东匠人多,有事也好照应。四……"

队长不耐烦了,说:"不想听你这一二三四,我明白了。"

过些日子,姜皮匠请二没眼过来看看,延请泥瓦匠盖房。泥瓦匠正是给贺大头盖房的那班人。去年冯师傅盖房出了乱子,如今正好过了一年。马队长定的"一年内不许再入村界"期满,自然撤销了。

姜皮匠的房子很有特色。一排三间房,最西边一间不与其他两间相通,没有窗户,开双扇门。另外两间,东堂中屋。房顶微凹,烟囱高竖。东墙留一小出口,搭了加盖简易厕所,村中少有。

秋天,姜皮匠搬家入住。

不知道姜皮匠从哪儿拉来几个大缸,一人多高,缸口直径几乎有两米,两个大男人对面伸手互相够不着。刚拉回时,村里小孩子们钻到缸里玩。姜皮匠怕大缸磕碰,也怕孩子们上上下下出意外,就吓唬着不许。谁知几个瓷顽之子,拦不住,一见没人就爬上缸沿,跳到缸底,竟然能坐三四个小孩打扑克、下军棋。

有人说:"这是清水河县的'三大'之一。"

"哪'三大'?"

"大缸,大炭,大蒜。"

姜皮匠见硬的不行,就换成软的。房东边便有榆树,上面爬满毛毛虫。姜皮匠捉了一罐头瓶子倒在缸底。小孩子又来了,姜皮匠故意阻止,却趁势离开。几个孩子唯恐迟缓,"嘣嘣嘣"跳进缸内。孩子们并不知道缸底有毛毛虫,跳进后一踩一条,惧怕万分。平日孩子们出大缸,需相互扶持拉拽,现在哪顾得上这些,你推我挤,一个也出不去,滚在一起。

过了一阵儿，姜皮匠来到缸前往里瞧。他的眼睛刚超出缸沿，眯缝着。孩子们看见一个人的头顶，几丝稀发，断定是姜皮匠，就大爷长、大爷短地央求。姜皮匠将一个粗皮绳垂到缸内，几个孩子"吭哧吭哧"爬出来，跑了。

姜皮匠高喊："明天再来玩儿啊。"

孩子们说："再也不敢了。"

姜皮匠慢慢做着准备。他把这几个缸埋入土中一截，取地下的温度，也便于捞放皮张。姜皮匠带来几件工具，并不齐全，就到霍铁那里打了抓挠等物。霍铁家与姜皮匠家不远，两家相距五十来米，颇为方便。姜皮匠又请八木匠连工带料，做了晾杆儿和铲桩。自己花费力气，疏通了由院内通往东沟底的水道，一直引到很远很远。为了方便上下，姜皮匠还修了简易台阶，又成了孩子们抓特务、玩打仗的新阵地。

一切就绪，拜访完左邻右舍，姜皮匠开张了。

本村人并不全知道皮匠营生有多臭。

缸注满水，先洗皮子、去油脂，不臭。调硝水，泡皮子，有点怪味儿，也不臭。七八天后，硝水、皮子发酵，汤浓气烈，臭味就来了，越来越强。

幸亏姜皮匠选址在村东北，离村子还有一段距离。唯有走到姜皮匠家东北，其味道哪是一个酸臭可拟？

三干头家离姜皮匠家不远，地处西南，并不能明显闻到气味。他的先人葬于沟东，在姜皮匠熟皮子味道的覆盖范围。他觉得先人们天天饱吸熟皮子味，几多不舒服。忽一日，他媳妇干呕不断，身体瘫软。他自然想到是姜皮匠熟皮子味使然。一连几天，刮痧放血之术尽用，症状却有加重之势，无减轻之状。

三干头气不打一处来，找上门来。

他上来就手指姜皮匠，说："你个臭皮匠，几个破缸臭了全村。告诉你，趁早滚得远远的。不然的话，把你的臭皮子捞出来喂了狗！"

姜皮匠满脸堆笑，说："多担待，多担待。"

三干头不依不饶，说："你自己定个时间，赶快滚蛋。"

姜皮匠乃江湖之人，向来吃软不怕硬。他见三干头来势汹汹，院子周围又站了不少人，就高嗓门说："我姜皮匠是个手艺人，我来本村，经过队长同意，有正式户口迁移手续。我把房子盖在这里，报告了队长，和左邻右舍打了招呼的。记得我去你家，给你一瓶化德闷倒驴白酒，你还说以后常坐在一起喝喝酒。你男人司家的，怎么能吐出来再吃进去？"

三干头见姜皮匠揭他短处，一个外乡人，真是岂有此理。他不示弱，说："得你一瓶酒，不是给你一罐子咸菜吗？"

姜皮匠环视一周，大约站了二三十号人。姜皮匠心想，自己来村里将近半年，觉得这村民风不错，只有三干头几个人算是刺儿头，不好相处。今天初次交锋，定要把他的威风刹住。

主意已定，姜皮匠就逗他的火气。他不紧不慢地说："我走南闯北，一卖皮毛手艺，二辖癞猪劣狗。"

三干头见人越来越多，听姜皮匠如此说，感到受了大辱，心中直冒火，就上前一步与姜皮匠对视，二人鼻尖仅仅有一寸的距离。

此地往北一百里，就是牧区。按照往年，姜皮匠早就来牧区收皮子了，今年却迟迟不来。

唐贩子本是农民，前些年和八木匠父亲结伴跑牧区，近年专门在牧区收购皮毛，再转手倒卖出去。唐贩子挣钱也简单。当年皮子的大致行情明朗后，他就收牧民的皮张，不管皮子大小，一概拉匀算总账。比如一户牧民有三十张皮子，他会统一收购，每张皮子的价钱是一样的。这样算账简单明了，牧民为省事，不予理论。等到南方的贩子、皮匠来收购，唐贩子则一张一张定价格，或五张、十张地挑出来卖。唐贩子心中有数，这就有了赚头。

唐贩子刚收了哈斯家的皮子，费了点时间。哈斯父亲早年就和牛晋、马冀、小个杨打交道，全家蒙汉皆通。这哈斯，自己有多少自留畜，并不十分清楚，全凭雇的羊倌关照。好在这羊倌心善，一心帮衬。哈斯是唯一一个不按唐贩子的收购办法卖羊皮的人。哈斯固执地认为："每个羊皮不一样，为什么卖一样的价钱？"

哈斯在买卖规则上有所坚持，在钱上面不计较，几次讨价还价就随了唐贩子，算总账，还是唐贩子占便宜。哈斯明知吃亏，却嫌麻烦，不和唐贩子理论，只是威胁唐贩子："下次再来，你得白给我两块砖茶，不然免谈。"唐贩子必恭恭敬敬带来，外加二斤牛奶糖。

眼看苫布罩不住皮子了，姜皮匠怎么还不来？唐贩子迈着小短腿，登上敖包山，一边围着敖包转，一边捡些碎石加上去。已经走远的哈斯以为唐贩子招呼自己，拿出望远镜瞭望，发现唐贩子根本不看他，就加了几鞭，坐骑放开速度快跑。哈斯妻子赶着勒勒车，行走在后。

唐贩子向南看，直到天尽头，无姜皮匠的马车影。

听得打架，又有人围了过来。鸡鹅一边关注战况，一边歪着头在大缸边找吃的。

姜皮匠想："必得让他先动手，我再后发制人。"

姜皮匠就激将:"你乔灌动我一指头试试?"

三干头头脑一热,伸出右手抓住姜皮匠的脖领。他头小体瘦,却高姜皮匠半头。他自以为占了上风,就猛地一拉,姜皮匠纹丝不动。

姜皮匠再激将:"我谅你不敢动我。你动我试试?你动我一下试试?"

围站的人有的劝说,有的喊好。三干头一股热血上来,说:"看我不打扁你!"随手撒开身子,一个耳光打在姜皮匠脸上。

"妈呀,真打?!"

看热闹的女人们纷纷后退,怕中了拳脚。几只寻食的鸡鹅,慌慌张张跟着逃跑。说时迟,那时快,只见姜皮匠双手同时动作,抓住三干头的双肩,使劲往下按压,顺势向自己这边猛揪,三干头竟吃了个马趴,从姜皮匠裆底贴着地皮钻了过去。

三干头摇摇晃晃站起来,意欲反扑,不想姜皮匠手执皮铲,钢刃晃眼,连着几个劈刺,将他逼至熟皮子大缸边。姜皮匠定住姿势,说:"老话说,莫欺老实人,你现在还有啥话说?"

三干头还嘴硬,说:"有本事放下你这个戳丧棒,咱俩摔跤。"

姜皮匠一股犟劲勇气上来,一撩皮铲,竟将他挑入缸内。

硝液激荡,溅了里圈人一身。人们一下子炸了营。三干头像个蛤蟆,四肢撑住缸沿,手舞足蹈,顾此失彼,"呀呀"大叫。好在这一缸皮子装得满,他慢慢适应,浮着身子。臭味连天,三干头无法掩鼻捂口。

再看这里,姜皮匠油腻中含着刚武,单眼皮绷得薄薄的,马步蹲裆,单手持铲,另一只手伸展护住老婆孩子。他担心村民们对他采取行动。

正在此时，忽然传来一声大喊："都别动。"大家循着声音看，队长急匆匆从西赶来。

唐贩子终于等到姜皮匠。

姜皮匠这次只要一百张上等好羊皮，五十张细花带旋儿白羊羔皮。

唐贩子说："怎么比往年少一半？"

"挪了地方，买卖不知好坏。"

唐贩子不顾这些，和姜皮匠一张一张讨价还价。唐贩子记性好，每张皮子都加价，估摸又挣个二三百块。

季节已是深秋，草原一片红黄。难得此地辽远开阔，视线尽头，足在百里之外。今年雨水大，草长得好，枯草厚厚的，看不见地皮。头上有鹰雀，地下有鼠狐。远处两只野兔，跳着打斗，不知雄雌。

姜皮匠信由老牛拉车，自己躺在皮子上打口哨，竟然是"雄赳赳，气昂昂"，显得与环境不协调。

经过缸边一战，姜皮匠打出了威风，站稳了脚跟。

那天队长训斥三干头，说："他一个外乡人，来我村已经不易，你是老户，该帮他才对。他是皮匠，这我们也知道。他住东北，你在西南，他离村又远，哪能闻到熟皮子的气味？至于说熏了你的先人，更是哄鬼。再者说了，我们村也该有个皮匠，不然做一件皮袄还得去别村。匠人哪，多少也不多。"

三干头说："那也不能没有庄户人。"

队长说："瞎操心，我村哪个匠人不劳动？你还算个正经庄户人？"

众人点头称是。

三干头挣扎几下，又有酸臭味激起，他诺诺说："我媳妇呕吐难受。"

队长止住，说："病说病，与姜皮匠无干。"

队长见姜皮匠身体微微颤抖，就向大家再告明："以后谁敢欺负姜皮匠，先问问他这皮铲同意不。你们看他那姿势，可是抗美援朝的退伍兵。"

三干头一股尿湿了裤裆，幸亏他在缸中仰泡着，并无大碍。他心中窃喜："亏我乔灌识得轻重，不然今日这一架不知什么结果。"又一想："不对呀，按姜皮匠的年岁，抗美援朝结束时他还是个小孩儿，怎么就参加了抗美援朝？"

容不得多想，众人捞他出来，他并不配合。姜皮匠见状，丢掉皮铲，过来搭手，三干头坚持了一会儿，也就顺势出来。大家在沟底帮他冲洗，正在等喝水的牛马避之不及，纷纷逃离。

谁知三干头媳妇不依不饶，说："今日斗殴，不能说全是三干头的错。你姜皮匠身为退伍军人，枪林弹雨，他哪是你的对手？你直把他逼到大缸边没错，错不该欺他瘦干，将他挑入缸内，如今浑身酸臭，这该如何是好？"

姜皮匠经三干头媳妇这么一说，也觉得自己刚才有些过分。姜皮匠反身回到屋内，拿出一块自制大肥皂，笑着递到三干头媳妇眼前，说："这是我做的肥皂，去酸臭有奇效。"三干头媳妇不予理睬。

三画匠、七鼓匠、八木匠兴致盎然，村人们很久才散去。三干头趁人不注意，将姜皮匠的肥皂揣在腰间。姜皮匠媳妇给三干头装了几个生蛆的瘦红枣。

鸡鹅见事态平息，迈着太平步走了过来。

第十六章 熟皮别趣

谁知紫丹还是干呕恶心，渐渐地竟自觉不自觉往那熟皮子缸前走，饱吸一会儿酸味才能缓解。三干头心存疑惑，捂住嘴，跟在后边看，也没啥异常。三干头带媳妇到赤脚医生家。钟大夫住两间房，东房是堂屋。屋中挂一布帘，可开可合。北墙下，一个窄床，床腿垫了木块，显得高些。进住家的门口北侧，摆一个小桌，后置一椅，旁放一凳。桌上，有一诊枕。三干头媳妇闻得药味儿，又作起呕来。

钟大夫望闻问切，断定："你媳妇怀孕了。"

三干头不相信自己的耳朵，再次确认后，小声抽泣起来。成家十余年，在不指望生儿育女时，媳妇竟然有喜了？三干头夫妇不大放心，又去县医院诊断化验，结果也是说怀孕了。

三干头问医生："我们六四年结婚，如今七五年，连皮算，成家十二年，怎么不怀孕？现在，又为什么有喜？"

邬医生呵呵一笑，不大在意，说："这是多方面的，身体疾病、营养不良、酸碱度失衡等等。"

三干头医学知识贫乏，邬医生每说一个词，他就在脑子里转三圈。听见邬医生说酸碱度失衡，他脑袋转了七圈，断定是姜皮匠熟皮子调节了村里的酸碱度。一股感激之情油然而生，三干头心中默念："姜皮匠啊姜皮匠，原来你是我命中的福星啊。"

三干头小心翼翼地扶着媳妇，在大百货买了两瓶朝阳化德闷倒驴酒，两包城关镇提浆饼。回得村来，他带领媳妇前去姜皮匠家感谢。临走时，三干头半开玩笑说："前些日子冒犯了，今后我媳妇来你这儿吸酸气，你可别嫌弃啊。"

姜皮匠哈哈大笑，说："赶快买杏干儿、山楂片要紧。熟皮子的酸腐气，满足供应。"说着，从屋里取出一双小小巧巧的皮手套，说：“这是一双安哥拉兔皮手套，送你媳妇戴，暖和着呢。”

三干头媳妇看这手套，小到不能再小，软到不能再软，合手到不能再合手，虽是里外毛茬，却集粗朴与工巧为一体，她爱不释手。姜皮匠暗想："三干头姓乔，这是什么奇缘？"

三干头见着田老汉，建议他陪老太到姜皮匠家串门，田老汉不知缘故。待明白三干头用意，"嗤"的一声笑出来，阴阳怪气地说："我啊，泡在熟皮缸里也不顶事了。"

三干头知道田老汉讽刺他被姜皮匠打入大缸，却假装没听明白，紧颠几步，走了。

熟皮之美，翻江倒海。

临近晌午，三干头媳妇来到姜皮匠院，随随便便找一段矮墙坐下，看姜皮匠翻皮子。

姜皮匠礼貌地打了招呼，他媳妇拿了一个狗皮垫子，给三干头媳妇用。三干头媳妇出于礼貌，问："贵姓？怎么称呼？"她说："姓朴，我叫朴慧乔。"

三干头媳妇再看容貌长相，断定她是朝鲜族，更多了几分敬重。

已经洗净去脂的皮子，在硝水中浸泡多日，今天要翻皮子。

皮子吸饱硝水，和硝水比重大致相当，相对失重。铁器家具和硝起化学反应，皮子发暗，色泽差，也容易划伤。姜皮匠用的是八木匠给改进的工具，一个抓挠，一个叉子，弯弯曲曲，并不直溜，榆木树枝随形制作，很是得手，符合皮匠力学。

先是用抓挠把该翻的皮子抓住，很容易翻转。皮子一旦出了水面，立马就能感觉到它的重量，足有一二百斤。此时，二股叉垫底，从下撑住。利用杠杆原理，别着缸沿，巧劲将皮子撬起，硝水

"哗啦啦"地流下，越来越少。换一口气，双手协调配合，趁皮子不注意，皮子上下易位，十分滑溜地归入硝水中，一张就算翻好了。

翻羊羔子皮容易些。小小一张皮子，随便抓住什么地方提起来，像是有生命似的有弹性。毛打着卷儿，如刚开的小花朵。捞一个，放下，入水。再捞一个，再放下，再入水，颇有节奏感。

姜皮匠只穿一条裤子，上身赤裸，前胸后背有疤痕，大概是打仗留下的伤。

一晌午，姜皮匠把同期泡硝的皮子全部翻一遍，强度非一般人可承受。七鼓匠路过，眼睛一会儿看看姜皮匠，一会儿看看三干头媳妇，没啥感觉。三画匠见了，脑海里构了一幅画，可惜以他当时的水平画不出来，只是起了画的名字。

姜皮匠见七鼓匠有兴致，就说："你来？"

七鼓匠也不推辞，学着姜皮匠翻皮子。谁知人小体轻，差一点让皮子把他撬起来翻到缸内。姜皮匠说："欢欢儿离开这吧，你要是跌进去，我可说不清。"

天高云淡，一日三饭。

现在是杏村最好的季节。有风不大，有云不雨。白天太阳斜照不热，夜间星星闪烁无语。杏林完成了一年的生长，静静地安享岁月。这些杏树，几十甚至上百岁，开花、结果、落叶、冻结，年复一年。

杏村的手艺人知道，这段时间是最出活的日子。

铲皮子是熟皮子的核心工序。一张皮子，毛面已经很白净绵软，要通过铲的工序使板子更柔更顺，达到能做衣服的程度。

先是大铲。大铲像关公偃月刀，刀刃较钝，铲皮子最里层的半皮半肉质，须掌握好角度力道。一张好好的皮子，如果大铲切开一道口子，那损失就大了。皮板子朝外折挂在横杆上，人站在皮子后边，手执大铲探到外侧。刀刃找好角度，稳稳地贴着皮子板铲下去。伴随着腐皮肉的卷落，羊皮板上就开出一道白印，很是舒畅。

后是小铲。八木匠找得一个榆木杈，中间巧巧妙妙安置一截刀刃，像一个倒置的 A，只不过其中的一个枝杈更长些。姜皮匠铲动的速度更快更密，皮子上的碎屑掉落，皮子变得越发柔软细腻。

三干头来到姜皮匠院内，静静观赏。他递上支烟，劝姜皮匠歇歇。姜皮匠喊老婆拿出搪瓷缸子，里面有沏好的浓茶。喝茶期间，三干头目光游离，像有话说。

姜皮匠说："老兄光临，不知有什么吩咐？"

三干头说："直话直说吧，我家那个的姊妹们，喜欢你给我媳妇的安哥拉兔毛手套。这是工料钱，烦你做四双，一模一样。"

姜皮匠说："等忙过这一段来取。"

姜皮匠心里思谋："谁家女人这样一色色手小，好人家啊。"

晾皮子要选择合适的天气。日光直射太热不行，阴天下雨不行。姜皮匠把院内打扫得干干净净，凡是能晾皮子的地方，都晾了皮子，铺天盖地，白花花的，如海岸晾网、湖边晒盐一般气派。

杏树上的杏大都被摘完，只剩几个站在高枝，像世外高人，孤零零地遥看杏村。杏林东边的地，今年种了土豆，秧苗枯萎，不知多少土豆埋在地下，似有千斤万斤。眼下，膨大期已过，土豆正在进行最后的淀粉积累成熟，与姜皮匠的皮子遥相呼应。

熟了皮子，姜皮匠联合郝裁缝传出话："谁家做皮袄，可在两家

第十六章 熟皮别趣

量尺寸，赊账到明年秋天。"

一时间，本村的，外地的，断断续续有人登门赊皮袄，两个师傅白明黑夜赶做。有要白茬皮袄的，省却郝裁缝的工序。郝裁缝有缝纫机，可怜姜皮匠只能手缝，实在忙不过来，就雇贺大头媳妇等妇人帮忙，按件计酬，年后兑现。贺大头媳妇原本拜郝裁缝为师，可惜嫌出徒慢，三天打鱼两天晒网，退了出来。

村人不知，郝裁缝和姜皮匠事先研究了好几次版型。

郝裁缝说："老姜啊，你们皮匠做衣，不讲究垫衬，没棱角。如今你在肩头放几寸，加个垫肩，穿出来就不溜了。"

"是啊。"姜皮匠说，"有些裁缝做皮袄面子，贴得太紧。我看倒不如宽大几分，大大气气，面子另做，浮搁，洗时也方便。"

郝裁缝说："皮裤裆要敞，腿要松，裤脚却要紧。你不见老人们穿皮裤，裤脚多扎个胶皮套，倒不如预先做细。嫌穿着麻烦，可以开口加暗扣，装拉锁。"

秋已收，冬已藏，皮匠裁缝做衣忙。

一件一件衣服做好，及时送出去。这年冬季，天气极冷，杏林几乎被积雪掩埋，村里老人们却精精干干，过最暖和的数九天。新做的皮袄，肩宽贴身，妙的是配一个黑羊毛领子，色彩上压得住，颇为时髦，穿着者心中大畅。

队长、会计、民兵排长、赤脚医生是村里头面男人，钟情羔子皮坎肩。

羔子皮从刚出生不久或在母羊胎中死去的羊羔子身上剥下，毛花板子软，加个缎面做坎肩最好。难的是配皮子。

俗话说，千人千面，没有两张相同的羔子皮。先是得了一张出花好的皮子，然后就走访众人，从成百上千张皮子中选择，慢慢凑够能做一件坎肩的皮子，交给姜皮匠。

姜皮匠戴着老花眼镜，端端详详，毛色、花纹、顺逆，尽量配好。遇巧时，一二年可得。不巧时，三五年也不一定配齐。

比较普通的配一色白皮子，队长专配黑花花，体现着小村领袖人物对美的追求的独特性。队长终于做成了一件黑花花坎肩，随时撩起衣襟让大家欣赏，却不想粮站的裴站长是一件棕花花的，物以稀为贵，队长被比下去了。

第二年开春，三干头媳妇已经显肚。这日，她手扶肚子，艰难而骄傲地行走，最终来到姜皮匠家。

她稍稍站定，对姜皮匠说："老姜啊，这里是一方真丝手绢，虽说抵不过安哥拉兔皮手套珍贵，也是我的心意。"她转身递到姜皮匠媳妇手里，说："送给嫂子做纪念。"

姜皮匠说："咱们几个的岁数，乔灌比我们大，我们夫妻俩比你大，怎么称呼，你琢磨吧。"

三干头媳妇呵呵一笑，再说："我中年怀孕，是喜事，改变了我今后的路子。"

三干头媳妇解开一个包袱，里边是一个整狐子皮，火红火红。姜皮匠再细看，整张狐子皮竟无弹眼，断的是活捕之物。

三干头媳妇说："这张狐皮，年龄季节都对，算是极品。如今烦你给我熟了，我敬我母亲围护，以了做女儿的心愿。"她再说："至于一应工钱，我这里先给你留下。"

姜皮匠说："这狐皮极其罕见，待我依规处置，你三九二十七天来取。"三干头媳妇颔首告辞。

原来狐皮质地极好，毛囊浅固，毛绒混生，最怕硝熟酸浸。熟狐皮，只需平心静气，细剔皮上油脂，锯末面洗尽毛间杂物即可。

狐是性灵之物，皮匠熟皮自有一套仪规。姜皮匠不敢怠慢，依例操作。

姜皮匠来到八木匠家，求他做一个狐形楦子，又多要杂木锯末。八木匠自然知道用途，说："村里原有打牲人，打了不会处理。有邻村的皮匠，将狐皮混到羊皮里熟，结果一塌糊涂，板子松软，毛色暗死，可惜了。也有那枪法稀烂之人，火枪铁砂子将一只狐狸全覆盖，打得一身窟窿眼，不能利用。"

三九二十七天，姜皮匠将狐皮熟好。

三干头媳妇的肚子更大了。她按约定来到姜皮匠家。

姜皮匠打开红柜，拿出一个红布包。他十分虔诚，缓缓打开。

这分明是一只活着的红狐，尖尖的嘴，噘起来的鼻子，调皮的耳朵。通体看去，毛直绒密，颜色鲜亮。四个蹄子微弯，俨然奔跑跳跃后的小憩。红狐身子蜷曲，像依偎在母亲的怀中，放心静谧。尾巴大弧度弯曲，有些许娇气，又有些许张扬。

三干头媳妇双手摸过，狐毛发出"铮铮"响声，闪着火花，清晰有力，散发出生命的电流。摸着摸着，三干头媳妇双目迷离，两手抖动，眼前幻化出母亲的面容。

三干头媳妇自言："我就是那千年的红狐。命运弄人，世道轮回，我一个都市女孩儿，竟在杏村生息，正循着生根、开花、结果节奏，度此一生。"

姜皮匠说："同是天涯沦落人啊。"

终于，三干头媳妇的两眼再也含不住丰沛的泪水，两颗巨大的泪珠一前一后滴落到狐皮上，晶晶莹莹，冒着微微热气，浮在狐毛尖上摇晃，就像地头小草上的露珠，孤苦伶仃地挂着，无人知晓，无人理会。

不久，三干头媳妇生了一个儿子。满月之时，她让三干头找黄老师。

三干头找到黄老师，说："我家媳妇生了一个儿子，请黄老师给孩子起个名字吧。"三干头媳妇怀孕之时，几个老师也有所知。大家认为，姜皮匠调节村子的酸碱度，三干头媳妇怀孕，并无科学道理。黄老师说："娶老婆生孩子，还讲什么道理？生孩子就是道理。"

黄老师问："自从我来，人们就叫你三干头，你姓乔？"

"黄老师，我姓乔。"

"你家起名字是辈辈三，还是隔辈三？"

"辈辈三。"

黄老师略做思考，说："我看小名儿就叫皮来，大名就叫乔皮来。总是从姜皮匠熟皮子缘起。纵无因果，亦有巧合，宁信其有，不信其无。缘分啊。"

三干头试着叫几声，觉得非常别致好听，就依了。

姜皮匠年年熟皮，年年制衣。

唐贩子来了。他第一次来杏村，顺着味道找到姜皮匠。姜皮匠像招待贵宾一样招待唐贩子。

唐贩子身穿集宁"熊猫"牌山羊皮列宁装，颇有派头。家里热，唐贩子脱了皮衣，很是沉重，他用心理顺后放在盖窝垛顶，说："我来你这里，一则看看我老兄，二则和你商量个事。"

姜皮匠不说话，等着唐贩子的下文。

唐贩子一副总揽商海气派，说："我估摸着，今明两年羊皮、狗

第十六章 熟皮别趣

皮要涨价。因为我觉得，我们中国人，还有外国人，正要经历一个由棉到毛的转变……你看我这皮夹克，'熊猫'牌，八四年一下子红火起来，如今二年已过，越发抢手。"

姜皮匠媳妇给二人炒了鸡蛋，拌了土豆丝。姜皮匠将三干头给他的化德闷倒驴酒拿出来喝，二人海阔天空，以至忘记了喝酒后半截的事情。

第二天上午，二人商量达成一致，那就是筹集资金，实行股份制，购置皮张。一个冬天，他们购了近千张羊皮。姜皮匠理解，所谓股份制，大概就是挣钱多，赔钱也多。

一冬一春，皮子的价格并没有上涨。姜皮匠有些撑不住了。

姜皮匠媳妇天天不高兴，说："不好好熟你的皮子，非要搞股份。唐贩子只跑腿，你出大钱，挣了大家的，赔了是你的。"

姜皮匠嘿嘿一笑："再等等，再等等。"

快进入夏天，姜皮匠看着满西房皮子犯愁。姜皮匠知道，一下雨就完了，早早地抹房吧。姜皮匠是今年第一个请愣韩抹房的人。

全村人都替姜皮匠愁。

谁知夏初，皮毛市场行情像窜天猴一样，猛涨，一天一价。就是平常一块磨得没毛的祖传狗皮凳垫子，也能卖钱。七鼓匠找出当年吹唢呐的皮垫子，换了钱。

二道贩子在姜皮匠院周围绕来绕去，给姜皮匠递烟说好话。唐贩子急匆匆赶回村，就睡在放皮子的闲房，像守护着自己的祖宗。二人直撑到雨季即将来临、蝇虫繁殖之前，将全部皮子出手，是收购价的好几倍。二人发得按不住，收入一下子超过多年努力的万元户。

姜皮匠说："唐兄弟，什么股份，咱俩算账，除去本钱，挣的二一添作五，对半分。"

唐贩子说："有言在先，不能坏了规矩。"

最终按股分钱，姜皮匠得了大头。他觉得这钱来得太容易，有些底虚，抽身不干。唐贩子越做越起劲，最终在倒卖油料生意中赔了个精光。

代销点已经撤掉，售货员柴红脸几次反映，说姜皮匠这是投机倒把。队长不理睬，也没有其他人过问和阻拦。

这些皮子运往鄂尔多斯、海宁、白沟，也带动运输业发展。古车豁子代养代管集体的马、车，走了几次货，比拉煤运草挣钱多。后来，邻村有人买了日野车往返，马拉皮车退出历史。

姜皮匠、唐贩子买卖兴隆时，经常到县城和集宁。姜皮匠看这县城，一街横贯东西，大路南北两边机关林立、店铺密布，西望，东顺酒店人来人往，热闹非凡。"二楼"是城关中心，一层百货副食五金，二楼鞋帽衣裤布匹。一层卖糖果的售货员，乌发白脸，高挑身材，姜皮匠每去，必定买三两块钱水果糖，看她熟练地用草纸包好。姜皮匠回家打开，取几块吃，不能再原样包住。

去了集宁，老虎山雄踞城南，一马路二马路三马路四马路五马路六马路七马路由南往北排下去。还有半马路介于一马路二马路之间，专门卖鞋，像武昌鱼的半根硬骨，挺有意思。唐贩子领姜皮匠坐火车，去时好好的，回来却转了向。集宁南站出来面东，他以为朝南，一直转换不过来。

全球气候变暖，时代发展真快，三五年时间，人们就不穿姜皮匠制作的皮袄皮裤。姜皮匠出出进进，看着几个空空的大缸，怅然若失。等到姜皮匠赴上海参观，看见博物馆里自己用过的大缸、铲桩、铲刀静静地站着。姜皮匠猛然上前搂住，热泪纵流。原本熟好的皮子、做成的皮衣裤未出手，他也一起捐赠给大鼓匠，市民看了之后啧嘴不停，惊叹："什么地方，什么季节，什么人穿这些服装啊！"

第十七章　钉补时光

钉盘碗儿姓黄，人们不称呼他的姓，不知道他的名字。

杏村的大人小孩儿都叫他钉盘碗儿。

他有一条逆时针走村路线，每隔两三个月来杏村一次。按照每村待两天计算，他大概覆盖了二三十个村子。

他每次来杏村，都是由西而入，从东而出。

不管秋冬春夏，他进村前总会在杏林边歇歇。他曾向人打听，杏林是何人所种，人们都说不知道。钉盘碗儿老家杏树多，与杏村杏树不一样，叫接杏，一棵树结果成百上千斤，有经济价值。杏村的杏树，是乌兰察布高原少有的野山杏，姑且说是野生景观林吧。

这片杏林给他带来亲切感，让他犹如行走在故乡的土地上。一副破烂的挑子，结构复杂，颜色陈旧，用皮绳、铁丝摽得结实。这挑子很沉，所装物品不下百种。有些工具太大太长，他就另外绑在合适处。

钉盘碗儿不抽烟，也不像三画匠随身带水。歇歇儿后，他会随手捡地上的草棍儿树枝，捅在嘴里嚼。等他歇够了乏，攒足了劲，就将口里的东西吐出，连唾几次。然后他担起挑子，回头望望杏林，一程走进杏村。

第十七章 钉补时光

钉盘碗儿是他的主业，副业还代卖一些小物件。这些物件，小得不能再小。

缝衣针极细，一百枚或许就是半两左右。他不知把这缝衣针放在哪一个格子里，女人们来挑的时候，他却能准确无误地取出来。

红红和绿绿，装在青霉素大油针药瓶里，卖的时候用掏耳朵勺子度量。这么一瓶子就卖好长时间。

棉线很轻，整卖论把，零售论绕。论绕就是讲好价钱，从大线团上绕几绕下来。

其他如顶针十来个，各色扣子三五种，烟嘴儿烟锅六七个，都取其分量轻而常用。

新中国成立后，各村有了代销点，钉盘碗儿就不带这些东西了。

1947年，钉盘碗儿第一次来杏村，刚刚二十出头。这时的杏村很小，钉盘碗儿只做了三两件生意。傍晚，他进了牛家的院子，请求在牛家借宿。那时，老牛父子二人生活，见钉盘碗儿风尘仆仆，予以接纳。从此之后，钉盘碗儿来杏村，就在老牛家东院墙底摆开家具，在老牛家借宿。父亲牛晋去世后，他就和老牛哥弟相称，老牛大他三岁，为兄。

一晃十几年，杏村政区归属不断调整，察北专区、冀热察行署、锡盟，最终划归乌兰察布。钉盘碗儿走在这片土地上，山还是这个山，梁还是这道梁，恍恍惚惚，只觉社会变化，历史发展。

已是冬季，钉盘碗儿杏林歇好脚，怕冷不再久待，挑担入村，刚到村口就让一群妇女围住。有要东的，有看西的。外地嫁来的媳妇，问娘家有没有捎信来。别说还真有。他拉开抽屉，展开塑料包，翻一封信交给李肉蛋女人。这女人一下子红了眼圈儿。稍稍站开点，女人看那信，看着看着哭了。这一哭，引得众女人哭。

贺大头媳妇今年刚嫁到杏村，说："我快半年了，不见我爹妈。"

愣韩媳妇说："我一年。"

柳叶说："我妈没了十年。"

大家又哭。哭一会儿就好了。开始买东西。所有卖的东西都看一遍，问一遍。最后只买最需要的，最便宜的。钉盘碗儿说："看看这，利，比眼皮子还薄。"

几个女人却有小小的满足，陷入往事的回忆。不长时间，猪来了，狗叫了，又该忙家务了，众女人散了。

三干头和老牛住前后排，钉盘碗儿来了之后，三干头媳妇早知道。

这次钉盘碗儿来了，她未等吃喝，就来到东墙底。"钉盘碗儿，我这里有一个香炉，你可能为我钉好？"

钉盘碗儿刚在暖阳地坐定，一看，这是一个瓷香炉，可惜一破四瓣儿。等到拿在手中，他发现此物非同一般，只觉得胎实釉细，绝不是普通人日常所用之物。

钉盘碗儿就说："这炉子金贵，我等小匠，不敢承揽。"

"我已观察你二三年，你不必推辞。这炉子若是钉坏，与你无关。"

"既然这样，你就放在这里。只是这样的东西，铁钉断然不行。我给你用铜钉吧。"

三干头媳妇微微一笑，说："我也不要你铁钉，我也不要你铜钉。我备的好银丝，你给我用上。"钉盘碗儿很少用银丝，见她示意低声，就不再问了。所喜没有外人，他当下就钉了起来。

第十七章 钉补时光

一应小斧、小剪、小钳、小砧摆放齐全，再将金刚钻安到钻头上，箍紧，放好。他从箱屉取出一个瓷酒盅。

钉盘碗儿开始察看这香炉。香炉统共拳头大小，白底蓝线，整体镂空，上下两开。再看虚实交错，竟然有一条龙影由下而上盘旋入云，不注意看不出来。三干头媳妇看他端详，就说："那龙有两条，盖子扭过去还能对住。"

钉盘碗儿双手挪了挪，确实天炉合缝。

他再把这香炉放在眼前，只见它纵向断开，下炉和顶盖分别碎成两半，却不在一条线上。

三干头媳妇说："家有癞猫，眼睁睁把这香炉碰倒，打碎了。"他未听清她说什么，察看已毕，开始制钉。

钉盘碗儿所用工具，和霍铁相比，如小人国一般。一个砧子，略比鸡蛋大，固定在箱子上。手中所持小锤头，一头儿圆柱，一头儿圆锥，犹如二茬小萝卜，又像极细的皮靴高跟儿。

他手持钳子，比比画画，"咔咔咔"剪下几截银丝。他把这银丝段儿用钳子夹住，放在砧子上，用那小锤击打。双手翻转之际，银丝已经打扁碾细，如一条条小鱼苗般有灵气。钉盘碗儿一股气制了一二十个。

他左手再拿一把钳子，与右手的小钳子配合，把刚才制的银条轻轻折弯，变成一个一个小扒钉，精致得像小女孩剪下一弯小指甲。

三干头媳妇看着欢喜，说："亏得有两把钳子，不然你那大手，怎捉得住这些小妖精。"引得钉盘碗儿笑了几声。

正在忙乎，却见巧灵来了。只见她毛线套头帽，织法大气，两条长带，松松护住脖颈。上身小棉袄，外套花点褂子，灯芯绒棉裤，裤脚收住。也是家做鞋，鞋面干净。眉心一个红点儿，饱满肥实。

钉盘碗儿止住手中的活儿，说："这不是巧灵吗？你几岁了？"

"是呀。我五岁了。"

"你从小在你姥姥家，不想你姥爷姥姥？"

"想。"

"哦。和你父母说，钉盘碗儿来了，有东西就拿来做。"

"我不管这闲事。"说着和几个女孩子朝西出了村，上到杏树林之上，坐冰车，堆雪人，打雪仗去了。

最近几年，冬春季节的雪越下越大。尤其是冬天，隔三岔五下雪。雪后的西北风带来尘土，雪就脏了。老天爷看不过，默默地再安排一场，大地又是一片素净，犹如盖了白绢一般。村人住房北墙底的雪，一直往上积，与后房檐相连，压实之后，成一坡道，可以顺着上到房顶。生产队的几间房，后墙更高些，早成为七鼓匠等人的滑雪场。滑雪道越来越长，越来越光溜，有时刹车不及时，能滑进房后郝裁缝的东院墙底，或者让藏粮圪蛋挡住，自有其乐。

谁知刚出村，巧灵几个就见杏林南边有人摇胳膊摆手，不许过来。原来是七鼓匠几个男孩子正在套雀儿。新下的雪覆盖大地，一片白净。七鼓匠一干人用踢死狗鞋划拉出土层，将索板隐藏其中。"板"是索板的基础，可木板、破席，抑或一截铁棍。"索"是索板的灵魂，用马尾做成。将长长的马尾对折，双手配合搓成绳状。对折处打一个结，圈出一个小圈儿，犹如鸟眼。末尾合适部位也打结，然后从小圈儿穿过，一个索就做成了。若是破席、铁棍板，将索拴上去，整理好即可。若是木板，需要在板上扎眼儿，将尾部的结嵌入，然后唾沫浸湿旧棉花，再用锥子把棉花球压进去，棉花膨胀,索就固定在板上了。乌兰察布高原人把"索"念成"杀",杀板杀板的,有些狠意。

巧灵几个女孩子猫着腰,先从北侧进入杏林,压低身子接近。七鼓匠一看巧灵在,就招呼她们站在身旁。巧灵仰头看去,天色晴朗,空中并无一鸟。七鼓匠表现欲上来,口中念念有词:"丢、丢、丢,丢、丢、丢,家巴百灵寻我哇,我和你妈打火哇。"巧灵抿嘴而笑。

谁知还真有鸟群来了,在眼前飞来旋去,终于一个回头落,降在索板附近。这些鸟儿也是经事之鸟,不直接上前鸧食,生怕中套,远处蹦蹦跳跳,一会儿又警觉地飞起来。几次胶着之后,鸟群猛然收翅跌落,铺在索板上,星星点点。

鸡蛋大小的马尾索套圈儿,密密麻麻。鸟们只以为它和草叶一样,哪知马尾细涩韧劲,钻进去后再跳跃,索套就被揪着缩小。说时迟,那时快,立马就有鸟儿中了索套。有套住脚的,有套住脖子的,有套住翅膀的。几经挣扎,也有命好脱了套的,也有套得更死的。七鼓匠眯眼看去,自己的索板无鸟被套,还想等待。八木匠等大孩子们不管不顾,"嗷嗷嗷"叫着,飞扑过去。鸟群受到惊吓,暴飞起来,一片叽喳声,犹如捣了它们的老营。待到解了套,有麻雀、百灵、画眉,收获者很是喜欢。

七鼓匠这次未套住鸟,在巧灵面前不免有些黯然,笑嘻嘻地说:"好雀儿在后头。"重新整理了索板,又撒了粮食,回到杏林。

时间不长,又有二十几只鸟儿低空扑来,竟全部直接落在七鼓匠的索板上。七鼓匠心跳得"咚咚咚"的。偏有八木匠大声说话,七鼓匠一句脏话低声狠骂回去。时间一秒一秒过去,七鼓匠等得浑身打颤,一股清鼻涕掉在衣服上,冻住。终于不能再等了,大家呼喊着跑过去。恰有一块尖石隐于雪中，将七鼓匠绊倒。七鼓匠忍痛再跑，一堵身子围住索板，两只冻手解套取鸟。解一只，往红布裤带上别一只，竟有五六只之多。整理好后再细看，全是肉乎乎的画眉。七鼓匠喜不自禁，恭恭敬敬给巧灵一只。

巧灵双手护住，第一次近距离观看。只见这画眉胸脯一鼓一鼓，满脸怒气，一双豆眼，露出惊恐。两条眉毛，像利剑一样挑出来，奶凶奶凶的，煞是威武可爱。七鼓匠见巧灵喜欢，就说："你要是喜欢，再给你一只。"

"喜欢是喜欢，就是可怜这鸟。"巧灵说着松开双手，画眉双爪一蹬，"忒忒忒"飞走，一会儿融入云天，看不见了。七鼓匠大为不解，说："反正是给你了，你愿意怎就怎。剩下的，可不能再给你了。"

"给我，我就全放了。"

八木匠等很生气，怨巧灵坏了场子。八木匠说："鸟最是灵性，有这一出，它们再也不会在这儿落了。起索板，换地方！"

七鼓匠说："也不见得，再等等。"

八木匠不听，粗放地起了索板，和三画匠、小哑巴踏雪往南去了。看那步伐，有点学习模仿《林海雪原》解放军战士的意思。七鼓匠留在原处等，默唱京剧："穿林海，跨雪原，气冲霄汉——唵，唵，唵……"

谁知被巧灵放生的画眉乃是一领头者，它鸟言鸟语，将危险信息传达得众鸟皆知。何况鸟儿经过半上午的寻食，早已吃饱了肚子，全窝在阳坡地、暖和处，安享鸟生，任捕捉之人冻着干等。当天，风刮日晒，积雪大都被吹开、融化，鸟的活动范围扩大，暂时躲过被捕之祸。一下午，得了鸟的男孩子做着同样的事情。百灵鸟最金贵，单独笼养，自己教它说话，开春卖掉，都是好的。画眉次之，几只装在一起，一派热闹。家巴雀儿气性大，头顶身撞，一会儿死过去一次，一会儿死过去一次，终于被放在炉火里烧得吃了。大人们回家闻见焦煳味，顺口骂几句，也不深究。

"我看你这香炉，需半眼儿钉住，这才讲究。"
"管你半眼儿一眼儿，给我做好就好。"

钉盘碗儿用了半个小时，左端详右端详画了眼位。他将一片香炉用双腿夹住，钻子摆好。左手护住小酒盅，钻杆儿顶端镶嵌的钢珠顶在瓷盅内，权当轴承。把几根皮绳理顺，绕在钻杆，吃住劲儿。最细最细的金刚钻对准眼位，右手撑住劲按动横杆儿，左手压实酒盅。正转三圈皮绳绞住，右转三圈松开再绞住，一上一下，一上一下，很有韵律。钻头发出实实在在的"呲呲"声，旋出了瓷粉。钉盘碗儿控制着力道，不使金刚钻打通香炉壁，只几下就钻成一个半眼儿。

他钻完了所有的眼儿，清理一下箱子工具，开始钉小扒钉。

先团一块布从里垫住，后用小钳子将扒钉大致对到眼内，大手粗指稍用力压实。每一个扒钉是不一样的，不能搞混顺序。然后用那小锤子击打。他像是爱惜新婚的妻子，刚满月的女儿，只怕气粗了，手重了，力量是霍铁的亿分之一。锤打之声，极其轻微，一股小旋风来了之后，任何声音也听不到了。

越打越实，已经听得清香炉低脆的共鸣和回响。钉盘碗儿打几锤，看几眼；看几眼，打几锤，一个扒钉就妥了。

全部扒钉钉好，香炉有了刚性，能正常拿起放下。密密麻麻的小扒钉，犹如装在香炉上的千眼，与香炉融为一体。三干头媳妇以为做完了,正要付钱,却不想钉盘碗儿又从抽屉取出一把铁锉。这铁锉,比小的毛笔还细巧,比唢呐哨哨略长。钉盘碗儿低头近眼,上心打磨。

钉盘碗儿再取一张旧纱布,大手呈窝状松松护住,做最后的抛光加工,极其轻微,不伤香炉原来的瓷面。

香炉交到三干头媳妇手中,她哭哭啼啼。原来香炉光滑细腻,如今变得凸出挂手,颇有质感,好像这香炉本来就应当这样。

上天之意,命中注定,这香炉就得从天津来杏村,经历这一番脱胎换骨。

有一种盆,生铁铸造。这盆敞口肥腰平底无足,高约半尺,敲之铮铮有声。不知铸铁厂造此盆初衷为何,杏村人一律买了做尿盆。供销社五金土产门市部标明是生铁盆,人们买的时候直说:"同志,我买个尿盆。"

有了铁盆,晚上就不麻烦出院了。有的人家讲究勤谨,天不亮就起来,端着铁盆在门前的粪堆上倒掉,促进农家肥发酵。有的人家邋遢懒惰,半前晌醒来倒在院里,招蝇惹虫,颇不卫生。

贺大头今年新娶媳妇,别的东西他母亲给得不富余,买了个新铸铁盆。贺大头家惯例女人倒盆,贺大头媳妇家惯例男人倒盆。新婚不久,二人暗暗较劲,要把对方倒盆习惯为定例。谁知这盆前几天被小羯羊顶倒打破。

听得街上"钉——盘碗儿——"吆喝,贺大头媳妇就拿来,请钉盘碗儿钉住。

先是味道不好。钉盘碗儿不吱声,抓了把乱草擦了几擦,呛得跟前的一只小狗挪了地方。等到钉时,贺大头媳妇比比画画,说个不停，俨然一件传家宝贝一般。钉完后，她又讨价还价，不愿出钱。钉盘碗儿隐忍不言。

谁知贺大头媳妇忘了钉盘碗儿"干到晾足再用"的吩咐，当晚就提回家中，不想渗得一地臊气。第二天打早，她手提铁盆，说："你一个跑村串户的讨吃货，给别人钉这么大大儿个香炉，用了一上午。给我钉这么大个盆子，你三两下。嗯?！"

钉盘碗儿说："手艺人靠艺立命，凭艺吃饭，怎么在你这里成了讨吃货了？"

"昨天让你钉盆，我的话你一句也不听，也不给少钱。你这盆子没给我钉好！"

钉盘碗儿耐心解释，贺大头媳妇披头散发纠缠，不理会。

"你这是欺负老实人了吧？莫非我赔你一个盆不成？"钉盘碗儿站直了身体，魁伟了不少，气度上与平时判若两人，有一股逼人的豪气。

听得吵闹，来了些闲人。贺大头媳妇一看人多，壮了胆子，再想钉盘碗儿是个外村人，就把铁盆举过头顶，砸在地面，这盆"咣啷"一声，碎了岂止百瓣儿。

"赔！"

"放肆！"场面正激烈，却听人大喝。人们看时，是老牛。

"你昨天钉盆，今日闹事，我都看得清清楚楚。钉盘碗儿，一个游村手艺人，向来老实本分。明明是你的错，你怎能让人家赔？老牛的脸往哪儿放？杏村的脸往哪儿放？"

茶人不发火，发火阎王怕。

贺大头媳妇见老牛义正词严、威风凛凛，竟浑身发起抖来。悍女不吃眼前亏，她转怒为喜，说："老牛说得对，我这几天昏昏沉沉，全是我的错。"

谁知老牛还不罢休，继续教育："就便是他钉盘碗儿没给你做好营生，可盆子原本是烂的，刚才明明你自己摔的，怎能让别人赔?!"

钉盘碗儿感谢老牛相助，再想也不是什么大事。只是那盆子已摔成百千片，无法再钉，就说："也怪我话没说明白。以后我还来，咱们再说。"

贺大头媳妇想："霍铁给人打铁，这些铁或许有用，最次也卖给柴红脸，不能扔掉。"就和老牛说："大哥借个口袋，我把这些铁片拿回去，省得在这里扎孩子们脚。"

老牛进门，找出一条烂牛毛小袋，贺大头媳妇将碎铁片捡得干干净净，口袋一悠上肩，背回家。

谁知这牛毛小袋附满炒莜麦毛，老牛没注意，贺大头媳妇也不理会。说话间太阳上来，照得家里温热，她感到浑身奇痒。三干头媳妇听贺大头媳妇指桑骂槐，怒着，不发作。谁知几年之后，她也遭遇莜麦毛之痒，闹出大事，动人心魄。一个人不犯相同的错误，不同的人可能犯相同的错误。

寒来暑往，四季轮回。钉盘碗儿按自己的节奏游走，不知不觉过了十年。

钉盘碗儿让老沈带到家里，他看老沈有些异样，也说不出来是什么异样。

老沈妻子端上一碗茶，茶具极其精致。他以为这沈家要钉茶器，就做着准备。

谁知老沈拿一个锦盒，直接打开，里边是一方印章。

老沈说："你在杏村钉盘碗儿也多年，我今天请你，是想让你把这一枚印章钉好。"

钉盘碗儿一脸茫然。

再看老沈手中印章，印面一寸五见方，高四寸左右，上下一断两截。

老沈说："既然请你钉印，我需把缘故说清。我家本经营米面粮油，开着炸麻花干货店。谁知世道混乱，一家流落杏村，真是幸存啊。如今我家再炸麻花，三个儿子已经张罗开了。只是这沈记印章在逃离中跌断，今天请你钉好。"

钉盘碗儿见老沈满脸沧桑，又露出安静的微笑，就想帮他成了此事。只是他向来未接触玉石章料，不敢应允。

老沈看出钉盘碗儿犹豫不决，就说："我也问过人，这不过是软玉，你那金刚钻钻得动。"

钉盘碗儿将印章拿在手中，端详来，端详去。他忽然眼睛一亮，和老沈说："你这是玉石，我向来没有动过。你如今要把这印章钉住，我有一个想法。"

老沈说："你赶快说。"

沈面、沈水、沈油围了过来。

"我偶尔也在牧区钉盘碗儿，哈斯送我好驼骨。我也纳闷，牛马驼羊，不过吃草，竟长得如此大骨。这驼骨比起其他，更是坚硬耐磨、料质细腻。我的意思，你这印章咱们暗钉。切四块驼骨，通体将玉印围了，下边只留一分。成了看，内玉外骨，最好不过。"

老沈异常激动，说："今天你在我家吃饭。老伴儿，你做最好的饭。"

只见钉盘碗儿将驼骨画了尺寸，沈家三个儿子下力气，锯开取直磨平。驼骨白里透红，光滑润手，与原印色调极为协调。他戴着老花眼镜，一会儿镜上端详，一会儿镜中凝视，以最大的虔诚，定点、打眼。三千头媳妇剩下的银丝粗细正好，四八钉了三十二个直钉，每个驼骨面像一个麻将牌的八筒，磨平钉头，泛着银光，将一个断裂的印章扒得结结实实。顶端，原玉露出方正本色，显得内敛。印面，稍稍凸出，自信张扬。

老沈哭着接过来，说："比原来的还讲究、伏手。"

前几年，小哑巴稀释颜料的粗碗，被他母亲撸到地下打碎。小哑巴不敢吱声。

待李肉蛋两口子不注意，他悄悄捡起瓷碗的碎片，放在鸡窝顶，由大到小叠得齐齐整整。他出门进门，眼睛总是不由得瞟一眼。

过了二年，小哑巴知道破了的碗是可以钉的。他心中暗想："我要攒钱，等钉盘碗儿来了钉好。"攒了一年多，小哑巴认为差不多了，却等不到钉盘碗儿来。小哑巴每天望着村西小路，没有钉盘碗儿的身影。

小哑巴就登上小南山，忽然眼前一亮，哈哈，远在天边，近在眼前，钉盘碗儿正在杏林边坐着。

小哑巴的眼睛十分明亮，超出了视力表测试范围。他明确看见，钉盘碗儿正在用一根树棍儿捅嘴，歇歇儿。他再一聚光，画面拉近，钉盘碗儿手持的是一截杏枝。这杏枝，一端是新折的茬子，一端已咬出纰头，他正品味杏树的酸苦。钉盘碗儿不知道，杏枝性辛味平，归肝经，活血散瘀。咀嚼半天，他感受到牙龈肿痛有所缓解。

杏林也是小哑巴的最爱。杏村周围，唯有杏林是这样色彩斑斓，四季不同。眼下正是秋天，站在小南山远看，此时的杏林正是

第十七章 钉补时光

一幅写意的风景油画。杏林占据画幅中心，树叶有绿、有黄、有红，树干铺就紫色基调，周围大片黄草，延绵到远方。

钉盘碗儿斜坐在林外，悠闲自在，宛如这片杏林是他的庄园。

小哑巴跑下小南山，在村口迎住钉盘碗儿，意欲帮他挑担。钉盘碗儿一看哑巴身材尚小，二想别让他把这担子挑翻，就谢绝了。

小哑巴比比画画，钉盘碗儿大致理解他有个东西要钉。村西口分手，小哑巴亮了一下手中的硬币，回家取东西。钉盘碗儿朝老牛家走去。不一会儿，小哑巴搬着碎瓷片，递给钉盘碗儿。

钉盘碗儿一看，这碗是粗碗，品相丑陋，极不规则，胎釉较差，稍不平衡。只是烧得温度高，瓷碗有不一般的硬度，显得刚坚明朗。

再数瓷片，似有七八块。钉盘碗儿心中暗算，一道扒钉二分钱，算下来差不多一个碗钱，就示意小哑巴不要钉了。

小哑巴态度坚决："钉。"

钉盘碗儿无奈排接这些瓷片，发现缺一块。所缺残片一寸见方，恰在碗边。他手指缺口，小哑巴大为吃惊，急忙回家院里屋内再找，哪有这瓷片的踪影？小哑巴挠头顿脚，一脸困惑。

钉盘碗儿"呵呵呵呵"笑，说："这回你不钉了吧？"说完又想这孩子聋哑，就打手势，让哑巴收拾瓷片。

小哑巴毫无办法。

谁知小哑巴在前，巧灵在后。正在小哑巴犯难之际，巧灵一下子跳了出来。先是钉盘碗儿吓了一跳，说："你有什么做的？吓我一跳。"

"我没有什么做的呀。我看看这个哑巴怎么了？"

小哑巴见是巧灵，手比足画，甚是着急。巧灵也不点头，也不

353

摇头，从背后拿出一个布包。小哑巴接过来打开看，是那瓷碗残片。

小哑巴喜出望外，又嫌巧灵逗她，就扑上来吓唬巧灵。巧灵纹丝不动，小哑巴只得急刹车，鞋底发出"哧哧"的声音。

钉盘碗儿见巧灵能和小哑巴交流，就说："这碗碎成十八瓣儿，按一道扒钉二分钱，还不如买个新的。"

"他叫你钉，你就钉。"

钉盘碗儿端详再端详，从木箱内抽出一块黑乎乎的抹布抹两下。放下抹布，右手食指和中指伸到嘴唾些唾沫，擦那断裂处。先是"忒忒忒"钻眼儿，之后"叮叮叮"钉扒钉。所有扒钉钉好后，他伸出食指，从一个铁罐头钵里抠些麻油和的石灰泥，抹在扒钉处。钉盘碗儿又拿起那块布，仔细擦抹一番，来回端详，最终交到小哑巴手中。

小哑巴看那粗碗，俨然有了生命，宽宽大大端在手中。钉盘碗儿真是老艺人，他断定哑巴钉这碗，并非装粥倒水，就取了最大的钉碗扒钉，以求和碗的风格一致。再数个数，竟有二十几道之多。

小哑巴掏出钱，估计不够，紧张起来。巧灵一把夺过来，给钉盘碗儿数："一分，二分，七分，九分……一共二毛九，我这里再给你一个一毛的票子，够不够就这么多了。"说着拉了小哑巴走人。

钉盘碗儿被巧灵念叨得晕晕乎乎，"管他够不够，不赔本就行"，把这些钱"叮叮当当"装入钱袋。

原来巧灵见哑巴爱惜那粗碗，悄悄取一残片带走。她本想照着碗的图案，给哑巴再买一个，却行近走不远，未曾遇见。再看这残片，釉面有个完整的粉色杏花，就留下把玩。谁知这一段儿时间，村里小女孩兴起比瓦渣渣的游戏，就不再归还。几个女孩围在一起，出个主题，拿出自己收集的瓷片互相比。巧灵这片瓷，在比

第十七章 钉补时光

"花"的时候，图形完整，色彩艳丽，始终没有对手。

又是一年杏花开。

古车豁子不给唐贩子拉皮子搞运输后，马车闲放在自家院子。此时的三画匠已经大学毕业参加工作。他早已不画龙凤，逐渐对山水古镇起了兴趣。一日，三画匠简亦繁回村，发现车旁一堆杂物。揭开看时，原来是破碗烂盘，半埋地下。

简亦繁看这些瓷片图案多样，传统文化居多，甚是喜欢。古车豁子也不小气，说你尽管拿去就是。他不敢和简亦繁多谈，这些瓷片是他报复柴红脸的战果，一直暗暗在这里窖着。

原来柴红脸有个亲戚在南边烧窑。撤了代销点，他审时度势，觉得如今商业大兴，必得当个弄潮儿，就专贩瓷碗瓷盘瓷杯，雇古车豁子拉货。柴红脸心里打着小算盘，目前车马还是集体的，古车豁子不过是临时代管，费用上或许占点便宜，有些余地。谁知公家营生和私人买卖不同，柴红脸八米二糠，算得清楚。路紧得赶，钱少了算，不让带跟车的，住店吃喝也不好。古车豁子想得个盘、碗、杯自用送人，柴红脸黑愤愤的，不给好脸色，说："每一个盘、碗、杯，都有本钱。"

古车豁子散漫之人，眼见原来一些做法不再适用，心里失去信心。一不做，二不休，他决定寻机会治治柴红脸。

各式瓷器装满一车，柴红脸还要再加。古车豁子可怜牲口，说："掌柜的，再加就拉不动了。"

柴红脸听掌柜的这个称呼，激起些傲意，越显霸道，不同意，硬是又加几芍子碗盘。古车豁子不硬拦。

车装好，太阳偏西，柴红脸急催古车豁子上路。古车豁子说：

"现在走，天黑时怕前不着村、后不着店。"柴红脸坚持出发。

古车豁子不高兴，紧走慢走，眼看到不了前面的车马店。

谁知古车豁子忽然肚疼，停车拉死磨杆，下了路。车上柴红脸向来没赶过马车，只好听古车豁子话，跳下地，死死抓住辕马缰绳，等着。

古车豁子五分钟不行，十分钟不妥，柴红脸知古车豁子捣蛋，耍笑他，越等越恼怒。终于一气之下，跌跌撞撞跨上车辕，鞭子一悠，赶那马车前进，却不熟练，鞭鞘抽在自己脸上。柴红脸将鞭鞘收住，只用鞭杆儿击打辕马。

几匹马跟随古车豁子多年，眼看主人不在，驾令鞭法不对，就不怎么听指挥。柴红脸开始忍耐，不久恼羞成怒，挥鞭暴打。此时磨杆将车固定，车轮不能转。暂刻之间，梢马松械，绕成一团。辕马尥蹶子，车体九十度折了回来。柴红脸眼看自己陷入马中，蹄来腿往，再转圈打马。几个马四分五裂，车翻到沟里，瓷盘瓷碗瓷杯发出"嚓嚓"的碎裂声。柴红脸瞅准一个空当，闪身出来，痛心疾首，心疼他的瓷器。

古车豁子提裤疾跑，护住辕马。几声呼啸，梢马原地不动。再看贩运的盘碗，虽说草绳贴身缠护，但数覆之车，哪有完卵？

古车豁子佯装生气，责骂他不应胡乱驾车。柴红脸明白，马是自己打惊的，车是自己赶翻的，即使心有千怒，却怨不得古车豁子。当下，柴红脸弃货步走，赔了本钱。古车豁子重整车马，贴了工夫草料。二人彻底决裂。

古车豁子、柴红脸自护己短，都不声张。一车破瓷拉回村，谁也不理。经此一出戏，柴红脸再无意于贩卖倒腾，发狠弃商务家，领着老婆到城里给女儿看小孩去了。

第十七章 钉补时光

柴红脸家紧挨三画匠，搬家时，他把所有的东西打了包，或者箱子，或者篓子，看不出里边装着什么东西。堂屋西墙，是土坯、炕板垒就的方格，一如供销社的货架。等到东西装了车，三画匠进他家转悠，竟无一草一木，不免佩服人家打扫得干净。原来柴红脸院内有一山药窖，他趁黑天将杂物全部倒入，又封了口。柴红脸把门窗用泥土抹实，和人说，过几年还回来。

不想三画匠今天发现这些东西，却不知内里。他挑挑拣拣，不能全部拿走，就说："听说你这车收拾妥当，就等大鼓匠拉走。你看钉盘碗儿那木担子，三三两两镶些小瓷片，既把实，又好看。你这车辕已经描龙画凤，何不再镶些瓷瓦。"原来三画匠读书看报，知道瓷可百搭，配什么都是好的。

半车瓷片，古车豁子当时恨不得立马撮发得远远的。后来柴红脸不在村里，眼不见、心不烦，他渐渐舒展起来。听三画匠如此安排，很是乐意，青花老瓷样的肉脸，笑出了幸福。五十三岁的人，每天遛鹅逗狗，给马车装瓷片，然后大大气气送大鼓匠，多一件趣事闲事。

话好说，做起来却复杂。先是三画匠画出大样，挑出瓷片来。然后八木匠凿子、刨刃刻了凹槽，用水胶固住。钉盘碗儿打制特殊小扒钉，木辕和瓷片分别钻眼，将瓷瓦片镶上，或稀或密，拙到极点，美到极致。众人心中欢愉。

钉盘碗儿不急着收拾工具，看马车："我黄某人在杏村盘桓，从四七年算起，整整四十年，今天可应了那句古话'钉盘碗儿揽了大铁车'。凡事有始终，一生命注定。唉，恐怕再不能了。"

大家听得钉盘碗儿似乎话中有话，都有些黯然。

"杏村四〇年立，竟与别村不同。村子小，文气重。你看我这钉盘碗儿的营生,别村庸器俗物多,杏村却有这闲情。"

"哈哈哈哈,贺大头媳妇的尿盆怎么说?"是老牛的声音。

"即使如此,也比你尿在门口强。"钉盘碗儿对答。

老牛像被揭了短处,往人后躲,却见田老太正在跟前,着急说:"平时我用夜壶。你来住,我不拿进家来,免得你借用。"

大家哈哈大笑。

谁知黄老师欣赏多时,自言自语:"口欲其坚铜以锁,底完而旧铁余钉。"

众人听后面面相觑,即使朱老师、三画匠简亦繁也不知何意。黄老师说:"妙啊。这是乾隆帝赞钉盘碗儿的。"

钉盘碗儿的当下让朱老师手写了,郑重放在匣子里。

古车豁子手摸这些瓷片,与车木融为一体,能看到,却摸不甚出来。古车豁子想,古时皇帝恐怕也不过如此,就急着给钉盘碗儿钱。钉盘碗儿摆手:"就算大家玩儿一次。我要是拿钱,不也太那个甚了吗?你又不为拉货挣钱。"

一家欢喜一家忧。碎瓷像扎在心头的利器,柴红脸一想起来就作痛,哪得舒服?

等到这车运到上海展览,观看的人说:"这个杏村,竟是些神仙居住。"

杏林落叶,秋尽冬来。姜皮匠歇手,不再和唐贩子做皮毛生意,收拾大缸,清水除硝,以备过冬。谁知杏村气候寒冷,变化无常。有一个笑话,说此地六月下雪,冻死牛羊。七十二把刀子剥皮取肉,不想气温骤增,说话间牛羊热腐变味。

姜皮匠干了一天,还有一个缸未清理完,想着推到明天。谁知

第十七章 钉补时光

半夜天气剧变，竟把缸中的淡硝水冻住，那缸就开了裂。不说这缸多少钱，只想运送费事就可惜。这缸用了多年，性子极为柔和，姜皮匠知道，熟皮子是最好的。

好不容易等到钉盘碗儿来到杏村，姜皮匠前去约请。谁知钉盘碗儿刚到就答应给古车豁子车上钉瓷片，就推到今天。

钉盘碗儿担着挑子来到姜皮匠院子，开始并没发现什么。等到走至近处，看见大缸口径巨大，不免"啧啧"赞叹。再看缸内，竟有深不见底之感，原来这缸埋入地下，只留一截在地上。

"钉锅钉碗钉缸这么多年，这是我见到最大的缸，开眼界啦。"

只是钉盘碗儿相看一会儿，觉得无法钉此缸。缸的裂缝通头，缸内可以钻进去，缸外已经埋住，怎么操作？

恰好简亦繁、那如这当老师放暑假，前来看热闹。姜皮匠讲了原委，希望几个知识分子出个主意。

那如这想到司马光砸缸，就说："这么大的缸，先找八木匠砸成几块，钉好后再放进去。"

姜皮匠初听有些意思，再想毫无道理，也就不说什么。

简亦繁想到曹冲称象，却和眼前的问题联系不起来，脑子一片空白。于是干咳几声，说："这缸太大了。"

愣韩在自家院内远远东望，见这里人多，就走来。听得钉盘碗儿钉缸遇到这般困难，哈哈笑了起来。

愣韩成名之后，接触人多，也长了学问，说："世上万物，不过益损。比如抹房，那里的土运来，抹到这里，大致这样。今天这缸，我以为把缝隙处的土挖掉，问题就解决了。"众人叫好。

姜皮匠进家拿出铁锹，开始挖土。愣韩说："熟皮子我不行，挖土你不行。"

说着夺过铁锹,脱了衣服干起来。终于嫌姜皮匠的铁锹骨软尖柔,回家拿了自己使的锹,不一会儿就好了。钉盘碗儿下去上来鼓捣半天钉妥当。

姜皮匠问:"不妨碍搬动吧?"

"不妨碍。别处烂了,也保你钉的地方没事。"

这口缸最终运到上海,参观的人觉得,这缸,唯其扒钉从底钉到口,才显出深厚与沧桑。游人照相,多以这大缸为背景,专门露出那些扒钉。

连着干了两件大活,钉盘碗儿今天才在老牛院墙东边摆摊开张。

田老太早听说钉盘碗儿用一小酒盅,竟和自己的矾盅一模一样,甚觉奇异,却一直没留意。也是运该如此,今天她怀揣矾盅,往西来到老牛东院墙底。她看见,钉盘碗儿使的小盅,确实和自己的矾盅毫无二致。

她此时还不觉得,有一个她万万想不到的奇遇即将发生。

她要坐钉盘碗儿那箱子,钉盘碗儿"啊啊呀呀"不许。田老太有些老态,气度却不凡,况是村中名人,钉盘碗儿就将自己坐的马扎让出。她也不客气。钉盘碗儿搬一块平石坐上。

"钉盘碗儿,俗话说,行匠不如坐匠。一路辛苦了。"

"是啊。田老太,我那马扎多设机关,有些木料中空,里边装针、锥、刀之物,你坐着要稳重,千万别在凸子上扎个眼儿、拉个口子。"

田老太听说,立马将马扎归还:"我这里有一小盅,量白矾用的。"

钉盘碗儿用眼一瞟,身子紧了起来,急忙将老太手中之盅夺了过来。

他夺过田老太的小盅，先看那盅底，清清楚楚一朵浅浅的杏花。他极速将自己的小盅取出来，指点给田老太："看，杏花！"

田老太知道自己的盅底有一朵杏花，以为原本这样烧制。现在两个盅子对照看，都是后刻的。

钉盘碗儿再问："你家是不是有一个老铜勺？"

"有过。"

"拿来我看看！"

"这铜勺，我换冻柿子吃了。"

他马上收拾工具，拉着她的手："到你家说话。"

几个村人来来去去，不予理睬。

原来这钉盘碗儿和田老太是同乡。田老太出嫁，男女双方按风俗互相偷换酒盅。说是"偷"，实际是预先安排，请钉盘碗儿父亲刻了杏花。杏者，幸也。互换的酒盅底刻个杏花，既图吉利，祈求幸福，也算两家儿女之好的信物。何况兵荒马乱，朝不保夕，百姓们用些破镜重圆的老办法，预备着相互失散之后再相认。

1942年，日本人实行"三光"政策。田老太出嫁不几年，就和娘家失去联系。前些年，要死要活阻拦姐姐出嫁的弟弟，听得钉盘碗儿行走乌兰察布高原，就请他代为打听姐姐的消息。田老太弟弟交给钉盘碗儿这个酒盅，意图姐姐有所发现。又告诉钉盘碗儿，姐姐出嫁时，家里有一柄铜勺陪嫁，可做对接关键信息。

没等钉盘碗儿说完，田老太已经哭成个泪人。田老汉一双凸手递块手巾，抖得如筛糠一般。

第十八章　杏花酒盅

当年田老太出嫁，真是凄苦可怜。

二鼓匠收集素材，编了呱嘴演绎，动人心魄。好在田老太随田老汉多次迁移，杏村人并不知道她这段往事。

又一个秋收，二鼓匠带的班子沿村唱打，来到杏村。

二鼓匠打板儿开场后，用本地特有的呱嘴腔调，缓慢地说：

竹板一打响连声，

听我没眼说事情。

"你明明有眼了，还假装没眼？"后生们说。原来大鼓匠夫人今年年初就带仪器来过，经过治疗，二鼓匠有了好转。

二鼓匠就说："那就叫四鼓匠说吧。"

这个节目本来安排四鼓匠说呱嘴，二鼓匠只是活跃一下气氛，逗笑开个场。

四鼓匠从小丧父，寡母含辛茹苦将他养大。他知情重义，口齿有些毛病，发音别致，平日常听单田芳评书，多与三画匠交谈，文绉绉的，说呱嘴是最好的。

"呱嗒嗒，呱嗒嗒，啧啧啧啧呱嗒嗒……"四鼓匠神色庄严，打了一分多钟的大小板儿，节奏缓慢，气氛一下凝重起来。大板儿"呱嗒"，小板儿"啧啧"。

> 竹板一打响连声，
> 听我没眼说事情。
> 天寒地冷衣帽单，
> 今天说说柿换铜。
>
> 冰冻柿子水解冰，
> 冰消柿软水变冰。
> 破冰捞得柿在手，
> 噘嘴吸溜柿汁浓。
>
> 最是柿瓣口感好，
> 疙丁疙蛋咽肚中。

"呱嗒呱嗒啧啧啧。"

> 从南来个外乡人，
> 鹊鸣鸦嘶乱纷纷。
> 手推一辆自行车，
> 篓中柿子黑紫红。
>
> 未经吆喝人全到，

里三层来外五层。
未经吆喝人全到，
里三层来外五层。

"呱嗒呱嗒啧啧啧。"
观众更多了。

里层是些殷实人，
捏软揣硬挑细心。
买得柿子一两个，
交与小孩跑家中。

外层全都穷苦人，
背抄双手步逡巡。
寡站臊尬没拉啥，
遥问小贩哪里人。

买卖做成三五宗，
小贩要别众乡亲。
面向黄土背朝天，
辛苦一年少现金。

同是天下苦寒人，
此情此景最心疼。
将别未别再相望，

遥遥走来一女人。

钉盘碗儿和田老太促膝而谈。钉盘碗儿知道，原来此地人们日子过得清贫，只是不至于饿死。田老汉一会儿出去，一会儿进来，颇为不安。他一直觉得对田老太有亏欠。

田老太指着田老汉，和钉盘碗儿说："你比我小两岁，你这个姐夫算是个灰人。他倒不至于打骂，只是白天黑夜，管制得不叫出门。自从我嫁这里，就没回过老家。"

田老汉低声说："嘿嘿，不是没有盘缠吗？"

"还是你不让走。让我走，我就是讨吃也能回去。"

"快不要打肿脸充胖子，那年你不是相跟上熟识人要回去，半路怎又跑回来？"

"途上正打仗，保命要紧。"

钉盘碗儿说："不能怨姐夫，谁也不容易。"

二鼓匠在边上专门打了一段空莲花落，"呱嗒呱嗒呱嗒嗒"，与四鼓匠彼此呼应，营造悲苦的气氛。四鼓匠继续。

灰衣灰裤灰头巾，
黑手黑脸黑眼睛。
小腿小脚小步走，
无言无语无声行。

大人小孩纷纷让，
鸦鹊受惊不敢鸣。

匠者

女人不是当地人，
父母包办买卖婚。
刁媒说得天花转，
公婆迎娶在寒冬。

一九四二午马年，
内弱外侵民恓惶。
最毒不过日本人，
烧杀抢掠要"三光"。
最毒不过日本人，
烧杀抢掠要"三光"。

呱嗒呱嗒呱嗒嗒！呱嗒呱嗒呱嗒－嗒！！！

三号六哭不上马，
众人找来捆猪绳。
父亲无计满院转，
母亲有情泪纷纷。

弟弟持刀要杀人，
哥哥抱头墙角蹲。
大势已去良辰到，
瘦马缚得新娘行。

> 马抬前蹄全村哭，
>
> 破烂唢呐响几声。

四鼓匠最是心善情柔，此时他的声调有些哽咽。他本想再打莲花落，感觉与气氛不协调，就急促地抖动喷喷板儿，"喷喷喷，喷喷喷喷喷喷喷"，好长时间，像有千言万语说不出来。平平常常的几块竹板，在四鼓匠的手中击打碰撞，犹如通着心、连着肺、揪着肝，诉说人世间的悲愤与伤痛、真情与实意。

树上落了几排鸟，一声也不吱，眨着眼睛，惊恐揪心。

田老汉又给钉盘碗儿续了水，田老太嫌茶淡，让他重新换。他不敢吱声，把剩茶"咕嘟咕嘟"喝进去，新掰了砖茶，和和气气地说："沏一沏，沏一沏。"

田老太说："这地方冬天冷得厉害。有一年我俩逃难，原本不远的路，大风雪中转了向。雪深到大腿，可怜我有孕三月。是你这个小个儿姐夫，拼死把我背到一个蒙古包，命是有了，孩子没保住。"

田老太的双眼如腐烂的苹果疤，汁水浑浊，眼看就要滤出泪珠。

短暂的沉默后，田老太继续说："蒙古包也冷。好在牧民心善，留了干肉炒米，套瑙上挂着。又有火柴和干牛粪。那时你姐夫冻得十指发僵，连划两根火柴点不着火。"

田老汉说："一共两根火柴，第一根划着了，死活就不着火。划第二根火柴划出了火，手冻得抓不住，抖搂来抖搂去，掉了。"

"我当时就骂你姐夫，寻死也不看个地方，一个人影都不见。"

"还是牧民好，又放着火镰。我打了半个小时，终于蓄住火，点燃牛粪。蒙古包有全套家具，干肉烤火，雪水泡炒米，命是保住了。"

"老弟啊,这一冻,我俩除了命还在,其他的什么也不在了。你看你姐夫的手,冻得,十指不全。"

田老汉显得拘束,缩着手不让看,见田老太坚持,就伸出手,凸凸凹凹,像两个大姜块儿。

田老汉说:"不影响劳动。"

三个人都红了眼。

骨肉即将剥离去,
家徒四壁无相送。
灶边铜勺三十年,
娘交女儿虎狼行。

娶亲小叔年纪轻,
心潮起伏胸不平。
再看新嫂如羔羊,
最狠不过大人心。

马走人去复安宁,
媒婆再坐炕正中。
可怜几个彩礼钱,
拿去给哥觅新亲。

"啧啧啧啧啧啧啧。"

新婚日子旧房过,

疙疙瘩瘩不顺心。
夜晚睡觉忽扰身,
铜勺握手护玉人。

惹得男人不高兴,
一折铜勺两截分。
勺头舀粥不顺手,
勺把短小不敌人。

"啧啧啧啧啧啧啧。"

天长日久终圆房,
多年未见男女生。
营养不好医疗差,
得了急病人抽筋。

"啧啧啧啧啧啧啧,啧啧啧啧啧啧啧。"

小姑偷揣铜勺去,
步行十里去大村。
破烂卖铜二毛二,
过秤付钱不认真。

药铺买了索密痛,
药片扔得乱纷纷。

小店再买糖两块,
柜台太高看不清。

踮脚展腰伸手探,
卖货女人脸如冰。
小跑赶回小山村,
药到烧退嫂重生。

"啧啧啧啧啧啧啧,啧啧啧啧啧啧啧。"

钉盘碗儿喝了口水,长叹口气:"这个酒盅我随身带了多年,今天真是奇缘,完成任务,物归原主,就交给你吧。"
田老汉犹豫不决,拿不定主意,是接还是不接。
田老太抹了眼泪,说:"这酒盅本是你家的,你接了。"
田老汉伸手恭恭敬敬接了,陈年往事,有的清楚,有的糊涂。他隐忍述说:"旧社会,穷苦人都是这,你该体谅就体谅点。黄师傅,你见到我小舅子说一声,我们都好。我们都是六十二三,土埋脖子的人了。别的做不了主,百年之后我们就葬在杏村。"
钉盘碗儿半天不吱声,心想:"我呢?"

小米稀粥大锅熬,
舀粥不见铜勺头。
小姑无奈说实情,
先责后怪嫂心疼。

嫂姑相依大声哭,
哭声响彻小山沟。
从此勺把如珍宝,
摸铜想妈泪干流。

"啧啧啧啧啧啧啧,啧啧啧啧啧啧啧。"

姑叔吃柿无钱买,
嫂拿勺把笑满容。
我用勺把换你柿,
或大或小都能行。

女人双眼流大泪,
泪落大地结为冰。
乌鸦站树黑一片,
小贩喘息难为情。

"啧啧啧啧啧啧啧,啧啧啧啧啧啧啧。"

左手递得勺把去,
右手换回柿一颗。
大地沉沉树发抖,
长空朗朗不作声。

柿子解冻分两半,

苦难一家嫂叔姑……

"啧啧啧啧啧啧啧，啧啧啧啧啧啧啧。"
"啧啧啧啧啧啧，啧啧啧啧啧啧啧。"

众人听得心中翻腾，不是味道。他们不知道，呱嘴里的嫂嫂，正是田老太。

田老太听着听着，走到外圈。这呱嘴有点夸大，也还属实。往事不堪回首。她想："我命不好，却有点运气。公婆不狠打，叔姑从不骂。和田老汉磕磕绊绊，走过大半生，都不容易啊。虽说认定自己才能给自己做主，以后还是要对老汉好点。"

忽然，杏林中央平地起风，旋风极速卷来。等到卷到众人跟前，一股黄尘垂直扭上天，瞬时平静如初。

四鼓匠满脸阴沉。

田老太和钉盘碗儿聊了半上午，中午招待钉盘碗儿麻油炒粉、葱花饼。田老汉请老牛作陪，喝了朝阳化德闷倒驴酒。田老汉脸上似带愧意，心中实有不安。

田老太得知自己父母皆亡，满腔心酸，情绪难平。一股复杂劲儿别住，田老太决定不回老家，只是让钉盘碗儿带信，让弟弟来看她，给弟弟捎了十块钱。

钉盘碗儿四乡八村游走，望天瞅地，经人见事。他像一个拉磨的毛驴，默默走着自己寂寞的人生路，何止万里。钉盘碗儿是消息灵通人士，只说吉祥，不言坏事，讲述外面的事情向来不添油加醋，为人们传递着春雨来、瑞雪降的讯息。

钉盘碗儿钉千盘百碗，一览杏林风物。时间一长，杏村人们就念叨："钉盘碗儿该来了。"

第二天，他果真就来了。

自从与田老太取得联系，钉盘碗儿来了，还住老牛家，田老太两口子管饭。

三画匠简亦繁、七鼓匠那如这受大鼓匠委托，组织手艺人到上海，一时联系不到钉盘碗儿。二人觉得，他有更多的经历，知道更多的事，应当邀请同行。有人说钉盘碗儿去世了，不知真假。他如果活着，六十二三岁了。

有一天，一个后生找到那如这，说是钉盘碗儿的儿子。后生要把父亲的工具赠给大鼓匠。那如这喜出望外。再看小四轮机动车拉的东西，除了钉盘碗儿的家具，还有其他物品，面熟，却想不起来。钉盘碗儿儿子说："这是我舅舅的货担，你要是有用，一并送你吧。"

那如这马上头脑明晰，眼睛聚光，原来这是货郎的担子。他一下想起简亦繁给黄丫头买莲花豆，自己偷吃的事，不免尴尬失笑。吃人大豆，口有余香，事情过去十四五年，犹如昨天。那如这嘴巴"啧啧啧"，似有咀嚼之意。一切过往，都是回忆，现在，他的心中，有个小秘密。

宝坻本属河北，后归天津。前些年，黄老师把黄丫头一个人的户口迁回老家。黄丫头在天津考了大学，毕业分配工作。因她有特殊家庭背景，专门从事两岸民间友好交流。黄老师开始两边跑，后来据说是和老伴儿闹意见，就在杏村常住，村人和学生们帮着。简亦繁、那如这到县城工作后，每年都能收到包裹，装着宝坻大蒜，商标竟是"丫头"。两人私下商量，啥时候去一趟宝坻，一为吃蒜，二为看人。

在那如这面前，简亦繁一直以兄自居，一有机会就训导。这次收了蒜，简亦繁考那如这："那如这，人们常说'饿死卖辣椒的，饿不死卖蒜的'，啥意思？"

那如这故意装作无知，说："不知道。"

简亦繁说："这卖辣椒的吧……"

"不想听。"

"这卖蒜的……"

"也不想听。"

"嘿嘿。一会儿让我女朋友焖蒜，你吃不吃？"

"吃！"

钉盘碗儿的儿子看七鼓匠那如这恍恍惚惚，缓慢说："我父亲去年已经千古。他临终前清晰告诉我们，'我一生耍手艺，伺候众人，劳动养家，能千古。'"

那如这诚心致谢，当下点明物品，打包，待大鼓匠来车运走。

第十九章　读书之路

简亦繁和那如这念书、学艺、再念书,一波三折。

小学在村里念。

简亦繁和那如这天资聪颖。坏在盛行读书无用论,二人念的书不完整。他们时而学艺,时而念书,并无坚定的方向和主张。统算下来,简亦繁跳了一级,蹲了两班。那如这呢,蹲了两班,跳了一级。终于,1974年春季学年开始改为秋季学年,二人被归拢到一个班,成了同学。

村里念书,孩子们并无新鲜感。上课学文化,下课就打架。

打架的原因多种多样,偷了东西的,碰了肩膀的,多占了桌面的。有时盯一眼也不行。

那如这逼着黄丫头,说:"你看谁了?"

"我看狗看猫看猪了。"黄丫头半侉不侉,语气硬得没商量。

那如这攥紧拳头,在黄丫头眼前晃动。

黄丫头就骂大人。骂大人,不过是大声叫出对方父亲的名字,是村里孩子们最有杀伤力的吵架方法。黄丫头这一招,那如这实在无法对等应战,借他一百个胆子,也不敢叫出黄老师的名字。

黄丫头也知道那如这不敢和自己对骂,越发叫得高、叫得频。

那如这再晃拳头,却没防住黄丫头猛然手压胳膊,一口咬了下去，疼得他"呀呀"叫。黄丫头下嘴快，松得也及时。咬完之后，黄丫头却见那如这手腕灰黑，顿觉恶心，"呸呸呸"对着他唾了两天，毫无办法。

简亦繁教育那如这："自古说，好男不跟女斗，你这回吃亏了吧？"那如这不予理会。他想："全班的男的，我一个也斗不过啊。"于是低头抬头，大声背诵课文。

1974年，学校组织学生学军、学工、学农。

学军就安排参观军营。驻军离杏村约有十五里路，步走两个小时。来到军营，师生受到热烈欢迎。战士们一个个精神抖擞，迈着齐步带师生参观，只见处处绿色。看见路边有花，黄丫头立即脱离部队，上去采摘。黄老师厉喝："回来。"

谁知黄老师的话对别人犹如圣旨，对黄丫头仅是微风过耳。几个大女生得令，将她围了回来。黄丫头一脸不高兴："我看看还不行？"遂又把她放了，黄丫头跑去细看那花：整株没有叶，枝干开满粉红色小花，聚成一片，闻着淡雅清丽。黄丫头问："这是什么花？"

朱老师说："干枝梅。"

黄丫头没忍住笑出声来，她觉得这地方人起名字只图省事，掰着指头数："三画匠、七鼓匠、三干头、干枝梅……"

朱老师问她为什么笑，她不回答。

一个山洞，厚厚的水泥门大开，里边停巨型大炮，炮管直挺挺地挑着，足有两丈长。有兵将炮车移至门口，操作炮管上下左右转动。

参观结束，大家原路退出。几个大男生从洞内侧面的竖井，手

第十九章　读书之路

抓脚蹬上来，站在洞口顶与人打招呼。重新聚合之后，大家独对大炮的翻山镜感兴趣，却信口胡诌，说不出道理来。

等到进入礼堂，竟是二层楼，学生们一下子乱了营，纷纷楼上楼下蹿，哇哇叫。部队负责的和老师们怕有人掉下楼，吹了紧急集合哨，将孩子们带到楼前广场。

最开眼的是实弹射击。学生们坐姿安顿住，当兵的按规程表演射击。一层一层号令，一番一番开枪，百米之外的各种靶子纷纷中弹，师生拍巴掌到发红。黄老师担心黄丫头，目光找准后，却发现她并不抱头捂耳，很是安稳，也就放心了。

轮到老师们射击，兵们更加小心，一位老师派两个战士协助看护。谁知其他老师射击已毕，唯独朱老师一枪不发。兵仔细检查，原来朱老师慌乱之中把保险关了。

"朱老师，意思意思就行了，别实弹射击了？"黄老师说。

"不行，备战备荒。等我一会儿。"

兵为朱老师再次打开保险，调试好。

只见朱老师卧姿，裤子像一摊水样稀松。他费劲地闭住左眼，右眼受左眼影响，也眯缝着，瞄准。待到击发，朱老师早已没有三点一线的概念，"叭叭叭叭叭"打了出去。每位老师五发子弹，朱老师连扣五次扳机，本想再扣几下，扳机却死死定住。再看那子弹，像小孩子在湖面打水漂，由近及远，渐次激荡而去。最后一枪，竟然在极远极远的山顶，溅起蚂蚱大小的一朵土花。

两个兵赶紧将朱老师的枪收了，枪头朝下，"哗啦哗啦"拉枪栓校验。靶场负责的军官面带紧张，说："再抬抬枪口，子弹就出了警戒区了，这位老师是打得最远的。"

377

到县里学工,路途遥远,只派代表参加。简亦繁、那如这被选中。

在请示台前集合,两辆马车等候,师生挤挤对对,坐了十几个。

参观的是服装厂。一进车间,师生觉得厂房实在太大,一眼望不到边。耳中所听,全是"铮铮铮铮"的机器声。可喜流水作业,每位机工只做一道工序,"哗啦"一下结束后,就加工下一个物件。几个车间过去,一顶一顶的栽绒帽子堆放起来。

那如这就说:"什么时候咱也有这么一顶帽子。"

简亦繁嘲笑:"下辈子吧。一顶几十块钱,出口了。"

二人再看满车间女人,一律工装,戴口罩。越是见不到真面貌,越要想象这些女工的姿色,心中不免兴奋。那如这见一女工眼大眉重,就问:"你们是哪个村的?"

这女工并不正眼看,只说:"城关的!"语气中充满自豪与不屑。

旁边一女工上了年纪,问:"你们是哪儿的?"

简亦繁、那如这齐声说:"杏村的。"

那大眼女工猛然转过头,说:"你村有个郝裁缝?"

那如这急切对话:"有,有,有个郝裁缝。"

大眼女工双眼一瞟,视点打了个"√",眼神恍惚,瞬间就不再注视他们了。

简亦繁、那如这本欲再聊几句,无奈参观队伍拥了过来,就出了车间。回头看最后装箱,怕压得走形,一顶帽子套一个硬圆盒,像生日蛋糕一样。

初中就到了公社。

校舍好了,课程多了,老师也多了。

第十九章　读书之路

　　几十个孩子，来自不同的村子，原先不认识。打早装一个大馒头，步行十里地，到学校。下午下课饿着肚子，再走十里地回家。当时已有推荐上大学之事，简亦繁、那如这并不寄予希望，只一知半解地说，捞个中专也不赖。

　　学校有校田，养羊，孩子们安排劳动课料理，简亦繁和那如这亦学亦农，对自己的前途并不明了。寒暑假，有时又学绘画、练唢呐。

　　那如这访察，去公社念书，半路有解放军废弃的山洞，就谋划着将黄丫头骗入洞中，狠狠教训。谁知黄丫头并没有跟着来上初中，她实在走不动每天二十里地。好在黄老师初中课程样样精通，到公社学校要了课本自己教。

　　那如这复仇没有机会，渐渐也就淡忘了与黄丫头的深仇大恨。

　　那如这参加学农回到村里，已是认灯时候。秋天夜还短，没几户人家点灯。那如这蓝灰褂子，补着灰蓝补丁；灰蓝裤子，补着蓝灰补丁。

　　他把书包扔在后炕，破烂的铅笔盒发出特有的杂音。锅里有母亲热的馒头，挨锅一面结了硬皮，一碗熬菜余热尚存。那如这嫌烫，倒着手把这些放到柜顶，然后站在矮矮的烧火板凳上吃饭，双腿费劲地学老师，打着麻花别，腿就显得短些。

　　日子过得紧巴，那如这母亲尽量把饭菜做得可口。熬菜必先炝锅，味道十分浓郁，嗅之食欲倍增。返销粮有红薯干儿，如果处理不当，干硬难咬，容易导致枯肠便秘，十分难受。那如这母亲把红薯干儿预先加碱泡软，上锅蒸时，淋少许糖精水。时间不长，香甜弥漫全家。揭开锅，只见红薯片松软伏箅，鲜亮微黄，切面泛着一层白点儿，甚是引人。品相不好、变色腐坏的，父母已经挑拣吃了，给那如这留的，色正形好，他心有所感，眼睛一热，难过起来："今后不管做什么，挣了钱，最紧要的是给父母买好吃的。至于红薯片，当然要最好的。"

红薯片鹅卵大小，那如这一口吞不下，剩个驴蹄形。他端详半天，觉得像一牙蛾眉月。他心情不畅，吃了三四片儿，觉得嗓子干，舀半瓢凉水，疏通了食道。

公社初中和附近村小学师生到公乌素学农。公乌素是一个大村，原本有两大地方吸引邻村孩子。一是几段板墙，是藏老埋、打土仗的好场所。二是大井，村里人儿话为大井儿。这大井儿，井深两丈，井口丈五，从上望下，井水如镜面。井口掉下细草碎土，不断地散发一圈一圈的波纹。今天这镜面黑魆魆的，深不见底，似有水鬼伏在其中。

学大寨，公乌素修得好梯田，场面上十分好看。这次学农的任务是捡拾地里的石子。那如这他们就近从杏村直接到公乌素，走得快，来到大井儿，"嗷嗷"大喊几声，大井儿回声紧随而来，直灌人耳，嗡嗡响，瘆人。几个大点的孩子撒开辘轳把，登时提上了水。大孩子们先喝，轮到那如这已经只剩不多点，他仰起水斗，深深浅浅灌了两口。有孩子恶作剧，把斗底顺势一抬，凉水倒了他一胸脯。那如这把水斗一扔，大声骂。众人不理，嘻嘻哈哈而去，那如这撒腿追上，觉得身后有什么东西撵着，他吓得不敢回头。

所谓学农，有组织、无纪律。那如这典型的怕男生，欺女生。他看见黄丫头也来了，就抓了一个臭虫，想吓唬她。谁知接近她之际，黄老师的视线从几十米外射来，吓得他双腿发抖，只好弃虫作罢。

现场人员铺天盖地，分属几个学校，彼此难辨。紫丹老师的儿子皮来几次经老师和学生的手，最后独自留在井台。

皮来已经三虚岁，长得机灵聪明，顽皮无畏，撩猫逗狗，追猪撵羊，一切牛鬼蛇神不在话下。他爬上井台，知道前面是一个窟窿，就慢了下来。谁知探出头看，下面一个孩子明目亮齿，招他。皮来兴奋异常，小腿一蹬，掉到井里。

可叹人们并不知道皮来处境。紫丹老师以为学生引领，学生以为老师背抱。

师生随意捡石子，堆放在梯田砌石上。朱老师提议："这么多石子，风吹雨刷，一二年就恢复原样。不如在山坡上堆几个字。"

大家叫好。几个老师商议堆什么字，一时议论纷纷。紫丹老师说："这里看得见杏林，就堆个'杏'字。"

童子军一旦有了目标，其战斗力马上倍增，开始乱糟糟一群人，后来白老师组织，以堆字地区为圆心，流水作业递石子上来，一路队伍扇形移动，地毯式运输，很是见效。谁知黄丫头领导一伙比她还小的女生，递上来的石头只有黄豆大小，让人爱也不是，恨也不是。白老师将她们拢在一块，说："去去去。"

黄丫头偏不依，非要干活，白老师说："你们几个负责监工，谁偷懒告诉我。"黄丫头听明白后，向那如这走来。那如这不由得身子一紧，缘分啊。

朱老师在最后摆字，眼看"杏"字只剩一点点，群情振奋。有几个男生已经"嗷嗷"叫，开始祝贺。

紫丹老师忽然大喊："皮来，皮来！"高喊之际，大家四下寻找，哪有皮来的身影？紫丹老师越喊，越心虚。

黄老师、白老师急忙赶到大井儿。众人往下望，只觉水深无底，倒映着几颗人头。忽然一股小旋风刮来，在井口消失。众人眼睛适应了井内光线，发现皮来正在井底边缘坐着，听见井口有人喊，抬起头仰望。

紫丹老师霸住井口，拍地而呼，情绪已经失控："妈呀！我远嫁于此，亲故全无。我虽愚傻，幸当人母。我儿伶俐懂事，里里外外助我。我得此子，三干头不再骂我，村人不再欺我。年年打井，年年打井，你打个什么黑窟窿井啊！"

紫丹老师昏死过去。

众人张罗着下井救皮来。

这里黄老师轻言慢语交流，好在皮来常跟母亲来学校，熟悉黄老师的语言，就听话不动弹。井边，白老师一把抓住那如这，说："马上安排你一个十分光荣的任务，你要……"

"不就是下井救人呗？"那如这轻描淡写。

"是是是。大人太重，小孩不懂事，唯有你，唯有你了。"

"白老师，说话要直接，别啰唆。"朱老师着急。

"好。把你捆住送到井下，你要死死抱住皮来。"

白老师就像捆猪一样，把那如这绑得结结实实，托裆直腰，露出双臂。众人协作，把那如这送下去。

紫丹老师身旁，里七圈外七圈围了人。人们围住她，掐人中。村里老汉老太太伸不上手，多嘴问："怎了？怎了？怎了？"没人回答。

皮来这井底之娃，看见唢呐哥哥下来，伸开双手，二人抱在一起，犹如当年霍铁和那如这的两块儿磁铁相吸。井上白老师问："抱紧了哇？抱紧了哇？"

那如这嫌烦，喊："往上绞！"

众人小心翼翼，那如这就像一个爬娃娃，将皮来斜着抓抱，眼看人影越来越大，接近井口。白老师不放心，又说："那如这，抱紧没？"

那如这听见白老师问，猛然伸出右手，向白老师打招呼："紧。"

皮来一松，井口众人张嘴惊呼！

朱老师拍腿指着白老师说："你什么时候改掉这婆婆妈妈的臭毛病?！"

紫丹老师醒了。皮来只是磕了点皮，无知无畏无损。

黄老师心中暗思："前些年江凯差点淹死，今天皮来又掉到井里，好在都有惊无险。本地缺水，怎就和水搭了瓜葛。"

黄老师不敢恋战，叫大家整队提前回村。其他几个学校带队老师也"嘟—嘟嘟嘟嘟嘟"，一长五短吹紧急集合哨。

皮来还是恋唢呐哥哥，白老师千叮咛万嘱咐，要那如这抓紧皮来的手。那如这觉得壮举时间太短，意犹未尽，嫌白老师教育他。白老师笑笑说："我怕你半路松开手。"

那如这说："我莫非像你一样，是个二尿胚？"

那如这收拾了碗筷，摸摸屁股，觉得疼。白老师这一脚真是厉害啊。

事后大家站到杏林，望那"杏"字，原本原地看字有牛头大，现在竟如一个蚁窝，看不清晰。

考高中时，简亦繁、那如这分数没达到县一中的线。谁知那如这家门庞杂，有个远房舅舅在食堂当大师傅，经他介绍走后门，二人到一中念了高中。

此时教育秩序完全恢复，二人打消当画匠鼓匠的念头，一心学习文化。哪想黄丫头也在一班，此时出脱得袅袅娜娜，走路摇摇，满脸害羞。二人殷殷勤勤，心猿意马混了二年，参加高考时名落孙山。班主任见了，大骂："考住大学，女人还不是多得很？"

班主任是个女老师。

二人复读再战，双双金榜题名，一个学中文、一个学历史，也是村里最早的大学生。入大学，简亦繁会画，那如这能唱，一下子成了佼佼者。那如这还入学生会，任副主席。开始时，大家叫那主席，他不适应，后来举办舞会，比赛唱歌，那如这如鱼得水。忽然记起小时候在三画匠家看仰层报纸找字，当时想大胆改名字，不免吃了一惊，还真灵验。

原来县一中办农机班、兽医班，三五年间积聚一些老大学生，改专业从教。忽然举办普通高中，各科师资齐全充足，能教俄语的就有三个。新教育格局往前跨越十几年，和这些老师的经历无缝对接，一中一下子成为教育的天堂、知识的海洋。

简亦繁、那如这本贫家子弟，老师们阴阳怪气讽刺的，和颜悦色启发的，脾气暴躁打骂的，心善性柔开小灶的，都是一个心愿：考大学。

简亦繁、那如这回想往事，觉得这些老师竟可比爹妈、胜似亲人。二人都是练过手艺的，自知师傅是父。晚饭后，二人给老师连挑十几担水。可怜教语文的楚老师，体重只有八十斤，脱离了水桶的重压，显得轻松而有尊严。后来，全校老师都有半固定挑水生，学生自发，拦不住。未成家年轻男老师也加入，几十米的井西小路，水来桶往，宛然一幅尊师重教图。

楚老师有感于心，作文课讲思维："这节课我们不写，只想——学生给老师一桶水，老师给学生什么？"比起"要给学生一碗水，自己得有一桶水"的旧论，更切实，更新鲜。谁知这些只想不写的训练起了大作用。1981年高考作文是看漫画写作文，普通人都往"坚持"上靠，简亦繁却说，要想挖到水，找水科技需进步，当年语文就是特高分。

大家发明很多挑水法，比赛：无扁担挑水，两手直接抓桶，手臂伸得越平越厉害；挑单桶，扁担一头一桶水，另一头全凭手压着，竟比挑双桶还难；抄手挑，双手不接触扁担，抄起来，很难掌握平衡，背抄手更厉害；最难的是挑四桶，除了正常挑的两桶水，在扁担两边中心部位，再外挂一桶，只有体育张老师能挑一两回。

校长见状大骂："鸡群里出了个骆驼！乱弹琴！把孩子们压坏，找你算账！"

张老师正身负四桶水，放下不勇武，走了不礼貌。校长有意耗时间，眼看张老师头冒汗、脸发红、腿打抖。他纠正校长，说："羊群。"

正在斗嘴，校长老婆过来，骂道："叫你去粮站买面，不想你在这里浪荡。"

校长怕师娘是出名的，赶紧带几个喽啰往北去。这里几个学生帮张老师把水桶卸下来，张老师远望校长，长出一口气。不大工夫，校长在前，简亦繁、那如这四个男生，一人一个角抓住，把五十斤的一个面袋抬到校长家，庄重怪异。一会儿，简亦繁、那如这一人拿一罐头瓶咸菜出来，按捺不住地神气。

校长隔三岔五开全校大会，口头禅是："师傅领进门，修行在个人。""学习！考不住大学都是空！""天降大任，啊？！"学校新分来几个老师，为显露才华，各班张贴训语，有"净静敬竞进尽紧"的，有"世时事实是使师"的，不一而足。校长大为不满，说："都给我改成'为中华崛起而读书！'"大家照办，一院悲壮氛围。

校长还有一暗招，每年给学生偷换土豆。学生们都自带土豆，品种不一样，有的好吃，有的不好吃。校长让大师傅把品种差的土豆挑出来，装了麻袋，到地头换了好土豆——里外黄。外地拉土豆的人不清楚这一关节，也认不出来，懒得理会。这些更换过的土豆被司机拉到天南海北，不知道挨了多少家庭主妇的恶骂。

校长开会就说："土豆，你们不要瞧不起。外国人都当粮食吃。当年集宁打仗，全凭土豆拿舵！毛主席指挥这场战役，说'当地有土豆，很多，买来吃'。"

师生们当时都以为校长信口开河，不想那如这上大学读了历史，一查，果不其然。

当然，校长的重点还有："'土豆烧熟了，再加牛肉。不需放屁，试看天地翻覆'，毛主席是说，先吃土豆，再吃牛肉。考上大学，牛肉吃不完！"

简亦繁、那如这念高中，终身难忘的是饿。开学交了伙食费，一顿一个半斤面的馒头，一碗熬大菜，还需家里带干馒头片、莜面炒面补充。那如这自从园子地吃菜吃大了胃，天天饥，顿顿饿。

拌炒面有多种方法。最简单的就是炒面放进饭盒，直接加水拌匀，随拌随吃。复杂一点，把熬大菜里的土豆挑出来，压碎，与炒面一块儿拌。有道是"本事有所限，还想吃个焖山药拌炒面"，说明拌好并不容易。也有异类，干吃一口炒面，再喝一口水，口腔当饭盒，舌头当搅棍，省不少事。

第十九章 读书之路

简亦繁、那如这同寝一同学,已经连补两年,姓土名也,人们叫他"高才生"。高才生酷爱文学,苦读红楼三国,定了主意要写部绝世之作。可惜没有合适的素材。高才生性情柔和,提倡细拌法。按比例量准面和水,左拌一筷子,右拌一筷子,左拌一筷子,右拌一筷子,直到把炒面拌得细腻无比、柔润无比。还不吃,放置放置,进一步润化后再享受,他要体会饱食之前饿的感觉,或饿急之后饱食的幸福。

谁知螳螂捕蝉,黄雀在后。那如这学习历史,背了两个小时,胃里早没了食物,心烧不已。回到宿舍,见这高才生拌完炒面,放在窗台晒。吃饭前,高才生惯例附近遛遛,默思静想,立意谋篇,已经走到校北树林里。

那如这自欺欺人:"这饭盒里应当有拌好的炒面。"揭开盖儿果然不错。

他再思谋:"吃几口摊平应该也可以。"他就用饭盒里的勺子吃起来,口感利索,味道醇和,再就几口咸菜,一口气吃个净干。他眼见饭盒底银光灿烂晃眼,却不知如何交代。他慌忙往饭盒内加了水,扣紧盖子,离开宿舍。

高才生不久回来,挽起袖子,嘴巴啧啧有声。谁知拿起饭盒,觉得水液荡漾。打开一看,哪有炒面的踪迹。高才生也不张扬,心里想:"待一会儿开饭,宿舍中谁吃饭少,定是谁偷吃了炒面。"

谁知那如这看穿高才生的心思,值日生打回饭菜,他专门要求洗菜桶,要了桶底菜,满满当当一饭盒。那如这高谈阔论,正常吃喝,连高才生看也不看。那如这想"养胃千日,用胃一时",真得感谢白老师逼我吃菜。

毕竟吃得多了,那如这胃顶得难受。简亦繁学文科近二年,多读古诗古文,对茶起了兴趣。本地不产茶叶,人们多数喝砖茶,讲究人泡点茉莉花茶。简亦繁有小哑巴送的西湖龙井,带到学校,锁在木箱。隔三岔五,他用一大搪瓷缸子,一次捏三四根泡水,喝得有滋有味。简亦繁走过来,狡黠一笑说:"吃多了吧,喝点龙井茶消消食。"说着给他倒了一半茶水,那如这感激不尽。

当年毕业会餐,食堂做了油炸饼,肥肉烩菜,管饱。离别之际,那如这带着歉意和高才生说明偷吃炒面事。谁知高才生说:"我当时就看见,你嘴唇一层细炒面,断定是你吃了。吃食东西,见面分一半,那正好是半饭盒。"

那如这听了,羞愧难当:"格局啊!"

乌兰察布高原通电晚,县城公社发电照明。一中自发电,熄灯时间一到,发电机灭火,校园再没有半点电力。适应之后,见教室宿舍灯光如豆,满院燃油味。

一个空墨水瓶,洗净,牙膏皮裹成细筒,中间塞一自制棉捻子,供销社打二两煤油,是补习生的日常。晚自习结束,烟雾弥漫,口鼻灰黑,同学互相指点,原来是"一丘之貉"。

同班张若郭专攻文科,买了郭沫若的《中国通史》放桌上,很是张扬,却和历史课本不相合,走了弯路。有时也看点理科的书,知道燃点一说。他就思谋,煤油燃点不到一百度,开水一百度,煤油里混开水,应当不错。那如这听了,觉得主意十足好,省钱省事,是重大发明。说干就干,那如这二人立马开始试验。谁知油水根本不融,开始点不着,着了之后灯花"叭叭"作响,溅了一脸热油滚水。

二人只好再造油灯。

到土产门市部,那如这听售货员用普通话接待,也学着用普通话问:"有没有煤油?"可惜,他发音不准,"煤油"听起来是"没有"的音。

售货员听不懂,再问:"买什么东西?"

"有没有'没有'?"

"啊?"

"有没有'没有'?!"

售货员还是茫然,嘟囔道:"到底是有,还是没有?"

正好体育张老师在一旁,一脚踹到那如这的屁股蛋,张老师和售货员说:"他问你,有没有煤油。"

不断学习知识,简亦繁和那如这基本确立了世界观、人生观、价值观。唯独在人生之路选择上,二人谋划中有彷徨,兴奋中有不舍。简亦繁还存当画匠的梦想,那如这尚有吹唢呐的向往。学手艺,曾是乌兰察布高原一带青年人最高的人生之路。杏村,从无到有、从小到大。确立行政建制后,人们过上相对精致的生活,十里八乡闻名,手艺人贡献十分巨大。旭日东升,夕阳西下,校北的苗圃里,布满背书的学生,简亦繁和那如这行走其中,谋划自己的未来。

丰富的知识,多彩的世界,美好的未来,简亦繁、那如这历经艰难,从学手艺转到考大学的路上。二人常怀恋学手艺的往事,感念给予帮助的人,像有什么亏欠似的,一想起来就不是滋味,心绪难平。知识、手艺、手艺、知识,怎么这样恼人。村里的手艺人,操劳一生,卑微一世。若是没有他们,哪有相对细致的生活,稍微光鲜的日子。霍铁匠、八木匠、马裱匠,这些都是成功的手艺人,比起他们来,简亦繁、那如这只是二杆子、半截手。这些人物,时时激励简亦繁、那如这。而历史上的饱学之士和科学家，明显为人们做了更大的贡献。

简亦繁开玩笑，说："那如这啊，你不是政治历史学得好，给咱指指路吧。"

"我相信周总理的话，'为中华崛起而读书！'"

第二十章　上海之旅

七鼓匠那如这一直没间断和大鼓匠葛源递的联系。初中时，大鼓匠常给他寄书。高中住校，大鼓匠给那如这邮复习题、模拟卷，汇生活费。那如这毕业后工作，反哺大鼓匠，经常给大鼓匠寄奶食、牛肉干。

大鼓匠逐渐上了岁数。他以杏村为主，专门收集乌兰察布高原民间物品和工匠器具。他建了个文化博物馆，放满十几年间从这一带收集的东西。闲暇时，来博物馆转转，步履蹒跚、目光湿润，脑海中浮现出往日的时光。

曾经的蒙晋冀交界地——乌兰察布高原，是他苟延苦难生命的落脚点，焕发艺术辉煌的大舞台，也是他获得新生的启程地。这一带的山山水水、花花草草，男男女女、老老幼幼，这一带的牛马骡羊猪狗鸡鹅，他觉得是那样亲近。在上海，只要听到乌兰察布方言，他就会跟人笑眯眯地聊几句，问询第二故乡的发展变化。

往年，大鼓匠一两年回一次杏村，二鼓匠、三画匠、七鼓匠作陪。不几年，他几乎把村民所有不再使用的旧物运到上海。普普通通一件物品，脱离了实用环境，超越生活、满含文化、有了品位。大鼓匠本来要收购，不想村民不同意，最后只能送些礼物，不是交换，算是感谢。

时光到了1988年。

入夏,大鼓匠走不动了。夜里常常睡不着,一个个人物浮现眼前。他知道,这是梦境,但又恍恍惚惚,如在现实中一样。

大鼓匠不停地打电话,和七鼓匠商量:"那如这啊,我的身体,一天不如一天,我想请几个村里的师傅到上海看看。你组织,往返路费、一应开销,不用你考虑。"

几次沟通,确定了赴上海的手艺人:马裱匠、八木匠、霍铁、古车豁子、姜皮匠、田老太夫妇、二鼓匠、七鼓匠、三画匠、愣韩、郝裁缝等,大鼓匠又邀请了老队长、黄老师。巧灵小两口从北京直接过去,三干头一家三口先去天津,领霍铁到上海会合。

七鼓匠那如这做行前动员讲话,说:"师傅们,我们去上海,大鼓匠包吃包喝,我师傅想我们了。大家呢,啥也别怕。再者说了,也不要小家子气。可以不说话,不要乱说话。有什么不懂的,不要乱问,问我和简亦繁,我们给翻译。对上外人,也不要三画匠长、七鼓匠短,要叫大名简亦繁简老师、那如这那老师。别人问你话,你就不吱声。衣服呢,带两身。一身我师傅出钱,请郝裁缝做的里外新。一身家穿衣裳,千万洗干净。"

众人点头。

"另外,见我师傅也不能空手,各人再从家里搜搜,有那古物、旧件就给他带去,他就喜欢个这。也别提别的包,我师傅联系了旅行社,一人送个拉锁手提兜,把换洗衣裳带着就行。"

出发当天,那如这和班车师傅说好,进村拉人。走了两个小时,到了集宁。稍作休整,一行坐火车南下,直赴上海。

第二十章 上海之旅

火车走到沙岭子，停车五分钟。车上人们下车走动，烟民赶紧抽烟，一片迷蒙，很是呛人。沙岭子在乌兰察布、大同、张家口一带颇有名气，这里有一家著名的精神病医院。那如这下车四处转悠，一览风光。

他无意中走到货场附近，见院内多有瓜果梨桃，装在篓中。那如这知道此地盛产水果，就喊："有人没人？"他打算白要几个水果。一喊无人，再喊无人，他就想取些，到车上大家吃。

谁知货场近日屡屡被盗，看护老汉埋伏在水果篓子间，目光如炬，按住狗，不吱声。见那如这要偷盗，老汉立马放狗咬人。可怜那如这大学毕业，让三个土狗辖住，动弹不得。

火车缓缓开动，车上没有那如这。大家并不知道他未上车。

几个狗干叫不咬。看管老汉自觉有些失误，捉贼拿赃，现在那如这并未拿着货场的水果，放狗早了点，就不露面。那如这突然想到当年与三画匠简亦繁逼狼之勇，就手捡石块，嘴里乱七八糟高叫，且战且退，抽身出来。又想起当年山药窖底吹唢呐，窖口那一圈狗。原来狗也亲亲疏疏，不能笼统判断。

那如这一口普通话，和站务员说明情况，人家安排他坐一辆即发货列上路，下站即可赶住。真是缘分，一车皮全是西瓜。那如这并无刀斧，只能以瓜击瓜，犹如两个秃头相撞，总有破瓢裂皮之时。他用手掏瓢弃皮，粗啃猛咽，如孙悟空偷蟠桃一般，吃了个饱。正在吃得满嘴汁水，忽然想到自己的人造革皮包："钱！"

原来那如这随身拿几百块零花钱，还有沈家男人带给大鼓匠的五千块。那如这学历史，会欲擒故纵，为保安全，采用空城计，把这些钱放在人造革皮包内，有意将拉锁空个口子，放在行李架上。想到这，那如这脑袋"嗡"的一声大了不少，巴不得火车站起来跑。

恰好刚才狠吃了水果，糖多火大，又裸坐货车上，风驰电掣，只觉得心脏犹如挂在车底，随着"喊喊哐哐"的节奏猛跳。他忽然感到嘴巴火辣辣肿胀，血液围着上下唇聚集，不回流，一会儿就布满燎泡，厚了一圈。

待到进入车厢，那如这看那皮包已经不在原处，竟在隔座上端，口子大开。那如这脑袋"嗡嗡嗡"好几声，心想："完了，钱已被盗。"

那如这挤挤转转，来到座位，一把将皮包抽出，等到他打开看，哪有钱的踪影？绝望之际，那如这环视四周，企图有所发现，学电影里的样子想自己破案。二鼓匠龇牙一笑，问："找啥？"

"钱！"

二鼓匠两只能通路的眼睛隐在墨镜后，神态自若，满脸得意，那如这稍显安慰，再问："师傅，这包里的钱呢？"

二鼓匠从怀中掏出报纸包递给那如这，那如这打开看，钱一个不少。二鼓匠训徒弟："也没见过你这样没屁股的人。"

原来列车从沙岭启动后，二鼓匠听不到七鼓匠的存在，朦朦胧胧看去，也没有七鼓匠的身影。有客人挪动行李架上的物品，他听到钱的声音，再仔细一闻，有钱的味道。二鼓匠模模糊糊摸索，正是那如这的皮包里有钱。

一场虚惊。

众人看那如这嘴噘唇肥，忙问缘由，他瞎编："葡萄糖瓶子喝水，吸住人中了。"

"哈哈哈哈哈。"

像归拢一批草原野马，简亦繁和那如这终于把这些人带出火车站。大鼓匠葛源递租了车，一伙人车上眼看灯红酒绿，不辨东西。

到了宾馆，葛源递早已在大厅等候。他今年六十四五岁，已经显出老相。葛源递夫人保养得好，满脸笑意，问寒问暖，十分谦和。

看着一个一个人进来，大鼓匠深陷的双眼中，有混浊的泪水蓄着。一个人一个人依次握手。他通过每个手的特点，一下子就想到从前的交往。

等到手握二鼓匠手时，二人紧紧抱在一起，如劫后余生般哭泣。他问二鼓匠："柳叶好吗？"

"她，离我走了。"

"哦？"

"她起先像无根柳絮跟着我，后在杏村落脚。五十出头，得了赖病。大鼓匠啊，经历过亲人生死，才知回天无力。她的手，由温热到冰冷，由柔软到僵直，可我没有办法助她。钟大夫就在近旁，说'强心针已经没效果了'。你曾和我说，生活就是故事。我说啊，生活不是故事。你我送走多少人，原来人人都是过客。"二鼓匠手发抖，大鼓匠往紧握了握，另一只手也加盖上来。

"苦人命不长。不过也就解脱了。"

"是啊，是啊。这些年，日子好得没法说。我们每天吃一个煮鸡蛋，当年哪敢想？营养上去了，那是用不完的劲儿啊。现在想起来，当年大概是年轻，虚劲儿。"二鼓匠说。

听了这话，大鼓匠想起来。当年柳叶偶尔给几个煮鸡蛋，二鼓匠必定千揣摩，万揣摩，把最大的一颗敬给大鼓匠。大鼓匠说："鸡蛋大小，其实差不在哪儿，何必这样费心？"二鼓匠说："你是师傅，我恨不得把我的心给你吃了。"大鼓匠心中万千情愫翻滚："乌兰察布人，你怎么这样憨厚、靠实！"

眼下，大鼓匠又让二鼓匠几句话说得不舒展。每天保证吃一个鸡蛋，竟然是"日子好得没法说"的标志。生活啊，你有愧这些勤劳的人们，你能不能让劳动者的光景再好一点?！

二鼓匠轻声说："柳叶啊，我只要一闭眼就看见她。我喜欢她白腻的皮肤，凹凹的眼窝。"

大鼓匠说："我也敬重她。"

"我眼睛不亮，遇到鲜鸡蛋不好剥，鸡蛋皮上留些蛋清。柳叶看见后，必定用拇指甲薄薄地完整地倒顶出来，喂到我嘴里，竟比那一整颗鸡蛋还丰厚，有味儿。你说，你说……她怎么就……"

大鼓匠热泪难抑："鸡蛋大小，人心冷热。"

二鼓匠说："柳叶临终说，'我跟你相好几十年，也算一辈子，毕竟露水夫妻'。柳叶一是要我将她火化，图个干净。二是将她葬在杏林之南，图个雅静。我都做到了。"

稍作休整，宾馆一楼大厅吃饭。服务员见黝黑一群人，不免指指点点。大鼓匠夫人用上海话说："乌兰察布高原农民，不能慢待他们，他们是衣食父母。"

饭后休息，简亦繁、那如这挨个指导马桶怎么用，洗脸水怎么放，到半夜才完。

这是处旧院，在一条巷子入口处。正好遇上附近的学生上学，红绿灯控制着小学生队伍的流滞，手艺人觉得不如村里自由。

原来大鼓匠父亲当年是梨园领袖，辛苦挣来钱，买了几处院子。如今，这处院子古色古香的大门右侧，小小巧巧一个牌子，上面用隶书写着"文化博物馆"。

大家进入门内，是一个照壁，竟是用村里园子地的杨桩、柳条编就，一下子把人拉回到熟悉的杏村。再看照壁上，随意挂着农家之物，金木土齐全。

大家从右转入。

郝裁缝走在最后，看一队村民鱼贯而入，穿着板正得体，心中十分舒畅。

众人转过照壁，一处院子宽宽大大，正中即放着一架马车，几个大缸。

古车豁子突然从人群中几步快走出来，双手扶住车体，出声哭了起来。三画匠给画的龙凤依然可见轮廓，色彩有所剥离，更显得风雨沧桑。车木宽展处镶嵌的瓷瓦片，不知道的人真还以为是原车自有，看不出后来加工的痕迹。一应缰绳、笼头、牲衔、套缨等物，随意放着。古车豁子摸摸索索，眼前一幕一幕往事掠过。人、葱、鸡蛋、水果、柴火、炭、瓷器，这架马车，拉过的东西岂止百千吨。

古车豁子猛然想起车马大店老板娘。多年不见了，真想和她再斗斗嘴啊。可惜当年那些被压在席底喂狗的莜面，罪过啊。

郝裁缝看这车心有所动："多亏这车快捷，不然当年我性命难保。"

这里古车豁子正在回忆，姜皮匠跌跌撞撞地搂住熟皮子大缸，也难过起来。他之前并未见过大鼓匠，不想却是这样有心之人。三个大缸，一个半埋地下，犹如他姜皮匠当年安置的那样，一个稍高一截。最后一个裸放地上。

三干头乔灌领着媳妇紫丹、儿子皮来，和霍铁会合。睹物思人，夫妇俩不免有所回想。

紫丹说："葛老先生，这是姜皮匠给我母亲做的安哥拉兔毛手套。如今她老人家用不着了，就捐给博物馆吧。"

皮来今年十三四岁，跟了他父亲的长相，但论落落大方、舒展俊秀，远非三干头可比。皮来已在天津念书，见这么多村里人，既是高兴，又是紧张，一个一个地叫爷爷奶奶、叔叔婶婶。

姜皮匠还是摸摸索索，不肯离手。建军节刚过，县武装部领导慰问时了解到他的经历，说安排他到化德皮帽厂当顾问。厂子生产的皮帽供应部队，订货由武装部协调。姜皮匠婉言谢绝，说："我已经平六十的人了，不麻烦政府了。"

姜皮匠把头探入大缸，闻着大缸尚存的微微酸腐气，不免心醉神迷。紫丹看见，心头一动。老队长笑对大鼓匠，说："葛师傅有所不知，这熟皮子大缸，竟有观音送子之功效，不信你问三干头。"

"哈哈哈哈哈！"大家开口大笑不止。

小哑巴和巧灵大略转完小院，觉得设计大方，藏品古朴，更有小哑巴的画、巧灵的窗花点缀其间。二人再出到院外，仔细端详后进入大门，落在后边按顺序细细观看，不时用相机拍照。

他们前边是郝裁缝，步态稳健，颇为斯文。

几个本地老人和小孩趁博物馆开门，穿插到队伍里，听看这群人的言行。

田老太心中着急："我的矾盅和碾锤呢？"

前年春夏，扫帚星横空，村人议论纷纷。

全年下来，杏村无大灾、无大难，农业获得丰收，家家户户粮满仓。老牛看着堂屋垛的几麻袋小麦，慨叹："这一辈子大概吃不完了。"

二没眼还是沿村转悠，有人问："扫帚星这事，你怎么看？"

二没眼说："扫帚星，就是有星字入。听广播竟是规律而来规律而去。七十六年一见面。若说人间祸害，哪能说七十六年一回？"原来他早听了广播，信了科学。

"再说灾难天天有，好事日日来。史书记载都是马后炮。不信再过几十年，一个天上，一个地下，今年美国和苏联的大爆炸，就各有各的说法了。"

这天二没眼又到杏村，有人问："你算算，大鼓匠他们这会儿在上海作甚了？"

"不过吃喝走动。"他头也不回。

人们哄然而笑。

东边第一个南厢房，布局设置成一个铁匠铺，凡是铁匠所用器物，无不按序摆放，好像炉火一点，就能开张打铁。一面墙上，是些成品，那如这的荒杠十分显眼。他上前，一手抚摸，大声喊："巧灵，给照张相。"

霍铁却说："那老师注意，热铁烫了手脚我不管。"那如这脸红不语。

田老太还是疑惑："我的碾锤呢？"

第二个厢房是木匠房。八木匠嘴碎碎的，急切地给大家讲解。讲着讲着，八木匠突然哽咽起来，却不擦眼泪，只是揪自己的小耳，指着工具和大家说："这些东西，不管哪一件，我都爱如子女，如今……"

钉盘碗儿的挑子也陈列在此，只是跟前再设一大台面，将钉盘碗儿挑子里能取出的物件、工具全摆在上面，琳琅满目，大大一片。货郎的物品似乎还未布展，孤零零地另放在地上。

转过来第一间东厢房，是一个炒房。葛源递笑呵呵说："这个炒房，是我们村文化的象征，我基本原样摆布。"待到大家进入，真如回到村里一般。葛源递对老队长说："村里呀，炒房犹如第二个队部，这里发生的事，你不一定知道。"

所有的人都不吱声。是啊，谁在炒房内外没点故事呢？

老牛行动迟缓、目光呆滞，一件一件往事，过眼烟云。唯有那个叫杏叶的女孩，小小的手绢，小小的包袱，微微而跑的身姿，碾地而行的喜车，清晰如昨。

如皇宫一样鲜亮的炒房啊。

老牛感到此生最大的安慰是每年能给父亲上坟，最大的遗憾是母亲的骨殖还在路上野葬，最大的幸福是给杏叶送了纯红木梳妆匣子。为了做这个匣子，他把养老钱拿出一多半给了八木匠。八木匠费了一百分的心思，打造得精精致致。与别的梳头匣子不同，八木匠在上浅盖儿里面装了八边形镜子，打开正对脸面，角度十分恰当。匣子内壁，用稀稀的水胶贴了绒布，开合无声，能感受到独有的滑润。

老牛想象，杏叶每天必定早起。杏叶开了匣子，当镜理鬓梳头，一定会想起他来。可怜的老牛啊，他一万个心眼也想不到，阴差阳错，这个梳头匣子当时就被杏叶母亲截夺了去，他心爱的女孩儿没有用过一天。我本将心向明月，奈何明月照沟渠，人生啊，越想精致，越是粗糙。老牛原本把这匣子当作一个重要留世之物，生命的象征，希望终老之后有人因此念他想他，现在却成了断头路，

第二十章 上海之旅

放了鸽子，落了空。

大鼓匠看老牛步履蹒跚，问那如这："老牛原来不是说不来吗？"

"他得了尿毒症，身子软得连院也出不了。还是大鼓匠脸面大。老牛比我大一岁，六十五的人了。"田老太对答。

老牛见大家看他，就微笑，大脑袋像个冬瓜，温润可亲。老牛想："我爹立村，我炒莜麦，对得住村人了吧？"

第二个厢房陈列着鼓匠乐器。二胡、三弦、唢呐、鼓、镲、锣、板儿、笙，大家依次观看。二鼓匠在最前面，眼睛不好，看得细，参观的速度慢了许多。最后一组展品是烧焦的乐器，一个唢呐哨哨在灯光下，显得那么安谧静默，似乎准备开口讲述自己的故事。

八木匠娶三板为妻，那如这难受了一段时间。如今，三板已经生了三个孩子，不论男女，一律胖蛋。那如这想把给她的那个哨哨要来展览，询问三板，她说找不到了。

真是众里寻他千百度，那哨却在破旧铅笔盒中。临行之前，三板拿着哨哨给那如这。说是闺女大胖要念书，灯下收拾自己多年不用的铅笔盒，除了铅笔头、破橡皮、裂缝的铅笔旋子，还有一个像短蚰蜒虫样的东西，忽然想起这正是他要的哨哨，就拿了来。三板人胖性憨，心却细腻。她当年知道那如这有心于己，他还有心于黄丫头、巧灵。三板当时思谋，一个十四五岁的男孩如此性乱，怕长久跟了他吃亏，就不正眼看。如今八木匠是农村闲下来的手艺人，那如这却穿制服，国家正式工，自是天上地下。好在三板心有微澜，性如铁坚，只把哨哨交给他就撤身，不给他再留说话接触的机会。

那如这目送三板，脚踢石子，心有惆怅。忽然远远见八木匠无事站在广场,闭着一只眼,往这里瞄准,不免身子一激灵。

那如这将三板送还的哨哨摆在烧焦的哨哨下边,形成对比。起身一看,见简亦繁几步走开。那如这跟过来,佯问:"三哥怎不细看看?"简亦繁"喀喀"咳嗽几声,不理睬。

二鼓匠还是看得很慢。他一边看,一边摸,心中发誓:"如果有来世,我还当鼓匠。自由啊。"

再往北走,是一间村中小屋,活灵活现。大鼓匠介绍,这里原是空地,新盖了一间房子,请大家进去看看。

众人进入,挨挨挤挤。火炕、灶台、红柜,呈"PI"造型。炕上,靠墙被窝垛,炕中一个小案板,上置残碗破盘,几双筷子。盘碗之中,全是莜面所做食物模型,田老汉念叨:"鱼鱼、囤囤、窝窝、饺饺、山药鱼、磨擦擦。哈哈哈,拿糕!"

大家望去,果见一茶盘拿糕赫然桌上,半碗凉汤放在一边。简亦繁、那如这看这些食物,竟如真的一般,不免喉头嚅动,有了食欲。

黄老师见状说:"简亦繁,那如这,你们也是大学生了,这'拿糕'是什么意思?"

简亦繁想,简单问题往往难答,有所警觉,不贸然回应。那如这呵呵一笑,对着黄老师说:"这不就是莜面拿糕?"

黄老师说:"问你'拿糕'两个字,分别是什么意思?"

大家都听到他们的对话,没有人能确切回答黄老师的问题。

田老太说:"我看你们老师,都把简单的事搞复杂了。我们压粉用白矾,你们一说一长串,还说吃多人就变愣了,哪有的事?我吃了一辈子,也不愣呀!你倒说说,这'拿糕'是什么意思?"

黄老师不敢再启发,直接说:"糕嘛,是一类食物的总称。拿,是蒙古语的音，nanggi，'黏糊'，结合起来就是拿糕。"众人原以为多么深奥，不想是这样，倒也开眼界。

八木匠走南闯北，说："这些话也多了去，毛不浪、灰塌而乎、没嘎拉撒、雾里麻登。有人说不冻河冬天不结冰，也是胡扯。'不冻'是蒙语，'粗大'的意思。"

大家哈哈哈一笑。

再看灶台乌黑，应是锅底黑兑鸡蛋清涂抹。靠墙一侧，立着锅盖。灶台与墙壁缝隙中，竟然细心地放着一把沙棘锅刷。

红柜上，两个葡萄糖输液瓶，一个装红红，一个装绿绿，煞是好看。地上，一个烧火板凳，旁边随意放一把火铲，一小堆柴火。

愣韩慨叹，说："前几年大鼓匠请我来抹房，居然拉了半车碱土大穰过来，外表看，与村里的房子毫无二致啊。"

再看屋顶仰层，一概旧时《参考消息》报纸糊就。

简亦繁早已看见那一带墙围画，只是不说。眼看大家要出了这个屋子，简亦繁咳嗽了一声，说："大家看看这墙围画。"

经简亦繁一提，大家注目墙围，是十二联花。原来公乌素刘大头家要拆房，那如这和大鼓匠通报。大鼓匠命他将三画匠简亦繁所画十二联花揭下来。

谁知刘大头不愿意。他说："有什么好的，房倒墙塌，留它做啥？"七鼓匠说："一来大鼓匠喜欢，二来三画匠所画，也是民间艺术。"刘大头说："什么民间艺术。那天留他住一晚，他脱得精光。他说梦话，叫我媳妇杏丹的名字！打早走就走吧，还摸我媳妇的头巾，凑上鼻子闻了又闻。有胆子他摸我媳妇试试？"

那如这自知难以说通，就请贺大头出山。贺大头是刘大头的表哥，一说就通了。

当年说好之后，大鼓匠请了人，带着专用设备揭墙围子画。

几个人照了相，量了又量，算了又算。先用什么液体涂抹墙围子画，再用什么纸张贴住。一把锯子通电后"突突"转，却像个狗舌头舔来舔去。原来这是特殊工具，揭皮取表万无一失，马王堆汉墓考古就用这机械。

一切准备就绪，拉着发电机，接通电源，机器转响。又注入什么液体。一会儿工夫，四四方方一张画连带墙皮就揭下来了，放在预先准备好的泡沫箱里。刘大头看见，忘记三画匠当年之举，觉得有面儿，清爽，说："罢罢罢，也算给大鼓匠做点贡献。"

年代已远，笔法也有些稚嫩，十二联花散发青春的气息，显示美好的追求。大家习以为常的墙围画，在这里明显上了档次和境界。

房前窗台上，随意摆着愣韩的泥匠工具。

田老太还是惦记自己的器物。

正房摆满农作物、农具。

所有物品都是熟悉的，小麦金黄，莜麦银亮，黍子铜红。大豆、豌豆、扁豆、红豆、荞麦杂粮一品一器，放置在笸箩、簸箕、斗、半升之中。

一筐土豆，黄中泛紫，带着泥土印迹。大鼓匠夫人说："那是假的，人工石蜡制作。"再看韭菜、萝卜、茴子白、蔓菁，也都是人工蜡制，和真的一样。

田老汉走在最前面，手指着说："犁、耧、耙、锄、镰，打拉礅、碌碡、碾盘、碾子，脱谷机、风扇、连枷、绞锥、栽撅，担杖、桶、水斗……"正说得起劲儿，田老太上来打断，说："七鼓匠动员讲话，不让说话，就你说。"

田老汉说："我这不叫说话，叫……叫……"

黄老师说："叫看东西识字。"

"对对对。"众人暗服。

愣韩看这些石器，大多是自己搬动过的。他有意让过众人，弯腰挪那碌碡，谁知纹丝不动。田老太斜眼看去，愣韩假装没事。偏这老太讨厌，折回来说："再也不是那四象不过的李元霸了吧？"

出了正房，和东边土房相对，是一口井。大城市管理严，打井取水需批准，就未深钻，取个样子而已。

人们一下就想起李老汉，可惜他已故去多年。

井上有车水设施，一如李老汉园子地模样。井旁几畦地，不知种着什么花草。可喜一头毛驴标本，竟和当年拉水毛驴一模一样，轻轻松松站在井旁。众人觉得可爱，上手触摸。谁知那毛驴忽然活动起来，龇牙咧嘴，打着响鼻，露出宽宽长长的门牙。大家惊吓之余哈哈大笑。几个本地小孩反复玩弄，颇觉有趣。

大鼓匠说："还有一个开关，通了后是毛驴的大叫声，怕影响周围住户，平时不怎么开。"

几个本地老人说："无妨，无妨。开开我们听听。"

沪生就按了开关："呜——咯嘎——呜——咯嘎——"毛驴抬头大叫。众人更笑。一遍结束之后，皮来又叫按了一遍。

回头看见正房窗户下，自自然然立着一辆28"永久"牌自行车。这辆人骑物压、走南闯北、行东征西的自行车，是队长媳妇捐赠。队长说："我家这自行车本来还能骑，媳妇硬要送大鼓匠。全村大人小孩，人人都骑过它啊。"

愣韩低声说："我借的次数最多。"

一步跨去是西厢房。进入靠北的一间，只见田老太坐在炕上，吃劲儿地和面压粉，众人纳罕。简亦繁、那如这知道，这也是蜡像。原来上次切割墙围的人们受大鼓匠之托，将村中匠人一一照相，如今只塑得田老太一个。

田老太扭扭捏捏，上前摸住蜡像，乐得不行。田老汉寻思："老太这么粉红的脸色可不多见。"

再看炕上炕下，俨然粉的世界，各种粉坨俱是实物，只不过干透而已。可喜三干头媳妇要的一两小粉，风格别致，大有与吴侬软语融合之势。田老太脚下，就是那量矾的小盅，正是田老太所捐。原本一个普通小酒盅，现在却像钧窑一样珍贵。妙就妙在大鼓匠虽不知杏花酒盅故事，却将钉盘碗儿所使酒盅与田老太矾盅并排陈列，实属天意。

田老太心潮起伏，不能平静，稍后找那碾锤。大鼓匠说："市文化展览，连同饸饹床借走，尚未归还。"留些许遗憾。

地上设一平台，上面摆着沈家三兄弟炸麻花的器具。盘子里装着大小麻花，不是实物。几张包装纸，"沈记"印章鲜红醒目。

再往南走，是一个行政物品展览区，举凡党员登记表、记工本、出勤册、分粮本、分红明细表、集体牲畜情况表、民兵花名册、民兵武器领交表、印模、库房出入库明细表、五保户登记表、全队树木登记表、计划生育情况表、教师花名册、学生花名册、学生成绩册，等等。更有手摇电话、大喇叭、上工钟、印板、老师用的椅子、学生坐的板凳、黑板擦、粉笔盒。

姜皮匠见民兵花名册里有乔灌的名字，就问三千头："你还是个民兵？"

乔灌说："那当然了。"

"那那一次，你怎么那么熊？"

"看你这话说的。你是正规军嘛。"

"我其实是停战协议后入朝，但也正规训练过。不瞒你说，还真打过仗，杀过敌。"

"我看你就带着一股豪气。"

"你撤退那几步，挺有章法。"

"我是怕你那刀刃伤人，彼此都不好。"

姜皮匠小声笑说："那刃子是朝我这边的。那你也不至于被挑到大缸里吧？"

三千头狡黠一笑，说："你那劈刺太急，我不想恋战，满以为是个全缸立在那里，忘记竟是半截。你一个直刺过来，我一仰靠，就进去了。"

二人朗笑，其他人觉得莫名其妙。

大家翻那些纸册，找自己的名字，仿佛又回到从前。那如这翻到一册考试成绩登记表，发现"简亦繁语文88，算术50"，心中失笑。等到第二页看见那如这，成绩还不如简亦繁。那如这招呼简亦繁过来看，二人相对一笑，随手把成绩册放回原处。

那如这约莫，这大概就是自己在山药窖练唢呐最刻苦的时期的成绩。

第二十一章　江浪草波

看完展览，把人集合起来，那如这说："大家现在把带给我师傅的礼物拿出来。"

田老太首先走到大鼓匠跟前，打开一个纱布包，说："这是我又研制的粉粉。"大鼓匠已经接在手中，凑到眼前细看。一时不懂，脸上布满疑惑。田老太说："粉粉，粉色的粉条。"大家一看，这粉坨还是一两粉，颜色是粉的。田老太说："县里已经给注册商标了。"田老汉说："我烧火拉风箱，没少费时间。"田老太一眼盯过来，他不再吱声。

马裱匠走上前，从腰间掏出几张报纸，说："我收得三张报纸，上面有我们村的记载。你们看，这张，这儿，《杏村学大寨造梯田一千亩》。"

大家"哦哦哦"半天。

"这张，讲抗日历史，这儿有一句话，'在杏村附近歼灭日寇数十人'。"

大家又"哦哦哦"半天。

"这张，题目是《生死五分钟》，说那年大龙的事。"

大鼓匠问："这大龙现在怎样？"

马队长说："他们家第二年就搬走了。这大龙参了军，考了军校，现在据说在海军。"

马队长又说："这些事我都有记忆，只是时间长模糊了。记得田老太压粉的事，也是登了报的。"

马裱匠说："这我也知道，只是找不到。"

田老汉凑过来："你不早说，我在家里镜框子后别着了。"

八木匠说："我虽木匠，送大鼓匠一块石头。"

大家看那石头，手掌大小，颇显陈旧。大鼓匠夫人说："这石头，有什么讲究和来历？"

八木匠说："听老人们说，乌兰察布高原有老古人。木匠石匠是一家，都是鲁班的徒弟。我看这石头，琢磨着不是自然而成，也非今人之力。我专门看了书，说不定这是一块老古人使唤过的石头。"

大鼓匠说："这不犯法吧？"

八木匠说："不犯法，不犯法。这块石头到底是个啥还不知道。不过是个猜测，有个由头罢了。"

大鼓匠说："那就好。"

大家互相看看，一时无话，冷场。大鼓匠看看众人，以为再没什么东西赠送。谁知霍铁跨一步上前。霍铁打开拉锁包，取出几节铁器。大家面面相觑。二鼓匠立马听出是什么东西。

霍铁说："铸铁做锄犁，春耕待秋熟。我等铁匠，最是体人察物。万物无非我造，异质殊形皆妙。我这个器物，想让二鼓匠讲讲来历。"霍铁本是匠人，不打铁后结交几个异禀高人，闲时读书悟道，整个人有文化起来，令大鼓匠肃然起敬。

二鼓匠听那铁器响动，知是柳叶的旧门闩。这门闩，内外皆可开，却需要旋扭伸拉对密码，层层解机关。二鼓匠喘气如风，脸红似肝，众人就不为难他了。

大鼓匠这才明白，怪不得二鼓匠出入柳叶家那样顺当。

当年马裱匠给贺大头裱仰层，收拾报纸的时候，把一张通栏大标题下配伟人巨幅头像照片的报纸单独取出来，递给贺大头媳妇，安顿："这张照片你剪好了装相框里吧。"贺大头媳妇请八木匠按尺寸做了个相框，将头像装了，挂在墙上，天天瞻仰。这次大家来上海，贺大头夫妇估计不邀请他们俩，就将珍藏的头像取出来，托简亦繁送给大鼓匠。

简亦繁递过一个纸卷，说是贺大头媳妇所赠。大鼓匠缓慢解开，原来是1976年9月10日的《人民日报》头版。报纸右上角是："战无不胜的马克思主义、列宁主义、毛泽东思想万岁！伟大的、光荣的、正确的中国共产党万岁！"通栏黑框大字是："伟大的领袖和导师毛泽东主席永垂不朽！"

那如这再看大鼓匠胸前，佩戴一枚小小巧巧的瓷质毛主席像章，显得极庄重、极自然。大鼓匠慨叹："十二年了。"

那如这忽然想起当年的场景，队长委他以重任。

"一个报纸相，珍藏这么多年，难得贺大头夫妇这片心，把我佩戴多年的主席像章送他们吧。"

郝裁缝为人内向，低声说："我这里也有旧物。"他拉开拉锁，取出物品。

郝裁缝说："第一件呢，是我多年收集的碎布，不下一万块儿。做人正派，穿衣方正，所有的碎布我都剪成四方形，请葛师傅过目，也是个纪念。像这块、这块、这块，现在都不生产了。"大鼓匠弓腰收取。

郝裁缝又说："第二件呢，是我这些年给人做衣服量的尺寸，画的小样，有的还记有名字。"

大家看去，只见厚厚一沓纸，颜色质地不一，月份牌、写字本都有。待翻开看时，数字、符号满纸。尤其是画的衣服小样，线条简练，对接明晰，写实中略带夸张，竟如单独的艺术作品。郝裁缝从几个折页处翻开指点："这是紫丹老师的旗袍，这是巧灵的衣裤，这是马裱匠的裈子，这是裴特派的坎肩，这是七鼓匠的一身新，这是队长的制服，这是古车豁子的工装……"大家慨叹，郝裁缝是个好裁缝啊。

紫丹说："郝裁缝天津学艺，出手就不低。"

姜皮匠开玩笑："我是武大郎放风筝。"

紫丹爽朗而笑，说："趁大家都在此，我宣布一个事儿。"众人静候。她说："我近来常去杏花丝绸店，掌柜的这次要我捎话，请郝师傅到天津他那里坐庄。您要是答应，他们就过来接。"

郝裁缝说："这孩子也来过信。我已经六十三岁，就不麻烦他们了。天津啊，大都市，不如我在小县城待着清净。七九年平反后，我办了退休。什么真丝旗袍、真丝手帕，能去多远就去多远，我巴不得一身轻啊。"

"可惜了技术。"紫丹说。

三干头站在附近，忽然急着往外挤，他恨不得有个地缝钻进去。郝裁缝觉得言语不妥，不再和紫丹谈论。

一时冷了场，郝裁缝没话找话："花不花，四十八。我老了，眼睛比别人还早花些日子。看东西，近也不是，远也不是，再要是给人做衣服，那就是作践丝绸布匹了。"

众人哈哈而笑。

三干头说："我和我媳妇已赠送了。"皮来点点头。

马队长站出来，说："大鼓匠葛师傅这个人吧，我就不说了。他在我们村一带行走，多少心酸凄苦。葛师傅有这份心，我们心中有数。葛师傅，我把村里的印把子交你吧。"

大鼓匠明白印把子是什么，就说："那使不得。"

队长说："现在公社撤销，村里组织变了。这个生产队的公章，已经作废没用。你看，这儿削去一块。捐给你，感谢你对村子的情义。"

大鼓匠双手接过来，好像把一村人的回忆都接过来一样。

马队长又打开一个布包，里面是土块和石头。马队长说："这是我走时，到地窨子告知先人，顺手捡的几块土石。这些年，村人每过地窨子，必心诚步轻，周围利利索索。这几块土石献给大鼓匠，我不敢说是那个年代留下的，保证是在地窨子跟前取的。葛师傅留个念想吧。"

大鼓匠说："我葛某人，在乌兰察布吃千家饭、穿百家衣、睡百家炕。村民也苦，不欺我、不骂我、不打我。我终生不忘。尤其是杏村人，以农为本，兼重手艺，难得这样坚韧、乐观、有趣、重文化，把我从灾难中提了出来。"

他对着众人三鞠躬，夫人、沪生、京生、那如这跟着鞠躬。

"乌兰察布，是我们这些遭难人的福地啊。四子王旗有个都贵玛，前后养育二三十个上海孤儿。"

众人纷纷点头。

马队长好像自言自语："说起遭难，大家都一样。几十年前，牛马杨三户人家逃难，结为弟兄。牛家三个人，母亲半路病饿致死，几个人草草掘土掩埋,我们死死记住那小坟头的位置。马家父子二人,一直走到杏林。杨大个一家三口,来得了杏林,父母又被逼出逃,下落不明。"

上海本地的几个老头老太太只看不说,好像听懂了这些人的意思。

"新社会,上级指定负责人,就是我,马家的儿子。几年杏村户数增加,人口变多,红色印把子换了几次。"

马队长的大脑像过电影,人们跟着想象,一幕一幕:"我牢记父亲的话,'技多不压身,村旺手艺人'。葛师傅你看,杏村手艺人不误农活,老实无欺,自己方便,人也方便。出去办事,我们一说杏村,立马更加尊重些。"

人们唏嘘赞叹再三,大鼓匠将印把子牢牢握在手。

下午,大鼓匠带领大家逛外滩。大鼓匠夫人在前,沪生居中,京生殿后,杏村手艺人观光,一路走来。

满眼的楼,满眼的人。再看橱窗里边,琳琅满目,气象万千。大鼓匠知道人们不多带钱,安顿夫人只扫街,不购物,纯纯粹粹逛了一个多小时才罢。

正在走动,忽有一人横在面前,众人愕然。大鼓匠妻子插进来,迎面挡住,意欲问明缘由。只见这人一脸横肉,身材魁梧,肌体结实。匠人们停住脚,田老汉顶在前面,眼如豆,半弯腰,拿出打斗的姿势,似乎有所担当。

来人说:"你们是什么村的?"

田老汉:"什么村?杏村!"

短暂的相持,队长忽然高声说:"你好像当年打炮的营长?!"

这人高声说:"不错,不错。"

原来此人正是当年带领部队,在杏村东边实弹射击的营长,天津人,个头高,嗓门大。

马队长说:"奇遇奇遇,巧合巧合。"

营长满脸堆笑,一大片横肉吓得紫丹、皮来往后退。田老汉又往前顶一顶,田老太意欲拉回来。田老太以为,大上海,帮派复杂,势力错综,不然大鼓匠怎么就被害了双眼,撵出上海。好汉不吃眼前亏,她又拉了拉田老汉。谁知田老汉已经认出营长,凸手伸出来,又缩回去,说:"想不到在这里见到你。"

营长说:"找个地方吃饭,慢慢说。记得当年那个打嗝的排长不?我弟兄俩现在合开公司,在这上海滩多少也有点名气。"

营长从小包里掏出一截大哥大。田老汉琢磨,这东西,大小形状就像一个陈年老木门闩,也像头号大锅木盖子上的提柄,要它作甚?

谁知营长"喂喂"了半天,排长来了。排长一眼看见古车豁子,下意识地往后退。当年古车豁子"这儿有颗炮弹",把排长吓得灵魂出窍,立马止住了嗝。

排长安静了一会儿,才过来握大家的手,问候钟大夫。

大家说:"钟大夫没来。"

田老汉习惯性摸摸额头。那天老牛弹得一挠弓儿,一定是坏了田老汉的血脉,成为永远的旧疾,说疼就疼。眼下问起钟大夫,田老汉感到额头内的血管"嘣嘣嘣"地跳,疼。

营长喊来两辆面包车,将一伙人带到一家饭馆。服务员招呼大家坐下,老板娘安顿服务员:"其他客人再来,和人家说清楚,咱们就不接待了。"

第二十一章 江浪草波

营长风风火火到后厨,带出一个人来。老牛一见,眼光发亮:"哈哈哈哈,原来是火箭炮实弹演习时的炊事班班长。"

班长率人进入炒房,一股异味扑来。几个兵手提肩挑,把炒房清理出来,老牛都远远观望在目,等着召唤他。兵们有的是劲儿,可是身子痒痒难耐,不知何故。好在战士军人意志坚定,强忍着干活。

更大的问题是锅。部队演习带行军锅,铝合金,轻巧坚韧。谁知炒房只有一个炒锅的火口,直径巨大,不着边际。更何况锅口里高外低,和行军锅不合卯。正在束手无策,炊事班长心头一亮:"有了!"

行军做饭,一般是米饭炒菜。军人来自天南海北,北方兵实际上并不喜欢吃米饭,演习时也带着白面。炊事班长看那锅,竟是一口天造地设、响当当的烙饼锅。只见大家温水和面,板上大力摊开,浇一股油,撒干面,卷卷卷,撅成剂子,摔得"啪啪"响,气势上一股豪勇,绝不输田老太压粉之势。

打仗吃饭,熟了就算。当兵干活雷厉风行,丝毫不婆婆妈妈、花拳绣腿。五六个人,全部不用工具,双手对挤、对压、对搓,一两秒,面团就成了饼子。班长把住锅口,用一大铲配合炒头,翻转腾挪。炒锅底火力均衡旺盛,饼子就着坡度"嗞嗞嗞"地匀速滑下来。班长稍稍用劲,烙好的饼子被挑起,跃入大盆。半小时不到,就烙足了量。

只是身上越发痒痒,大家只痒不说。

完了是炒菜,猪肉炒土豆青椒,只听"嗞啦"一声,熟了。

全体官兵按秩序吃饭,纷纷称赞饼软菜香。行军打仗,能吃上热乎乎的烙饼,真是幸福。

一老兵教新兵："演习吃饭,你得掌握技巧。不管是吃面条、米饭,少拿勤取,这样才不至于烫嘴。"

新兵说："你怎么一次吃两张饼?"

老兵："正要教你。唯独吃烙饼,要一次两张。不要问为什么,两张饼的厚度,才经得起牙咬口嚼。你看,别像那个嘴张得像炮筒口,只吃一张薄饼。"

众兵欢笑。

几个炊事兵却头摇手挠,一头雾水:"怎么这么痒痒呢?"

临走,炊事班再将炒房收拾一遍。莜麦毛子经了两次水,飞不起来,性子也减了不少。炊事班班长将炒锅左看看,右看看,上瞧瞧,下瞧瞧,暗暗记在心中,长了见识。

等到咨询老牛,一通对话让人笑死。

炊事班班长:"老乡,我们为什么痒痒?"南方话。

老牛:"那是莜麦毛子疙躁的。"乌兰察布方言。

炊事班班长:"莜麦毛子?"

老牛:"是,莜麦毛子。"

炊事班班长:"怎么痒痒?"

老牛:"怎么痒痒?心瘾难耐地痒痒。"

炊事班班长:"我不晓得。"

老牛:"它不管你老的、小的,都痒痒。"

不想炊事班长复员后,开了小饭馆。几经打拼,在上海谋了一个小门店,当时东拼西借,一身债务。谁知小本买卖,天天挣钱,竟然还清各种欠账,日子过得滋润喜乐。炊事班班长与大家见面,大鼓匠等倒茶喝水。他又忙拉着老牛进入厨房,田老汉也跟了进来。炊事班班长指着说："看看我的烙饼锅！"

西墙底下，一口炒锅舒舒服服地斜躺着，一如熟睡中把它从杏村移到上海。锅口敞亮，色泽油黑。再看锅边，一个大铲，还有一个炒头一样的东西。

田老汉说："你这小鬼儿，什么时候把杏村的锅搬来？"

炊事班班长说："这锅不是我搬来，是我到章丘锅厂定制。别看这锅，一天出一二百人吃的饼，不在话下。不吹牛，我这锅全上海第一，全中国两个。"

田老汉撇撇嘴，说："全上海第一我不敢说，全中国就多了。我和老伴儿，也走过些地方，不少村子是有这样炒锅的。"

老牛一直细看凝视，那锅默不作声，老牛无以表达，只好摸摸锅口，温温的，不免心动神摇，难过起来。今年以来，他的身子明显不如从前了。

外行看热闹，内行看门道。霍铁远远瞧那锅，竟是熟铁打制。说："一般人用锅，大都生铁铸造。看这锅，是熟铁打制，千锤万锤啊。再说锅内星星点点，全是凹坑。按我想，烙饼时，这凹处，必定集聚热气，这饼是一半烫，一半蒸，烙熟后，口感也一定不一样。"

霍铁这一说，炊事班班长频频点头，总算从理论上解释了他烙饼的设备技术特点。

田老太不解，说："天天听你生铁、熟铁。生铁经一次火，还不熟？"

霍铁忽然想起贺大头媳妇当年与钉盘碗儿的交锋，就说："能跟女人说明生铁、熟铁，不是不容易，而是不可能。"

"哈哈哈哈，就是。有的人就是分不清乌兰察布和集宁。"队长插话。

老牛听见，一下子想起那个场景，嗤笑一声，现出鄙夷的神色。那一场，是他老牛少有的发怒。现在想来，大家都不容易，何必那么大声吓人家？

外边招呼人们就座吃饭。

营长让炊事班班长致辞。炊事班班长扭捏半天，说："乌兰察布，好！杏村，好！那两天的痒痒难受，好！"

众人鼓掌："好！"

等到上饼，真是个饼子大聚会。肉饼、菜饼、葱油饼、千层饼、鸡蛋饼、牛油饼，不一而足。最受当地顾客欢迎的是驼肉饼，有些老顾客隔三岔五光顾小店，只为吃几张驼肉饼。

门口一老人，脸色温中含威，专心致志烧着茶炉。煤是细面，拌水后均匀湿润，漆黑乌亮。马褙匠自从进了这饼店，就觉得一种特殊的氛围罩着他，好像要有什么奇迹发生。终于，他跌跌撞撞护住那老人，喊："黑老人？"

眼看这老人一下子温和如慈父，所有的威严退尽。老人哭着问："亲蛋儿？"

马褙匠点点头，跪在老人脚下。他的左手感觉到那片黑色的胎记。

人生的奇缘，远超出小说的虚构！两代背煤人，几十年后竟以这样的方式重逢，令在场所有的人唏嘘再三。

世界真大，也真小。炊事班班长问古车豁子："你说我的驼肉来自何处？"

古车豁子当年在化德国营食堂为吃馅饼，和老民兵斗智斗勇，恍如昨日。如今不饿肚子了，想吃饼子的感觉不是那么揪心撅肺，火烧火燎。高级食材，配以精致的做法，让人得知好日子原来是这样的。一个小饼，只比铜钱大，世上或许唯有巧灵的饺子可比。可是这饼子皮是皮，馅是馅，又结合为一个完整的整体。古车豁子问炊事班班长："你这上海，哪来骆驼肉？"

炊事班班长笑说："我的驼肉，用的是哈斯的。"

"哈斯？"

姜皮匠兴奋地说："牧区卖皮子的哈斯？"

"是啊。他一年供我四五头骆驼。"

姜皮匠一下子来了兴致，大喊："哈哈哈哈哈！哈斯？！"

炊事班班长说："哈斯已经年迈，七十出头，身体壮实得犹如一座石头敖包。女儿塔娜五十来岁，扛大梁。入赘女婿精通汉语、蒙语和俄语。全家奶肉皮毛生意，外贸内销一起做，规模大了。哈斯和我说，'我们牧民做生意，天地良心，谁也不哄。只要能把生产的东西换成人民币，我们就做，总归是挣钱。'这话真还有点道理。"

姜皮匠说："多年不见哈斯。这老汉做生意，一定有些奇招妙术。我是领教过的。"

炊事班班长："是啊。驼肉他分部位卖，钱也多赚了，道理上也通。他说'不同的肉，不同的价'，像驼掌、驼肚、驼唇，他都挑出来单卖。"

姜皮匠："当年哈斯卖羊皮，就是一张皮子一张皮子来。"

炊事班班长说："塔娜更有经济头脑。她做的是来回买卖。运来的是皮毛肉奶，拉回去的是服装、化妆品。这些东西她说都倒到蒙古国、苏联卖。几天几夜不睡觉，选货、押车，这么辛苦，能不发吗？"

"唉，当年杨大个要是入赘就好了。"马队长说。

炊事班班长又介绍："塔娜还开了旅游点。她家草场一万多亩，边缘地带建了旅游点，夏秋两季人挺多，增加收入，交了朋友，出货就多。"

营长插话道:"不说别的,辽阔呀,外地人稀罕。八九十座蒙古包,游客们出去进来,看星星,看月亮,不睡觉。我们带朋友旅游,专门去了杏村,杏花正开。村子人少了,而且老人居多。年轻人到外面闯荡去了。谁知到东沟转悠,一脚踢出个东西,真是缘分——是一个火箭弹保护片。今天听你们说,我哪天给葛老送去,传代了。"

葛源递远处举了茶杯示意,算是感谢。

其他几桌的外人不知道说什么,觉得奇怪。

古车豁子计算:"一个骆驼的肉,少说也烙一亿个馅饼,四五头骆驼,就是四五亿个馅饼。一个挣一块钱,啊呀呀,怪不得你发财。"老牛迷迷糊糊问:"几火车皮?"

一个桌子上,简亦繁和那如这正在与转业军人们探讨火箭炮、高射炮。排长说:"那年天不亮,你们就来,拉着麻袋捡铁,哈哈哈,都胖了。"霍铁假装没听见。

大鼓匠早已单独租了小游轮,逛完外滩带着大家夜游黄浦江。游轮驶离码头,周围变得安静。所有人都是第一次坐船,不免新鲜。更喜这船小小巧巧,带有敞篷顶。

"我大鼓匠最早在杏村,十里八村没江河,只有一个死湖,就知这里立地不好,村人可真有一股子韧劲。这黄浦江,流了千年万年,大家亲近亲近。"

那如这说:"不知咱们祖先怎么选了杏村?"

大鼓匠说:"怪不得祖先。我听人说,杏村往北不远,沙沟里有海贝壳,古时应是大海大河。至于几百里外的二连浩特,出土了恐龙、恐龙蛋化石。"

马队长说："杏东立村不到五十年。要是有海有湖，还轮得着我们住下来？不是逃荒的，就是奔命的，能活着就满绝了。"

田老太刚刚坐船，有些晕。沪生给了几粒人丹含住，她不知不觉没了症状。听见人们议论，她就插嘴："杏村好就好在安宁，白天干活自由，夜里睡觉踏实。"

马队长说："老一辈人都知道，当初我爹、杨大个爹、老牛爹三家七八个人逃到此处，东南西北十几里没人烟，就挖地窖住下来开地。别的村是地主自家派人开荒，我们村起先以为开的无主地，后来地主才察看过来。"

"听说这是个开明抗日地主。"

"那是，县志有记载。这齐大有报请我村村名为杏村，破了例。按套路，该叫齐家村、齐家地。说是家里念书子弟有远见。念书还是好的。"简亦繁、那如这听这话，脸上不表现，心里很是舒慰。

黄老师满脸笑纹，说："十年树木，百年树人。"

简亦繁、那如这对黄老师毕恭毕敬，前引后扶。黄老师性子倔强，不搭理他俩。简亦繁挤眉弄眼，示意那如这更殷勤一点。那如这放不开手脚，又怕失去表现的机会。那如这当年的理想是娶外公社最漂亮的媳妇，后又爱慕三板、巧灵，心中曾试着称呼三板爹、愣韩为外父，想象婚后多彩的生活。峰回路转，鬼使神差，眼下和黄丫头频频联络，实在是命运捉弄人，一万个想不到。谁知黄丫头对父亲百般依附，写信把她和那如这交往的事说了个详细，黄老师就有意躲避他，却也暗中观察。

黄老师1936年生于宝坻，内蒙古大学刚一成立，他偶然机会考入数学系，毕业后分配工作。黄老师性情孤傲，爱发牢骚，几度辗转，一言难尽，最后落脚杏村。黄老师看着那如这长大，只觉得他出身贫寒，身体健壮，傻傻的又有心计，念大学，安排了工作，就默许丫头与其相处。黄老师想不通，两个孩子，从小死对头，现在分开后又挂上了钩，简简繁繁、那那这这、离离合合，人有奇禀，事有奇缘，婚有奇配，是什么样的人生？

眼下，老伴儿处于妇女更年期，黄老师处于男人烦躁期，从早到晚互相看着不顺眼，只好暂时分开，落得黄丫头心憔神悴。这次，父女二人联络，黄丫头本来也要来上海与大家相会，却因紧要公务取消了行程。

偏偏近几日黄丫头联络不勤快，发了传呼也不回，那如这心头紧紧的，怕有什么意外。那如这也机灵，这几天人前行走办事，运筹帷幄，人吃马喂，必得让黄老师看见，却又不张扬，自自然然，黄老师越发称心如意。黄老师慨叹："乌兰察布养我全家，我在杏村办了学校，教书二十多年，培养好几个大学生。一个宝贝女儿，若果真重新回来，做乌兰察布的媳妇，黄某人算是尽我所有，全力报答了。"

想到这里，黄老师不免流下几滴老泪，那如这看得明明白白。那如这依偎过来，黄老师假装没事，东张西望，眼睛红红的，不看他。那如这心中如明镜。黄老师脑中回忆往事，时空跳跃，纷纭杂乱，理不出头绪。只记得那如这豆心算法在公社夺魁，嘴里就念叨："寒门产贵子，白户出公卿。"黄老师又想："一个查全性，十万那如这。要是不恢复高考，简亦繁、那如这会是什么样子？巧灵、小哑巴会是什么样子？黄丫头会是什么样子？"

原来简亦繁年初经人介绍，找了对象，事有凑巧，竟是公乌素刘大头媳妇的侄女杏枝，已经定下婚期。简亦繁端详杏枝，和她姑姑杏丹长得一样俊俏，个头更高些，真是缘分。谁知简亦繁、杏枝二人关系明确后，姑姑杏丹满心欢喜，姑父却心有所忧。刘大头记得十几年前的场景，觉得三画匠简亦繁性情龌龊，几次有提醒之意，杏丹都把话题引走。杏丹说："谁年轻时没点儿小心思？就你事多，千年记了个老狗死。大学生，国家正式职工，管配得过一个打字的了。"

刘大头从此就不关心，不表态，心想："妻侄女的事，隔得八十丈远，管她怎样。"

谁知简亦繁也有苦衷，他思谋：刘大头大不了多少岁，将来还得喊他姑父，有些不爽快。后再想姑父姨夫没大小，也就认了。

杏枝在县教育局文印室工作，住集体宿舍。她有个破旧煤油炉子，自己开伙，简亦繁隔三岔五去蹭饭。别的饭她不怎么会做，烙饼炒土豆丝那是一绝。杏枝烙饼，温水和面，火极旺，油极多，烙饼入锅，扇巴两下就熟，饼面不怎么丧失水分，厚润烫嘴，非常刺激食欲。土豆丝切得略粗，水焯至绵软。多加花椒炝锅，捞出烧焦的花椒渣，把土豆丝飞快倒入，炒几下就好。出锅瞬间，加几丝酸菜一勺酸汤，一院芳香。简亦繁大饼卷菜，满嘴丰饶，口感极好，连干五张，吃出当年在刘大头家的感觉。他一边吃饼，一边怀旧，一边展望，自是惬意满足。手抓烙饼沾了油，他顺势抹在头顶，再揸开手指，粗梳几把，秀发越显得波大浪宽，整个人风度翩翩。

那如这见了几个姑娘，彼此不太协和，终身大事上没有明确结果。简亦繁忽然闪出思维火花，何不暗中给那如这、黄丫头牵根红线？他就给黄丫头去信，替那如这表白。不想窗户纸一捅破，那如这、黄丫头二人竟然书信频繁，电话不断。简亦繁思谋："千里姻缘一线牵,不打不相识。那如这和黄丫头相识最早,了解最深,基础最实,要是真能走到一起,那可就是信命随运了。"

那如这常常捏自己的胳膊咯咯笑,这么厚的皮肉,还怕她黄丫头咬?再说黄丫头也是有尺寸的人,几次都不下狠劲,咬得疼是疼,却不破皮裂肉,恢复三五天就没事了。那如这想:"大丈夫男子汉,有个天天耍脾气的小女人虐着,也是很幸福的。"

那如这和简亦繁闲聊,聊着聊着转到黄丫头身上。简亦繁暗中导演,知道来龙去脉,那如这以为简亦繁不知情。简亦繁早看出,说黄丫头好,那如这就高兴,说黄丫头坏,那如这就不悦,断定这事已经有了六七分。

"那如这,依我看,你把黄丫头娶了吧。"

"简亦繁,你说这事儿闹的,嘿嘿,她要是愿意,我也没说的。"

"你就戳莽一回,给她写个情书。"

"不瞒三哥说,她最近常给我写信,蒜长蒜短的。"

"婚姻天注定,事业靠打拼。等这回上海活动结束后,咱俩去宝坻。"

那如这闷声闷气:"好。只是两地生活,怎么办?"

简亦繁哈哈大笑:"你在大学追这个、追那个,天南地北,考虑过两地生活?再说八字没一撇,你想得倒远。"

那如这就红了脸,说:"比你,我差远了。"

简亦繁咳嗽几声,岔开话,说:"借米不丢半升子,成就成,不成年年吃她的新蒜,也不赖。"

简亦繁、那如这在这事上有共知共识,又各有保留。随后,二人先后呼了黄丫头的 BP 机,黄丫头感到腰间麻酥,立即回电交流,心中犹如伏着一只兔子,咚咚咚跳。黄丫头觉得,乌兰察布男人性情憨厚，吃苦善良，朴实服管。黄丫头想："那如这已是调教过的，谅他预先怕三分。若是真成了，他每月交了工资，多给他零花钱，或者把钱放在一个地方，谁花谁取。不能像自己的父母，一个到处藏钱，一个四下找钱，家庭气氛怪怪的，难得和谐。"

想到这里，黄丫头自觉有些过头，莞尔一笑，两颊绯红，不再谋划。又想父亲可怜，花个钱像乞丐一般，和母亲伸手讨要，斯文扫地，颜面全无。忽然联想到那如这脏手黑胳膊，瞬间胃蠕肠动，恶心起来，嗷嗷欲吐。

到底那如这与黄丫头有何进展，是啥结果，已经超出本书编年，且待另作分解。

众人坐船，感觉悠悠荡荡，绵绵软软，自是舒服。

大鼓匠说："我听得人们说，第二年有了收成就让土匪抢了。可怜杨大个，从此再也不见爹和娘。"

那如这学历史，按照一般历史常识想象当年的社会情景，问："后来呢？"

"后来就拉锯，一直不稳定。解放前才安排妥当。"马队长说。

有相向而行的游船交错过来，那船的小孩子嗷嗷叫，这船的人光看风景，不交流。

二鼓匠面对马队长，说："你爹哪一年没的？"

"解放前一年吧。我爹这个人，成也性直，败也性直。第一次，他把两个土匪引得跌进空粮窖，几块儿备好的狗头石砸下去，土匪没了雄气。又见土匪不用枪弹，才知他们拿的都是木棍笤帚。我爹也胆大，自己看着，让其他人报信。这三个人第二天就被镇压了。第二次土匪报仇，趁我爹傍晚放牛，把他害了。我们在杏树林南畔寻见的他的尸体。"

说话间游船转了头，靠另一个岸边往回走。大鼓匠说："不谈杏村往事了，伤心。看上海。"

田老太指导田老汉："你把头抬起来，往远看，头就不晕了。"

"你多会儿见我低头了？老牛才不抬头了。"

左右都是船，水中月影灯光，碎纷纷的，不得圆整。老牛眼睛一眯，见这船不过是放大的炒莜麦杆的头。老牛眼睛再一睁，原来炒莜麦杆的头是一只缩小了的船。老牛思绪交错，竟然觉得自己正在水中游。

第二十二章　归去来兮

逛外滩，游黄浦江。馅饼店吃完饭，营长要签字，排长要付钱。炊事班班长坚决不要，说："我吃内蒙古三年粮，今天请乌兰察布人一张饼。缘分啊。"

话已到此，营长排长不再坚持。

大鼓匠带大家看剧。

本来安排了红火热闹的《十五贯》，不想上级临时调演，改为《牡丹亭》。大鼓匠说："昆曲嘛，唱时闭眼听，不唱时睁眼看。这就对了。"

大鼓匠带头，一队人进了剧场，只见全体演员台口列队，鼓掌欢迎。知情人懂得，这是剧院剧团对客人的最高礼节，即使高级领导也不常这样安排。葛旦、葛源递父子是这个剧团的奠基人。

待到戏开，竟有几个干净男女轻轻穿梭，递毛巾、送茶饮，一如旧时。葛源递招呼管事的，不必麻烦，大家安静听戏。

谁知田老汉、田老太最是规矩，二人听从大鼓匠告诫，睁眼一分钟，闭眼一分钟，始终懵懵懂懂，未进入剧情。

三干头媳妇紫丹听得："原来姹紫嫣红开遍，似这般都付与断井颓垣。良辰美景奈何天，赏心乐事谁家院！"一个"紫"字，揪心拉肝，哭出声来。

三干头怅然若失。

三干头最近常做梦，梦见无数的麻雀啄他的眼睛。三干头疑惑："莫非那些被他网杀的鸟来报仇？"

三干头想起那年深秋，南飞的鸿雁，在杏村上空遭遇了严寒。多年来，这鸿雁都是临空而过，嗷嗷嗷地和地上的人们做交流，临黑前飞到察尔湖畔歇息，第二天吃饱再起飞。这次雁群飞不了了，就落在杏村后边的西山下，再进入解放军打的防空洞避寒。

第二天天刚亮，鸿雁满地啄雪觅食，三干头带着几个村里人追逐不已。

鸿雁极有集体观念，洞外的聚在一起后，不怕危险飞入山洞，招呼尚在洞里的同伴一起飞走。谁知三干头他们手持长杆，在洞口挥舞，等到天黑，还有十几只出不去。

三干头等人将烂毯子、麻袋片缝在一起，制成一个大帘子，像电影幕布一样垂挂下来，将洞口堵死。帘子底部中间开一口，外边用一个袋子相接。

天黑了下来，有人在外面开了手电筒，往里照。有人在洞内赶。可怜鸿雁以为光亮处是自由地，不想一个一个扑棱棱跌在袋里，被活捉。

三干头他们要吃这雁。他们握住雁脖，劲往手上使。雁双翅鼓动，力气很大。吸不进气，供不上血，雁极度难受，可怜瓷实的身子却逃不出人的掌心。不大工夫，这些雁有的折颈而死，有的窒息而亡。

三干头等人不敢回村，就在山洞内架锅生火，将几只鸿雁煮了吃。

鸿雁的肉香飘进杏村，队长、排长提着枪找来，夸张地拉响枪栓，把三干头等人逼出来。队长大骂："操你祖祖的，就这么嘴馋？不说别的，可怜这几只雁，不知飞了多远要回家，让你们几个王八蛋半路截杀了？这死去的鸿雁，究竟是谁的爹妈、谁的儿女？"排长怒极，单手持枪，朝天放了几响，吓得众人不敢吱声。

紫丹闻讯随后赶来，面无表情。她手指三干头，浑身打颤，念道："鸿雁于飞，肃肃其羽。鸿雁于飞，集于中泽。鸿雁于飞，哀鸣嗷嗷。"

三干头等人低下了头。

鸿雁是性灵之鸟，从此后南归北飞，它们不再出现在杏村上空，而是甩出一个大弯，从村东十几里掠过，嗷嗷嗷的叫声，由弱到强，由强到弱，听得人头皮发紧。

原来紫丹十四五岁时，看了一幅画，描画知识青年出工情景，阳光明媚，绿树成荫，红旗漫卷，她心中向往。那时家里人多，生活拮据，紫丹是养女，受些委屈，就打定主意离家出走，坐火车、坐汽车来到乌兰牧场。真正生活开始，困难重重，幸得三干头母亲照料，吃得饱、穿得暖。现实常与想象有距离，这里一年只能劳动少半年。所谓劳动，不是一锹一镐马上改造山河，而是干了许多时见不到痕迹。已经割了几天草，站在山梁一看，才有铜钱那么大片地。紫丹有些后悔，却心性刚强不回头。

牧区人少，出来进去就十几个，不像宣传画。三干头乔灌大紫丹十岁，跟随母亲在草原生活，会骑马、能放羊，来来去去二人有了依傍，糊里糊涂成了夫妻。乔灌反思，自认为不藏不掩，自然而成。紫丹虽说有些看不上乔灌，不逼不迫、不欺不骗，怨不得人家。后来有政策，紫丹不在上山下乡知识青年名册，又当地结婚成家，不能回城。好在二人生育一子，紫丹被安排了工作。回天津探亲，家里人奉为上宾，不小瞧歧视。

台上又唱："朝飞暮卷，云霞翠轩。雨丝风片，烟波画船。锦屏人忒看得这韶光贱！"

紫丹咬唇而泣。

巧灵听得最为细致，不时快速翻译给小哑巴。小哑巴也知道故事情节，如今现场观看，自是与之前了解的差距明显。

简亦繁和那如这挨着坐。简亦繁侧脸说："我们古代文学老师讲到'赏心乐事'时，哭得讲不下去，缓了几分钟才好点。"

"我们历史文选老师念'王侯将相宁有种乎'，把一盒粉笔拍撒到地下，下课时告诉学生，'谁也不能捡！'"

难忘而美好的大学时光啊。

大鼓匠一只手始终轻轻击打扶手。再看霍铁，摇头晃脑，幅度小而节奏准，不似那等粗人打拍子，要么张张扬扬、喧宾夺主，要么毫无节奏、双手错位。大鼓匠脑子像过电影一般，心中念叨："杏村的这些匠人啊。"

忽有唢呐响起，大家听那曲调，就像是大鼓匠坐在乐池。唢呐声纯粹明丽，干净亮堂，霎时越过千山万水，跨过十年八载，犹如一条五线生命彩带，半空中与当年大鼓匠在杏村的悲切之声勾连。

剧终闭幕，人们都看懂了："挚意真情，人鬼一理！"

登台合影留念，昆曲演员们握住杏东手艺人的手，只觉硬骨铮铮，感到自惭形秽，心生敬意。

大鼓匠找到团长，将她介绍给那如这。那如这向来没和上海女同志紧密接触说话。眼前这位女团长，眉尖眼大、鼻巧唇红、衣着鲜丽、香味迷蒙。那如这见状耳鸣头晕，尽量落落大方地说："你好，我有一个师兄，六鼓匠，空实，我们县乌兰牧骑的队长。他想来学习学习，你同意不？"

那如这连说带比画，最后大鼓匠做了解释，双方约定事后单独联系。女团长临别伸来手，那如这感觉女团长的手，小似西餐银叉，润如赛罕羊脂，未敢久握。再听团长说："我叫饶浅。"递了名片。那如这心有所感："'那简饶空，那简饶空'，缘分啊。"

原来六鼓匠空实聪明上进，县乌兰牧骑特招为地方非遗文化传承人，几年后任了队长。空实体贴三鼓匠独自一人，物色个单身女人朋锅儿，雇他们给乌兰牧骑看大门、打扫卫生，众人都很尊重。大鼓匠觉得，自己告老回沪。二鼓匠带领四鼓匠、五鼓匠，顶门立户，新招了人员，成立"杏花乐团"，走乡串村谋正路，承揽各种业务。七鼓匠念了大学，有正式工作。班子原来七个人，各得其所，大鼓匠感到欣慰。

大鼓匠送贺大头夫妇的毛主席像，简亦繁爱不释手，更怕丢失，装在上衣内兜里，不时掏出来看看。

杏村经历过各种苦难。1976年是人们心里最悲痛的一年。

先是周总理逝世，村人慨叹，敬爱的总理鞠躬尽瘁，死而后已。

接着朱老总逝世，村人顿觉折了顶梁柱。据说是一级战备，部队调动频繁，人心惶惶，都提高了警惕。等到毛主席逝世，村人犹如一下子处于暗夜之中。

毛主席追悼会当天，全村人一律在请示台前肃立，收听现场录音。请示台及广场干干净净。请示台上檐，三画匠赶写了横幅，极为庄重肃穆。

队长交代，全村工匠负责维护，木坏修木，铁坏修铁，万无一失。几个工匠瘪着嘴，满脸悲伤，带着工具，紧紧围拢在大喇叭杆下，像得令的将军，随时准备付出一切。

下午的阳光斜射会场。广播里的追悼会结束。

短暂的寂静后，突然就是一声唢呐，霎时锣鼓重打，弦乐齐奏。大鼓匠等人穿着严整，神情沉重。

几天前，大鼓匠和队长说："毛主席老了，我们必定吹打吹打。"

队长犹豫不定："上级不安排，不好定。"

大鼓匠再说："我们自发，谅也无碍。如果问下来，我大鼓匠担着。"

鼓匠班子放量吹打了二十多分钟。曲目编排得十分严谨，有《东方红》《大海航行靠舵手》，也有地方哀乐悼曲，一概节奏缓慢，悲切深沉。这是他们祭奠的最高人物。

全村少老女男，放开嗓子大哭。小南山、小北山拘着声音。

队长抑住哭，说："我们要化悲痛为力量。大家记在心中。"

村人又持续哭了一会儿，最后由几个女人吸吸搭搭的哭泣结束。

经过这一场面，大家才觉得心绪略有安抚。

那如这当时得了一件差事，队长要他盯着喇叭，盯着电线。尽管试了无数遍，万一线头松动，接触不良，他必须最快速度爬杆、沿线处置。队长以为，一个小孩比大人目标小，气氛上保持得住。

那如这向来爱出风头，这件事上却不敢怠慢，心中默念，千千万万别出事。

夜间，人们缓过神来。老人们念叨："为什么今年杏林不开花，是应在国难上。"

巧灵和哑巴一直外圈站着。

巧灵本来要帮助父亲愣韩，却不想她父亲手提拉锁包，一脸严肃，随行跟走，像参加什么正式会议，就不再牵挂。

郝裁缝展示，巧灵看见她那身蓝色碎花点带面棉衣的小样。那是父亲在她六七岁时，请郝裁缝做的。巧灵记得，那么小巧精致的一身衣服，穿在身上，不需要再套外罩，甚是轻盈袅娜，不免羞涩掩面。那年春节，这身刚做好的衣服放在柜顶，大年初一才可以上身。巧灵熬年到天明，临亮睡着之后起不来。千喊万喊，巧灵才睁开双眼，急寻自己的新衣。谁知愣韩早已将巧灵的棉衣在火炉子边烤过，现在压在褥子底保温，一团暖意。巧灵伸开胳膊腿，舒舒服服，万分贴心。愣韩看着，喜欢也不是，疼爱也不是，在地下转圈。巧灵奶奶和母亲啧啧啧赞美不已。

郝裁缝给巧灵做这身衣服，下了细功夫，愣韩没事过来观看。只见郝裁缝手缝机纫，线头一概埋在夹层。郝裁缝指撕掌压，棉花铺得均匀，针线缏得密实。愣韩意欲上来帮忙，让郝裁缝喝止，说："抹泥我不行，絮棉花你不行，赶快撤得远远的。"愣韩只得后退几步，嘿嘿赔笑。

郝裁缝的双手柔软灵活得像两条小带鱼，几下就将棉花翻顶在里边，掏出布面儿，衣裤瞬间成形。愣韩搓手，发出嚓嚓的声音。衣裤做成后，郝裁缝不让愣韩直接手拿，扯了一根布条松松捆住，命愣韩全程无接触手提回家。巧灵从窗户看见父亲快步走，小心脏激动得嘣嘣嘣地跳。

正是长身体的年岁,这身衣裳第二年就小得不能穿了。巧灵现在珍藏着这身衣裳,原本要带来,小哑巴李亚怕人笑话,阻止住了。巧灵和李亚比画,看样子是有所责怪。

见大家赠送已毕,巧灵打开个硬包,送上她的礼物。

竟是个折纸,大家一看,这不是大鼓匠吗!

懂行的人知道,折纸是纸艺的最高形式。一张纸,不得有任何益损,折出各种形象十分艰难。巧灵学业好,折纸数学、折纸几何学更是学得深奥。巧灵把大鼓匠的头像信息代入公式,有时借助计算机设计。一个多月过去,她对大鼓匠的形象还是不满意,觉得具体,不灵动、不传神。好在小哑巴非凡的想象力和天才的艺术感,只比画了几下,她就茅塞顿开。

巧灵折了二十几天,共一千多折,无数个凸凹效果处理,终于完成此作。

大鼓匠头像用一张深棕土黄两色纸,整个形象凝重沉郁,不知含有多少人世沧桑,命运起伏。头发微鬈,额头皱纹清晰。眼睛深陷,似有泪水积聚其中。鼻子直挺,嘴巴紧闭,有多少苦难无法言说。下巴浑圆,显示出忠厚真善。头像双色对位精巧,怎一个精算细折可比?

那如这说:"看这折纸,竟比我见到师傅本人还真。"

大鼓匠弯腰低泣,慨叹这对孩子心灵手巧,情深义厚。他知道,以巧灵、小哑巴二人的声誉,这折纸哪能用金钱计算。

巧灵再往外取,竟是一沓裱好的头像剪纸,一人一张。大家小心翼翼找到自己的那张,看一看,万分满意。

那如这拿到自己的像,笑得合不住嘴,直夸巧灵好手艺。他忽然想起自己左上眼皮有一粒瘊子,再看剪纸像,清清楚楚一个点,丝毫不差。那如这心烧肺燎,不知如何是好,说:"这个巧灵,一个小瘊子,记得这般清楚。"

八木匠只看自己的耳朵,小而直挺,一个铅笔头别在上边,似乎要掉下来。简亦繁头发自来鬈儿,巧灵一根一根剪得清爽,三七分缝儿,一线上去,直达头顶。

待到小哑巴将礼物拿出,原来是一张油画。大家一看便知是杏村。画右下角,题目是《杏村》。《杏村》用彩浓烈,只几笔就将轮廓画出。村子北高南低,东西狭长。一街一路、一屋一院、一门一户、一人一物、一鸡一鹅、一草一沙,无不跃然纸上,又都写意表达。北有小北山,南有小南山,东有东沟东大梁,西有杏林、园子地,杏花正开。远处东南西北四个方向,各有道路延出远方。画作尺幅不大,极富包容度、表现力。时间当是正午,小村一派光鲜。天上似云非云,一片祥瑞之气。

大鼓匠说:"我就不说客套话了,你这一张画,说不定抵我这一处院子。"

巧灵简单翻译了一下,小哑巴回手势:"哪里哪里。"

简亦繁毕竟习画之人,他看得出来,小哑巴在自家和丈人家加了亮色,就悄悄告诉那如这。那如这说:"看不出甚来。"

"那你看看署名是什么?"

那如这辨认半天,朗声道:"哈哈哈,好名字,李亚!"

小哑巴手指画幅,大家看见那是立村老人住的地窨子。只见画面微凸,鼓了出来,色泽略暗,庄重古远。地窨子出入口近乎黑色,里面蕴藏着近半个世纪的沧桑和艰辛。此时人们才发现,这地窨子选址十分妥帖,小北山半山坡上,窝风,避水,日照充足,视线开阔。似有喜鹊三五只，麻雀十来只，花儿几十朵。老牛、马队长几个老人鼻子一酸，心想："难得这孩子这么有心。"

那如这问："当年你在姜皮匠家想好的一幅画，名字是啥？"

简亦繁略顿了一下，说："《熟皮西施》。"那如这咯咯笑出声来。

大鼓匠叫巧灵讲话，巧灵说："让小哑巴讲吧。"

只见小哑巴稍稍推让，缓缓比画，巧灵同步翻译。小哑巴比画："凯风自南，吹彼棘心。棘心夭夭，母氏劬劳。凯风自南，吹彼棘薪。母氏圣善，我无令人。爰有寒泉？在浚之下。有子七人，母氏劳苦。睍睆黄鸟，载好其音。有子七人，莫慰母心。"

那如这和村人基本听不懂，却见小哑巴和巧灵满脸泪水，大家猜是打动人心之作。

那如这问简亦繁何意，简亦繁说："《诗经》的篇目，赞母爱的。"

那如这说："怪不得，我们历史文选不学这样的课文。"

巧灵款款念出："飘飘和风自南来，吹拂带刺小树心。树心还细太娇嫩，母亲实在很辛勤。飘飘和风自南来，吹拂带刺粗枝条。母亲明理有美德，我不成器难回报。寒泉寒泉水清凉，源头就在那浚土。儿子纵然有七个，母亲仍是很劳苦。小小黄雀宛转鸣，声音悠扬真动听。儿子纵然有七个，不能宽慰慈母心。"

这次众人都听懂了，全场涕泪涟涟。大家觉得，诗中的棘，正是村西的杏林。

杏村，贺大头媳妇天天盘算，人们快回来了吧？她托田老太买东西，要最好最便宜的。田老太问大鼓匠夫人，葛夫人说："你别给她买了。听源递说，村里少了些人口。念大家对源递的照顾，我送全村女人一人一条纱巾，大小款式一样，图案颜色不同。"

田老太抿嘴儿笑,说:"春夏之际,杏村总是压不住杏林,这回好有一争。"

那如这向大鼓匠点头示意,说:"师傅,这里有老沈家的一份心意。"

"老沈家?"

"老沈家。就是徒弟当年无知,惹你生气的那个老沈家。"

大鼓匠大笑起来,说:"想起来了,想起来了。那一场啊,我这把老骨头差点喂了狗。"

大鼓匠说着将三画匠简亦繁拉过来,说:"我大鼓匠应当给你赔个礼,道个歉。是我大鼓匠欺辱你在先。人啊,自己受折磨,可不能再算计别人。那些年,我也是恃才自傲,破罐子破摔。现在想想,有什么意思?"

简亦繁面带愧疚,干咳半声,说:"是我和那如这不懂事。"

那如这从人造革包里取出东西,一一递于大鼓匠:"这是五千块钱。这是沈记麻花的玉印。这是一封信。"

大鼓匠说:"钱我不能留,心意领了。玉印留下,和他那些家具一块展出。信嘛,你给大家念念。"

那如这说:"请简亦繁念信吧。"

简亦繁也不推辞,展开信纸念:

源递大鉴:

杏东一别,竟无再晤。

沈某当年为求活命,寄身杏村。杏村地薄雨稀,我等入村,无异于尊口夺食。杏村人厚道,爱我惠我,妻儿老小并无客居之感。

　　承蒙我义兄不弃，助我养子，没齿难忘。不意终老杏东，乃前世修来。丧礼贫简，多得源递兄支撑。谁想中生变故，犬子口无遮拦，多有不敬，还望海涵。

　　炸麻花工具，已交七鼓匠转赠。今日再将沈记玉印送呈，唯表心愿。唯惜印章破断，黄兄精心钉好，可见岁月。

　　敬送小钱若干，不为补偿当年所欠辛苦费用、所毁乐器，只为我们杏村留念。

　　我已年老，整天无所事事。三个儿子加工糕点，在忻州、太原开了门面。

　　真想再听一次你的鼓匠调。

　　此致

敬礼

沈明忻
1988年9月20日

　　简亦繁念完，把信递给大鼓匠。大鼓匠面色安和，说："话已至此，就依了明忻吧。只是这印，骨玉结合，世上少有啊。"

　　二鼓匠指着七鼓匠说："大鼓匠你留着吧，不然也是个他弄丢。"众人哈哈大笑。

　　杏村手艺人观看展览，回忆历史，新鲜而感伤。这些手艺人知道，有些行当，他们是末代从业者。曾经的手艺，生计的转换，落寞的处境，百感交集，一言难尽。

大家转完院子，重新簇拥到照壁南面。大鼓匠指点门洞左右灰墙。东边刻的是：

匠者果留盼，雕斫为雅琴。
文以楚山玉，错以昆吾金。

——司马逸客《雅琴篇》

西边刻的是：

夫匠者，手巧也。

——《韩非子·定法》

大鼓匠笑呵呵，说："我这小展馆，来的人不少。这是一个文化教授建议我刻的。你们看，东边的诗句形象美好，西边的古文简练敞亮，都是赞手艺人的。"

巧灵说："纵观历史，大部分手艺最后归为艺术。手艺强调实用，失去实用性的手艺，可能转为艺术。现在大变革、大变化，手艺变成艺术、实用转为文化的步子加快了。"

小哑巴和巧灵的观点一致，比画着："手艺的本来价值是实用，最高境界是自由。时代发展，实用由工业代替，手艺成为纯粹的人的本质力量体现。"巧灵翻译。

众人虽知道大鼓匠、巧灵、小哑巴都在夸赞手艺人，却不大明白他们说话的意思。

那如这走到简亦繁跟前，说："最近土也去了几次杏村，说是深入生活，准备写个小说。我听他念叨'匠者，匠者'，原来出处在这儿。"

简亦繁说:"土也在咱们高中同学中也算文化人,在县农牧局工作,经常下乡。我也知道他要写写手艺人。看他那面色表情,惆怅庄重得很。"

葛源递听二人谈起土也,过来说:"这土也我接触过几次,去年他还来过这里。听他说话,不愧为你们所说的高才生。他和我一样喜欢捣腾,只不过我偏向匠人器具,他喜欢坛坛罐罐。不想他还有这样的心思。"

那如这手放在简亦繁肩头:"土也要写我村匠人,免不了写些次要人物,你我说不定借他名垂千史。"

简亦繁纠正那如这:"青史,青史。"

大家忍俊不禁。

"留些手艺,有工业够不着的角落。"霍铁对八木匠说,"我就不信机器能完全代替手艺。"

八木匠说:"道理上你说得对。实际呢?"

霍铁说:"实际,真是没法和十几年前比。"

大鼓匠看大家有些感伤,就笑着说:"手艺人的精气神,永不过时。"

众人又在上海住了几天,大鼓匠安排参观其他景点。

队长说:"上海嘛,四多——楼多、灯多、水多、人多。"

姜皮匠说:"我以为上海有四大迷人,老太、葛旦、豫园、外滩。"

田老太说:"我也琢磨了四大。"

众人问:"哪四大?"

她故作神秘:"回村再说。"

第二十二章 归去来兮

匠人凡有欲办之事，一概由简亦繁、那如这表达。地形熟悉后，他们也在宾馆周边转转。市民有感兴趣者问话，这些人起初一概不答。慢慢试着交流，竟然也能互相懂个六七成，加上比画，没啥大障碍。里弄老太太知道这是常给葛先生邮寄吃食的乌兰察布人，心中艳羡。至于匠人互相交流，一概用乌兰察布本地话，听见的人说："哦，这是一个外宾团。"

临行前一天晚上，大鼓匠举办告别晚宴，原来杏村周边在沪人员还真不少。亲不亲，听乡音。几杯酒下肚，整个大厅全是方言土语。有在外面多年的，说话南腔北调，田老汉热心予以纠正。大家无拘无束，将几天憋的话说出来。可喜饭馆是一老乡所开，店内装修现代风格，特色主打却是莜面山药，一律迷你小巧。蒸笼只有巴掌大小，各色主食犹似猫舌鸭信。几个囤囤，大不过火柴盒。一团拿糕，只如猴头。更有一盘烧山药，外皮焦黄，冒着香热之气。

八木匠席间去厕所，去时服务员带领，回来找了半天才归桌。看见卡间坐着一男一女，点了莜面，双手揪着干吃，不蘸盐汤。吃几口，再单独喝盐汤。八木匠不免瞪眼捂嘴，笑这年轻人没见过世面。

回程，大鼓匠给订了飞机票。

简亦繁、那如这也是第一次坐飞机。安检过后，二人用普通话问话，带着大家，终于坐在了飞机里面。

这些手艺人算是杏村见识最广的，可惜只见过飞机天上飞，进入机舱，无比新鲜。飞机起飞时，有人晕机反胃，幸好未吐。

手艺人们开始克制端坐，不久就东瞅瞅、西看看，空姐和其他旅客也不见怪。唯有去厕所，必得空姐指导把门。

老牛忽然盯住一物，原来是空客飞机窗户的上方，两片内壁连接处，有一排极像炒头的东西。老牛判断这是扒钉，难得这样精致小巧，排列而去。老牛觉得，天下最美是炒头，不然这么先进的飞机还配个这？此时飞机飞得极稳，他飘飘忽忽，好像回到往日的时光。那年评选化德民间手艺人，他得了提名奖。他不知道提名奖是什么奖，捎来的奖品是个羊绒絮片坎肩儿，很是实用。"雁过留声，人过留名"，这是老牛的人生信条。

他本欲说出自己的发现，让大家看那扒钉，见各有所做，就不惊动别人，自己记在心中。只是一回头看见田老太看他，就知道她也发现了此物。

黄老师目睹这场景，知田老太并未打盹儿，就说："田老太，你的'上海四大'呢？"田老太不声张。转头看大家期望鼓励的目光，就说："那我说了啊？"众人催她快说，田老汉似有不许之意。谁知她偏不把丈夫放在眼里，越是不同意，越是张扬，就高声说："海边的风、外滩的钟、睡觉的床、洗澡的盆。"

全飞机的人都笑。空姐也听清楚了，抿嘴弯腰而乐。

那如这看空姐，一个美过一个，决意主动与空姐聊几句，以备吹牛之用，不虚此行。

"同志，我问你句话行不？"那如这咬齿卷舌，声音从鼻子里出来。

"同志，您有什么事？"

"我问你，为什么飞机头一直往上拱？"

"哦，那是爬升。从地面飞到平流层，需要爬升。"

"飞了这么长时间，还爬升？"

"哦，这？"

"这是为什么呢？"那如这有点得意。看这空姐，身高抵得上两个黄丫头，脸盘却相像。那如这有些快意，好似压制了黄丫头一样。

空姐看那如这得意，貌似没话找话，专心捣乱，就说："这位同志，是这样的，华东平原与内蒙古高原平均高差1111米，爬角7度才能保持相对高度，并拥有相同动力下的标准速度，计算公式是'$X^D=\dfrac{p}{h}K$'。"

那如这听空姐这么一说，不知真假，一头雾水，不敢再问，隐约听到"屁爱吃"。空姐原本有些知识，临场拼三凑四，信口开河，反制了那如这，不露声色，心中窃喜。

"所以，飞机不间断处于爬升，只是一般人体会不出。"

"那，那，我这靠背为什么躺着？他的站着？"那如这指着简亦繁。

原来那如这无意触动机关，座椅靠背放倒，躺着看什么都是仰的。他试着坐起来，后背空虚，不协调、不舒服。空姐忍住笑，弯腰按了一个键钮，那如这的靠背"啪"地弹起来。空姐对简亦繁笑笑："你这位同伴提的问题，有意思，一看就是大学生。我向来没遇过。"

"这么愣的人，不容易遇到，你珍惜吧。谢谢。"

几个小时的航程，闹了些小笑话，不在话下。

由上海飞往呼和浩特的飞机，机头向北，阳光从东边窗户照进，格外暖和，手艺人们的脸红彤彤的。进入平流层，身稳声小，像个温馨的摇篮，飘飘浮浮，大家十分惬意。

飞机下边，江海波涛汹涌，云蒸霞蔚，孕育着强劲的力量。青年男女摆弄单放机，低放《西游记》主题曲、《一无所有》等，这两年最流行的歌。杏村手艺人不会唱，却能听出新气象。那如这眼睛滴溜溜转，心想："这次零花钱若有剩余，回去立马买个随身听。"

有意无意间，那如这声带抖动，口鼻共鸣，亦唱亦哼，前排女郎回头瞟了他一眼。来时坐火车，他大胆上演空城计，携带巨款，差点丢失。眼下虽然把包放入行李架，见空姐按了又按，锁了又锁，那如这还是不放心，不时望一眼。那如这性憨，记得给父母买好吃的，包里装着红薯果脯，可不能弄丢了。还有上海特产"特松豆酥"，他给白老师带了两袋。简亦繁以为那如这看女郎、盯空姐，在脑海里画了一幅速写。

　　一个小时过后，内蒙古高原进入人们的眼帘，机上看去，山川起伏，连绵不绝，犹如惊涛巨浪，展现出恢宏的气势。

　　手艺人知道，在那个山谷褶皱，杏林之东，有杏村。

图书在版编目（CIP）数据

匠者 / 赵海忠著 .—北京：作家出版社，2023.12
（2024.3重印）
内蒙古文学重点作品创作扶持工程
ISBN 978-7-5212-2569-3

Ⅰ.①匠⋯ Ⅱ.①赵⋯ Ⅲ.①长篇小说—中国—当代
Ⅳ.① I247.5

中国国家版本馆 CIP 数据核字（2023）第 204853 号

匠者

作　　者：赵海忠
责任编辑：朱莲莲　丁文梅
装帧设计：张子林
出版发行：作家出版社有限公司
社　　址：北京农展馆南里 10 号　　邮　　编：100125
电话传真：86-10-65067186（发行中心及邮购部）
　　　　　86-10-65004079（总编室）
E-mail:zuojia @ zuojia.net.cn
http://www.zuojiachubanshe.com
印　　刷：唐山嘉德印刷有限公司
成品尺寸：152×230
字　　数：337 千字
印　　张：28.5
版　　次：2023 年 12 月第 1 版
印　　次：2024 年 3 月第 2 次印刷
ISBN 978-7-5212-2569-3
定　　价：56.00 元

作家版图书，版权所有，侵权必究。
作家版图书，印装错误可随时退换。